EDIÇÕES BESTBOLSO
Caetés

Graciliano Ramos (1892-1953) nasceu em Quebrangulo, em Alagoas. O primeiro de dezesseis irmãos de uma família de classe média do sertão nordestino, o autor passou sua infância entre Buíque (PE) e Viçosa (AL). Cursou o ensino médio em Maceió e, em 1910, sua família se estabeleceu na cidade alagoana de Palmeira dos Índios. Em 1914, mudou-se para o Rio de Janeiro a fim de trabalhar nos jornais cariocas, mas, com a morte de três irmãos, vitimados pela peste bubônica, retornou no ano seguinte a Palmeira dos Índios. Graciliano casou-se e fixou residência nessa cidade, fazendo jornalismo e política, e chegou a ser prefeito entre 1928 e 1930. Em 1925, começou a redigir seu primeiro romance, *Caetés* – que viria a ser publicado em 1933. O escritor destaca-se como o principal romancista da segunda fase do Modernismo brasileiro. Sua obra se tornou uma importante vertente de nosso rico romance regionalista. Com um estilo seco, conciso e sintético, o autor deixa de lado o sentimentalismo a favor da objetividade e clareza. Seus textos prestigiam a mensagem direta, sem rodeios. Há livros de Graciliano traduzidos para o alemão, búlgaro, dinamarquês, espanhol, finlandês, flamengo, francês, húngaro, holandês, inglês, italiano, polonês, romeno, sueco, tcheco e turco.

EDIÇOES BESTBOLSO

Caetés

Graciliano Ramos (1892-1953) nasceu em Quebrangulo, em Alagoas. O primeiro de dezesseis irmãos de uma família de classe média do sertão nordestino, o autor passou sua infância entre Buíque (PE) e Viçosa (AL). Cursou o ensino médio em Maceió e, em 1910, sua família se estabeleceu na cidade alagoana de Palmeira dos Índios. Em 1914, mudou-se para o Rio de Janeiro a fim de trabalhar nos jornais cariocas, mas, com a morte de três irmãos, vitimados pela peste bubônica, retornou no ano seguinte a Palmeira dos Índios. Graciliano casou-se e fixou residência nessa cidade, fazendo jornalismo e política, e chegou a ser prefeito entre 1928 e 1930. Em 1925, começou a redigir seu primeiro romance: *Caetés* – que viria a ser publicado em 1933. O escritor destaca-se como o principal romancista da segunda fase do Modernismo brasileiro, sua obra se tornou uma importante vertente de nosso rico romance regionalista. Com um estilo seco, conciso e sintético, o autor deixa de lado o sentimentalismo a favor da objetividade e clareza. Seus textos prestigiam a mensagem direta, sem rodeios. Há livros de Graciliano traduzidos para o alemão, búlgaro, dinamarquês, espanhol, finlandês, flamengo, francês, húngaro, holandês, inglês, italiano, polonês, romeno, sueco, tcheco e turco.

GRACILIANO RAMOS

CAETÉS

LIVRO VIRA-VIRA 2

Posfácio de
LUÍS BUENO

4ª edição

EDIÇÕES
BestBolso
RIO DE JANEIRO – 2012

CIP-BRASIL. CATALOGAÇÃO-NA-FONTE
SINDICATO NACIONAL DOS EDITORES DE LIVROS, RJ

R143c
4ª ed.
Ramos, Graciliano, 1892-1953
Caetés – Livro vira-vira 2/ Graciliano Ramos; [pósfácio de Luís Bueno]. – 4ª edição – Rio de Janeiro: BestBolso, 2012.

Obras publicadas juntas em sentido contrário
Com: S. Bernardo / Graciliano Ramos
ISBN 978-85-7799-293-5

1. Ficção brasileira. I. Título.

10-4147

CDD: 869.93
CDU: 821.134.3(81)-3

Caetés, de autoria de Graciliano Ramos.
Título número 183 das Edições BestBolso.
Quarta edição vira-vira impressa em novembro de 2012.
Texto revisado conforme o Acordo Ortográfico da Língua Portuguesa.

Copyright © by herdeiros de Graciliano Ramos.

A logomarca vira-vira (vira-vira) e o slogan 2 LIVROS EM 1 são marcas registradas e de propriedade da Editora Best Seller Ltda, parte integrante do Grupo Editorial Record.

www.edicoesbestbolso.com.br
Site oficial do autor: www.graciliano.com.br

Design de capa: Rafael Nobre sobre foto de Christine Balderas intitulada "Quill & Ink Well" (Getty Images).

Nota do editor: Esta edição de bolso teve como base a edição publicada pela Editora Record em 2005, que seguiu a 2ª edição do livro publicada pela Editora José Olympio, com as últimas correções feitas por Graciliano Ramos. Os originais estão no Fundo Graciliano Ramos, Arquivo do Instituto de Estudos Brasileiros da Universidade de São Paulo. As obras de Graciliano Ramos reeditadas pela Record têm a supervisão de Wander Melo Miranda, professor titular de Teoria da Literatura da Universidade Federal de Minas Gerais.

Todos os direitos de tradução e adaptação reservados. Proibida a reprodução, no todo ou em parte, sem autorização prévia por escrito da editora, sejam quais forem os meios empregados.

Direitos exclusivos de publicação em língua portuguesa para o Brasil em formato bolso adquiridos pelas Edições BestBolso um selo da Editora Best Seller Ltda. Rua Argentina 171 – 20921-380 – Rio de Janeiro, RJ – Tel.: 2585-2000.

Impresso no Brasil

ISBN 978-85-7799-293-5

A

Alberto Passos Guimarães,

Jorge Amado

e

Santa Rosa

1

Adrião, arrastando a perna, tinha-se recolhido ao quarto, queixando-se de uma forte dor de cabeça. Fui colocar a xícara na bandeja. E dispunha-me a sair, porque sentia acanhamento e não encontrava assunto para conversar.

Luísa quis mostrar-me uma passagem no livro que lia. Curvou-se. Não me contive e dei-lhe dois beijos no cachaço. Ela ergueu-se, indignada:

– O senhor é doido? Que ousadia é essa? Eu...

Não pôde continuar. Dos olhos, que deitavam faíscas, saltaram lágrimas. Desesperadamente perturbado, gaguejei tremendo:

– Perdoe, minha senhora. Foi uma doidice.

– É bom que se vá embora, gemeu Luísa com o lenço no rosto.

– Foi uma tentação, balbuciei sufocado, agarrando o chapéu. Se a senhora soubesse... Três anos nisto! O que tenho sofrido por sua causa... Não volto aqui. Adeus.

Retirei-me aniquilado. Na rua considerei com assombro a grandeza do meu atrevimento. Como fiz aquilo? Deus do céu! Lançar em tamanha perturbação uma criaturinha delicada e sensível! Tive raiva de mim. Animal estúpido e lúbrico.

E que escândalo! Naturalmente ela avisaria o marido. Adrião Teixeira com certeza ia dizer-me: "Você, meu filho, não presta." E mandaria balancear a casa Teixeira & Irmão, onde eu era guarda-livros e interessado, para afastar-me da sociedade. O inventário é rápido num estabelecimento que só vende aguardente, álcool e açúcar. Vitorino Teixeira, acavalando os

óculos de ouro no grosso nariz vermelho, abriria o cofre, contaria o meu saldo com lentidão e, pondo o dinheiro sobre a carteira, deixaria cair, naquela voz morosa e nasal, que dá arrepios, este epílogo arrasador: "Tome lá, João Valério, veja se confere. Nós julgávamos que o Valério fosse homem direito. Enganamo-nos: é um traste." E eu sairia escorraçado, morto de vergonha.

Segredo que quatro pessoas sabem transpira: alguma coisa havia de propalar-se na cidade. D. Engrácia teceria mexericos; o Neves forjaria uma calúnia; Nicolau Varejão narraria mentiras espantosas. Assim pensando, eu experimentava grande mal-estar, menos pelos dissabores que as chocalhices me trariam que por antever misturado a elas o nome de Luísa.

Eu amava aquela mulher. Nunca lhe havia dito nada, porque sou tímido, mas à noite fazia-lhe sozinho confidências apaixonadas e passava uma hora, antes de adormecer, a acariciá-la mentalmente. Até certo ponto isto bastava à minha natureza preguiçosa.

Às quintas e aos domingos ia aos chás de Adrião. Ficávamos tempo estirado cavaqueando – e era para mim verdadeiro prazer tomar parte em duas conversações cruzadas sobre moda e câmbio. Algumas vezes Luísa falava de contos, versos, novelas. O marido ferrava no sono. Ou então, com enormes bocejos, lá se ia claudicando, a lamentar que a enxaqueca não lhe permitisse saborear um enredo tão filosófico. Ele entendia bem de comércio; o resto era filosofia.

Quando vinha o advogado Barroca, sério, cortês, bem aprumado, a sala se animava. Também aparecia com frequência o tabelião Miranda, Miranda Nazaré, jogador de xadrez, com a filha, a Clementina. E o vigário, o dr. Liberato, Isidoro Pinheiro, jornalista, pequeno proprietário, coletor federal, tipo excelente. Luísa, ao piano, divagava por trechos de operetas; Evaristo Barroca, com os olhos no livro de músicas, tocava flauta.

Uma estranha doçura me invadia, dissipava os aborrecimentos que fervilham nesta vida pacata, vagarosamente arrastada entre o escritório e a folha hebdomadária de padre Atanásio. Os velhos móveis, as paredes altas e escuras, quadros que não se distinguiam na claridade vaga das lâmpadas de *abat-jour* espesso, que uma rendilha pardacenta reveste, tudo me dava sossego. Fugiam-me os pensamentos e os desejos. A religiosidade de que a minha alma é capaz ali se concentrava, diante de Luísa, enquanto, entranhados nas combinações de partidas rancorosas, Adrião grunhia impertinente e Nazaré piscava os olhinhos de pálpebras engelhadas, coçava os quatro pelos brancos que lhe ornam o queixo agudo. Vitorino dormia. E Clementina, de cabeça à banda, procurava os cantos e esfregava-se nas ombreiras das portas.

Coitada. Nunca achou quem a quisesse. Tenho pena dela. Não a tornaria a ver encolhida à sombra do piano, fascinada pelos bigodes de Evaristo, negros e densos. Nem veria as cortinas pesadas, os montes de revistas, a mesa do xadrez. Tudo perdido.

Percorri à toa as ruas desertas, envoltas num luar baço, tentando achar tranquilidade no pó e no calor de janeiro. Mais tarde, na hospedaria de d. Maria José, curti uma insônia atroz, rolei horas no colchão duro, ouvindo os roncos dos companheiros de casa e conjecturando o que me iriam dizer no dia seguinte os irmãos Teixeira.

2

Não disseram nada que se referisse ao desastroso sucesso. Logo que abri o diário, com mão trêmula, tão perturbado que receei baralhar as partidas, Adrião chegou-se à minha carteira, folheou o contas-correntes, mexeu os dedos, calculando, e ordenou:

— Escreva a d. Engrácia, João Valério.

Saiu-me um peso do coração.

— Escreva que o que tem cá em depósito está às ordens, pode mandar receber.

— E que se quiser deixar por mais um ano... atalhou Vitorino.

— Não senhor, fez Adrião. Apenas isto: principal e juros à disposição dela. E dê a entender na carta que não nos interessa a renovação do negócio.

— Mas interessa muito, exclamou Vitorino mostrando o caixa. O mano sabe que interessa. Olhe estas entradas.

— De acordo, concluiu o outro. Se ela mandar retirar, que não manda, ofereça quinze por cento em vez dos doze que pagamos. Não retira, não tem em que empregar capital. Levou muito calote ultimamente, os gêneros estão caros, a febre aftosa deu no gado. Não retira.

Por um instante esqueci as minhas inquietações e admirei o tino de Adrião. Não serei um comerciante nunca. Eu teria, inconsideradamente, mandado propor os quinze por cento a d. Engrácia.

Fiz a carta com inveja. Ora ali estava aquela viúva antipática, podre de rica, morando numa casa grande como um convento, só se ocupando em ouvir missa, comungar e rezar o terço, aumentando a fortuna com avareza para a filha de Nicolau Varejão. E eu, em mangas de camisa, a estragar-me no escritório dos Teixeira, eu, moço, que sabia metrificação, vantajosa prenda, colaborava na *Semana* de padre Atanásio e tinha um romance começado na gaveta. É verdade que o romance não andava, encrencado miseravelmente no segundo capítulo. Em todo o caso sempre era uma tentativa.

Quinhentos contos, seiscentos contos, nem sei, dinheiro como o diabo nas mãos de uma velha inútil. E a afilhada, a Marta Varejão, beata e sonsa, é que ia apanhar o cobre. Mundo muito mal-arranjado.

Arrumei as contas no diário, escriturei o razão, passei os lançamentos do borrador para os livros auxiliares. Pouco a pouco vieram afligir-me as preocupações da véspera. Luísa guardara segredo. Provavelmente confessaria tudo depois. Senti uma espécie de frenesi. Quase desejei que ela falasse e os Teixeira me mandassem logo embora.

Afinal eu não tinha culpa. Tão linda, branca e forte, com as mãos de longos dedos bons para beijos, os olhos grandes e azuis... De Adrião Teixeira, um velhote calvo, amarelo, reumático, encharcado de tisanas. Outra injustiça da sorte. Para que servia homem tão combalido, a perna trôpega, cifras e combinações de xadrez na cabeça? Eu, sim, estava a calhar para marido dela, que sou desempenado, gozo saúde e arranho literatura. Nova e bonita, casada com aquilo, que desgraça!

3

Passei uma semana inquieto, e na quinta-feira não tive um momento de sossego. Ao fechar o armazém, Adrião despediu-se de mim:

— Até mais tarde, João Valério.

Até mais tarde! Como se eu pudesse lá voltar. Precisava inventar uma desculpa.

Encontrei os companheiros de pensão a jantar, sob o sorriso de d. Maria José, gordinha e miúda.

— Uma novidade! gritou Pascoal quando desdobrei o guardanapo. A Clementina vai casar.

Era a eterna pilhéria: não se cansavam de forjar casamentos para a pobre da Clementina.

— Quem é o noivo? inquiriu o dr. Liberato erguendo os grossos vidros das suas lunetas de míope.

— Não se sabe, respondeu Pascoal. Foi um espírito que deu a notícia na última sessão. Clementina ficou atuada...

— Então isso continua? interveio Isidoro Pinheiro. Essas sessões têm dado água pela barba a padre Atanásio. Ainda ontem estava arengando com o Neves por causa das materializações.

Falaram de espiritismo, de pessoas conhecidas que se desgarravam da Igreja. Aqui e ali apareciam timidamente alguns adeptos. Na opinião do dr. Liberato, eram eles os verdadeiros crentes: tinham uma convicção que faltava aos outros.

— Crentes? exclamou Pascoal. Então o Neves é crente?

— Com certeza. Não é o chefe dessa mixórdia?

— Um safado é o que ele é.

— E que tem isso? fez o doutor.

Interrompeu-se, engolindo o pigarro. Isidoro Pinheiro endireitou-se, ia decerto defender o Neves, quando Nicolau Varejão entrou na sala:

— Espiritismo? É a única verdade que há neste mundo.

— Como é que o senhor sabe? perguntaram.

— Pelos sonhos. Coisa que eu sonho é um evangelho. Não falha, nunca falhou. Assim que enviuvei... Nem gosto de pensar, é um caso triste. E aqui para nós: eu me lembro da minha última encarnação.

— O senhor se lembra... atalhou Pascoal.

— Positivamente. Sou reservado porque há muito incrédulo, mas juro, meto a mão no fogo.

— Extraordinário! bradou Isidoro Pinheiro, sério, oferecendo-lhe uma cadeira. O senhor era homem ou mulher?

Nicolau Varejão olhou-o por cima dos óculos de vidros rachados, sentou-se, franziu as narinas, disse em tom confidencial:

— Homem.

— Brasileiro?

— Brasileiro, carioca. Como os amigos não ignoram, lembrar-se a gente do que foi noutra vida é comum. E eu apelo aqui para o doutor.

— Certamente, confirmou o dr. Liberato. Vá contando.
— Pois lá vai. Eu era tipógrafo no Rio de Janeiro, um bom tipógrafo, mas naquele tempo a minha vocação era para militar. Na guerra do Paraguai fui voluntário, entrei na dança e andei pelo Sul quase até o fim da campanha. Como tinha vocação...
— Chegou a general?
— Não senhor, cheguei a sargento, na batalha de S. Bartolomeu. S. Bartolomeu ou S. Bonifácio. Não me recordo, uma batalha importante. Enfim cheguei a sargento. Ora, por arte do diabo, um oficial puxou questão comigo e tirou a espada para me bater no lombo. E cá no meu lombo ninguém bate. Matei o oficial com uma estocada, porque eu era feroz, e fugi para a República Argentina. Depois larguei-me para a Europa, para a sua terra, seu Pascoal. Não é na Europa a sua terra?
— É isso mesmo. Continue.
— Pois eu estive lá, numa cidade grande. Onde foi que o senhor nasceu?
— Em Turim.
— Turim, exatamente. Morei trinta anos em Turim e ganhei o pão como tipógrafo. Não há uma tipografia em Turim? Aprendi o italiano. Ainda sei algumas palavras: *Marconi, macarroni, massoni*... Tudo em italiano acaba com oni. Terra boa, Turim. Cada pedaço de mulher!
— Morreu lá? perguntou o dr. Liberato.
— Não, tive saudades da pátria. Voltei quando o crime prescreveu.
Em roda louvaram aquela memória admirável.
— O senhor devia publicar isso, aconselhou Isidoro Pinheiro. Um furo.
— Publicar? Não seria mau. A dificuldade é escrever. Ideias não me faltam, mas de gerúndio não entendo. De mais onde queria você que se fosse publicar uma história assim? No jornal de um padre?

Todos lamentaram que a *Semana*, folha católica, não pudesse propagar aquela revelação tremenda.

– Que informações preciosas sobre a história do Brasil! opinou o dr. Liberato.

– Que triunfo para o espiritismo! E que baque para as outras religiões! ajuntou Pascoal.

– Sem contar que a reputação do autor garantiria a veracidade do fato, acrescentou Isidoro. A sua vida... Diga aí um adjetivo, doutor.

– Impoluta.

– Impoluta... vá lá, vida impoluta. Que idade tem o senhor, seu Varejão?

– Sessenta, meu filho. Sessenta anos na corcunda. Tenho muito janeiro.

– Como! bradou o dr. Liberato. Sessenta anos? Não é possível. Setenta com trinta... Caso o senhor tenha morrido e nascido logo que voltou da Itália, não pode ter mais de 26. E se ainda viveu algum tempo e andou vagando no espaço... Não é por lá que vocês andam quando morrem? Se se calcular isso direito, o senhor está morto, seu Varejão.

Uma gargalhada estalou na sala. Nicolau Varejão, que ia pegar uma xícara de café, deixou pender a mão suja e embatucou. Depois, ressentido:

– Então, pelo que vejo, não acreditam.

– Acreditar? Acreditamos, afirmou o doutor. Mas sessenta anos é que o senhor não tem.

Nicolau baixou o carão trigueiro, coberto de marcas de varíola, ajeitou os óculos, tomou o café e declarou com lealdade:

– Parece que me enganei. Não foi na guerra do Paraguai, foi noutra mais velha. Não houve outra antes? Pois foi nessa. Tinha graça eu esquecer o que me aconteceu no exército! Eu até me chamava Cunha, o sargento Cunha. Está aí uma prova.

Levantou-se e saiu.

– Magnífico! exclamou Isidoro Pinheiro.
– E a filha é a herdeira mais rica da cidade se a d. Engrácia lhe deixar a fortuna, observou o dr. Liberato.
– Deixa, asseverou Isidoro. O Miranda me disse. O Miranda sabe. Herdeira rica, sim senhor. Por que não se engata com ela, João Valério?
– Obrigado, respondi. Com um pai deste! E a carolice, os bentinhos, a fita azul... Antes a Clementina.
– O pai não existe, o pai está morto, pelas contas do doutor. A pequena é da d. Engrácia, nunca viveu com ele. Bonita como o diabo. Eu, se não tivesse trinta e oito anos, um emprego tão besta e um desconchavo no coração, atirava-me a ela.

Falaram novamente na Clementina, coitada, nos ataques que a fazem morder, rasgar, despedaçar. O dr. Liberato receava que aquilo acabasse em loucura.

– É pena que não lhe arranjem um homem.
– Um homem? Credo! Pois o doutor queria dar um homem à moça? E isso lhe traria saúde?
– Talvez trouxesse.

Citou autores, empregou termos arrevesados e a conversa morreu com três respeitosas inclinações de cabeça.

– Por que será que ele inventa sempre essas histórias? murmurou Isidoro Pinheiro.

Tirei o relógio, impaciente. Que haveria àquela hora em casa de Adrião?

– Ele quem? O Nicolau?
– Sim, o sargento Cunha.
– Necessidade, explicou o doutor. Com certeza julga que os outros o tomam a sério. Em todo o caso tem muita imaginação.

Que estariam fazendo na sala do Teixeira? Ele, com a calva brilhando sob um foco elétrico, o beiço caído, a pálpebra meio cerrada, os óculos na ponta da venta, percorria a parte comercial dos jornais. Luísa lia um romance francês; ou tocava piano; ou pensava indignada nos beijos que lhe dei no pescoço.

— Necessidade de mentir, doutor? objetou Pascoal.

— De mentir, de matar, de beber água, de abraçar alguém, de roer as unhas, tudo é necessidade.

Puxei de novo o relógio. Sete horas. Por que não teria ela exposto ao marido o meu procedimento ruim? Compaixão. Inspirar compaixão, que miséria! Levantei-me:

— Com licença, meus senhores. Boa noite. Vou deitar-me.

— Deitar-se? Que diabo tem você para dormir tão cedo? exclamou Isidoro.

Acharam-me apático e murcho. D. Maria José perguntou, solícita, se as comidas me desagradavam. Maçada. As comidas eram ótimas, respondi, mas o estômago e a cabeça não me iam bem. O dr. Liberato indicou um remédio. Agradeci e recolhi-me.

Deitei-me vestido, às escuras, diligenciei afastar aquela obsessão. Inutilmente. Ergui-me, procurei pelo tato o comutador, sentei-me à banca, tirei da gaveta o romance começado. Li a última tira. Prosa chata, imensamente chata, com erros. Fazia semanas que não metia ali uma palavra. Quanta dificuldade! E eu supus concluir aquilo em seis meses. Que estupidez capacitar-me de que a construção de um livro era empreitada para mim! Iniciei a coisa depois que fiquei órfão, quando a Felícia me levou o dinheiro da herança, precisei vender a casa, vender o gado, e Adrião me empregou no escritório como guarda-livros. Folha hoje, folha amanhã, largos intervalos de embrutecimento e preguiça — um capítulo desde aquele tempo.

Também aventurar-me a fabricar um romance histórico sem conhecer história! Os meus caetés realmente não têm verossimilhança, porque deles apenas sei que existiram, andavam nus e comiam gente. Li, na escola primária, uns carapetões interessantes no Gonçalves Dias e no Alencar, mas já esqueci quase tudo. Sorria-me, entretanto, a esperança de poder transformar esse material arcaico numa brochura de cem a duzentas páginas, cheia de lorotas em bom estilo, editada no Ramalho.

Corrigi os erros, pus um enfeite a mais na barriga de um caboclo, cortei dois advérbios – e passei meia hora com a pena suspensa. Nada. Paciência. Quem esperou cinco anos pode esperar mais um dia. Atirei os papéis à gaveta.

Naquele momento Adrião devia estar com o Miranda Nazaré defronte do tabuleiro de xadrez.

Caciques. Que entendia eu de caciques? Melhor seria compor uma novela em que arrumasse padre Atanásio, o dr. Liberato, Nicolau Varejão, o Pinheiro, d. Engrácia. Mas como achar enredo, dispor as personagens, dar-lhes vida? Decididamente não tinha habilidade para a empresa: por mais que me esforçasse, só conseguiria garatujar uma narrativa embaciada e amorfa.

De repente imaginei o morubixaba pregando dois beijos na filha do pajé. Mas, refletindo, compreendi que era tolice. Um selvagem, no meu caso, não teria beijado Luísa: tê-la-ia provavelmente jogado para cima do piano, com dentadas e coices, se ela se fizesse arisca. Infelizmente não sou selvagem. E ali estava, mudando a roupa com desânimo, civilizado, triste, de cuecas.

– Por que foi que ela não contou aquilo?

Veio-me um pensamento agradável. Talvez gostasse de mim. Era possível. Olhei-me ao espelho. Tenho o nariz bem-feito, os olhos azuis, os dentes brancos, o cabelo louro – vantagens. Que diabo! Se ela me preferisse ao marido, não fazia mau negócio. E quando o velhote morresse, que aquele trambolho não podia durar, eu amarrava-me a ela, passava a sócio da firma e engendrava filhos muito bonitos.

Embrenhei-me numa fantasia doida por aí além, de tal sorte que em poucos minutos Adrião se finou, padre Atanásio pôs a estola sobre a minha mão e a de Luísa, os meninos cresceram, gordos, vermelhos, dois machos e duas fêmeas. À meia-noite andávamos pelo Rio de Janeiro; os rapazes estavam na academia, tudo sabido, quase doutor; uma pequena tinha casado com um médico, a outra com um fazendeiro – e nós íamos no dia seguinte visitá-las em São Paulo.

Um cão uivava na rua; os galos entraram a cantar. O dr. Liberato pigarreava; Isidoro Pinheiro roncava o sono dos justos; esmoreciam no corredor as pisadas sutis do Pascoal e um rumor, também sutil, na porta do quarto de d. Maria José.

Excelente criatura. Depois que enviuvou, não consta que haja conhecido outro homem. Aqui pela hospedaria passam dezenas deles. Nenhum lhe agrada. O italiano, robusto, sanguíneo e de bigodes, satisfaz-lhe plenamente as necessidades do corpo e da alma. Boa mulher. Deus a conserve por muitos anos.

4

Entre, respondi sem saber quem batia.

Evaristo Barroca entreabriu a porta de manso.

– Ia sair, seu Valério?

– Não senhor, cheguei agora.

– Vinha roubar-lhe dez minutos, disse ele com uns modos excessivamente corteses, de que não gosto. Mas se sou importuno...

– Importuno? Não senhor. Entre pra aí.

Retirei uma pilha de jornais da cadeira, abri a janela que dá para a rua:

– Então, que é que há?

Evaristo avançou com gravidade, pôs o chapéu e a bengala sobre a mesa empoeirada, olhou com desconfiança a palha da cadeira e sentou-se, sem se recostar, com medo de sujar a roupa. Maneiras detestáveis.

Ia para seis anos que eu conhecia aquele tipo, encontrava-o quase diariamente. Horrível. Empertigava-se para largar trivialidades abjetas, e o pior é que só muito depois de as ter dito me vinha a compreensão de que aquilo não valia nada.

— Vamos lá, doutor. Que é que há? perguntei de novo.
— Há isto, respondeu o visitante. Primeiramente necessito a sua opinião a respeito de um assunto que requer minucioso exame.
— Assim de importância... ia eu interrompendo.

Mas Evaristo continuou, aprumado, com os olhos fixos em mim, movendo lentamente, num gesto de orador, a mão bem tratada, onde um rubi punha em evidência o seu grau de bacharel:

— Em segundo lugar venho solicitar-lhe um obséquio.
— Perfeitamente. Vamos ver.
— O senhor se dá com o Fortunato?
— O padeiro? Dou-me. O Fortunato é bom homem. Na opinião de padre Atanásio...
— Não, não é o padeiro. O Mesquita, o Fortunato Mesquita, prefeito. O senhor se dá com ele?
— Com o prefeito? Que tenho eu com o prefeito? Isso é política. Eu entendo de política?
— O Fortunato é exemplar. Como funcionário é um modelo; como chefe de família, um espelho.

Afagou o queixo largo, ficou algum tempo em silêncio, esperando o efeito daquele açúcar todo. Depois tornou, e foi aí que percebi que ele tinha dito três vezes a mesma coisa.

— Não possui talvez inteligência muito lúcida, mas o coração é de ouro. O protetor dos pobres, absolutamente desinteressado. Sem aludir à nobre parentela...
— Já sei. Ele diz que é bisneto de Matias de Albuquerque, ou tataraneto. Vamos ao resto.
— Pois sim. Pareceu-me... (É sobre isto que o consulto. Expresse-me o seu pensamento com franqueza.) Pareceu-me obra meritória demonstrar publicamente a gratidão do município...
— Ao Mesquita? Que fez ele pelo município, doutor?

Evaristo recolheu-se um momento, disse com lentidão:

— Tem feito pouco, mas sempre tem feito. E se o apoiarmos, o senhor compreende, se o estimularmos, fará muito mais. Foi por isso que tracei uns artiguetes... Sim, não falo em capacidade para administrar. Deixemos isto de parte. Mas os atributos morais, pondere, os atributos morais são de fato dignos de encômio. E aqui está o favor que venho pedir-lhe.

Meteu a mão no bolso e entregou-me uns papéis:

— Eu desejava obter a publicação dos artigos no jornal do vigário. Mas não me posso dirigir a ele. Foram intrigar-me: que sou ateu, livre-pensador – calúnias. É um desaguisado que pretendo desfazer, pois nada me inspira mais respeito que o catolicismo. O papado, que instituição, o papado! Eu tenciono...

— Espere lá, doutor. Elogio ao Mesquita? Não convém. O Mesquita é uma besta.

— Não senhor, é exagero. Antes de tudo...

— Um quartau. Quando diz *sim*, balança a cabeça negativamente; quando diz *não*, afirma com a cabeça. Não há no mundo inteiro um sujeito mais burro. E o doutor vem cantar loas ao Mesquita? De mais a mais padre Atanásio é levado do diabo...

— Por quê? Não seja irrefletido nos seus julgamentos. Fale com o reverendo. Uma questão de interesse geral!

Eu ia desculpar-me, recusar, mas o bacharel prosseguiu:

— Escrevi os artigos de um fôlego. Têm imperfeições, evidentemente. Não me sobra tempo para cultivar a língua vernácula. Aí só se aproveita ideia, a forma é incorreta. Emendem. E adeus.

Deixou-me espantado. Sim senhor. Maneira interessante de forçar a gente a prestar um serviço. Loquaz, amável, espichado, sem se apoiar no encosto da cadeira – que impertinência! Até logo, adeus. Que descaramento!

Já agora, porém, era feio correr atrás dele para restituir-lhe a papelada. Desdobrei as tiras e li burrices consideráveis em honra do Mesquita, recheadas de adjetivos fofos. A família do Mesquita, que ia entroncar na de fidalgos lusos; a caridade do Mesquita, um

largo rio de benefícios inundando Palmeira dos Índios; o pedaço de rua que o Mesquita andava a calçar, sem pressa; a roupa branca do Mesquita, o asseio do Mesquita, os banhos, as ensaboadelas, a barba escanhoada. Uma chusma de sandices.

– Vá lá. Isto não tira nem põe. Se fosse desaforo, podia render desgosto; como é adulação, se bem não fizer, mal não faz. Sempre vou ver se padre Atanásio quer publicar esta porcaria.

Era domingo. Eu tinha entrado em casa para escrever algumas páginas no meu romance, e a tarde voara com as sabujices daquele imbecil. Olhei o relógio: quatro horas.

Ia aguentar um jantar em casa do Vitorino. Na ausência de d. Josefa, aquilo é fúnebre.

E que negócio tinha comigo Isidoro, que me fora pela manhã procurar à tipografia?

Lá dentro arranjavam louça.

– Dia perdido. Vamos com esta cruz ao Vitorino.

Cheguei à porta do corredor:

– Ó d. Maria José, o Pinheiro está aí?

– Não senhor. Venha para a mesa.

– Obrigado, d. Maria. Não espere por mim.

Ao sair, refleti com espanto na insensatez que Evaristo revelava engrossando o Fortunato. Que maluco! Empenhar-se para meter na *Semana* aqueles rapapés indecentes.

A rua dos Italianos estava deserta. Quando atravessei a praça da Independência, o antigo Quadro, também deserto, a campainha do cinema começou a bater. Demorei-me à esquina da padaria, vendo um cartaz encostado a um poste. De repente dei uma palmada na testa:

– O idiota sou eu. Ali há interesse, ali há cavação.

Descendo pela rua Floriano Peixoto, admirei o talento do Barroca.

Sim senhor, é um alho, pensei. Faz seis anos que aqui chegou, pobre, saído de fresco da academia, sem recomendações, com os cotovelos no fio e os fundilhos remendados. E lá vai

furando, verrumando. Grande clientela, relações com gente boa. Construiu uma casa, comprou fazenda de gado e terra com plantações de café, colocou dinheiro nos bancos e veste-se no melhor alfaiate da capital. Improvisa discursos com abundância de chavões sonoros, dança admiravelmente, joga o pôquer com arte, toca flauta e impinge às senhoras expressões amanteigadas que elas recebem com deleite. Tem recursos para reconciliar dois indivíduos que se malquistam, ficando credor da gratidão de ambos. Como advogado, sabe captar a confiança dos clientes e, o que é melhor, a confiança das partes contrárias.

– Boa tarde, doutor.

Era uma prova da perícia do Barroca: o administrador da recebedoria, que passava pela calçada fronteira, macilento, com a mulher de banda, enorme, apertada num vestido de xadrez.

Ofereceram a Evaristo aquele cargo de administrador. Rendimento pequeno. Agradeceu e indicou para o lugar um colega cheio de necessidades. Naturalmente ganhou com a indicação, pois os negócios lhe andaram sempre de vento em popa. E estava à bica para deputado estadual.

– Sim senhor, disse comigo. Deputado!

5

O diretor da *Semana* mourejava na extração de um dos seus complicados períodos, que ninguém entende. Tinha aberto o dicionário três vezes. Soltou o livro com desânimo, olhou de esguelha para a banca de Isidoro e perguntou-me em voz baixa:

– Eucalipto é com *i* ou com *y*? Estou esquecido, e o dicionário não dá.

— Eucalipto... eucalipto... respondi indeciso. Também não sei, padre Atanásio. Ó Pinheiro, como é que se escreve eucalipto?

— Com *p*, ensinou Isidoro, solícito.

— Não é isso. Nós queremos saber se é com *i* ou com *y*.

— Deve ser com *i*. Ou com *y*. Uma das duas, penso eu. O *y* sempre é mais bonito. Para que eucalipto?

— Para plantar na beira do açude, explicou o vigário. Um conselho ao prefeito. Faltava um pedaço da segunda página.

Ajeitou a volta, abotoou a batina, passou o lenço pelo rosto vermelho e suado, coçou o queixo enorme, enterrado entre os ombros, que lhe chegam quase às orelhas, e atirou de chofre uma das suas falas embaralhadas:

— Pois, meninos, não foi senão isto. Quem havia de supor, hem? Estes dicionários miúdos não prestam. Faltava um pedaço da segunda página. É cavador. Parece que o eucalipto seca os pântanos. A gente abre e não encontra nunca o que procura. E dá beleza. Vem o sargento: "Quarenta linhas." É cavador, é cavador.

— Quem é que é cavador, padre Atanásio? inquiriu Isidoro com um sorriso que lhe mostrava os largos dentes brancos.

O diretor da *Semana* pregou nele os grandes bugalhos dos olhos surpreendidos, sacudiu a cabeça com um gesto de nervoso e engrolou uma explicação:

— O advogado, homem, esse Barroca. Também você não percebe nada. Foram os artigos, João Valério, aqueles artigos. É cavador. Deputado, hem? Não foi senão isto. Os artigos. Quem havia de supor?

— Eu conheci logo que ele me mostrou os originais, acudi. Aquilo não mete prego sem estopa. Não lhe invejo o gosto. Tanta chaleirice, tanta baixeza, por uma cadeira na câmara de Alagoas. É um pulha. Antes ficasse aqui, explorando os matutos, que fazia melhor negócio. Um idiota.

— Está enganado, retorquiu Isidoro. Tem talento. Entra deputado estadual e sai senador federal. Vai longe. Em três anos

será para aí um figurão. Quem for vivo há de ver. Inteligência, e muita, é que ninguém lhe pode negar.

O vigário, que mordia de leve os beiços grossos, passou a mão pela testa, arrancou uma ideia:

— Talvez seja boato. Não há certeza. Era conveniente dar uma notícia, mas não há certeza.

— Há, fez Isidoro. Foi o Neves que me contou. O Neves está no segredo da política.

— Esse é outro, resmunguei. Você se dá com essa pústula?

Mas Isidoro, que defende toda gente, defendeu o Neves:

— Por que, homem? O Neves, é inofensivo.

— Um canalha, um maldizente.

— Como sabe você disso? Não priva com ele?

— Nem desejo.

— Pois então? É injustiça.

— Um caluniador, um miserável.

Isidoro Pinheiro franziu a cara, com desconsolo, e padre Atanásio, que não gosta do Neves, censurou a violência da minha linguagem:

— Leviandade, João Valério. Não se ofende assim uma pessoa ausente. Deixe para dizer isso a ele, se tiver razão para dizer. Razão e coragem. A nós, não.

Interrompeu-se, gritou para a saleta da tipografia:

— Sargento, traga uma segunda prova dessa besteira.

O tipógrafo, sargento reformado, sujo, magro, de casquete, entrou e pôs sobre a mesa do reverendo duas provas muito manchadas. Padre Atanásio conferiu uma com a outra, corrigiu, continuou:

— A nós, não. Sapeque logo essa trapalhada, sargento. A nós, não. Que eu lorotas de espiritismo não tolero. E o Allan Kardec...

Concentrou-se um instante, os olhos arregalados, o beiço pendente. Depois acrescentou:

— O Allan Kardec e essa cambada, o William Crookes, o Flammarion, o João Lício Marques, um que apareceu agora... Como se chama ele? Que o Neves tem a língua um bocado comprida, tem, eu reconheço. Tem, ora essa, seu Pinheiro! Tem, e o William Crookes é um parlapatão. Onde foi que já se viu defunto conversando com gente viva?

Abracei o diretor da *Semana*, um amigo, sem ressentimento pelo que ele me havia dito:

— Está bem, padre Atanásio, fica o resto para outro dia. Ande lá, Pinheiro, isto é quase meia-noite.

Isidoro levantou-se, vestiu o jaquetão preto, pôs o chapéu de grandes abas.

— Esperem aí, bradou o vigário. Vamos deitar esse negócio de reencarnação em pratos limpos. Vejam vocês o Platão. Aquilo é coisa séria, ninguém pode contestar. Dizem vocês...

— Não dizemos nada, padre Atanásio. Boa noite.

E deixamos o excelente eclesiástico remoendo Platão.

Andamos algum tempo em silêncio, na rua mal iluminada. Para as bandas do quartel da polícia um trovador afinava o violão. No céu negro uma coruja passou alto, piando.

— Diabo! exclamou Isidoro, supersticioso, estremecendo. Não gosto de ouvir estes amaldiçoados gritos. Justamente por cima da casa do Silvério, que está de cama, esta peste voar, rasgando mortalha.

Levantou a gola, arrepiado, baixou a voz:

— Pensou no que lhe disse ontem?

— Hem? Não me lembro. É o empréstimo?

Tínhamos chegado ao fim da rua de Baixo, estávamos em frente às balaustradas do paredão do açude. Tomamos pela direita, deixamos atrás a pracinha.

— Não, não é o empréstimo. Que horas são?

Consultou o relógio da usina elétrica:

— Só onze? Julguei que fosse mais tarde. Vamos para diante, quebrar as pernas pelos buracos do Pernambuco-Novo.

Olhei a frontaria da casa de Adrião, fechada. Hesitei receoso.

— Não há ninguém, tudo deserto. Vamos dar um passeio, insinuou Isidoro.

Penetramos cautelosamente no Pernambuco-Novo, o bairro das meretrizes.

— Não era ao empréstimo que eu me referia. Mas já que tocamos nisto, você falou aos homens?

— Esqueci, Pinheiro, respondi com acanhamento. Falo amanhã. Que nem sei se eles poderão. Muitas obrigações a pagar... Talvez não aceitem.

— E a hipoteca do sítio, criatura? Uma propriedade que me está em mais de cinco contos! Afinal se não fizer com eles, faço com outro.

Era um empréstimo que desejava contrair com os Teixeira, por meu intermédio, operação regular, com efeito; mas Teixeira & Irmão não tinham fundos suficientes para dedicar-se à agiotagem.

— Faço com outro, prosseguiu Isidoro, invisível nas trevas da rua. Faço com o banco, faço com o Monteiro. É um usurário, um ladrão, esfola a gente com juro de judeu, mas não recusa nunca, tem sempre dinheiro, é um excelente velho. E não recebo favor. Que diabo! Para uma transação de um conto e quinhentos garantia de cinco contos!

Calou-se, amuado. Acendeu um cigarro. E, à luz do fósforo, surgiram à direita calçadas altas e desiguais. À esquerda, entre sombras confusas de arvoredos, a mancha negra do açude avultava. Formas vagas, cheiro de aguardente, injúrias obscenas, sons de pífano.

Subimos o alto dos Bodes. Isidoro Pinheiro deitou fora a ponta do cigarro, deu um trambolhão, agarrou-me um braço e berrou:

— Que lembrança a sua de vir passear, com uma noite assim, neste inferno!

Depois, calmo, já perto da igreja do Rosário, na indecisa claridade que vinha da rua de Cima:

— Boa caminhada, sim senhor, isto por aqui é pitoresco. Que fim terá levado a Maria do Carmo? Gosto dela. Se não fosse tão descarada... Enfim cada qual como Deus o fez, que a gente não é rapadura, para sair tudo igual. Você viu esse anjo?

Torceu o caminho para não perturbar um noivado de cães. Entramos no Quadro. Eu não tinha visto anjo nenhum. E que me queria dizer o amigo Pinheiro lá embaixo? O amigo Pinheiro não se recordava.

— Foi o empréstimo que me esquentou o sangue. Não admito que desconfiem de mim. Acabou-se, vou falar com o Monteiro.

Estacou:

— Ah! sim! a história de ontem, esse infeliz que anda morrendo de fome.

— O sapateiro?

— O sapateiro. Vive quase nu, uma indecência. E imundo que faz nojo. Uma penca de filhos! Vamos ver se ajudamos esse desgraçado, que tem vergonha de pedir esmolas. A mulher tísica, no catre, lançando sangue, homem!

Pôs-se a caminhar, triste. De repente apontou a casa de d. Engrácia, grande como um convento, defronte do armazém dos Teixeira:

— E se você casasse com a Marta?

Casar com a Marta? Recuei, desconfiado:

— Que interesse tem você nisso, Pinheiro?

— Interesse? Nenhum. Mas acho...

— O que não compreendo é essa preocupação de me querer amarrar à força. Já me deu três vezes o mesmo conselho.

— É que desejo a sua felicidade, rapaz.

— E quem lhe disse que eu seria feliz casando com ela?

— Quem me disse? E por que não seria? A pequena é bonita, bem-educada, toca piano, esteve no colégio das freiras. Onde se vai achar outra em melhores condições? Se aquela não lhe agrada, só mandando fazer uma de encomenda.

Interrompeu-se, bateu-me no ombro, exclamou com admiração e energia, quase engasgado:

— Olhe aquilo, veja que prédio. Vale vinte contos. Pedra e madeira de lei. E terras, cada zebu de trinta arrobas, libra esterlina por desgraça, fortuna grossa, meu filho, e tudo da Marta, que o Miranda me contou. Atraque-se com a moça.

Não contive o riso. Estava ele certo de que a Marta Varejão aceitava o arranjo?

— Por que não? Que diabo pode ela querer mais? Você é bem-apessoado, tem boas relações, sabe escrituração mercantil e um bocado de aritmética. Oh! demônio! Lá se apagou a luz.

Chegamos à rua dos Italianos. A porta da pensão, quando ia introduzir a chave na fechadura, ouvi rumor lá dentro. E Isidoro Pinheiro soprou-me ao ouvido:

— Espere aí, não abra agora.

— Que é?

— O Pascoal que vai entrar no quarto de d. Maria. É bom demorar um pouco.

6

No escritório dos Teixeira, passando para o razão os diversos a diversos em bonita letra apurada, pensei naquela insistência de Isidoro.

É um ofício que se presta às divagações do espírito, este meu. Enquanto se vão acumulando cifras à direita, cifras à esquerda, e se enche a página de linhas horizontais e oblíquas, a imaginação foge dali. Organizar partidas e escrever a correspondência comercial são coisas que a gente faz brincando. E para molhar o papel de seda, enxugá-lo, pôr a fatura ao lado, apertar o livro na prensa não é necessário esforço de pensa-

mento. Dedicava-me às minhas ocupações singelas – e as ideias esvoaçavam em redor de Marta Varejão.

Realmente não era feia, com aquele rostinho moreno, grandes olhos pretos, boca vermelha de beiços carnudos, cabelos tenebrosos, mãos de mulher que vive a rezar. E alta, airosa, simpática, sim senhor, ótima fêmea. Se ela me quisesse, eu não tinha razão para considerar-me infeliz.

Queria. Na segunda-feira do carnaval, defronte do cinema, fora muito amável comigo. Olhadelas, sorrisos, um provérbio embaraçado, em francês. Aquilo prometia. Estava acabado, ia atirar-me a ela, como diz o Pinheiro. E se a d. Engrácia lhe deixasse a fortuna, bom casamento, negócio magnífico. Não que me preocupe exclusivamente com o dinheiro, pois se Marta fosse vesga e coxa, não a aceitaria por preço nenhum. Mas era bonita, e os bens da viúva davam-lhe encantos que a princípio eu não tinha descoberto.

Tocava piano. Naquele momento reconheci no piano um caminho seguro para a perfeição. Falava francês. Não havia certamente exercício mais honesto que falar francês, língua admirável. Fazia flores de parafina. Compreendi que as flores de parafina eram na realidade os únicos objetos úteis. O resto não valia nada.

Não seria difícil travar na igreja um namoro com ela, na missa das sete, e mandar-lhe, por intermédio de Casimira, umas cartas cheias de inflamações alambicadas, versos de Olavo Bilac e frases estrangeiras, dessas que vêm nas folhas cor-de-rosa do pequeno Larousse. Talvez, com algum trabalho, conseguisse completar para ela um soneto que andei compondo aos quinze anos e que teria saído bom se não emperrasse no fim. Depois obteria umas entrevistas à noite, à janela, e, conversa puxa conversa, pregava-lhe, ao cabo de uma semana, meia dúzia de beijos. Ficávamos noivos, casávamos, d. Engrácia morria. Imaginei-me proprietário, vendendo tudo, arredondando aí uns quinhentos contos, indo viver no Rio de Janeiro

com Marta, entre romances franceses, papéis de música e flores de parafina. Onde iria morar? Na Tijuca, em Santa Teresa, ou em Copacabana, um dos bairros que vi nos jornais. Eu seria um marido exemplar e Marta uma companheira deliciosa, dessas fabricadas por poetas solteiros. Atribuí-lhe os filhos destinados a Luísa, quatro diabretes fortes e espertos. Suprimi radicalmente Nicolau Varejão, ser inútil.

Achava-me em pleno sonho, num camarote do Municipal, quando Adrião se abeirou da carteira:

— Diga-me cá, por que foi que você não apareceu mais lá em casa?

Abandonei a representação e voltei à realidade, com um nó na garganta. Vascolejei o cérebro à cata de uma resposta.

— Vamos ver, continuou Adrião. Detesto mistérios. Fizeram-lhe alguma grosseria por lá? Se fizeram...

— Não senhor, não fizeram. Não fazem. Que é que haviam de fazer?

— Então que sumiço foi esse? Eu perguntei à Luísa. Não sabe, ninguém sabe. Você gostava de conversar com ela essas embrulhadas.

Procurei mostrar-me tranquilo:

— Sempre me distinguiram com amabilidades que não mereço.

— Lambanças, homem. Deixe-se disso, fale direito, atalhou Adrião.

— Justamente. O senhor compreende, eu gosto de escrevinhar. Assim de noite, quando a gente não tem sono...

— Já sei, já sei. Essas filosofias são prejudiciais. É o padre Atanásio que lhe anda metendo bobagens no quengo.

— De mais a mais a minha presença não serve de nada. Com franqueza...

— Ora! ora! ora! Vai para cinco anos que você está cá na casa, e só agora pensou nisso. Mas eu hei de decifrar essa charada. E diga ao dr. Liberato que mude aquela receita. Não pude dormir ontem, com uma dor de cabeça dos pecados. Uma peste.

Retirou-se claudicando, a amaldiçoar os médicos. Fiquei atordoado, perguntando ansiosamente ao cofre, à prensa, ao copiador, à máquina de escrever, como me sairia de semelhante dificuldade. Adrião Teixeira queria descobrir o motivo do meu afastamento. Se ele apertasse com Luísa, era possível que ela se aborrecesse e contasse que eu lhe tinha dado dois beijos no pescoço. Marta, o soneto e os quinhentos contos de d. Engrácia num instante se evaporaram.

Resignei-me a ir no domingo ao casarão dos Italianos. Uma impertinência, mas calculei que poderia, finda a atrapalhação do primeiro momento, esgueirar-me para a varanda e esconder-me por detrás das cortinas. Talvez Luísa nem reparasse em mim. Excelente coração. Outra qualquer teria feito da minha tolice um cavalo de batalha – e desmantelava-se este honesto rapaz que arranca um pão insípido às folhas das costaneiras; ela não: provavelmente julgara aquilo uma ligeira ousadia que apenas lhe tocara a epiderme. Blindada contra os sentimentos de um miserável João Valério, com certeza erguera os ombros: "Deixá-lo. Pobre-diabo."

Sentia-me terrivelmente perturbado. Tanto que, durante o jantar, nem dei atenção a duas perguntas de Isidoro. O dr. Liberato ajeitou as lunetas, tossiu, disse com impaciência:

— Mexa-se, homem. Que tem você?

— Eu? Não tenho nada, não houve nada, não me fizeram nada.

Compreendi o disparate e emendei:

— Estava distraído. Uns cálculos. E por falar em cálculos, doutor, lá o patrão mandou pedir outra receita. Anda com a cabeça doendo. A cabeça, a bexiga e as pernas.

Exploraram o Teixeira.

— Qual é a doença dele? perguntou Isidoro, inquieto. Quando ouve qualquer referência a enfermidades, murcha e apalpa o coração.

31

– Um bando de vísceras escangalhadas, explicou o dr. Liberato. Vida sedentária, poucas precauções...

– Temos viúva, interrompeu o Pascoal. Quanto tempo durará ele ainda? Liquidado. Qual é a fortuna, João Valério?

Ninguém respondeu. Isidoro apalpou novamente o coração, e d. Maria José referiu o caso medonho de uma preta que morrera queimada na semana anterior. Espalhou-se pela mesa uma sombra de morte. Baixei a cabeça, com pena da negra. O dr. Liberato interrogou d. Maria com exagerado interesse, pedindo minúcias, o que me trouxe aborrecimento e nojo. O italiano, que é robusto, tomava café e sorria.

A mulher tinha perdido no fogo os braços e as pernas, e do nariz corria um grude esverdeado.

– Ó d. Maria, exclamou o Pinheiro, repelindo a xícara e fazendo uma careta, para que vem contar essas histórias?

Levantou-se, desesperado. Eu e Pascoal levantamo-nos também. Saímos a passear pela rua.

– Preciso ver a Maria do Carmo, grunhiu Isidoro.

Entramos na farmácia do Neves. Encostado à grade, um sujeito escondia no lenço manchado de pus o rosto meio comido por uma chaga. Fugimos. O italiano pôs-se a cantarolar entre dentes coisas aflitivas, com *mamma* e *bara* repetidas muitas vezes.

Às nove horas estávamos na redação da *Semana*. Não encontramos padre Atanásio.

– Foi confessar mestre Simão, que deu uma queda do andaime e vomitou sangue, informou o sargento. Os senhores querem escrever a notícia?

Não quisemos. Ficamos sentados, carrancudos.

– Com os demônios! bradou Isidoro, erguendo-se. Isto por aqui está fúnebre.

Subimos a rua do Melão. Lá para o caminho da Ribeira ouvimos rumor de vozes. Aproximamo-nos. Eram cantos, rezas, choros, ladainhas – uma sentinela de defuntos.

— Vamos ver, convidou Pascoal, interessado. A gente às vezes acha nas sentinelas muito boas mulheres. Vamos ver. Talvez esteja lá a Maria do Carmo.

— Ora pílulas! berrou Isidoro, furioso. Antes ir passear no cemitério.

7

Sábado pela manhã Evaristo Barroca partiu para a capital. Ia furar, cavar, politicar. Depois que saíra deputado, andava sempre por lá, farejando. Bem diz o Pinheiro, aquele vai longe. Ao meio-dia Clementina teve um ataque, meteu as unhas na cara do pai, fez um alarido que atraiu os vizinhos, bateu com a cabeça nas paredes, gritou, espumou, ficou estatelada na cama. De sorte que no domingo era provável haver poucas pessoas em casa de Adrião.

Como me sentisse inquieto, resolvi distrair-me aproveitando parte da noite a trabalhar no meu romance. Fui à sala de jantar:

— Ó d. Maria, dê-me uma xícara de café, por favor.

Bebi o café, tranquei-me no quarto, tirei o manuscrito da gaveta:

— Vamos a isto.

E descrevi um cemitério indígena, que havia imaginado no escritório, enquanto Vitorino folheava o caixa.

Desviando-me de pormenores comprometedores, construí uma cerca de troncos, enterrei aqui e ali camucins com esqueletos, espetei em estacas um número razoável de caveiras e, prudentemente, dei a descrição por terminada. Julgo que não me afastei muito da verdade. Vi coisa parecida quando os trabalhadores da estrada de ferro encontraram no caminho do Tan-

que uns vasos que rebentaram. Havia dentro ossos esfarelados, cachimbos, pontas de frechas e pedras talhadas à feição de meia-lua. O meu fito realmente era empregar uma palavra de grande efeito: tibicoara. Se alguém me lesse, pensaria talvez que entendo de tupi, e isto me seria agradável.

Continuei. Suando, escrevi dez tiras salpicadas de maracás, igaçabas, penas de arara, cestos, redes de caroá, jiraus, cabaças, arcos e tacapes. Dei pedaços de Adrião Teixeira ao pajé: o beiço caído, a perna claudicante, os olhos embaçados; para completá-lo, emprestei-lhe as orelhas de padre Atanásio. Fiz do morubixaba um bicho feroz, pintei-lhe o corpo e enfeitei-o. Mas aqui surgiu uma dúvida: fiquei sem saber se devia amarrar-lhe na cintura o enduape ou o canitar. Vacilei alguns minutos e afinal me resolvi a pôr-lhe o enduape na cabeça e o canitar entre parênteses.

— Está muito ocupado, seu Valério?

Abotoei a camisa, vesti um jaquetão e fui abrir:

— Não, d. Maria José. Ora essa!

Ela entrou de manso, com uns modos acanhados, acercou-se da mesa, os olhos baixos.

— Alguma novidade, d. Maria?

— É que... O senhor poderá tirar-me de um aperto? Não falei lá dentro porque tive vergonha. Já lhe devo tantas obrigações...

Ora sebo!

— Vergonha? E por quê? Não há razão, fiz eu com um sorriso amarelo, esperando o golpe.

— Tenho precisão de cento e cinquenta mil-réis. Venho importuná-lo ainda.

— Cento e cinquenta mil-réis, d. Maria? Agora é impossível, e amanhã não se abre o armazém. Só lá para segunda-feira.

— Eu queria hoje. É até o mês vindouro.

— Perfeitamente. Mas onde vou buscar? Talvez na segunda-feira... E nem sei se poderei arranjar. Tenho quarenta. Servem-lhe quarenta?

Ela aceitou, com um gesto de resignação desalentada.

Retirei a Bíblia da gaveta e procurei dinheiro entre as páginas do Eclesiastes, que é o meu cofre.

— Muito agradecida, suspirou d. Maria, recebendo as duas notas, meio desapontada. É por pouco tempo.

— Não se preocupe, respondi acompanhando-a. Se não puder pagar, fica aí como adiantamento, não tem dúvida.

Voltei ao trabalho interrompido. Não pagava. Já me devia mais de quinhentos mil-réis, devia também ao dr. Liberato e ao Pinheiro. Nós sabíamos que aquilo era para o italiano, que vive a enganá-la, vai aos bordéis do Pernambuco-Novo, mas não tínhamos coragem de recusar. Tão boa, tão amável! Era pena que tivesse aquela desgraçada ligação com um traste como o Pascoal.

Embrenhei-me novamente nas selvas. Li a última tira e balancei a cabeça, desgostoso. Catei algumas expressões infelizes e introduzi na floresta, batida pelo vento, uma quantidade considerável de pássaros a cantar, macacos e saguis em dança acrobática pelos ramos, cutias ariscas espreitando à beira da caiçara. Mais isto veio espremido e rebuscado. Tudo culpa do Pascoal.

De mais a mais a dificuldade era grande, as ideias minguadas recalcitravam, agora que eu ia tentar descrever a impressão produzida no rude espírito da minha gente pelo galeão de d. Pero Sardinha. Em todo o caso apinhei os índios em alvoroço no centro da ocara, aterrorizados, gritando por Tupã, e afoguei um bando de marujos portugueses. Mas não os achei bem afogados, nem achei a bulha dos caetés suficientemente desenvolvida.

Com a pena irresoluta, muito tempo contemplei destroços flutuantes. Eu tinha confiado naquele naufrágio, idealizara um grande naufrágio cheio de adjetivos enérgicos, e por fim me aparecia um pequenino naufrágio inexpressivo, um naufrágio reles. E curto: dezoito linhas de letra espichada, com emendas. Pôr no meu livro um navio que se afunda! Tolice. Onde vi eu um galeão? E quem me disse que era galeão? Talvez fosse uma

caravela. Ou um bergantim. Melhor teria feito se houvesse arrumado os caetés no interior do país e deixado a embarcação escangalhar-se como Deus quisesse.

E não sei onde se deu o desastre. Para os lados de S. Miguel de Campos, ou Coruripe da Praia, por aí. Talvez o dr. Liberato soubesse. Levantei-me, bati à porta do quarto dele. Ninguém. Atravessei o corredor, despertei d. Maria José, que dormitava encostada à mesa da sala de jantar:

— Ó d. Maria, que é do dr. Liberato?

Tinha ido à casa do Mendonça, que era dia de anos de d. Eulália.

— E o Pinheiro? O Pinheiro também foi?

O Pinheiro também tinha ido. Que diabo! Fugirem todos, justamente na ocasião em que eram necessários! Lembrei-me de padre Atanásio. Dez horas. Bem, devia estar acordado, decidi consultá-lo. Voltei ao quarto, mudei a roupa e saí, satisfeito por ter achado um pretexto para abandonar aquela estopada.

Na redação da *Semana* encontrei o reverendo sentado à banca, só, pregando um botão na batina.

— Ó padre Atanásio, diga-me cá. O senhor conhece Coruripe da Praia?

— Conheço. É uma boa cidade. Muito sal, muito coqueiro. E então o povo... Você tem algum negócio em Coruripe da Praia?

— Não, é outra coisa, a novela que estou escrevendo, o romance dos índios. Preciso dos baixios de d. Rodrigo. O senhor conhece os baixios de d. Rodrigo?

— Não. Onde fica isso?

— Era o que eu queria saber. Fica por essas bandas, em Coruripe, em S. Miguel, não sei onde. O senhor nunca ouviu falar? Vem na história. Coruripe... Julgo que foi em Coruripe que mataram o bispo.

Padre Atanásio soltou a agulha, assombrado, e esbugalhou os olhos:

— O bispo? que bispo?
— O Sardinha, padre Atanásio. Aquele dos caetés, um sujeito célebre. O d. Pero. Vem nos livros.

O diretor da *Semana* retomou a agulha, a linha e o botão:
— Ah! sim! Pensei que fosse o d. Jonas. Ou o d. Santino. Que susto! O d. Pero... Nem me lembrava.

8

Domingo à noite fui à casa do Teixeira. Quando Zacarias abriu o portão, havia rumor lá em cima. Atravessei o jardim, subi a escada, cheguei à sala, aturdido.

— Ora sim senhor, disse-me Adrião. Veio arrastado, mas veio.

Luísa acolheu-me como se me tivesse visto na véspera. Cumprimentei, com as orelhas em brasa, Vitorino, padre Atanásio, Miranda Nazaré. Vi Clementina escondida entre o piano e a parede. Balbuciando, pedi informações sobre a saúde dela.

Não ia bem.

Sim? Pois não parecia. Tanta vivacidade, tão boas cores...

Ela atirou-me um olhar de agradecimento e encolheu-se. Eu ia encolher-me também, por detrás das cortinas, mas Adrião se levantou, convidou:

— Vamos para a mesa.

Entramos. Pelo corredor o vigário prosseguiu numa arenga interrompida com a minha chegada. Era acerca dos nomes esquisitos que agora dão às crianças. Ao sentar-se, estava indignado:

— Palavras estrangeiras. Vocês já viram? Pronúncia errada. Eu reclamo: "Besteira, homem! Ambrósio, Guilherme, Ricardo, isto é que é." Não querem. Extravagâncias. De Jerônimo e Amália fazem Jerália. Vocês já viram?

Serviu-se o chá. E todos asseguramos que aquilo efetivamente era atroz.

— Está claro. Eu às vezes me zango: "Gregório, ponham-lhe Gregório, pelo amor de Deus." Não querem.

Calou-se.

— Por que não tem aparecido ultimamente, João Valério?

Num sobressalto, larguei a torrada, ergui os olhos ansiosos para o outro lado da mesa, tornei a baixá-los, perturbado, e gaguejei:

— Nem sei, minha senhora. Por aí, à toa... Ocupações.

— Vi ontem, disse Vitorino, duas figurinhas do Cassiano aleijado: um mendigo com a sacola e um S. Miguel com balança. Muito bonitas.

Mas Nazaré interrompeu-o. Não se capacitava de que os trabalhos do aleijado prestassem:

— Um ignorante, um analfabeto.

— Só por isso? murmurou Luísa, que protege o Cassiano.

— Naturalmente. Ele não aprendeu escultura.

— Eu achei as figurinhas engraçadas, arriscou Vitorino. E quanto a não saber ler...

— Quem é bom já nasce feito, apoiou o reverendo. Vejam o Miguel Ângelo. Agora mesmo, no livro de um francês...

Investiu contra Nazaré:

— E Tubalcaim, homem, e Jubal, Noé, essa gente da Bíblia? Quem ensinou o Noé a fabricar vinho? Ora, o livro do francês... E a torre de Babel, a embrulhada das línguas? São fatos, estão nas escrituras.

— Que diz o livro? perguntou Adrião.

— Diz muito, respondeu o diretor da *Semana*. É de um francês extraordinariamente instruído. Sabe tudo. Aquelas embromações do Laplace. Nebulosas, potocas. Porque o Gênese... Enfim uma sabedoria imensa. Trata do sol, da lua, das estrelas, de uns bichos brabos que existiram antigamente. Dinossauros, seu Miranda? É isso mesmo. E outros: megatérios, gliptodontes. Um monumento.

— Mas afinal, objetou Nazaré, que relação tem isso com os bonecos do aleijado?

— Relação? fez o vigário, espantado. Ora essa! Tem relação. Eu ainda não acabei.

Coçou a testa, aflito, tentando recordar-se. De repente, com uma alegria infantil:

— Ah! sim. E que há no livro umas estatuetas desenterradas lá por onde Judas perdeu as botas, uns bisões que têm muitos milhares de anos. Ótimos.

— O dr. Liberato afirma que as imagens do Cassiano também são ótimas, observei eu.

— O dr. Liberato? inquiriu Adrião com azedume. Que entende disso o dr. Liberato?

— Que entende? Deve entender. Não é médico? Se as imagens estivessem erradas, ele sabia.

— Pois era melhor que entendesse de medicina, replicou Adrião, descontente. Ainda não me deu uma receita que prestasse.

E com o beiço caído, cheio de amargura, grande murchidão no rosto enxofrado, mastigou impropérios em voz baixa. Em redor informaram-se do estado dele, com solicitude. Não melhorava. Uma peste. Referiu achaques complicados e deteve-se numa dorzinha renitente que se alojara debaixo da última costela esquerda. Houve um silêncio compungido.

E eu pensei que o conhecimento daqueles pequeninos bisões de terracota afeiçoados pelos dedos rudes de um bárbaro, há milênios, numa caverna lôbrega entre penhascos, era para mim aquisição preciosa. Talvez eu pudesse também, com exígua ciência e aturado esforço, chegar um dia a alinhavar os meus caetés. Não que esperasse embasbacar os povos do futuro. Oh! não! As minhas ambições são modestas. Contentava-me um triunfo caseiro e transitório, que impressionasse Luísa, Marta Varejão, os Mendonça, Evaristo Barroca. Desejava que nas barbearias, no cinema, na farmácia Neves, no café Bacurau,

dissessem: "Então já leram o romance do Valério?" Ou que, na redação da *Semana*, em discussões entre Isidoro e padre Atanásio, a minha autoridade fosse invocada: "Isto de selvagens e histórias velhas é com o Valério."

— Que há de novo sobre Manuel Tavares? perguntou Adrião depois de um longo suspiro. Parece que está provado que foi ele, hem?

— Provadíssimo, confirmou Nazaré. Vão ver que ainda desta vez o júri manda para a rua aquele bandido.

E pormenorizou a novidade de resistência: um sujeito assassinado enquanto dormia, enterrado num quintal, exumado depois de um ano, por acaso.

— Que a polícia nunca teve intenção de prender Manuel Tavares. A polícia não tem intenção. Foi um parceiro do assassino que brigou com ele e veio denunciá-lo. O móvel do crime? Vinte mil-réis falsos e uma roupa de mescla. Tem aí o padre Atanásio matéria para escangalhar no seu jornal a polícia, Manuel Tavares e o conselho de sentença que o absolver.

— Se absolver, resmungou o vigário. Um caso tão monstruoso...

— Absolve, não há dúvida. Está na rua, é protegido do Evaristo. E que me dizem desses artigos que estão saindo na *Gazeta* contra o Mesquita?

— Terríveis! exclamou Vitorino. Toda a sorte de ridículos. Afinal o pobre homem não tem culpa de ser estúpido, se é estúpido.

Levantamo-nos. E íamos chegando à sala quando a campainha retiniu e pouco depois soaram na antecâmara os passos apressados do dr. Liberato. Entrou, distribuiu apertos de mão, recusou o chá que Zacarias lhe trouxe, quis saber da preciosa saúde dos seus bons amigos. Apoderou-se do tabelião e dissertou abundantemente. A chegada de Isidoro interrompeu, muito a propósito, a amolação dele.

O Pinheiro trazia um jornal enrolado:

— Leram?

Todos tinham lido, menos as senhoras.

— Tremendo! opinou Adrião.

— Horroroso! acrescentou Vitorino. Estávamos falando nisso quando o doutor chegou. E eu dizia que o Fortunato não tem culpa...

— Esplêndido! atalhou Nazaré erguendo os ombros, o que lhe aumentava a corcunda. Soberbo!

— Você é inimigo do Mesquita? perguntou Isidoro.

— Não, não sou inimigo de ninguém. Mas gosto daquela maneira de achincalhar um tipo. A família do Mesquita... Magnífico! Heróis que lutaram com os holandeses! A generosidade do Mesquita... Impagável! Empresta cinco tostões a juro de cento por cento e espalha que fez favor. E as camisas do Mesquita, os colarinhos do Mesquita, a navalha de barba do Mesquita...

Como Luísa e Clementina estivessem afastadas, dirigiu-se ao dr. Liberato e ao Pinheiro, baixando a voz:

— A navalha de barba... Repararam? Uma brincadeira safada. Perceberam? Uma pilhéria de arrancar couro e cabelo.

— Você não tem coração, exclamou Isidoro.

— Eu? retorquiu Nazaré alegremente. Tenho um coração razoável. Agora viver lamentando os males do vizinho, não, principalmente se o vizinho é tolo. E os artigos estão bons. Muito progrediu ele depois que publicou os outros.

— Os outros? Então o senhor conhece o autor dos artigos? estranhou o médico.

— Conheço.

— Quem é? interrogamos todos, excitados.

Nazaré estudou as caras em roda, com pachorra:

— Não sabem?

— Não.

— Nem suspeitam?

— Suspeitar o quê! bradou Vitorino. Não há suspeita. Provavelmente aquilo é da redação: algum dinheiro que o Fortunato recusou ao Brito.

— O Brito? Qual Brito! O Brito, coitado, meteu aquilo na *Gazeta*, mas nem leu.

— Quem foi? gritou padre Atanásio já com raiva. Se não queria dizer, não começasse.

— E eu não ia dizer, resistiu Nazaré. É segredo. Enfim, como os senhores insistem e estou aqui entre amigos... foi o Evaristo.

Houve um momento de estupefação. Em seguida atacamos o Miranda:

— Não é possível!
— Absurdo!
— Que lembrança!

— Foi ele, murmurou Nazaré sem se alterar. Juro por todos os santos...

— Não jure em vão, homem, retrucou padre Atanásio. O Barroca fez elogios daquele tamanho ao Mesquita.

— Perfeitamente, concordou Nazaré. Mas foi ele. Lambeu os pés do Mesquita e chegou a deputado. Hoje procura derrubá-lo. Derruba.

— Tem certeza? indagou Isidoro.

— Como tenho certeza de que dois e dois são quatro, como tenho certeza de que o som diminui à medida que a distância...

— Deixe lá o som, deixe a distância, atalhou Adrião. O que nos interessa é o Barroca. Se foi ele, é um miserável.

— Nem por isso. Não precisa mais do outro.

— Talvez o senhor se engane, aventurou o médico.

— Qual nada! O Mesquita está no chão. Não dou três vinténs por ele. Se o Evaristo visse que não o deitava abaixo, não escrevia aquilo.

Calamo-nos impressionados, menos pelas palavras de Nazaré que pela maneira como ele as dizia. Vendo-lhe a cabecinha calva, os olhos inquietos, brilhando como contas de vidro, a ponta da língua a remexer-se, umedecendo os beiços delgados, recuei instintivamente, como se ele me pudesse morder.

Fugi para a varanda. Veio do piano um tango arrastado. Acendi um cigarro. As notas diluíam-se no barulho da usina elétrica.

Na calçada do armazém fronteiro duas mulheres iam e vinham; à direita vultos esquivos esgueiravam-se para o Pernambuco-Novo; à esquerda um automóvel rodava silencioso; em frente, além da estrada da Lagoa, negra àquela hora, tremiam ao longe pequeninos pontos luminosos.

Voltei-me. Tornava a contemplar Luísa, oculto por detrás das cortinas, enlevado, enquanto lá dentro as conversações zumbiam.

– Joguem uma partida de xadrez, pediu o dr. Liberato. Vamos apreciar isso.

Adrião sentou-se à mesa pequena, sob o lustre, e começou a dispor as peças no tabuleiro; Nazaré, defronte dele, estendeu-lhe as mãos fechadas, a sortear as cores:

– Peão de dama, hem?

Lá estava, grande e loura, correndo os dedos pelo teclado, indiferente e esquecida, como se, em vez de me achar ali, trincando um cigarro, eu me conservasse arredio, num quarto de pensão, compondo crônicas para a *Semana* ou sonhando com o bergantim de d. Pero. Via-a – e os desejos acordavam.

Nazaré e Adrião volviam as peças com rancor. O dr. Liberato seguia os lances da partida sem interesse. Padre Atanásio e Isidoro cochichavam. Vitorino dormia.

Agora não era tango, era mazurca. Se Luísa me amasse, eu daria por ela de bom grado um milheiro de Martas, um milhão de Clementinas.

– Essa é boa! gritou Adrião. Dois bispos nas linhas brancas!

– É verdade. Que descuido! exclamou Nazaré tentando justificar-se.

E houve em redor do tabuleiro um debate medonho. Aproximei-me, afetei uma curiosidade desenxabida:

– Então? Dois bispos?

— Em casas brancas! trovejou Adrião. Viu que ia perder e tirou um bispo do lugar.

Nazaré, sem se ofender, alvitrou que se reconstituísse o jogo.

— Não é possível. Quem sabe lá em que ponto foi isso?
— Um engano.
— Que engano! Você é cego?

Deram a partida como nula, iniciaram outra. E logo no princípio Adrião, irritado, deixou sem defesa um peão do centro, perdeu-o, moveu a dama expondo o rei a xeque de cavalo antes de rocar e soltou uma praga.

— Ó Pinheiro, recite uma poesia, pediu Vitorino, bocejando.

Isidoro desculpou-se, estava rouco.

Luísa interrompeu a mazurca e quis ouvir Clementina. Todos aplaudiram, menos Adrião, que rosnava, e Nazaré, que amiudava os xeques. Mas Clementina relutava, debatia-se, enroscava-se. Enfim cedeu. Encostada ao piano, pálida, sussurrou uma cantiga lamuriante. Foi até o fim sem um gesto, e logo que terminou, já alheia ao compasso, voltou a sentar-se, agradeceu com os olhos úmidos as palmas que lhe demos e enroscou-se mais.

Eram dez horas. Zacarias entrou com uma bandeja. Adrião, que só tinha duas peças grandes, levantou-se furioso:

— Abandono. Vamos ao café. Dama e torre. Mate de torre e dama. Não passa daí.

— Temos então o homem definitivamente grudado a Palmeira, hem Miranda? perguntou Vitorino recebendo a xícara.

— Quem?

— O Barroca. Se é verdade o que você pensa, naturalmente há de rebentar por aqui qualquer dia, desmantelar esta geringonça, fazer de novo. Agarra-se como sanguessuga. Eu só tenho pena do pobre do Xavier.

— Aqui é que ele não fica, disse Nazaré. Vem, toma conta das posições, coloca os amigos, deixa um testa de ferro, o Cesário ou o administrador, dirigindo a entrosa e volta. Depois

aparece, dá uma vista às propriedades, ao gado, aos eleitores e torna a voltar. Não fica. Aquilo é ambicioso, trepa. E se os senhores tiverem alguma pretensão, peguem-se com ele. Aceitem o meu conselho: peguem-se com ele.

Estava satisfeito com a queda do Mesquita e desesperado com a vitória do Barroca. Falava cortando as palavras, constrangido: o êxito dos outros acabrunha-o.

9

Voltei. Às quintas e aos domingos lá ia encontrar os mesmos indivíduos discutindo os pequeninos acontecimentos da cidade, tão constantes que a ausência de um deles prejudicava a harmonia do conjunto.

Às vezes, tempestuosa, surgia d. Engrácia, de vastas roupas negras, botinas de elástico, mantilha e guarda-chuva. Como tinha trinta contos em depósito no armazém dos Teixeira, dispensavam-lhe atenções especiais. Terrivelmente indiscreta, censurava, diante de Luísa, os decotes baixos e os cabelos curtos, imoralidades, e dizia a Clementina que histerismo é descaramento. Esquadrinhava tudo, metia em tudo o rosto de fuinha, e se alguma coisa via que lhe desagradasse, desembuchava logo. Agressiva e espalhafatosa, falava como se quisesse espetar a gente com o nariz em bico. Detestavam-na, mas temiam-lhe a língua. E era geralmente respeitada. Quinhentos contos em terras de café e algodão, prédios, letras, ações da Cachoeira e da Fernão-Velho.

Vinha sempre com ela a pupila, séria, de colarinho alto e mangas que lhe chegam aos pulsos. Veste-se assim por causa da madrinha. Percebe-se que não revela o que tem dentro. Confrontando-a com Luísa, eu notava entre as duas uma diferença enorme.

Luísa era franca – movimentos decididos, riso claro, grandes olhos azuis que lhe deixavam ver a alma. Tive a impressão extravagante de que ela andava nua. Saíam-lhes nus os pensamentos. E os vestidos escassos apenas lhe cobriam parte do corpo, belo, que se poderia mostrar inteiramente nu.

Luísa era boa, de uma bondade que se derramava sobre todos os viventes. Sou apenas um inseto, mas, para inseto, recebi tratamento exagerado.

Luísa era pura. Imaginei que nunca um desejo ruim lhe havia perturbado os sonhos.

Foi assim que pensei. Entretive-me durante um mês a orná-la com abundância de virtudes raras. Além das que ela possui, e que são muitas, dei-lhe as outras. E lamentei que o meu espírito minguado não pudesse conceber perfeições maiores para jogar sobre ela. Nisto se exauria o esforço de que sou capaz. Devaneava – e nem sabia exprimir-me. Enquanto os amigos em volta da mesa parolavam, eu ficava em silêncio, recolhido, sem nada ouvir, contemplando-a.

Pouco a pouco a minha confusão se dissipou. Luísa me dizia coisas lindas, que eu escutava enlevado, procurando um alcance que não tinham e que cheguei a descobrir.

Diante das visitas, era reservada: não ia além de uma ou outra frase risonha lançada na conversação. Em família, tornava-se expansiva. É o que se observa entre as senhoras do Nordeste. Como os homens aqui são indelicados e não raro brutais, elas se esquivam, tímidas.

Às vezes Luísa se revoltava. E era sempre em razão de uma desgraça que não podia suprimir. Atirava tumultuosamente expressões confusas, que traduziam ideias justas, com certeza, e bons sentimentos, porque eram dela. Falava do sapateiro que tem a mulher tísica e uma ninhada de filhos:

– Está lá na tripeça, batendo. E os pequenos esfarrapados, sujos... Ouço daqui as pancadas do martelo e a tosse da mulher. Vocês não ouvem?

Ninguém ouvia.

— Os pés inchados, tão amarelo, as roupas imundas!

Adrião erguia os ombros com enfado:

— Que nos interessa isso, filha de Deus? O homem ganha a vida, é natural. Deixá-lo.

— Mas é que morre de fome. Vocês sabem lá o que é ter fome?

Manifestei-lhe um dia minha surpresa:

— Não sabemos. Com efeito, não sabemos. Mas a senhora também não sabe. Deve padecer muito. Faz pena. Afinal não é o único.

Levou as mãos ao estômago, deitou-me uns olhos que me espantaram, e julguei que até as dores físicas do desgraçado passavam para ela.

— Aquilo dói, deve doer muito. Uma casa nojenta! É duro. Há lá crianças nuas.

Compreendi a razão por que Luísa não confessou ao marido a minha temeridade. Uma criatura como ela não agravaria nunca o sofrimento alheio.

10

Uma noite de lua cheia, no banco do jardim, Vitorino me acirrou a paciência com a exposição arrastada e nasal dos méritos da filha, que deixara o Coração de Jesus, onde ensinava pintura. Estive a escutá-lo uma hora.

Luísa veio descansar numa cadeira ao pé de nós. Quando Vitorino se retirou, depois de uma extensa relação de quadros, disfarcei o meu enleio a observar as manchas dos tinhorões. Mudo e constrangido, levantei-me também.

— Já se vai embora, João Valério? perguntou Luísa com tanta simplicidade que tornei a sentar-me.

Sobre os canteiros espalhou-se a sombra de uma nuvem. Lembrei-me dos beijos que dei no pescoço de Luísa, imaginei que nunca teria coragem de lhe falar naquilo. Reapareceu o luar. E, sem preparar-me, balbuciei, com os olhos na platibanda do armazém fronteiro:

— Eu lhe devo uma explicação. Veja a senhora...

Calei-me, perturbado, tentei moderar a violência do coração.

— Nem sei como principiar. Nem sei o que vou dizer.

— Pois não diga, murmurou Luísa.

Procurei decifrar-lhe a intenção, o que não consegui. Perfeitamente sossegada.

— Tem razão.

E senti um imenso desalento.

— Mas essa generosidade é terrível, desabafei quase colérico.

— O Valério está exaltado. Não pensemos mais nisso.

— Não pensar? É o meu pensamento. A senhora depositou confiança em mim... Sou um canalha. O que eu queria era saber por que me trata dessa forma. Por que é?

Ela não respondeu. Olhou desatenta as grades do jardim, as folhas das palmeiras, o lago do centro pequenino, que tem à margem a estatueta desconsolada de uma garça.

— Quando voltei, não esperava ser recebido assim. Fala comigo como se eu prestasse. Por quê?

Esqueci a explicação a que me havia referido, fazia-lhe perguntas que nunca supus fazer. Ela pareceu acordar, passou a mão pela fronte:

— O Valério é uma criança, é como se fosse nosso filho. E desde que está arrependido...

— Quem lhe disse isso? Filho! Que brincadeira! Somos da mesma idade. Não me entende. O desgosto que lhe causei... Vivo acabrunhado. E foi aquele o único momento feliz que tive.

— Essa confissão é uma indignidade, exclamou Luísa com um rigor que não achei natural.

— É, concordei. E a senhora vai perdoar, já perdoou. Era melhor que me expulsasse de sua casa. Vejo-a, e não me canso de vê-la. Antes de dormir, sonho... Nem sei. Sonho que morreria contente se lhe desse um beijo.

— Cale-se, fez ela com leve tremor na voz.

— E a senhora sorri quando eu chego. Acha-me tão miserável... Nenhum ressentimento...

— Pobre rapaz, disse Luísa baixinho. Deve ter sofrido muito.

Brilhavam-lhe nas pestanas traços de lágrimas, o que me causou violenta comoção.

— Por que havíamos de ficar inimigos? prosseguiu. Uma leviandade sem consequência. Vive aqui há cinco anos.

— Não, não é isso. Eu me explico.

— Decerto, atalhou ela rapidamente. Vou auxiliá-lo. Há por aí muita moça. A Clementina, coitadinha...

— A Clementina? Quem lhe pediu essa substituição? É a senhora que eu amo, a senhora, a senhora.

Ela ergueu-se de chofre:

— Fiz mal em ouvir essas loucuras.

Afastou-se quase sufocada. Compreendi então que estava num banco de jardim. E espantei-me de encontrar em redor tudo em ordem. A lua andava brincando com as nuvens, como se aquele extraordinário acontecimento não alterasse a harmonia do universo. Moviam-se lentamente os tinhorões. A fachada do armazém fronteiro não se tinha desmoronado. E a garça de bronze, à beira da água, levantava a perna inútil com displicência, mostrava-me o bico num conselho mudo, que não percebi.

Na rua, apesar da aparência calma do mundo exterior, pareceu-me que havia em qualquer parte um cataclismo. É possível que naquele momento alguma operação se realizasse no meu cérebro. Não tive disto nenhuma consciência, apenas sei que duas ou três frases me feriam os ouvidos, com obstinação.

Ouvi distintamente alguém invisível dizer-me: "Pobre rapaz. Tem sofrido muito." Passados instantes, a mesma voz continuou: "Por que havíamos de ficar inimigos? Uma leviandade sem consequência."

À entrada do Pinga-Fogo, o administrador da recebedoria cumprimentou-me, parou:

— Faz o obséquio de me dar o seu fósforo?

Não retribuí o cumprimento e atentei naquele ser fantástico, alto, magro, de preto e de gravata branca.

— Pedi-lhe fósforo. Faz favor...

Meti a mão no bolso, maquinalmente, dei-lhe a caixa de fósforos.

"Pobre rapaz. Deve ter sofrido muito..." martelou-me a voz aos ouvidos. E pensei nas marteladas do sapateiro, que Luísa ouve.

À esquina da rua Floriano Peixoto, o Neves farmacêutico, apertado num velho fraque de gola ensebada e roído de traças, perguntou-me se não ia ao baile da prefeitura. Balancei a cabeça negativamente e achei o Neves absurdo.

— Festança grossa, resmungou o boticário com animação frouxa no carão chupado. É conveniente ir, agradar o Barroca. Esse sarapatel de política... Vai o mundo abaixo. O Mesquita passou o exercício ao Mendonça.

O Mesquita, sim. Era possível que houvesse um Mesquita, um Barroca, um Mendonça, outros indivíduos talvez. Não sabia para onde me encaminhava. Ia provavelmente à redação da *Semana*, mas, ouvindo música para os lados da praça da Independência, endireitei para lá, sem me despedir do Neves.

À entrada do beco do Leite, Nicolau Varejão e Silvério comentavam a mudança do destacamento policial e a demissão do promotor.

Havia agora alguma ordem nas minhas ideias. As palavras de Luísa acompanhavam-me. Consegui dar a elas uma significação, o que ainda não tinha podido fazer.

No largo, muito tempo fiquei encostado à esquina da padaria, olhando as portas fechadas dos estabelecimentos comerciais, as bandeiras de papel esvoaçando em honra de Evaristo Barroca, a frontaria salpicada de luzes do paço municipal.

Nas trevas do meu espírito faiscavam milhares de vagalumes. Por que me deixara Luísa entrar, depois de longa ausência, na intimidade do casarão dos Italianos? Que podia ela esperar de mim? "O Valério é como se fosse um filho." Despropósito. Depois a lembrança de querer impingir-me a Clementina. E hesitação, ambiguidade.

Aproximei-me vagarosamente do local da festa, cheguei-me a uma das janelas, onde o *sereno* afluía.

Poucos pares. Nas cadeiras, senhoras graves, de ar bicudo: d. Eulália Mendonça e as duas filhas, as xifópagas, como lhes chama o dr. Liberato, porque andam sempre juntas; a mulher do juiz de direito; d. Josefa Teixeira, miudinha, lourinha, a única que parecia à vontade, linda muchacha, conversando com uma criatura agreste, sardenta e de tromba; Clementina, outras. Pelos cantos, indivíduos contrafeitos numa elegância precária: Miranda Nazaré, mais magro, mais curvado, de queixo mais agudo; o juiz de direito; Vitorino, cabisbaixo, sonolento; o Monteiro agiota, com a barba crescida; Mendonça pai, que é Cesário, e Mendonça filho, que é Valentim; eleitores bisonhos, os membros do Conselho, sujeitos desconhecidos, de Quebrangulo e Santana do Ipanema. Aprumado e encasacado, Evaristo Barroca discorria com o delegado regional.

No apertão que havia na calçada, Maria do Carmo asseverava ao regente da filarmônica:

— Todo o mundo sabe que eu sou uma mulher honesta.

O regente da filarmônica afastou-se dela e perguntou a Xavier filho se o Mesquita estava na fazenda. Xavier filho explicou que ele se havia metido em casa, porque d. Guiomar adoecera, que não precisava de política para viver e que aquela

mudança era um benefício que lhe tinham feito. O outro concordou. E quis saber se eu pertencia ao partido do dr. Barroca.

– Uma mulher honesta, repetiu Maria do Carmo. Não sou disso, todo o mundo sabe.

Retirei-me, atravessei o Quadro, entrei no café Bacurau.

Por que me dissera Luísa aquelas palavras equívocas?

– Que é que vai, seu Valério? gritou Bacurau, que estava trepado numa escada, desceu quando me viu. Cerveja?

– Conhaque.

Ele trouxe a garrafa e voltou-se para Isidoro, que entrava:

– Conhaque, seu Pinheiro?

– Café, bacurônico amigo, respondeu Isidoro sentando-se à minha mesa.

E logo me interpelou com azedume:

– Então não vai, hem?

– Não.

– Pois é tolice. Podia encontrar ocasião de falar com a Marta, que deve ir para lá. Olhe.

Apontou Marta Varejão, que saía do convento, em companhia da madrinha.

– Para que diabo quer a d. Engrácia um guarda-chuva a esta hora, com um luar deste? perguntou noutro tom.

Bebeu o café, levantou-se:

– Não nos poderá arranjar uma beberagem menos indecente, Bacurau? A vida inteira este café marca peste para dar aos fregueses, homem! Muito perde você, João Valério.

– Não perco nada. Que me importa essa corja?

– Quem? O Evaristo...

– Todos. Uns malandros.

– Que entende você disso? exclamou Isidoro com severidade. Política é escrituração mercantil? Ainda hoje me dizia o Miranda... Não venha com os seus modos de troça, que o Miranda está no segredo da política. Conhece tudo, tem faro, fique sa-

bendo. E adeus, vou meter-me naquele foxtrote. Eu dou o cavaco pelos foxtrotes. *Arrivederci*, como diz o Pascoal.

11

O dr. Liberato, de perna estirada, mostrando a meia de seda preta, a esmeralda no índice pedagógico, acabava de contar a história de um colega dele que, em exame de anatomia, tinha dito do útero: "É o laboratório da humanidade."

Não achamos graça, esperamos que o narrador continuasse a anedota, e quando vimos que estava concluída, afetamos um risinho inexpressivo. Nazaré, que ouvira distraído, riu fora do tempo, e padre Atanásio, encostando as orelhas aos ombros, declarou que a definição não deixava de ser justa: o útero era aquilo mesmo. O doutor, meio desorientado, com as lunetas faiscando de indignação, tentou explicar-nos que o útero é um órgão situado...

Calou-se, porque à portinhola da grade assomou d. Josefa Teixeira, gordinha, com duas covas no rosto vermelho, risonha e cumprimenteira, em companhia da rapariga sardenta que estivera com ela dias antes no baile da prefeitura. Vinha encomendar um cento de cartões.

— Cartões? disse o reverendo levantando-se. Perfeitamente. Cartões! sargento. Façam o favor de sentar-se.

Como as cadeiras eram insuficientes, eu e o vigário ficamos de pé. O sargento trouxe a coleção de amostras.

Enquanto as senhoras escolhiam, aproximei-me de Isidoro, olhei a notícia que ele preparava: "Deu-nos o prazer da sua encantadora visita a senhorita Josefa Teixeira, dileta filha do abastado comerciante e nosso particular amigo Vitorino

Teixeira, que nos encantou em deliciosa palestra com os sublimados dotes do seu espírito."

O noticiarista levantou a pena e atirou-me ao ouvido:

— Este *sublimados* aqui não está mau, hem?

— Está ótimo. Está igual ao Camões. Mas como você fez, parece que a conversa foi com o Vitorino.

— Ora essa! Realmente, exclamou Isidoro desapontado. Desmanchar tudo!

— Não é preciso, sussurrou padre Atanásio, que se acercara, lera o período. Deite um ponto no *Vitorino Teixeira*, corte o *que* e meta depois *A visitante*. Pronto. A *visitante* sem vírgula, é melhor sem vírgula.

Louvei sinceramente a inteligência de padre Atanásio e aconselhei também:

— Acho bom suprimir o *encantou*, que já há uma *encantadora* atrás. Ponha *cativou*, fica esplêndido. E a *senhorita*, risque a senhorita, para não rimar com visita. Escreva *d. Josefa Teixeira*, como nós chamamos. Deixe a *senhorita* para a outra.

O jornalista aceitou os conselhos.

— E a outra? Quem é a outra?

Abeirei-me da mesa, onde a escolha se eternizava. Não descobriam tipo que agradasse.

— Como se chama essa sua companheira? perguntei em voz baixa à Teixeira moça.

Dão-lhe este nome para distingui-la de uma criatura que também é Teixeira, mas de família diferente: d. Emiliana Teixeira, a Teixeira velha.

D. Josefa pôs termo à encomenda e apresentou d. Priscilla Fernandes, professora do Coração de Jesus. Isidoro, que não ouviu, interrogou-me com a cabeça.

— Priscilla, segredou-lhe o diretor da folha. D. Priscilla Fernandes, d. Priscilla com dois *ll*.

A Teixeira, que se ia embora, voltou da porta, convidou sorrindo:

— Já me ia esquecendo. Vão jantar todos lá em casa amanhã.

Nazaré estranhou o convite:

— Todos? Que é que há no Pinga-Fogo? É festa?

— É o aniversário do papai.

— Essa agora? bradou o Pinheiro com uma palmada na testa. Que memória a minha! Pois eu tenho tudo isto anotado.

Abriu a gaveta da banca, tirou um registro, folheou-o:

— Exatamente, vinte e um de dezembro, está aqui. Onde ando eu com a cabeça? A senhora caiu do céu, d. Josefa.

Pôs um linguado sobre a pasta e entrou a redigir vagarosamente.

— Às quatro horas, acrescentou a Teixeira. Um cento, reverendo, com envelopes. Quatro horas.

Despediu-se mostrando os dentinhos brancos. D. Priscilla Fernandes também nos deu um sorriso trombudo. E partiram.

— Era o que faltava! exclamou Isidoro. Deixar de publicar o aniversário do Vitorino, um amigo!

Apanhou sorrateiramente o dicionário e, com ele nas pernas, fez uma consulta rápida. Emendou a última linha e chamou o compositor:

— Sargento, olhe isto. Entrelinhado, corpo dez, no princípio das *Sociais*.

O tipógrafo calculou:

— Não há espaço. Estão impressas três páginas. Não há espaço. Salvo se eu retirar o anúncio dos calos.

— Retire, concordou padre Atanásio. O anúncio dos calos é pequeno, não serve de nada. Retire o anúncio dos calos.

— Como ia dizendo, recomeçou o dr. Liberato, o útero...

— O doutor já disse, atalhou Nazaré. Órgão da gestação. Isto mesmo, em forma de pera, o doutor já disse.

E quis saber de quem era o artigo sobre a caridade que saíra no domingo anterior. Como não era de nenhuma das pessoas presentes, achou aquilo, com franqueza, um disparate.

— Exagero, opinou Isidoro. O artigo está bom, o autor conhece gramática.

— Quem se importa com gramática? O fabricante daquela xaropada é um idiota.

— Por que defende a caridade?

— Por tudo. Um fonógrafo.

— Mas a caridade... arriscou padre Atanásio.

— Os senhores são incoerentes, gritou Nazaré. No mesmo número vinha uma coluna reclamando a intervenção da polícia contra a mendicidade. Reclamação justa, porque enfim todos nós reconhecemos... Nada disso, padre Atanásio. Que préstimo tem essa gente?

Como a coluna havia sido feita por mim, achei o tabelião Miranda um sujeito de senso.

— Que utilidade tem essa récua? prosseguiu ele. Eu queria ver tudo morto. Pode ficar tranquilo, não se perdia nada. A eutanásia...

Mas o dr. Liberato se declarou inimigo da eutanásia. Abusou de expressões científicas e alegou a fragilidade dos conhecimentos humanos. Nazaré, que escutara esbrugando o polegar com os dentes, aplicou-lhe, quando ele se calou, razões desconcertadoras. Embrenharam-se numa discussão difícil, e ninguém os pôde acompanhar. Isidoro rabiscou um pedaço de papel, escondeu-o no bolso, e o Vigário, que examinava pensativo a cabeleira revolta do médico, aproveitou uma brecha na polêmica, manifestou-se:

— Tudo isso está muito bem, mas, digam lá o que disserem, a caridade é a caridade, e ninguém me tira disto. Os senhores não ignoram que o Evangelho... Perfeitamente, o Evangelho, e por que não? O Evangelho! Uma revista que li... Afinal a revista não influi no caso. Mas veja a história da mulher adúltera, seu Miranda. Veja a cena em casa de Simão, o fariseu. Veja o bom samaritano.

— Qual fariseu! bradou Nazaré. Qual samaritano! Não há samaritano, o que há é uma súcia de vagabundos que exploram a gente e merecem cacete. E chegou a propósito o Nicolau Varejão, que vai falar sobre o bom samaritano.

— Hem? que samaritano? inquiriu Nicolau Varejão entrando. Quem é ele?

— Um bodegueiro que mora na banda de lá do açude, explicou o Miranda. Existiu antigamente na Palestina e forneceu assunto a São Lucas. Mas faz muito tempo, foi noutra encarnação.

Nicolau, que tem medo do Vigário, não gostou da pilhéria e enrugou a cara, resmungando evasivas covardes. Não conhecia São Lucas, sempre fora bom católico, assim Deus o ajudasse, e espiritismo era com o farmacêutico.

Padre Atanásio encarou-o erguendo os ombros, mas nós o acolhemos ruidosamente. Isidoro deu-lhe a cadeira e sentou-se na mesa. Por que se estava vendendo tão caro? A presença dele naquela casa era uma necessidade para todos, era como um banho de alegria que a alma da gente tomava. Ouvindo falar em banho, olhei as mãos de Nicolau, horrivelmente sujas.

— É bondade dos senhores, fez ele já desanuviado, escanchando-se na cadeira, cruzando os braços sobre o encosto. Que vale um pobre como eu?

— Modéstia! gritou Isidoro. O senhor tem uma imaginação baita. Ia agora contar aos amigos aquilo de ontem à noite, no Bacurau. Fiquei impressionado, seu Varejão.

— Sim? acudiu Nicolau radiante. Pois eu apenas repeti as informações dos jornais. Foi um caso divulgado, rolou por este Brasil todo. Os senhores com certeza leram. *O Correio da Manhã*, o *Estado de S. Paulo*, outro de nome arrevesado, publicaram. E eu, que não gosto de propaganda, até me acanhei.

— Conte lá isso, pediu Nazaré.

— Já vocês começam, intrometeu-se o vigário, incapaz de zombaria.

Ninguém lhe deu ouvidos.

— Vamos, tornou o Miranda.

Nicolau Varejão tornou a palavra:

— 1922 foi um ano safado, o princípio dessa encrenca de revolução. O tempo que passei no Rio...

— Esteve no Rio? inquiriu o dr. Liberato.

— Em 1922. Fui vender papagaios. Garantiram-me que era bom negócio, mas a bordo morreu tudo. Papagaio a bordo morre, é um bicho desgraçado para morrer depressa. Desembarquei com o bolso limpo e não pude ganhar dinheiro para voltar. Andei por lá uns meses, de tanga, procurando passagem, comendo na banda podre. Veio o furdunço. E, como não tinha que fazer da vida, peguei no pau-furado.

— O senhor entrou na revolução? perguntei.

— No forte de Copacabana. Estava mesmo disposto a suicidar-me. A bandeira cortada, lembram-se? Os jornais publicaram. Quando os rapazes saíram da fortaleza, eu ia na frente, com um pedaço de pano amarrado no braço. *Ordem e Progresso*, imaginem. Aqui, no braço direito. Já viram algum combate?

Não, graças a Deus.

— Então não fazem ideia. As balas choviam por toda a parte: zum, zum, zum... Depois da briga, apanharam um bando de alqueires delas. Os senhores devem ter lido.

Ninguém tinha lido. E o resto?

— Ah! Foi o diabo, por detrás dos sacos de areia. Matamos soldado à beça. Caíam às pencas, nunca vi tanto defunto. Só deixei de atirar quando não tinha força no dedo para puxar o gatilho.

Acendeu um cigarro.

— Findo o combate, deitaram-me na padiola. Mais de cinquenta ferimentos. Aqui por cima não, mas da barriga para baixo era uma peneira. Nem sei como escapei. O Calógeras, que estava junto, segurou-me a cabeça e recomendou: "Cuidado com o homem." No dia seguinte o Epitácio visitou-me no

hospital e repreendeu-me: "Pois você, seu Nicolau, um sujeito de coragem, virar maluco!" E eu respondi: "É verdade, seu Presidente, o mundo é um pau com formigas." Os senhores não leram nas folhas?

— Espere! atalhou o dr. Liberato. Assim é demais. Isso foi com o Siqueira Campos.

— O Siqueira Campos? replicou o herói indignado. Então o senhor não leu a *Gazeta de Notícias*. Foi comigo. O Siqueira Campos! Tinha graça. Ele também andou lá, bom camarada, valente como cachorro doido. Aí está uma prova.

E deu as costas.

— Que prazer sentem vocês em bulir com essa criatura? disse o vigário. É uma falta de caridade. Ora vejam. Estávamos falando de caridade.

— Não sei, padre Atanásio, respondi. Gosto dele. E tenho a impressão de que tudo aquilo é verdade.

— Talvez seja, murmurou Nazaré. Talvez seja uma verdade como as outras.

— An! grunhiu Isidoro.

E olhou com ar enfastiado as biqueiras dos sapatões quarenta e dois. O tabelião e o doutor embrenharam-se numa cavaqueira cerrada. O reverendo escutava com os bugalhos atentos fixos neles, balançava a cabeça, diligenciando compreender. Achei a conversa muito filosófica, pensei em Adrião, despedi-me, arrastei o Pinheiro, que estava quase a dormir.

Acenderam-se as lâmpadas da iluminação pública.

— Preciso fazer um brinde amanhã, no jantar do Teixeira, rosnou Isidoro. Que palavras esquisitas eles arranjam!

Tirou do bolso um papel, chegou-o aos olhos:

— Que diabo quer dizer eutanásia?

Eu também ignorava.

12

Quando me ia acabando de vestir para o jantar de Vitorino, Isidoro entrou, já pronto:

— Descobri agora que o Pascoal esqueceu o italiano. Esqueceu tudo.

Pascoal, zangado, gritou do quarto que ainda se recordava de *sporco*, *vigliacco*, *birbante*. E para demonstrar melhor os seus conhecimentos, largou-lhe uma expressão obscena, em italiano também. Isidoro, ótimo, sorriu sem se ofender e pôs-se a escovar as abas imensas do chapéu. Avivou o lustre dos sapatos com uma camisa que encontrou num canto e penteou-se, puxando para a testa os cabelos, que lhe vão escasseando. Depois chegou à porta:

— O dr. Liberato já veio, d. Maria?

— Não senhor. O Xavier diz que a moça está pior.

— Que diabo! exclamou Isidoro. Um companheiro de menos, um companheiro tão bom! E não preparei o brinde. Falo de improviso. Você não acabará de amarrar essa gravata, homem?

— O doutor não vai?

— Julgo que não. Está em casa do Mesquita. É por causa da Guiomar, que adoeceu. Tenho pena do Mesquita, boa pessoa. Fizeram-lhe muita picuinha, muita canalhice. Política é uma desgraça. Você está pronto?

Saímos. Quando dobrávamos a esquina da padaria, Isidoro quis ir ao Bacurau, comprar cigarros. Lá chegando, sentou-se, consultou o relógio, pediu conhaque. E, emborcando o cálice:

— Que é que eu digo no improviso? Dê-me uma ideia, estou inteiramente oco. Uma sugestão qualquer. Não? Que maçada! E eu que desde ontem tinha o projeto de escrever o diabo do brinde! Acabou-se, fica para o ano vindouro, se o Vitorino for vivo.

— Maçada vamos aguentar lá, que os jantares dele são fúnebres. A mulher paralítica, e tudo escuro, tudo fechado...
— Isso é quando a d. Josefa não está aí. Agora que veio do colégio é outra coisa. A propósito, você viu como a Teixeira voltou bonita? Sim senhor, um pancadão. Isto de saias eu conheço bem. Cada perna!
— Deixe as canelas da moça, devasso.
E levantei-me.
— Espere aí. Ainda faltam quinze minutos. Bacuríssimo amigo, traga também cigarros. Este conhaque é uma infâmia. Ponha tudo na conta. E estes cigarros estão furados. Não tem outros aí com menos buracos? Não tem? Vamos lá, seu Valério.

Na rua acendeu um cigarro, deitou fora, acendeu outro, tornou a deitar fora, acendeu o terceiro:
— Pois, menino, aquilo é um femão. A cara, os braços, com os diabos! E as pernas são bonitas, palavra, que eu ontem reparei. Até fiquei entusiasmado, homem!

A entrada do Pinga-Fogo encontramos Adrião e Luísa.
— Vão ao jantar? perguntaram.
— Vamos ao jantar.
E senti um baque no peito. Retardamos o passo, acompanhando a marcha claudicante de Adrião. Procurei debalde uma palavra, e o Pinheiro, que entende bem de saias, mas não sabe falar com senhoras, gaguejou:
— Como vai o sapateiro, d. Luísa?
— Mal, coitado. Andam com uma subscrição para ele.

Fora ela que sugerira a subscrição e dera quase tudo. Na véspera eu a tinha visto entrar sorrateiramente na oficina do desgraçado, com Zacarias preto, que levava um pacote.
— Creio que somos os últimos, observou Adrião quando chegamos.

Havia lá dentro um rumor de conversações misturadas.
— Não se perde nada com a falta do meu brinde, sussurrou-me o Pinheiro. Está cá o Barroca, temos falação na mesa, que aquele diabo nasceu para discursador.

Realmente Evaristo Barroca, cercado, em evidência na sala cheia de flores, explicava a padre Atanásio que a sã política é filha da moral e da razão. Recuei um pouco para deixar livre a passagem ao casal Teixeira:

– Eu já li aquilo. Você sabe de quem é aquilo?

– O quê? A sã política? É dele, respondeu Isidoro. O Barroca tem inteligência, tem cultura.

Entramos. E a nossa presença quase passou despercebida entre as efusões com que rodearam Luísa, Adrião, um sujeito gordo e moreno que surgiu logo depois. Evaristo dispensou-me um acolhimento protetor, muito de cima para baixo, e eu me senti humilhado.

Evitei-o bruscamente e fui dizer a Vitorino que o dr. Liberato estava em casa do Mesquita.

– Jantar em casa do Mesquita?

– Não, doença da filha.

Houve um rápido silêncio de constrangimento. E foi Evaristo que o quebrou lamentando, em tom de grande mágoa, o desagradável acontecimento que eu havia noticiado. Asseverava, sempre asseverara, que Fortunato Mesquita, como particular, era um cidadão de conduta irreprochável. Gravei na memória esta palavra, para procurar a significação dela no dicionário, e aproximei-me de um grupo de moças, pedi informações sobre a saúde de d. Mariana.

– Assim, assim, na cama, respondeu a Teixeira com desconsolo.

Em seguida, movendo o braço roliço carregado de aros, cobras de ouro que tilintaram, repreendeu-me com o dedinho erguido, lembrou-me que fazia um mês que viera do colégio e ainda não me vira ali. Quando se resolvia o senhor Diversos a Diversos a deixar de ser ingrato?

– Diversos eu, d. Josefa? Sou apenas um, infelizmente. Se fosse ao menos quatro, ficava muito bem, entre as senhoras.

E mostrei as outras: Marta Varejão, coberta de panos, Clementina, que se derretia para o sujeito gordo, d. Priscilla Fernandes, carrancuda. Refleti um momento e, em falta de objeto melhor, joguei d. Engrácia na conversa. Estava lá dentro, com Luísa, em visita à d. Mariana.

A Teixeira pediu licença para ir dar uma vista à mesa. Marta chegou-se ao piano, começou a remexer músicas.

E veio-me à lembrança uma noite de fevereiro, cheia de movimento e doidice, com automóveis rolando no Quadro, a arrastar longas fitas de serpentinas, foliões invadindo o teatro, numa algazarra dos demônios. Nessa noite de carnaval derramei no pescoço de Marta um lança-perfume, e ela me disse qualquer coisa em francês a respeito da facilidade com que se juntam as pessoas que se assemelham. Não atinei logo com o sentido da frase; depois julguei perceber uma alusão à semelhança que talvez exista entre mim e ela. Passados alguns dias, encontrei uma resposta que podia ter aplicado. História velha. Já lá iam dez meses.

D. Priscilla desfranziu a tromba, expôs a dentuça a Clementina, achou por condescendência a cidade encantadora. Olhei com agrado os beiços vermelhos de Marta, bons para morder, e, atraído por um sorriso, acerquei-me dela, perguntei-lhe se se tinha divertido muito no baile da prefeitura. Respondeu-me que aguentara três horas de insipidez medonha. Baixou a voz. Só houvera lá basbaques, quase tudo gente idosa, sisuda. Desembaraçava-se da circunspecção que a mascara:

— A única pessoa com que me entretive foi o Monteiro, que discorreu sobre orçamentos.

Disse que não dançara, não tolerava as danças modernas. É a madrinha que lhas não consente, mas persuadi-me de que estava diante de mim uma criatura pudica em excesso. Contou que Nazaré tinha tomado um pileque. Reparando em Clementina, interrompeu-se, mostrou na parede um quadro com um palácio, um canal e uma ponte, falou em Marino Faliero, que não sei quem foi.

D. Engrácia apareceu e, vendo-nos juntos, farejou de longe. Marta puxou a manga, cobriu quatro dedos de pele que lhe ficavam à mostra. Nisto avistei Luísa perto de nós, ligeiramente pálida, e notei-lhe no rosto uma expressão que me deixou sucumbido.

Que lhe fiz eu, santo Deus? Dei um passo para ela, furtei-me às amabilidades de Marta, que me oferecia um romance por empréstimo, ótimo romance, publicação do Centro da Boa Imprensa.

À voz fanhosa de Vitorino, todos se levantaram. Atravessei o corredor, desesperado. Mulher incoerente, ora pelos pés, ora pela cabeça. E arrependi-me de haver atendido àquele convite idiota. Era melhor ter ficado em casa, trancado no quarto, de pijama. Instintivamente, esquivei-me à companhia de Marta. E ouvia, nauseado, a dissertação do Barroca sobre a diferença que existe entre um governo moral e um governo imoral.

O sujeito gordo arreliava-se com o Miranda:

— Mas eu escrevi aquilo porque está no artigo 39, senhor. É do código.

E o tabelião, apaziguando-o com um gesto da mão aberta, um pouco trêmula:

— Pois muito bem. Eu julguei que fosse engano. Desde que está convencido... Se tem certeza de que é do código...

— Certeza absoluta.

— Deve ser isso mesmo.

Quando me sentei à mesa, procurei os olhos de Luísa. Parecia nervosa, com o rosto coberto de sombras, os beiços franzidos, uma ruga na testa. E respondeu distraidamente a um desconchavo amável que padre Atanásio lhe endereçou.

— Nunca entro aqui, disse Evaristo Barroca, sem evocar aqueles homens antigos, aqueles varões austeros da conquista, os precursores da raça.

Palanfrório reles e postiço, de dar engulhos. Era a reprodução quase literal de um dos períodos enfunados em honra do

Mesquita. Mas o vigário gostou, falou nos patriarcas, em Abraão, em Jacó. O sujeito gordo, impressionado, articulou qualquer coisa que ninguém entendeu, confessou que Vitorino tinha muita semelhança com Abraão. Nazaré interrompeu-o alegremente. Abraão era um cavalheiro de nariz em arco, grandes barbas e cabelos compridos, adorava Jeová e vestia saia. De mais a mais a gente do tempo dele trincava o gafanhoto, no chão, de pernas cruzadas.

— E a comparação do dr. Barroca também não é justa. Esses varões de outras idades, uns brutos, comiam com os dedos, de mangas arregaçadas, em alguidares de barro, e esvaziavam enormes canjirões, bebendo em copos de chifre. Creio que eram como os fazendeiros sertanejos, que jantam em camisa e ceroulas, cortando a carne a facão e batendo o osso corredor a macete. Tudo aqui é diferente. Não há semelhança nenhuma.

E mostrou a mesa, onde flores punham nos vidros uns tons rosados:

— Quem se importava com flores naquele tempo?

O sujeito gordo concordou, limpando a boca. Tudo era diferente, na verdade, e antigamente não havia flores.

Tinha-se acabado a sopa. Aquele indivíduo me intrigava. Dirigi-me à vizinha da direita:

— Quem é aquele homem moreno, d. Clementina, lá na ponta, ao lado da professora?

— É o dr. Castro.

— Que significa o dr. Castro?

— Promotor, chegou há dias, parente do dr. Barroca.

Serviram um prato que não pude saber se era peixe ou carne, fatias desenxabidas em molho branco. Evaristo iniciou um palavreado sonoro, em que de novo encaixou a sã política filha da moral e da razão, mas a frase repetida não produziu efeito. Apenas o promotor balançou a cabeça e rosnou um monossílabo aprobativo. Evaristo queria eleitores conscientes, uma democracia verdadeira. Procurei pela segunda vez os olhos de

Luísa, e, não os encontrando, declarei com aversão que a democracia era blague.

– Por quê?

Naturalmente porque Luísa estava amuada. Mas julguei este motivo inaceitável e perigoso: recorri a outros, que o deputado inutilizou com meia dúzia de chavões. Vitorino disse que não votava, tinha rasgado o título, achava que eleição era batota. E não compreendia o empenho do dr. Barroca em aliciar eleitores:

– Tendo quatro soldados e um cabo, o senhor tem tudo.

O dr. Castro reconheceu que os soldados e o cabo eram de grande eficiência:

– Ora, a força do direito... isto é, o direito da força... Afinal os senhores me entendem.

– Que diz aquele sujeito, d. Josefa? perguntei à vizinha da esquerda.

A Teixeira teve pena dele, quis saber se se dera bem na cidade, se tencionava ficar aqui definitivamente. Adrião, Vitorino, padre Atanásio, interessaram-se também. E o dr. Castro, radiante, soltou o garfo, tomou o copo, falou da sua pessoa, dos seus gostos, da sua instalação provisória em casa de Cesário Mendonça.

– Muito hospitaleiro, muito simples. Não tem orgulho, apesar de ser rico. E traz tudo num arranjo admirável: despensa enorme, pomar, biblioteca... E a mulher, as meninas, umas pérolas. Creio que estou bem lá, enquanto espero que o Monteiro me alugue casa.

Mas já ninguém se importava com o promotor, voltavam-se todos para Evaristo, que agora preconizava o esclarecimento das massas, governadas por uma elite de gênio.

– Mas como é que o povo aprende, se os senhores não ensinam? perguntou o reverendo com acrimônia.

Andava indignado contra a ignorância depois que a tiragem da *Semana* baixara de mil e duzentos para oitocentos

números. Evaristo Barroca, modesto, retirou-se dentre os governantes, encolheu-se na cadeira, fez-se pequeno.

As garrafas esvaziavam-se. Havia agora animação na sala. As senhoras, livres do constrangimento do princípio, tagarelavam com desafogo: risos, sussurros, gestos familiares, perguntas e respostas desencontradas, cruzavam-se. D. Engrácia referiu ao Pinheiro a cura milagrosa de umas sezões que trouxera de Passo de Camaragibe, cura realizada em virtude da promessa de seis velas ao S. Sebastião de Maria Quebra-Unha. Clementina, passando o braço pelo encosto da minha cadeira, mexeu no ombro de d. Josefa. Marta descreveu ao Miranda a entronização do Sagrado Coração de Jesus em casa de d. Emiliana Teixeira.

– O Colégio do Coração de Jesus? informou-se d. Priscilla.

– Uma entronização, ontem, festa de muita piedade.

Tinha os olhos baixos. E eu lembrei-me do que ela me havia dito em frente do livro das músicas, cobrindo pudicamente cinco centímetros de braço, com gatimonhas de embeiçar a gente, metendo na conversa, fora de propósito, o Marino Faliero. Que sonsa!

– Em poucos anos apanha os quinhentos contos da velha, disse comigo. O Pinheiro acertou. Quem terá sido o Marino Faliero?

Nazaré absorveu dois copos de vinho e atacou o Barroca:

– Isso de liberdade é pilhéria, doutor. Não precisamos de liberdade, precisamos de cacete. Foi assim que sempre governaram, e assim vai bem. Gostamos de levar pancada. Veja como admiram por aí os bandidos do Nordeste. E a instrução, para que serve instrução à canalha?

– Se tem isso em conta de novidade... interrompeu Evaristo.

– Não senhor, retrucou o tabelião, ressentido. É coisa corriqueira, mas as suas ideias também são do tempo da pedra lascada.

E tornou a beber.

67

— Exatamente o que eu estava pensando, gritou o dr. Castro. É isso, ideias antigas. Aprecio as ideias antigas, percebem?

Evaristo defendeu o ensino obrigatório e, sem fazer caso da observação do Miranda, surripiou um período de Victor Hugo. O dr. Castro aplaudiu ruidosamente:

— É claro, não há dúvida. Necessitamos luz, muita luz.

— Com miolo de pão? perguntou Clementina.

— Com miolo de pão, respondeu d. Josefa. Miolo de pão, goma-arábica e tinta. Também se faz com papel machucado na água.

— O senhor é o presidente da junta escolar?

O dr. Castro confessou que estava na presidência, infelizmente, e que aquilo era uma espiga. Mapas todos os meses, atestados, um horror de professoras e inspetores rurais, informações à diretoria e obrigação de visitar escolas. Ele, graças a Deus, nunca tinha entrado em nenhuma.

Com o olho vivo, Nazaré dizia ao Barroca:

— Sim senhor, mas tudo isso é léria. Quando o nosso matuto tem um filho opilado ou raquítico, manda domesticá-lo a palmatória e a murro. O animal aprende cartilha e fica sendo consultor lá no sítio. Torna-se mandrião, fala difícil, lê o *Lunário Perpétuo* e o *Carlos Magno*, à noite, na esteira, para a família reunida em torno da candeia. Qual é o resultado? A primeira garatuja que o malandro tenta é uma carta falsa em nome do pai, pedindo dinheiro ao proprietário.

Evaristo achou aquilo um exagero evidente, o outro jurou que era verdade.

— Pois se é verdade, a culpa deve ser do ancilóstomo. Que mal pode fazer a leitura?

Mas Adrião, que estivera calado, distraído e murcho, afagou devagar a careca, declarou que dos matutos que ele conhecia os melhores eram os analfabetos:

— O roceiro que soletra tem vergonha de pegar na enxada.

— A senhora passa aqui as férias?

— Passo. Fico até meado de janeiro, disse d. Priscilla. Vim um pouco adoentada. E como o clima é bom...

— Que vem a ser este prato, d. Josefa? perguntou Isidoro.

— Um caruru com muita pimenta.

— Ah!

E acrescentou:

— Que pena não estar aqui o dr. Liberato! Para entender de caruru, vatapá, essas trapalhadas da Bahia, não há outro.

Evaristo reconheceu que saber ler, simplesmente, era com efeito pouco.

— A educação religiosa... lembrou padre Atanásio.

— A educação profissional.

— Aqui não há disso, atalhou Nazaré com voz trôpega. E como a que temos não presta e a que poderia servir não vem, era melhor que não houvesse nada.

— Apoiado! exclamou o presidente da junta escolar. O senhor parece que adivinha os meus pensamentos. Tem razão. Exatamente o que eu estava pensando, compreende?

— A educação religiosa... aventurou novamente o padre.

— A educação religiosa, decerto, ecoou o presidente da junta escolar. A educação religiosa é o suco.

— Não serve de nada, balbuciou o tabelião com a língua perra.

E encheu o copo.

— Por que não serve? bradou o reverendo. Isto é muito sério. Na Idade Média... Sim, perfeitamente, não é só balançar a cabeça. Diz um grande filósofo... creio até que é um santo... Deixemos o santo. Essa corja que o senhor admira, esses Nietzsche, esses Le Dantec, o outro demônio, como é o nome dele, meu Deus? Esqueci. Um alemão, um tipo conhecido, que escreveu muito livro sobre coisas miúdas... Como se chamam? Células? Toda essa gente... Que é que o senhor ia dizendo?

Nazaré, que se esforçava por não adormecer em cima da sobremesa, levantava as pálpebras com dificuldade e tinha os

pelos do queixo quase tocando o prato, ergueu lentamente a cabeça, passou os dedos de grossos nós pelos olhos turvos, pela testa coberta de suor. Ficou um instante atentando no vigário como se o não conhecesse, depois gaguejou, arregaçando os beiços, mostrando os dentes amarelos e acavalados, num sorriso idiota:

— Ah! sim... a educação religiosa. Não vale nada.
— Está pronto, murmurou Adrião.

Padre Atanásio calou-se, fez uma carranca de rigor e desprezo ao adversário, tomando talvez aquele deplorável estado como prova de que tudo quanto o outro havia dito em sessenta anos era erro e iniquidade. Recebeu a xícara de café, esvaziou-a em discussão muda com uma figurinha de japonesa que tinha a cabeça crivada de palitos. E, arredondando os bugalhos:

— Então o julgamento do Manuel Tavares foi adiado, hem?
— Isso! confirmou Adrião em voz baixa, deitando uma olhadela de través ao Barroca. Protetores fortes. E indignação geral. Adiaram. Na sessão vindoura o homem é absolvido.
— Ora muito bem, conversamos lindamente, exclamou o dr. Castro quando as senhoras se levantaram. Eu gosto destes assuntos...

Agitou a mão como se quisesse agarrar um adjetivo.

— Filosóficos, sugeriu Adrião.
— Exatamente, filosóficos, era o nome que eu tinha debaixo da língua. Um debate magnífico.
— Pois, menino, segredou-me Isidoro puxando-me para uma janela, este promotor não fala mal. Aquilo deve ser um orador feroz no júri. E o Miranda é levado da breca. O que está é meio fisgado. Eu não entro em conversas fundas, mas ouço com satisfação. Outra coisa: você reparou nas pernas da Teixeira? Diabo! Parece que também estou bêbedo.

Afastou-se, lento e aprumado. Era noite, apareceram luzes. Fiquei ali dez minutos, fumando, ouvindo a grulhada das mulheres. Por que se havia Luísa conservado em silêncio? Pas-

sou-me pelo espírito aquele olhar que fuzilara um instante e logo esmorecera. Sem relacioná-lo com as palavras trocadas junto ao piano, odiei Marta Varejão. A cabeça baixa, a manga até o pulso!

Como os outros, findos os cigarros, se retirassem, acompanhei-os. Entrei na sala com a esperança de encontrar expressão diferente no rosto de Luísa. Estava sentada no sofá, escutando padre Atanásio, que lhe impingia o hospital de S. Vicente de Paulo e a Pia União das Filhas de Maria. Quis acercar-me, mostrar amabilidade, e só achei em mim confusão e desespero.

— Veja que desgraça, veio dizer-me Isidoro. Não fiz o brinde, ninguém fez brinde. Tanta lorota, e esqueceram o essencial. Nem o Barroca, nem o Miranda, nem o promotor...

— Você ainda me vem falar nessa besta, homem?

E responsabilizei o dr. Castro pela indiferença de Luísa. Resolvi alinhavar uma desculpa, sair dali, meter-me em casa, arrancar os cabelos. Procurava o chapéu, desejando que o teto viesse abaixo, quando o dr. Castro se achegou, afável, numa tentativa risonha de camaradagem:

— O amigo, se não me engano, é comerciante.

— Não senhor.

— Empregado público, talvez.

— Também não.

— Estudante?

— Nem isso. Com licença.

Dirigi-me à Teixeira, que entrava com um bandolim:

— D. Josefa, o meu chapéu... A senhora sabe?

— Para quê?

— Tinha necessidade de retirar-me.

— Não há necessidade. Ninguém sai antes das dez horas.

— É que estou meio doente. Se a senhora tivesse a bondade...

— Não há bondade. Cura-se dançando. Para o piano, Marta.

E obrigou-me a dançar com d. Priscilla. O promotor deu o braço a Clementina, Luísa recusou Isidoro, pretextando enxa-

queca. Depois o Barroca foi para o piano, a Teixeira desafinou o bandolim, arranjaram-se outros pares. A um convite silencioso de Marta sorri constrangido, declarei que o jantar tinha sido irreprochável. E abandonei-a ao Pinheiro, fugi para o jardim, fazendo tenção de consultar, quando chegasse a casa, o dicionário.

Sentando-me num banco, muito tempo fiquei a olhar os canteiros. Onde estaria Luísa, que desaparecera depois da enxaqueca? Talvez lá para dentro, com a cunhada paralítica, ensinando-lhe remédios ou lendo a correspondência do padre Cícero, que a boa senhora recebe com regularidade. Ainda espera arribar, coitada, com as receitas do padre Cícero.

Voltou-me de chofre o sentimento que me havia assaltado, um ódio insensato a Marta, ao Coração de Jesus da viúva Teixeira, a Marino Faliero, que está escondido no palácio do quadro, palácio de Veneza. Finda esta explosão irracional, que felizmente durou pouco, veio-me a recordação do que Luísa me disse uma noite, junto à garça de bronze. Então, como agora, a lua vagabundeava lá em cima, o vento agitava a folhagem dos tinhorões. Mas quanta diferença em mim!

Tinha recebido mais, muito mais do que desejava, e em consequência as minhas esperanças haviam crescido. Tencionava poder um dia, com o consentimento dela, apertar-lhe as mãos, correr os lábios por aqueles dedos brancos e finos, pelos braços, até o cotovelo. Em momentos de otimismo aventurei-me a chegar à espádua. Não era uma aspiração demasiado exigente, e eu punha tanto respeito nela que excluí a ideia de que aquilo constituísse uma traição ao Teixeira. Decidi logo que um homem tão prático não havia ainda babujado o braço de Luísa e que pelo menos esta parte do corpo dela não lhe pertencia. Convicção idiota, evidentemente. Eu me contentava com o braço – e achava excessivo. Uma felicidade imensa. Era assim que eu dizia comigo mesmo. Julgava assentado que Luísa se conservaria perfeitamente honesta. E que eu seria perfeitamente feliz.

Aqui tudo se tornava confuso, nenhum pensamento claro me acudia. Porque a felicidade perfeita diferia da outra, imensa, e então compreendi que as coisas indistintas do meu espírito destoavam dos nomes que eu lhes dava. Enfim, agitado por desejos oscilantes, deixei-me arrastar.

E vinha-me aquele olhar agudo, aquele rosto carregado. Talvez estivesse arrependida de me haver mostrado um pequenino sinal de afeição. Não sei. Que entendo eu, pobre rapaz, da alma caprichosa das mulheres? Imaginei, num deslumbramento, que Luísa gostava de mim e tinha ciúmes. Isto me pareceu exorbitante. E pedia-lhe de longe que me dissesse: "Vem." Ou que me repelisse: "Deixa-me." Que me livrasse enfim daquela angústia demasiado intensa para o meu pobre coração.

— Pois você está aí, homem? gritou Vitorino. Venha beber café.

Lá em cima ainda esperei encontrar Luísa transformada. Não a vi.

— Que fez o senhor tanto tempo no jardim, e só? perguntou-me d. Josefa. Pensei que se tivesse escapulido sem chapéu.

— Não senhora. É que lá é mais fresco.

Retirei uma xícara da bandeja, sentei-me no sofá. Nazaré, que agora tinha a língua destravada, também se sentou, alegre.

— Ouça, disse-me enroscando-se num movimento felino, o gesto onduloso que a filha tem quando vê homem.

Os olhinhos de víbora brilhavam-lhe, e uma expressão de malícia banhava-lhe o rosto:

— Imagine que o dr. Castro escreveu num libelo: "Provará que o réu cometeu o crime contra ascendente, descendente, cônjuge, irmão..."

— Mas eu já me expliquei. É assim que está no artigo 39, exclamou o dr. Castro, que se tinha aproximado sem ser visto. Escrevi assim porque é do código.

Nazaré perturbou-se um instante. Depois, tranquilo:

— Ah! O senhor estava aí? Tem realmente certeza de que é do código? Não haverá engano?

— Não senhor. Está assim, *ipsis verbis*, no artigo 39, parágrafo nono, entende como é?

— Ah! se está no artigo 39, é outro caso. Eu supus que fosse equívoco. Deve ser isso mesmo.

13

No dia seguinte o dr. Liberato, que passara a noite em casa do Mesquita, contava-nos, cheio de sono, o estado de Guiomar. Quando findou, depois de empregar uma chusma de termos esquisitos, o Pinheiro, sombrio, rosnou:

— Que tem ela?

No mesmo instante Zacarias chegou, em busca do médico:

— Foi a sinhá que mandou chamar.

— É ela que está doente? Fiz eu com um arrebatamento que espantou d. Maria José.

— Não senhor. É seu Adrião, que não pôde dormir.

— Por quê? balbuciou o Pinheiro.

Zacarias não soube informar. Devia ser coisa por dentro: por fora não se percebia nada.

— Está aí! gaguejou Isidoro, sucumbido. Vejam que coincidência.

O doutor entrou no quarto e voltou com a bengala, o chapéu, o estetoscópio. Dispus-me a acompanhá-lo:

— Não vem, Pinheiro?

— Parece que não. Vou tomar um vomitório.

E, tentando apoderar-se do estetoscópio:

— Doutor, tenha a bondade de examinar este coração.

– Não há pressa. Fica para a volta.
– Está direito. Pois esperem, faço um sacrifício. Amigo é para as necessidades, como diz o Anatole France.

Um minuto depois apareceu, abotoado no jaquetão preto, o chapéu desabado cobrindo-lhe as orelhas:

– Vamos cumprir este dever.

Defronte do casarão topamos o Neves, que saía:

– Não há perigo. Mandaram à farmácia buscar remédios de madrugada. Vim ver. Tudo bem.

– Até logo, exclamou Isidoro. Não precisam de mim. Volto. Vou daqui direitinho para a cama.

Lá dentro cumprimentei Vitorino, d. Josefa, d. Engrácia, o dr. Castro. Encontrei Luísa à entrada do corredor, com os olhos vermelhos e despenteada.

– Como vai ele?
– Melhor.

E introduziu o médico na alcova, onde Adrião arquejava, recostado a uma pilha de travesseiros. Pela porta entreaberta distingui sobre a mesa da cabeceira copos, colheres e um crucifixo.

– Então, d. Josefa, como foi isso? perguntei à Teixeira.

– Nem sei, com aquela balbúrdia. Às onze horas ouvimos pancadas, berros. Papai abriu, assustado. Era Zacarias a gritar que seu Adrião estava morrendo. Imagine como nós ficamos. Eu nem pude arranjar-me, saí de chinelos.

E mostrou o pé número trinta e três, coberto de seda creme. Fui com a vista acima do pé, naturalmente. O Pinheiro tem razão: é uma linda perna.

– Imagine como eu fiquei, disse o dr. Castro, que se avizinhara, familiar. Logo pela manhã, antes do banho, uma notícia assim. Que presente!

– Quando chegamos, continuou a Teixeira recolhendo a perna com agrado, Luísa estava numa aflição.

– Ah! Se eu soubesse! atalhou o dr. Castro. Teria vindo passar a noite aqui, oferecer os meus préstimos.

E, a um gesto de agradecimento da moça:

— Vinha, não tem que agradecer. Eu sou lá homem para deixar um camarada morrer só? Se não servisse para mais, havia de servir para deitar-lhe a vela na mão. Comigo é isto. Vinha.

— E depois que a senhora chegou, d. Josefa, que horror, hem?

— É verdade. Opressão, tonturas, náusea. A d. Engrácia, que apareceu por aí (não sei como adivinhou), foi acordar o vigário, trouxe um crucifixo. O papai em ocasiões de aperto desanima.

— Não somos nada neste mundo, murmurou o dr. Castro.

— É coisa de cuidado, doutor? perguntei ao médico, que saía do quarto.

— Tem ainda um resto de dispneia, mas creio que não há perigo por enquanto. Se não sobrevierem complicações...

E falou. O dr. Liberato não perde ensejo de gastar palavreado difícil.

— Posso ir vê-lo?
— Pode.

Achei Adrião muito fatigado pelo esforço que havia feito. No pescoço, onde a pele amarelenta caía em dobras, os ossos avultavam. As pulsações da carótida percebiam-se de longe.

Uma vela acabava de extinguir-se no castiçal, havia um cheiro enjoativo de éter.

Luísa, sentada à beira da cama, passava um lenço pela testa viscosa do marido, que a olhava com olho duro, quase irritado.

— Então, assim de repente! exclamei. Eu soube agora, pelo Zacarias. Uma surpresa. A d. Josefa esteve contando.

— Uma peste! rugiu o doente. Aqui a acabar-me, sem um diabo que me desse um remédio. De manhã, quando não havia necessidade, a casa encheu-se. Mas no momento do apuro, ninguém. Bate-se o mundo todo atrás do médico. Escondido, no inferno. Sozinho, homem, sozinho!

Luísa baixou a cabeça, sorrindo com tristeza. Adrião era egoísta: não se lembrara da mulher, do irmão, da sobrinha, que se tinham moído a aturar-lhe os arrancos.

— Felizmente de madrugada melhorei um pouco, tive meia hora de madorna. Aí começaram a aparecer intrusos, invadiram o quarto. O farmacêutico... E esse bacharel de uma figa que ninguém conhece.

Interrompeu-se vendo o irmão à porta:

— Vocês abriram o armazém?

O armazém estava fechado.

— Pois deviam ter aberto. Mande chamar os empregados, João Valério.

Vitorino opôs-se. Aconselhei Adrião a que não falasse muito. E afastamo-nos.

— Tudo está ótimo, bradou o dr. Castro quando nos viu. O nosso amigo desta vez ainda vai arriba, entendem?

— Como o acha você? perguntou Vitorino arrastando-me para a varanda.

— Nem sei. O doutor não se explica.

— É o diabo! exclamou Vitorino.

E, a um aceno da filha:

— Ainda haverá novidade? As macacoas deste homem não deixam ninguém descansar.

Entrou. Acendi um cigarro. Lembrei-me dos serões ali decorridos, recentes, mas que, em virtude das perturbações que eu experimentava desde a véspera, se tornavam remotos e me davam saudade. À luz do dia, a sala era como se fosse outra. Os quadros pareciam ter descido um pouco nas paredes agora menos altas. Na poltrona de padre Atanásio repimpava-se o dr. Castro, de braços cruzados, bochechudo, vermelho, feliz e sem testa.

Olhei a rua. À entrada do Pernambuco-Novo um automóvel parado atravancava a passagem. Uma carroça de lixo, vagarosa,

77

rodava. Ao longe o arrabalde da Lagoa surgia em miniatura, dois renques de casas de boneca encarapitadas lá no alto.

— A sinhá mandou saber se vosmecê queria almoçar.

Voltei-me. Era Zacarias.

— Como?

— Mandou chamar para o almoço.

— Muito agradecido, respondi furioso.

E desejei despedir-me secamente de Luísa: "Dê-me as suas ordens."

Fui à alcova nas pontas dos pés: Adrião dormia. Sentei-me à porta.

— Venha almoçar, João Valério, disse Vitorino do corredor.

— Obrigado.

Refleti com indignação naquele convite.

O médico e o promotor tinham desaparecido. Meio-dia. Sim senhor! Mandar o preto convidar-me! Era, sem contestação, uma ofensa mortal. Pois não tornava a pisar ali. Fosse tudo para o diabo. Também não me fazia grande falta deixar de ouvir tocar piano e ver jogar xadrez, que não gosto de música nem de jogo. Que me importava o xadrez? que me importava o piano?

Do piano resvalei para Marta Varejão e para os quinhentos contos de d. Engrácia. Marta Varejão, muito bem. Não andava ora a mostrar os dentes, ora de carranca. Pois casava com ela e havia de ser feliz, em Andaraí, na Tijuca ou em outro bairro dos que vi nos livros. Uma bonita situação. E o amor de Luísa, se ela me tivesse amor, só me renderia desgostos, sobressaltos, remorsos, trezentos mil-réis por mês e oito por cento nos lucros dos irmãos Teixeira.

O criado preto! "Diga a seu Valério que venha comer." Isto a mim, a mim que era... Procurei alguma coisa que eu fosse. Não era nada, realmente, mas tinha boa figura e os caetés no segundo capítulo. E vinte e quatro anos, a escrituração mercantil, a amizade de padre Atanásio, vários elementos de êxito.

O Zacarias! Marta Varejão me chamara na véspera com um sorriso. E dissera muitas amabilidades junto a um palácio veneziano, falara no baile da prefeitura, no Marino Faliero.

— Está dormindo? perguntou-me a Teixeira, que entrou em companhia de Luísa e Vitorino. Por que não quis almoçar?

— Não senhora, estou acordado. E não estou com fome.

— Uma cara de poucos amigos. Que lhe aconteceu?

— A mim? Não aconteceu nada. Nunca me acontece nada. Aqui, matutando.

Ela deu um muxoxo e, brincalhona como uma garota:

— Parece que este rapaz tem uma aduela de menos.

— Não senhora, é engano. Tenho as aduelas todas.

E acrescentei:

— Julgo que não sou necessário, felizmente. O homem está fora de perigo.

Disse isto com uns modos desconchavados, tomei o chapéu, cumprimentei, saí, cheio de raiva. Ao atravessar o portão, dei uma topada e esbarrei com o Silvério, que passava.

Cheguei a casa resolvido a insultar alguém. Não insultei, ou antes insultei mentalmente.

— Os outros já almoçaram, d. Maria José? interroguei entrando na sala de jantar.

— Já. Esperaram meia hora. Como o senhor não veio...

— Está bem, traga-me uns ovos, um pedaço de pão. Não tenho apetite. Traga-me logo um pouco de conhaque.

Ela trouxe a garrafa. Desprezei o cálice e deitei porção razoável num copo.

— O senhor vai beber isso tudo?

Fiz um movimento sombrio de afirmação:

— Tenho andado com vontade de suicidar-me, d. Maria.

E bebi.

Ela afastou-se rindo, com uma cova no queixo redondo, as mãos nos bolsos do avental. Suportável, apesar de madura — quase quarenta anos. O Pascoal não estava mal servido. Tão

79

simpática, tão simples, os cabelos muito pretos, os olhos grandes, úmidos... Quando, passados instantes, voltou com um bife e dois ovos estrelados, ainda ria. Não acreditava que gente de juízo pensasse em suicídio. O Pinheiro, homem de juízo, tinha estado toda a manhã apalpando o coração, com medo.

– É verdade, amanheceu cardíaco. Esse animal ainda está vivo, d. Maria José? gritei com a boca cheia.

– Está. Zangou-se com o doutor, almoçou, tomou um chá de macela e foi jogar bilhar com o Pascoal. O senhor quer mais alguma coisa? acrescentou vendo que eu tinha devorado o bife, um pão, os ovos e a sobremesa.

– Não senhora. Eu julgava que não estivesse com fome, e até almocei. Deve ter sido por causa do conhaque.

Notei então que a cólera se havia dissipado. Devia ter sido também efeito do conhaque. Afinal convidar uma pessoa por intermédio de outra não é desfeita. Compreendi que, se Luísa me tornasse a olhar como um dia me olhou junto à garça displicente, Marta Varejão, com os seus livros franceses, suas músicas e suas flores de parafina, rapidamente se extinguiria.

– Impostora! resmunguei deitando açúcar no café. Hipócrita! "Festa de muita piedade..."

Com a doença intempestiva de Adrião, tinha-me esquecido do jantar.

Uma estopada. O presidente da junta escolar aprovando tudo, Clementina e d. Josefa conversando por cima de mim, Evaristo Barroca a mexer política, padre Atanásio aperreado com a instrução, o crime de Manuel Tavares e o homem das células, Miranda Nazaré falando nas barbas de Abraão... Isto me fez pensar no José de Alencar, que também foi um cidadão excessivamente barbado.

Daí passei para Iracema, da Iracema para o meu romance, que ia naufragando com os restos do bergantim de d. Pero. Não era mau tentar salvá-lo, agora que, com o armazém fechado, eu

podia dispor da tarde inteira. Decidi-me antes que o entusiasmo esfriasse.

— A senhora só tinha a xícara de café que me trouxe ou ainda tem mais, d. Maria?

— Tenho, sim senhor, tenho um bule cheio.

— Um bule? Pois traga-me outra xícara, por obséquio. Traga o bule cheio. Estou com muita necessidade de tomar café.

Enquanto bebia, esforcei-me por me colocar na situação de um sujeito que vai escrever uma obra de valor.

— A senhora conhece Coruripe da Praia, d. Maria José?

D. Maria José não conhecia.

Entrei no quarto, abri a janela que deita para a rua, tirei o manuscrito da gaveta. A dificuldade era apanhar os portugueses que tinham escapado ao naufrágio, amarrá-los, levá-los para a taba e preparar um banquete de carne humana. Trabalhei danadamente, e o resultado foi medíocre. Sou incapaz de saber o que se passa na alma de um antropófago. De indivíduos das minhas relações o que tem parecença moral com antropófago é o Miranda, mas o Miranda é inteligente, não serve para caeté. Conheço também Pedro Antônio e Balbino, índios. Moram aqui ao pé da cidade, na Cafurna, onde houve aldeia deles. São dois pobres degenerados, bebem como raposas e não comem gente. O que me convinha eram canibais autênticos, e disso já não há. Dos xucurus não resta vestígio; os da Lagoa espalharam-se, misturaram-se.

Em falta de melhor, aproveitei os últimos remanescentes dos brutos da Cafurna, tirei-lhes os farrapos com que se cobrem, embebedei-os, besuntei-os à pressa, aguei-lhes os dentes incisivos. Matei alguns brancos, pendurei-os em galhos de árvores e esfolei-os, com a ajuda do Balbino. Depois entreguei-os às velhas, entre as quais meti a d. Engrácia, nua e medonha, toda listrada de preto, os seios bambos, os cabelos em desordem, suja e de pés de pato.

De repente levantei-me, fui à sala de jantar, chamei:

— Ó d. Maria José, faça o favor. A senhora sabe como se prepara uma buchada?

Ela veio, paciente, enxugando os dedos no avental:

— Sei. O senhor quer comer buchada?

— Não. Isso é comida de selvagem. Os caetés. Depois lhe conto.

— Mas que interesse...

— É história comprida. Preciso saber como se cozinha um homem. Como é, d. Maria?

— Um homem? Está aí! Foi o conhaque.

E voltou-me as costas.

— Espere lá, criatura. Quem lhe falou em homem? Um bode, é claro, um carneiro. Tira-se o couro do bicho, esquarteja-se. Até aí eu sei. Como é o resto?

— Lava-se tudo muito bem lavado, começou a hospedeira desconfiada.

— Exatamente, numa gamela, já ouvi dizer. E viram-se as tripas pelo avesso com uma vara, também já ouvi dizer. Mas os caetés não tinham higiene.

— Como?

— Uma observação à toa. Continue.

— É só, está pronto.

— Pronto o quê, d. Maria? A senhora não está vendo que ninguém vai comer aquilo cru?

Ela forneceu-me algumas noções, que reputei preciosas.

— Muito obrigado, d. Maria José. Vou preparar o Sardinha pela sua receita e misturo tudo com pirão de farinha de mandioca. Fica uma porcaria.

— O senhor não quer tomar uma xícara de café sem açúcar?

— Eu? Pensa que estou bêbedo? Estou no meu tino perfeito. A propósito, que horas são?

— Cinco. Os outros não devem tardar.

– Cinco? Será possível? Ora veja. A arte é coisa admirável. Com a preocupação de arranjar o jantar dos índios, esqueci o meu jantar. Pois eles que esperem, não comem hoje. E traga-me o conhaque. Deus lhe pague, d. Maria. A senhora acaba de prestar um grande serviço à pátria.

14

À noite fui à casa de Adrião, informar-me da saúde dele. Encontrei-o na sala, enchumaçado, cercado de amigos.

Inquietou-me a presença de Marta, e simulei distração, com medo de perceber-lhe algum olhar equívoco. Parecia-me que Luísa alcançava as infidelidades da minha imaginação.

Padre Atanásio, com o seu sistema de discutir por fragmentos, retomara algumas ideias embrulhadas da véspera e arremetia contra os positivistas. Na opinião dele, Augusto Comte era idiota. Por quê? Porque não tinha juízo. E interrogou-me com um movimento de cabeça.

Declarei que aquele senhor era, não obstante, um inspirado poeta, e logo me arrependi de ter falado. Sei realmente, sem nenhuma sombra de dúvida, que Augusto Comte foi grande, mas ignoro que espécie de grandeza era a dele. Depois serenei, porque ninguém ali, excetuando Nazaré, compreendia um disparate.

Não houve contestação. Nazaré arregalou o olho de víbora e padre Atanásio encolheu os ombros.

Mas a conversa arrastava-se com dificuldade. O piano fechado, o tabuleiro de xadrez esquecido, a ausência de Isidoro, o desaparecimento do dr. Liberato, que, após duas visitas curtas, voltara ao Mesquita, tudo concorria para alterar a feição

do lugar. Além disso três personagens novas vinham aumentar a impressão de estranheza que aquilo dava: d. Priscilla Fernandes, d. Josefa, ausente o ano inteiro, e o dr. Castro, íntimo de todos.

No silêncio que se fez quando o vigário acabou de enterrar o positivismo, o tique-taque da pêndula cresceu. Procurei o mostrador: do ponto em que me achava não se percebiam os números. Aguardei a primeira pancada para me retirar.

Do sofá veio o sussurro de Clementina e de Marta. Nazaré, a quem o xadrez faz falta, aproximou-se da mesa, sem se atrever a convidar Adrião, que bocejou disfarçadamente. D. Josefa, tresnoitada, esfregava as pálpebras. Vitorino cabeceava, como sempre.

Afinal d. Engrácia levantou-se, tomou o guarda-chuva, recomendou uma tisana infalível, abaixo de Deus, saiu com a pupila. Num momento a sala se esvaziou. Só ficaram Vitorino, a filha e d. Priscila, que dormiam lá. E eu, que esperava a pancada do relógio, ergui-me também:

— Não sei se me vá embora. Precisam descansar. Em todo o caso, se houvesse necessidade, eu tinha muito gosto...

Não havia necessidade.

— O que desejo é que sejam francos. Não me custa.

— Muito obrigado, disse Vitorino. Vá dormir.

— Pois então... Não quero ser importuno, adeus. E se houver uma recaída, o que Deus não permita, façam o favor de avisar-me. Mandem bater na janela do meu quarto. Eu tenho o sono leve.

— Perfeitamente.

Já na calçada, notei que Luísa vinha fechar o portão. Estranhei vê-la tomar ocupações de Zacarias. E, numa exaltação instantânea:

— D. Luísa, que foi que lhe fiz ontem?

Julguei descobrir-lhe uma expressão de terror nos olhos, desmedidamente abertos, e insisti:

— Foi uma ofensa, creio. Não sei. Tenho procurado ver se adivinho.

Ela tremia.

— Diga, pelo amor de Deus, gemi. Diga depressa.

— Não houve nada.

Cerrou o portão e levou uma eternidade mexendo na chave para trancá-lo.

— Vamos! tornei com desespero, o rosto colado à grade. Para que me trata desse modo? Que lhe fiz eu?

— Nada. Vá-se embora, bradou Luísa com uma voz irritada que eu nunca lhe tinha ouvido.

E, metendo a mão entre os varões de ferro, empurrou-me a cabeça e fugiu.

Dei alguns passos cambaleantes, a experimentar ainda no rosto o contacto dos dedos dela. Passados minutos, reconheci que, em vez de me dirigir a casa, andava para o lado oposto, estava à beira do açude. Encostei-me a uma das balaustradas que limitam o paredão. Mas não era a água negra que eu via, nem os montes que se erguiam ao fundo, indistintos. Na escuridão surgiu um colo decotado, o vento agitou uns cabelos louros, uns olhos azuis brilharam. Longos dedos brancos tocaram-me o rosto. Recuei titubeando.

Dois sujeitos que desciam do alto do cemitério, afinando violões, pararam curiosos a pequena distância, riram, como se eu estivesse embriagado. Presumo que estava realmente embriagado. Tartamudeava:

— O fim das coisas...

Esta frase foi repetida muitas vezes.

Subitamente increpei-me com amargura por me não haver apoderado daquela mão que me repelia, não a ter coberto de beijos. Sou um desastrado.

— E era o que eu ambicionava, era só o que ambicionava, disse baixinho, depois mais alto, para convencer-me de que não mentia.

Embalei-me com a cadência das palavras e suponho ter ficado com o cérebro entorpecido.

Despertei com uma ideia esquisita, que me fez rir: o Balbino transformado em caeté de 1556. O Balbino, um pobre-diabo coxo e bêbedo, esfolando um homem pendurado por uma perna. Mas logo enxotei este pensamento mesquinho que toldava a passagem mais brilhante da minha vida.

— Aurora! aurora! aurora! gritei às casas vizinhas, às sombras das árvores, a um cão vagabundo que passava.

Nada em redor pareceu compreender que havia uma aurora e que aquelas trevas eram absurdas.

Olhei os astros. Não conheço nenhum, mas precisei comunicar com eles, repartir com a imensidade uma aventura que me esmagava. Bradei: "Luísa me ama! Estrelas do céu, Luísa me ama!" Imaginei que as estrelas do céu ficavam cientes e isto me deu satisfação. Uma delas tremeluziu mais que as outras, respondeu-me de lá, vermelha e grande. Desejei saber o nome daquele sol complacente. Belatriz? Altair? Aldebarã? Não conheço nenhum. Se eu fosse selvagem, metê-lo-ia entre os meus deuses. Não estava ali ninguém que me pudesse informar.

Os violões tocavam longe, para os lados da rua de Baixo.

Afastei-me cheio de uma vaga tristeza por não ser selvagem. À porta da pensão encontrei o dr. Liberato, que me perguntou:

— Vem lá do Adrião? Como vai ele?

— Bem, creio que vai bem.

— É isso. Por ora não há perigo.

E atacou-me:

— A aorta...

— Espere aí, doutor, atalhei com medo da exposição. Como é que se chama uma estrela vermelha que está agora por cima dos morros do Tanque?

— Que interessa isso? fez o médico ligeiramente desconcertado. Você quer aprender astronomia?

— Não, é cá uma dúvida. Muito grande, muito brilhante... Será Aldebarã? Uma vermelha. O doutor sabe?

O dr. Liberato confessou com secura que não entendia de estrelas.

15

Estávamos sentados à mesa, fumando, quando bateram palmas lá fora. D. Maria José foi ver e tornou logo:

— É a criada de d. Engrácia que tem negócio com o senhor.

— Comigo?

— Sim senhor.

Levantei-me, atravessei o corredor vagarosamente.

— Que é que há? perguntei a Casimira, que esperava à porta, grave, barbada, o rosto cheio de verrugas.

— Um livro que a menina mandou.

Entregou-me o volume.

— Um livro? Ah! sim! sei o que é, um romance. Muito obrigado, diga a d. Marta que estou muito obrigado. Isto é uma obra excelente, do Centro da Boa Imprensa, uma obra importante. Edifica. Amanhã devolvo.

Casimira arregaçou os beiços num sorriso escuro e gaguejou frouxamente, com modos de cumplicidade:

— Ela quer saber se o senhor vai ao cinema... se vai à missa.

— O cinema... respondi atarantado. A missa... Não posso, estou com febre.

— Talvez fosse melhor escrever.

Ia oferecer dez mil-réis a Casimira e pedir-lhe que esquecesse o recado, mas considerei que ela havia sido ama de leite de Marta e era uma alcoviteira honesta.

— Escrever? Para quê? Basta isto: doente, gripado. Não posso ir, sinto muito. A senhora não está vendo que sinto muito? E estou agradecido pelo romance. Amanhã devolvo. Diga a ela.

Entrei no quarto, joguei a brochura em cima da cama, voltei para a sala de jantar.

— Que tinha com você a d. Engrácia? inquiriu o Pascoal, indiscreto.

— Negócio lá do escritório, uma questão de juros. Nem sei, um desastre.

— Prejuízo para você?

— Não, é transação com a firma, uma conta corrente.

— Pois endireite essa cara, homem, fez Isidoro. Nós não temos culpa da conta corrente da d. Engrácia. Vamos à novena.

Fomos todos. Mas quando penetramos no Quadro, cheio de luz e rumor, pensei em retroceder. E, ao passar pelo Bacurau:

— Até logo. A igreja, com este calor, é fornalha. Uma cerveja bem gelada, amigo Bacurau. Tomem cerveja.

Recusaram e deixaram-me. Fiquei refletindo naquele procedimento de Marta. Um namoro, evidentemente, com o auxílio de Casimira. Não me convinha. E dizem que Deus dá o frio conforme a roupa!

No carnaval estive meia hora a tagarelar com ela e ouvi um provérbio que me atrapalhou, em francês. Desejei-a depois, por insinuações do Pinheiro. Nesse tempo ela andava com a cabeça virada para o Mendonça filho, que vale mais que eu. Voltava agora, infelizmente fora de propósito. Censurei-lhe o método. Um romance emprestado, a intervenção de Casimira, que estragava tudo. Pulhices. Sem se comprometer, pedindo-

me de longe que lhe escrevesse. Tive pena. E mastiguei as evasivas que usamos no armazém para evitar fregueses importunos: "Não pode ser, minha querida senhora. Estou aflito, acredite. Se tivesse aparecido antes, ali por março ou abril... Agora é inteiramente impossível. Não disponho de meios."

Não dispunha. Toda a minha alma estava empregada em adorar Luísa. E Luísa havia subido tanto que muitas vezes me surpreendi a confundi-la com a estrela amável que avultara em cima do morro, na antevéspera. Altair? Aldebarã? Não conheço as estrelas. Nem conheço as mulheres. Que será Luísa? que haverá nela? Não sei.

Emergi destas filosofias ordinárias e gritei ao rapaz:

— Traga a cerveja, Bacurau. Que demora! Acorde.

— Um minuto, seu Valério.

Com os cotovelos na mesa de ferro, enquanto esperava que Bacurau se desenroscasse lá dentro, olhei distraído o largo, que se ia enchendo. Nas lojas, exposições de objetos vistosos. Os cavalinhos começavam a rodar. Pejavam a praça longos renques de barracas. A iluminação pública estava aumentada. Na frontaria da casa de d. Engrácia penduravam-se lanternas de papel, e as janelas, que nunca se abrem, escancaravam-se.

— Que é que há pelo convento de d. Engrácia, Bacurau? perguntei quando o rapaz trouxe a cerveja.

— Um presépio. A d. Marta encomendou ao Cassiano aleijado três reis magos, um boi e uma jumenta de barro. D. Josefa Teixeira passou o dia lá, ajudando. Fizeram um rio com areia da praia e seixos miúdos em cima de um espelho. Pronto, seu Nicolau. Genebra?

— Que genebra! Eu bebo genebra! Conhaque, disse Nicolau Varejão arrastando uma cadeira para a minha mesa. Um conhaque bom. Que história de rio esse sujeito estava contando, João Valério?

Expliquei que era uma obra de arte realizada pela filha dele, com areia e pedras. Nicolau Varejão ficou encantado.

Anuviou-se-lhe depois o carão trigueiro, que as bexigas picaram. Bebeu um trago de conhaque e puxou o chapéu para a testa. Por baixo dos óculos brilharam lágrimas. Pobre homem! Adora a filha. E não pode falar com ela, que se envergonha dele, volta o rosto quando o encontra. Mas a perturbação durou pouco:

— Bonito, o presépio, hem? Não podia deixar de ser bonito. É uma fada, tudo quando sai daqueles dedos sai benfeito. Você tem cigarros aí? Hei de querer admirar esse presépio. Esqueci os cigarros. Dê cá um cigarro.

Dei-lho. Resolvi não ler o romance do Centro da Boa Imprensa.

— Faz uma semana que ela me chama para mostrar esses arranjos de Natal, prosseguiu Nicolau Varejão. E eu, ocupado com a lavoura, o ocultismo, a política... Sou um ingrato. Hoje pela manhã tirou-se de cuidados, foi à minha casa. Que casa! Eu tenho casa! Foi ao chiqueiro onde moro, no Sovaco, abraçou-me, disse um palavreado que me entrou no coração. É um anjo.

Coitado! Tem Marta em conta de anjo. Esconde-se para não desgostá-la; à passagem das procissões, tranca as portas. Quando está morrendo de fome, escreve-lhe uma carta, e ela manda-lhe pela Casimira vinte mil-réis.

— Todo o mundo sabe, continuou o velho, não há outra. Em instrução, Jesus! é um assombro. Como diabo pôde ela aprender tanto, tendo um pai da minha laia? Que eu dessas encrencas de particípio não pego nada. Catorze línguas! a pequena sabe catorze línguas! Até francês, homem! até latim, suíço e língua do México. Boa noite, doutor.

Era o dr. Castro, que se tinha sentado perto.

— Adeus, disse Nicolau Varejão baixando a voz. Não gosto da cara desse promotor. Vou ao presépio.

E berrou:

— Bacurau, outro conhaque.
Levantou-se, bebeu, meteu a mão no bolso:
— Sim senhor. Quero apreciar esses reis de barro e esse rio de areia da praia. Veja quantas mulheres haverá por aí com aquela capacidade. Um rio! Até parece obra da Divina Providência. Você pagou a cerveja?
— Deixe lá, não se incomode.
— Pois sim. Pague também o conhaque.
— Beba mais.
— Está doido? Se beber mais, entro na carraspana e perco os bonecos do aleijado. Até mais logo. Deus o ajude.
— Quem é esse sujeito? perguntou o dr. Castro quando Nicolau se retirou.
— Um santo.
— Que faz ele?
— Nada. Passeia pela Cafurna, pelo Tanque, pelo Xucuru, e dedica-se a espiritismo e esoterismo. É um vagabundo. S. Nicolau Varejão, mártir, uma das melhores coisas de Palmeira dos Índios.
— Vagabundo e bom homem? Ora essa!
— Por que não? Um santo. Como vai Manuel Tavares?
Antes que ele respondesse, chamei os companheiros de pensão, que desciam o Quadro:
— Já de volta? Que houve por lá?
— O costume, disse Pascoal. Música, flores, cantigas...
Luísa teria ido? Puxei Isidoro por um braço:
— Ó Pinheiro, chegue cá. O Adrião foi à novena?
— Creio que não. Quem esteve lá foi a Marta com a Teixeira. Pareciam umas imagens. Eu, se fosse turco, casava com as duas. Para que quer você o Adrião?
— É a conta-corrente de d. Engrácia. Os juros...
— Ah! sim! A d. Engrácia, os juros. Não foi. Provavelmente vai ao leilão. Talvez o encontre no cinema.
Eu não ia ao cinema.

— Não? Então meta-se em casa, deite-se. Quando a gente se aborrece, o que deve fazer é dormir. Pois eu aproveito. Festa é festa, e avistei uma criatura admirável, matutinha, quero ver se agarro aquilo. Venha até o cinema, pode ser que o programa lhe agrade. Os senhores ficam?

Ficavam. O dr. Liberato já começava a impingir anatomia ao dr. Castro, e o Pascoal preparava um grogue.

Saímos. Diante do teatro escondi-me na multidão para evitar Marta, d. Engrácia e a Teixeira.

— Você reparou nas olheiras da Marta? perguntou-me Isidoro quando elas passaram. Está linda. Aquilo é falta de macho. Coitadinha. Eu nem gosto de pensar, fico todo arrepiado. Vamos ver o programa.

Aproximou-se de um cartaz:

— Vida, paixão e morte de Nosso Senhor Jesus Cristo. Você não entra?

— Não. A que hora começa o leilão?

— O leilão? Ah! sim! Os juros. Deve ser daqui a pouco. *Ciao*, como diz o Pascoal. Vou procurar a matuta.

Dei uma volta lenta na praça. Da rua Floriano Peixoto, dos Italianos, da travessa da Cadeia, dos dois buracos que vão ter ao Pernambuco-Novo, escuros magotes afluíam. Na padaria da esquina roceiros, encostados ao balcão, enchiam as algibeiras. Na farmácia Neves, gesticulando e espumando, Balbino pedia um remédio. O boticário, caceteado:

— Traga a mulher, cavalgadura. É preciso examiná-la.

E o índio, ranzinza:

— Ora trazer! Se ela pudesse vir aqui, não estava doente. Vosmecê não é sabido? Então dê a mezinha.

Já começavam a embriagar-se nas palhoças onde se vendiam bebidas.

Ao passar pela casa de d. Engrácia, vi na sala uma floresta de crótons, as paredes enfeitadas de palmas verdes, o presépio com

um menino Jesus de biscuit, as figurinhas do Cassiano, uma estrela de lata, o célebre rio de areia da praia e vidro. Sentada, com a boca aberta, Casimira dormia.

À entrada da rua de Cima bordejava o doutor juiz de direito, cambaio. À esquina da praça da Matriz avistei d. Emiliana Teixeira, a Teixeira velha, magríssima e coberta de sedas.

Ouvi os gritos de Romualdo, pregoeiro:

— Dez tostões me dão por uma penca de flores muito cheirosas, que de mimo deram a Nossa Senhora do Amparo.

Anatólio, outro pregoeiro, berrava também:

— Afronta faço e mais não acho. Se mais achara, mais tomara.

Acerquei-me da mesa carregada de frutos, bolos, pássaros enfeitados de fitas, pratos de ovos e caixinhas de segredo. Cumprimentei senhoras apertadas em bancos incômodos: d. Priscilla Fernandes e Clementina, juntas, a mulher do administrador, as xifópagas.

Luísa não estava. Desanimado, rondei por ali, procurando alguma coisa para oferecer a Clementina. Nem um jarro, nem uma estatueta, nada. Encostei-me a um poste da linha telegráfica, reparei num grupo de rapazes e de moças que não conseguiam lugar nas bancadas e se apinhavam nos degraus da igreja. Distraía-me a contar meia dúzia de namoros, quando Nazaré me interpelou:

— Já sabe? O Xavier foi demitido.

— Que está dizendo? Isso pode ser? Um funcionário que vem da monarquia! Que horror!

E falei em Xavier filho, há muito tempo estudante de medicina. Luta desesperadamente e não consegue terminar o curso.

— Que miséria!

— É verdade, prosseguiu Nazaré. O Evaristo embirrou com ele, e com razão. Tiraram-lhe o emprego.

— Que razão! Pense na família do Xavier. Mais de dez filhos! Bandalheira.

— Mais de dez filhos, é exato. Quanto a isto ninguém tem culpa, que a filharada foi ele que fez, ou alguém por ele. Era necessário colocar na secretaria da prefeitura um sobrinho do Evaristo.

— Outro? Deve ser como o promotor. Boa amostra.

— Sim, efetivamente é um belo moço.

— Um sendeiro.

— Sendeiro? De forma nenhuma.

— Foi o senhor mesmo que disse, em casa do Vitorino. A história do libelo... Foi o senhor.

— Ninharia. É um rapaz simples, não tem orgulho.

— E que orgulho pode ter um cavalo como aquele?

— Pode, respondeu Nazaré esfregando o espanador que lhe adorna o queixo. Pode. Tem a carta, e isto vale um pouco. Vale muito. Ora veja. Se nós andássemos lá por cima, dirigindo esta gangorra, havíamos de governar muito bem, comíamos tudo. E eu sou tabelião desde que nasci, e não passo disto; você é guarda-livros...

— Mas eu acho a minha profissão melhor que a dele.

— História! Um bacharel é um bacharel, chega a deputado, a desembargador. Vá lá pensar em ser ministro escriturando a cachaça do Teixeira.

Guiado pelo olhar dele, descobri junto à mesa o dr. Castro, feliz e papudo, mostrando os dentes e despejando sobre Clementina o brilho dos seus olhos pretos. Ela roçava-se no encosto do banco e espiava-o por cima do ombro de d. Priscilla. Compreendi o reviramento de Nazaré. Estava tudo em ordem. E lembrei-me do provérbio que Marta me disse uma noite: *Qui se ressemble...* Esqueci o resto. Era bonito e rimava, terminava em *emble*. Uma frase magnífica para os outros julgarem que eu digo que não sei francês por modéstia.

Vendo Zacarias, que se afastava depois de ter deixado uma caixa sobre a mesa, despedi-me rapidamente de Nazaré.

— Olhe cá, Zacarias, disse ao preto, que alcancei ao dobrar a esquina. Como vai seu Adrião?

— Está bom, comendo castanha.

— Você sabe se ele vem ao leilão?

— Não vem, não senhor. Nem ele nem ninguém lá de casa. A sinhá mandou uma prenda, e só sai à meia-noite, pra missa.

— Meia-noite?

Dei-lhe uma prata. Logo achei aquilo insípido e deserto. Os namoros nos degraus da igreja irritaram-me.

Desci a rua Deodoro. Com que me ia ocupar até a hora da missa? Tirando a missa, não havia nada que prestasse. À entrada da rua de Baixo fiquei dez minutos vacilando. Fui à redação da *Semana*. Fechada. Adiantei-me até a Boca-de-Maceió. Voltei, andei à toa pela cidade, para matar o tempo. Entrei no Pinga-Fogo, estive quinze minutos sentado num monte de dormentes. Às dez horas achava-me defronte da usina elétrica, observando, através das grades, o motor. Seguia com interesse as rotações do volante e tentava adivinhar a intenção de uns ferrinhos caprichosos, que sempre me intrigam, quando Maria do Carmo se abeirou de mim, pediu-me cinco mil-réis. Dei-os, perguntei-lhe se tinha recebido notícias do marido e se ainda continuava a enganá-lo. Ela jurou que nunca havia enganado ninguém. E roçou-me as roupas, num movimento de gata. Desviei-me com uma pudicícia que não tenho e encaminhei-me para o largo.

Perto dos cavalinhos encontrei Isidoro misturado a uma leva de matutos.

— O negócio vai em bom caminho, segredou-me. É aquela, de vermelho. Já paguei dezoito corridas, essas criaturas gostam de rodar.

E apontou uma cabocla enorme, de venta chata.

— Aquela?

— É feia de cara, mas eu não me importo com a cara. Olhe o resto, veja que peitaria. E adeus. Nisto de cavações a gente deve estar só.

Saí, muito divertido com a conquista do Pinheiro.

— Onde tem estado o senhor escondido, que ninguém lhe põe os olhos em cima?

Era d. Josefa, que passava com Marta. Apanhado de surpresa e sem poder fugir, tirei o chapéu, balbuciei:

— Meio adoentado, com febre. Não pude ir ao cinema.

— Mas não deve expor-se, opinou Marta. O sereno faz mal.

— Talvez faça. Vou recolher-me de novo.

— Está pálido.

E aproveitando um momento em que a Teixeira escolhia bugigangas num bazar, sussurrou-me algumas palavras em tom interrogativo. Respondi que sim, sem compreender.

— Pois devemos ir logo, que a missa não tarda. Josefa, seu Valério quer ver o presépio. Vamos mostrar-lhe o presépio.

— O presépio? É isso mesmo, concordei. Realmente. Vamos ver o presépio.

Fomos.

— O senhor está muito beato, gracejou a Teixeira quando entramos. Vem também adorar o menino Jesus.

— Não senhora, vim por curiosidade. Ouvi dizer que tinham arranjado um serviço decente, quis admirar. E é um primor, com efeito, não falta nada. Boa noite, d. Eulália. Boa noite, d. Isabel.

O cumprimento foi endereçado a duas velhotas, que mal o retribuíram: d. Eulália Mendonça, grande, e d. Isabel Mesquita, pequena, encarquilhada e quase cega, ambas de preto, extasiadas diante das figurinhas que adornavam a estrebaria.

Marta fez um gesto de aborrecimento. E logo se apossou das visitas, com aqueles modos encantadores que sabe ter, perguntou pelas duas Mendonça e pela saúde de Guiomar Mesquita.

As Mendonça, por aí, juntas, como sempre; Guiomar, melhor, graças a Deus. D. Isabel achou o presépio uma beleza. E voltou a contemplá-lo, pondo-lhe em cima o nariz armado de

óculos. Marta, aflita, pareceu invocar a proteção de Casimira. E agradeceu. Aquilo era uma brincadeira, só para auxiliar o pobre do aleijado.

— Maravilha está em casa de d. Emiliana. As senhoras viram? O menino Jesus é de prata.

As devotas safaram-se, levadas pela imagem de prata da viúva Teixeira.

— Uma perfeição, o rio, murmurei. Muito branco, cheio de pedras, e largo, um rio que faz gosto. É trabalho seu, d. Marta? E aqueles patinhos de celuloide dão uma graça... Que rio será esse, d. Josefa? É o Amazonas?

Elas aventuraram que talvez fosse o Jordão.

— O Jordão? É verdade, deve ser o Jordão. Onde foi que Jesus nasceu? Em Nazaré... ou em Belém... O Jordão fica por essas bandas. As senhoras sabem se ele passa por Nazaré... ou por Belém? Em todo o caso deve passar perto. O Amazonas, que doidice! É o Jordão, sem dúvida. Pois sim senhoras, um Jordão excelente.

Receberam o elogio, sérias.

— E as estatuetas do Cassiano estão magníficas.

— Padre Atanásio diz que ele promete, atalhou Marta.

— A senhora leu na *Semana*? Duas colunas na primeira página. Padre Atanásio entende. E são interessantes as figurinhas. Um bocado pequenas, menores que o menino Deus.

— Querem tomar café? perguntou Casimira.

Entrou. Quando voltou, com uma bandeja, a Teixeira asseverava que havia proporção nas figuras, falava em planos.

— Planos, d. Josefa? Não percebo, deve ser isso. Mais açúcar?

— Isso já passa de onze horas, exclamou a Teixeira chegando a uma janela. O senhor ouviu se bateu a segunda chamada?

— A segunda chamada... respondi tomando-lhe a xícara vazia. Ouvi tocar o sino, mas não sei se era a segunda.

Estivemos um instante calados.

— No cinema hoje, d. Marta? perguntei para quebrar o silêncio. Hoje, dia de festa de igreja!

— Era uma fita religiosa, explicou Marta sisuda. E a madrinha queria ver a ascensão.

— O Pinheiro me contou, menti. Uma ascensão de chupeta e milagres muito razoáveis. A multiplicação dos pães. E dos peixes. Diz o Pinheiro que foi peixe a dar com um pau. A senhora com certeza vai à missa.

— Deve ter sido a segunda, opinou a Teixeira da janela. As Mendonça passaram, e a gente do Xavier, e a Clementina com o promotor de banda. Aquilo pegará? Deem-me vocês um minuto de licença. Já venho.

Casimira também se retirou, levando a bandeja.

— Até que enfim! murmurou Marta, nervosa, denunciando-se inteiramente.

Com o cotovelo sobre a toalha branca da estrebaria, contemplei estupidamente o Jesus de biscuit, rosado e nu, a estrela de lata que servira de guia aos reis de barro. Julgo que Marta estava, como eu, embrutecida. Tremiam-lhe os dedos, escapou-lhe um suspiro, que me lisonjeou, mas não diminuiu a perplexidade em que me achava.

— Deve ter sido a segunda, arrisquei por fim. Um ótimo Jordão, sim senhora, com os patos. E muito obrigado pelo romance. Amanhã devolvo. Que diabo faz a d. Josefa lá dentro tanto tempo?

Ia neste ponto, esfregava as mãos e procurava meio de escapar-me, quando Luísa chegou à porta, em companhia de d. Engrácia, d. Priscilla e Vitorino. A Teixeira, que veio pouco depois, apontou-me com um gesto cômico:

— Por aqui, em adoração. Estava lá embaixo, no bazar, chorando com febre. Quis por força ver o presépio, tanto fez que o trouxemos. Sabe muito: a geografia da Palestina e o Evangelho.

Luísa atirou-me um olhar de desprezo, tive a impressão de que em mim havia um desmoronamento. Nada opus aos gracejos da Teixeira. Emergi penosamente do fundo da minha miséria, dei as boas-noites, a d. Engrácia e a Vitorino, articulei tremendo:

— Como vai, d. Luísa? Já me informei da saúde de seu Adrião. Julgo que melhorou.

— Vai muito bem, respondeu Luísa.

Mas este *muito bem*, pelo modo como foi pronunciado, não podia ser uma resposta à minha pergunta. Era um aplauso sarcástico ao que ela, no dia do Marino Faliero, imaginara talvez haver entre mim e Marta.

Muito bem! E ninguém entendeu. Vitorino bocejava, d. Josefa ria como uma doida, d. Engrácia cantarolava um bendito. Marta acolheu com ingenuidade o sorriso estranho de Luísa.

— Toca para a frente! comandou d. Engrácia. E não precisam mais tinta na cara. Que despotismo de tinta! Casimira, pelo sim pelo não, traga o guarda-chuva. Marcha! Os homens atrás e as mulheres adiante, era assim que no meu tempo se fazia.

— O senhor está indisposto? perguntou-me a Teixeira ao sairmos. Eu pensava que a doença fosse mentira.

— E era. Estou bom, agradecido.

Deixei-me levar pela multidão, sem saber se ia para a missa ou para a forca. O Quadro se esvaziava, toda a gente subia para a igreja. Ao chegar à rua de Cima, estaquei, despedi-me.

— Não vai? inquiriu Marta espantada.

— Não senhora.

— Quando eu digo que o senhor não tem juízo! galhofou a Teixeira.

E deu-me uma risada na cara.

— É isso mesmo. Boa noite.

Luísa nem voltou o rosto.

Desci a praça lentamente, aniquilado, aos encontrões, na turba que se deslocava em direção oposta. Nuvens de poeira levantavam-se, toldando as luzes. Uma velha interrogou-me quase chorando:

– Meu senhor, viu por aí um menino de chapéu de palha?

No largo, onde só ficaram os donos de botequins, percebi um vulto junto ao convento de d. Engrácia. Era Nicolau Varejão, que esperara a ausência da família para ir contemplar os objetos que as mãos da filha tinham tocado.

16

Recostei-me na cadeira, espreguiçando-me. Quatro horas de insônia e um pesadelo. Cruzei as mãos sobre a mesa e olhei os pés do italiano. Ali estava em que haviam sido empregados, muito mal empregados, os últimos cinquenta mil-réis que d. Maria José me extraíra. Sapatos, meias de seda para aquele malandro.

– Deitaram fora o Xavier, hem, Pascoal?

– É verdade, disse Pascoal sem interromper o desenho em que se esmerava. É pena.

Mas naquele momento não senti pena do Xavier. Acima dos desastres alheios estava a desgraça imensa que me afligira na véspera.

Muito bem! Com duas palavras Luísa me havia suprimido. Considerei-me extinto. Ninguém compreendera o movimento de repulsa. Era como se ela me houvesse ajoujado à outra.

Abri uma revista, li versos e notei ao findar que não tinha percebido nada.

– Que fez você ontem o resto da noite, Pinheiro? Sempre conseguiu derrubar a matuta?

— Nem me fale nisso, rugiu Isidoro, que se barbeava a um espelho pendurado à parede. Gastei cinco mil-réis nos cavalinhos, paguei nove entradas no cinema a ela e a um lote de parentes, e mais vinho, genebra, isto e aquilo, total: vinte e oito mil e setecentos. Que despesa num tempo de crise! E quando julgo a mulher segura, a miserável aproveita um momento sagrado em que tive de satisfazer necessidade urgente e escapole-se com o Silvério. Só a cacete!

Esbocei um sorriso chocho, li novamente os versos.

Muito bem! Desejava esquecer, não podia esquecer.

— Assistiu à missa, Pinheiro?

— Toda, homem, de cabo a rabo, ajoelhado na grama, com o olho no diabo da matuta. E a vida, paixão e morte de Nosso Senhor Jesus Cristo no cinema, e mais a ressurreição. E os cavalinhos ainda por cima. Você já viu que falta de vergonha? Vinte e oito mil e setecentos! Depois de tudo combinado, a cachorra me prega aquela peça. Eu, se não fosse um indivíduo pacato, ia ao Riacho-Fundo e dava-lhe murros.

Tentei recordar a figura da cabocla, mas apenas me lembrei dos peitos volumosos e do nariz chato. Como lamentava o Pinheiro não se ter espojado num canto de muro com aquilo? Que gosto estragado!

— E eu que recusei a Maria do Carmo! suspirou raspando o queixo.

— A Maria do Carmo é bonitinha, observou Pascoal.

— É, concordou Isidoro, mas muito vista, muito batida. Que está você riscando?

— Um monograma para fronhas.

Serviço de d. Maria. É nessas miuçalhas que Pascoal se ocupa. Tanto sangue, tanto músculo, carcaça tão rija, tudo empregado em dourar molduras de espelhos e rabiscar monogramas. Irritante. D. Maria José não tinha discernimento. Era melhor que se arrumasse com o Monteiro, que é velho, capitalista e viúvo, homem respeitável.

Depois mudei de ideia. Procedia ela muito bem, se o italiano a fazia feliz. E o Pinheiro também andava com juízo em correr atrás da cabocla. Punham a sua felicidade onde podiam alcançá-la. Eu não podia alcançar a minha felicidade: fugira na véspera, sem voltar o rosto.

— Vocês já sabem que a Clementina vai casar? disse Pascoal suspendendo o trabalho.

A pilhéria de sempre. Aquilo, assim repetido, não tinha graça. Mas o italiano afirmou que não era brincadeira:

— Desta vez é sério.

— Outro espírito? perguntou Isidoro escanhoando o beiço.

— Não, foi o promotor que a pediu ontem.

Esqueci por momentos as minhas preocupações:

— Como é que você soube, Pascoal?

— Homem! essa agora! Você tem certeza? gaguejou o Pinheiro. Se for verdade, fica um par magnífico. E eu estou contente, que gosto da Clementina. Ora sebo! Dei um talho na cara, com a emoção. Quem foi que lhe contou?

Tinha sido o Neves.

— O Neves? Então é certo. O Neves não mente. Sim senhor! Para alguma coisa o diabo da política havia de servir. Quando receber a comunicação, escrevo uma notícia de estouro na *Semana*. Afinal a Clementina arranjou-se. E merece, é digna. Essa coisa de histerismo... potoca! Eu, se não fosse cardíaco, hepático, artrítico e sifilítico, tinha casado com ela.

Que mudança! Nazaré, junto à mesa do leilão, achara o promotor um excelente rapaz. Invejei o noivo, tão alegre, tão amável, a grossa gargalhada a irromper a cada instante.

— Ó Pascoal, que é da chave ali do armário? perguntei. Tudo trancado! Que fim levou a d. Maria?

— Foi visitar a mulher do sapateiro. A chave? Para que chave?

— Para tirar a garrafa de conhaque.

— Vai beber agora de manhã? Escangalha o estômago.
— Adeus.

Fui buscar ao quarto o chapéu e a bengala. Como tinha a carteira desprovida, retirei a Bíblia da gaveta, procurei dinheiro entre as folhas do Velho Testamento. Enquanto me fornecia, li: "E achei que é mais amarga do que a morte a mulher, a qual é laço de caçadores, o seu coração rede, as suas mãos cadeias."

E a minha tristeza aumentou, porque a rede em que por muito tempo me debati deixara fugir a presa por entre as malhas. E as cadeias, que desejei arrastar, tinham-se afrouxado de repente, abandonando-me, livre e inútil, junto a uma velha que chorava por um menino de chapéu de palha.

Saí pesadamente, fazendo curvas com a bengala na calçada. Quando penetrei no largo, que tinha agora, com os estabelecimentos fechados e as barracas desertas, uma aparência de acampamento abandonado, avistei padre Atanásio defronte do cinema, conversando com dois matutos.

— Ora viva! gritou. Caiu-me a jeito. Ia agora... Casamento de parentes é com o bispo. Precisa tirar licença, gasta aí...

— Mas, seu vigário, replicou um dos roceiros, eu não posso pagar a licença. Se V. S.ª me fizesse o favor...

— Já lhe disse que é com a Diocese. Vamos descendo por aqui, temos negócio. Pois não case, filho de Deus. Se você nem pode pagar licença, como sustenta família? Ou então pegue outra. Casamento de primos é ruim. E vão-se embora, não me amolem.

Os matutos desapareceram.

Entramos na travessa da Cadeia.

— Estou cansado, exclamou padre Atanásio. Missa aqui, missa em Santa Cruz, missa em Caldeirões. Morto de sono, não dormi um minuto. E esta cambada de tabaréus azucrinando a gente. Assim mesmo uns ateus de meia-tigela acham que nós não trabalhamos. Hoje é que eu queria mostrar a eles

quem é parasita. A propósito de casamento, você sabe que a Clementina foi pedida?

– Sim, pelo promotor. *Qui se ressemble*... Afinal, como diz Salomão...

Lembrei-me do período lido vinte minutos antes:

– A mulher é laço de caçador, tem coração de rede e cadeias. É do Eclesiastes.

– No Eclesiastes há isso? perguntou o vigário espantado.

– Mais ou menos, uns beliscões nas mulheres. Muito justos.

Padre Atanásio riu grosso e extraiu do interior uma explicação que lhe pareceu aceitável:

– Foi a sua namorada que lhe pregou alguma peça.

– Não senhor.

Cumprimentei Fortunato Mesquita, que descia a rua Deodoro.

– E esse negócio, padre Atanásio?

– O negócio? Ah! sim! Não me interessa, sou apenas medianeiro. Vamos andando. Pois, meu filho, se o Salomão escreveu aquilo, não procedeu bem. Ora, dizia o doutor Angélico... (ou Santo Agostinho, não me lembro...) que todos os homens... Não, é outra coisa. Enfim Salomão foi um rei femeeiro. É verdade que Santo Antônio e muitos anacoretas, na Tebaida... Mas isto não tem importância, porque houve outros, e dos maiores... Jesus Cristo mesmo não desprezava as mulheres. Veja aquela história do poço, a samaritana tirando água. É bonito. Veja Marta e Maria, as irmãs de Lázaro, um bando delas. A redoma de bálsamo! É lindo. E S. Francisco de Assis, onde foi que ele algum dia disse mal das mulheres? E S. Francisco é um mundo, S. Francisco é tudo. Quando se fala em S. Francisco, Salomão se esconde.

Estávamos à porta do reverendo. Entramos.

– A redação hoje não se abre, padre Atanásio?

– Não, respondeu o vigário atirando o chapéu para a mesa carregada de livros, papéis, caixas, em temerosa mistura. Moído,

meu filho, parece que levei uma surra. E vou trabalhar na igreja. Você está satisfeito com os Teixeira?

— Se estou satisfeito? Por que pergunta, padre Atanásio?

— É o negócio de que falei. Sente-se. Se não é indiscrição, quanto ganha você?

— Nem sei. Às vezes mais, outras vezes menos, é conforme o tempo. Dão-me, além do ordenado, uma parte dos lucros. O senhor quer oferecer-me o lugar do sacristão?

— Não quero oferecer nada. É o Cesário que deseja convidá-lo. Melhor ordenado, também promete interesse. Não lhe dou conselho. Nem acho decente a proposta. Enfim, como o Mendonça é camarada...

— Muito bem! exclamei com entusiasmo. O senhor não imagina, padre Atanásio. Esplêndido!

E considerei que aquilo era um bom meio de evitar Luísa. Aceitava a colocação, dava adeus aos livros do Teixeira, ao piano, ao xadrez, ao jardim e à garça de bronze. Mentalmente, vi desocupado o meu lugar à mesa; na minha cadeira, no salão, o dr. Castro, feliz, contemplando Clementina; deserta a varanda onde me recostava, oculto por detrás das cortinas, e donde se avista o arrabalde da Lagoa, um feixe de pontos luminosos. Nunca mais poria os pés naquela casa, que frequentei anos a fio, a princípio com o coração tranquilo, depois numa agitação que foi crescendo, ameaçava transtornar-me a vida. Tinha-me sentido quase doido alguns dias antes, a gemer num soluço desesperado: "Pelo amor de Deus, d. Luísa... Que lhe fiz eu?"

— Então aceita? perguntou o vigário. Que há de extraordinário no que lhe disse para me olhar com essa cara de malassombrado?

— É com efeito uma boa proposta, eu não esperava por isso. E, mudando de conversa, padre Atanásio, como se chama uma estrela vermelha que às nove horas fica ali para as bandas do Tanque? Uma estrela grande. Como é o nome dela? Será Aldebarã?

— Que desconchavo é esse? bradou o padre. Aceita ou não?

— Qual aceitar, qual nada! Eu sou lá capaz de fazer isso!

— Mas onde tem você a cabeça, criatura? Disse há pouco que era um bom oferecimento.

— Foi tolice, padre Atanásio. Quando andei por aí, para cima e para baixo, procurando emprego, estive duas vezes em casa dele. Não me deu um chifre.

— Perfeitamente, concordou o vigário. Recusa, mas não tem senso comum.

— Não tenho nada, nem senso nem coisa nenhuma. Sou um desgraçado.

Era um princípio de confissão. Se eu fosse crente, ter-me-ia lançado aos pés do reverendo, abrindo as portas da minha alma. Não sou crente, por infelicidade, e apesar de sofrer muito, não queria dar a mim mesmo a ilusão de que dividia o meu infortúnio com outra pessoa.

— Desgraçado? Ora essa! Que foi que aconteceu?

— Não aconteceu nada. Um rapaz meio tonto, o senhor tem razão. Falta de senso comum.

— Pois se você aceitasse o emprego do Cesário, eu ficava desgostoso, palavra. Procedeu com honestidade. Vamos almoçar. Valentina, ponha esse almoço. Com honestidade. Sim senhor. Vamos almoçar.

— Obrigado, padre Atanásio. Deixe lá, não mereço abraços. Não há nenhuma nobreza no que fiz.

17

Estalaram foguetes na rua, à passagem da procissão.

Soltei o livro, agarrei o chapéu e cheguei à calçada no momento em que desfilavam dois renques de velhos tristes, de opas, conduzindo tocheiros sem velas.

— Vai acompanhar, Pascoal? Você sabe o que há na igreja?
— Sermão. Sermão e tedéu. Sim, acompanho.
Vinham devagar, em filas, as crianças do catecismo, com fitinhas amarelo-verdes. Depois, duas alas de mulheres, e entre as alas uma cambulhada de anjos, rubicundos, frisados, com asas de arame e gaze. Em seguida, o estandarte das filhas de Maria, dos cordões de aspirantes e veteranas. Atrás, o andor do Coração de Jesus, beatas de beiço mole, caducas, d. Engrácia, a Teixeira velha, Casimira, outras criaturas hediondas e sem sexo, de roupas pretas e escapulários como nódoas de sangue. E três figuras simbólicas, as virtudes excelentes.
— Você conhece aquela Caridade, Pascoal? A de lá.
— Não conheço, deve ser de fora. E é bonita.
— Bonita? Com os diabos! É uma linda Caridade.
Calamo-nos. Padre Atanásio passava, de paramentos brilhantes, ladeado por dois eclesiásticos mal-encarados, sob o pálio que seguravam o juiz substituto, o dr. Castro, Fortunato Mesquita e o Monteiro.
— Venha para cá, seu Valério, desentoque-se, disse Mendonça filho, deixando a multidão desordenada que rematava o cortejo. Isto aqui está bom.
Hesitei, com a tentação de namorar a Caridade. Encolhi os ombros:
— Vou esperar na igreja.
Dirigi-me à praça, olhando com simulada indiferença as famílias que vinham a distância. Quando Luísa passou, em companhia do marido, voltei o rosto e, para ocultar a minha perturbação, consolei um pequenino Jesus de três palmos, que chorava, perdido e amuado, com uma alpercata de menos, o resplendor caído para a nuca, as chagas das mãos diluídas em lágrimas.
Subi o Quadro, onde só havia duas ou três barracas, escuras, de palha crestada. Panos vistosos nas janelas, flores e folhas juncando o chão. No convento de d. Engrácia, colchas ricas.

Para afugentar as ideias dolorosas que a presença de Luísa me trouxera, pensei na Caridade.

As lojas de fazenda, as barbearias, as farmácias, o Bacurau, tudo fechado.

Defronte do bilhar encontrei Nazaré, que descia.

— O Evaristo vai para cima, hem?

— O Evaristo? Ignoro, respondi. De que se trata?

— Secretário do Interior. Creio que vão fazer dele secretário.

— Secretário? Não sei. Quem lhe contou?

— Os fatos. Você não lê a *Gazeta*? Está-me palpitando que o Evaristo entra na secretaria.

— Um sujeito que se meteu em política há um ano!

— Não senhor. Meteu-se nela desde que lhe nasceram os dentes. É o chefe local que mais trabalha. Veja como esse velhaco organizou isto. E aqui para nós, a telegrafista me mostrou um telegrama em segredo. Peguei umas coisas por alto. Aquilo trepa, e se não for para a secretaria, dão-lhe outro lugar bom, que é de elementos assim que o governo precisa.

— Safadezas! murmurei despeitado, porque não possuo o talento de Evaristo. Que sorte!

— Conversa! Que é que falta a ele?

Mordeu os beiços, contrafeito, esboçou um sorriso cheio de fel:

— Tem tudo. É bacharel, faz discursos, veste-se bem e sabe furar. Tem tudo. Recebeu um bilhete de participação que lhe mandei ontem?

Era o casamento da filha, e eu não havia felicitado o velho. Desazado.

— Perfeitamente. Distraí-me, por causa do Barroca. Nem dei parabéns. Desculpe. Quando é isso?

— Até junho. Eu sou pelo sistema antigo. Quem tiver de se juntar junte-se logo, vá noivar na casa do diabo: às minhas barbas não. Você viu por aí o Neves?

Eu não tinha visto o Neves.

– Pois eu vou procurar o Neves. *Au revoir*.

Encaminhei-me à igreja. Ao galgar os degraus, onde mendigos esperavam o regresso da procissão, vi subirem foguetes no Pinga-Fogo.

Encostei-me à grade de ferro que circunda a calçada.

Montes à esquerda, próximos, verdes; montes à direita, longe, azuis; montes ao fundo, muito longe, brancos, quase invisíveis, para as bandas do S. Francisco. Acendi um cigarro. E imaginei com desalento que havia em mim alguma coisa daquela paisagem: uma extensa planície que montanhas circulam. Voam-me desejos por toda a parte, e caem, voam outros, tornam a cair, sem força para transpor não sei que barreiras. Ânsias que me devoram facilmente se exaurem em caminhadas curtas por esta campina rasa que é a minha vida.

Os telhados da cidade estendiam-se embaixo; um catavento gesticulava no quintal do Cesário; a casa de Vitorino, distante, avultava, pesada e feia. Seis horas. O arrabalde da Lagoa repousava entre moitas, miudinho, como uma pintura de teatro. Para outro lado derramava-se o Xucuru, triste e seco, de areia e pedra. E o Tanque, uma série de pomares entre morros. Ficam lá os sítios do Barroca, terra esplêndida. Cultura de café, gado seleto, que ladrão! Aquele, sim, anda sem se deter e alcança tudo com facilidade. Vence os embaraços, corta-os, e o que vai encontrando serve-lhe de meio para avançar. Que bandido!

Agora os foguetes estouravam no Melão. Os sinos repicaram. Bandos apressados desembocaram das ruas vizinhas e invadiram a igreja, em busca dos melhores lugares. Xavier filho aproximou-se de mim e pediu uma informação. Dei-a e voltei-me para cumprimentar d. Eulália Mendonça.

A procissão recolhia. Em poucos instantes a igreja regurgitou. À passagem de Luísa, afetei olhar a palmeira solitária da Lagoa, o arvoredo que se cobria de sombras. Era quase noite. Cheguei-me à porta. Dentro irromperam cânticos. A imagem

de Nossa Senhora do Amparo, entre velas acesas, mostrava o seu rostinho espremido e de choro. Na multidão que enchia a nave sobressaíam as vestes das irmandades religiosas. Um padre gordo subiu ao púlpito e começou a falar, mas do ponto em que me achava apenas ouvi, de mistura com o rumor da calçada, vagos chavões sobre o amor celeste e o amor mundano.

Voltei a debruçar-me à grade. Surgiram luzes. Além da campina, mancha pardacenta, as serras tornaram-se massas negras. Nos morros à direita esmorecia um resto de sol. Lá em cima tremelicaram estrelas espalhadas. O vozeirão do orador continuava a atroar.

— O senhor estava aí? perguntei ao Miranda, que saía. Já se vai embora?

— Já, respondeu o tabelião com um bocejo. Não suporto mais as bobagens daquele tipo.

— Que diz ele?

— Tudo: a virgindade de Maria, S. Vicente de Paulo, a constituição brasileira e as abóbadas do infinito. Miserável. O infinito com abóbadas! Que jumento!

18

Várias vezes peguei a Bíblia para tirar dinheiro, e o livro sempre se abriu no Eclesiastes, mostrando-me a frase de Salomão enjoado. Repetindo-a, senti uma atroz amargura. Uvas verdes. Que me importava Salomão?

Num sombrio acesso de desespero, pensei no suicídio. Tolice. Eu tenho lá coragem de suicidar-me? O que fiz foi passar uns dias quase sem comer. A escrituração ficou atrasada uma semana, o que me valeu duas observações de Vitorino, e abandonei o jornal de padre Atanásio e os caetés.

Para que mexer nos caetés, uma horda de brutos que outros brutos varreram há séculos?

Só Luísa me preocupava. Desejei-a dois meses com uma intensidade que hoje me espanta. Um desejo violento, livre de todos os véus com que a princípio tentei encobri-lo. Amei-a com raiva e pressa, despi-me de escrúpulos que me importunavam, sonhei, como um doente, cenas lúbricas de arrepiar. Quando ia a casa dela, mostrava-me taciturno e esquivo. Vinha-me às vezes uma espécie de delíquio, parecia-me que o coração deixava de pulsar, e era um frio, uma angústia, sensação de vácuo imenso. Estava sempre a sobressaltar-me, como se em redor me lessem na alma. Transparecia nos meus modos uma irritação que procurei conter debalde; se alguém me interrogava, respondia com palavras secas e breves.

E quanto disparate! Uma noite cumprimentei deste modo o reverendo, que chegava: "Adeus, padre Atanásio. Divirta-se."

Riram em torno, gaguejei explicações parvas e encolhi-me, rangi os dentes, sentindo a vaga tentação de estrangular o dr. Castro, que sorria para Clementina.

19

Em princípio de março, Adrião foi à capital acertar contas com os fornecedores e pedir a restituição de uns títulos resgatados. Eu havia escrito várias cartas reclamando, e o detentor dos papéis dava respostas evasivas e protelava a remessa.

No dia em que Adrião viajou dirigi-me a casa dele, à noite, esperando entender-me com Luísa. A voz sumida, em tremuras, interroguei o negro:

— D. Luísa está aí, Zacarias?

— Está. Um bocado murcha, nem quis beber café.

— Está só?

— Sim senhor. A menina d. Josefa saiu ainda agorinha. Entre vosmecê, eu vou avisar.

Penetrei na saleta de espera, gelado, a vista escura. Assaltou-me um pavor estúpido. Vi no espelho do porta-chapéus uns olhos atônitos e uns beiços muito brancos.

— De pé, João Valério? disse Luísa aparecendo. Demorei-me um pouco. Desculpe.

A minha figura no espelho pareceu-me burlesca.

— Uma cadeira, João Valério, continuou Luísa.

Sentou-se no sofá:

— A Josefa andou por aqui, e a Marta. Comentamos os seus modos esquisitos.

— A senhora estava deitada, exclamei. Talvez doente.

— Doente? Não, apenas meio aborrecida, por causa do calor. Pensa a Marta...

— Pois pensa mal, interrompi, metendo os pés pelas mãos. A senhora não tem outro assunto? Vim pedir-lhe um favor.

Respirei com esforço:

— Que mal lhe fiz eu? Já lhe perguntei há tempo, lembra-se? Tinha confiança em mim, e de repente... Não negue. Ora essa!

Aproximei-me, sentei-me no sofá, longe dela:

— Eu não quero saber o que os outros pensam de mim. O que me interessa é o seu pensamento. Hoje que tudo mudou...

— Eu não mudei, João Valério, murmurou Luísa baixinho.

E começou a fazer pregas numa das fitas do vestido branco.

— Não? Santo Deus! Como tem coragem de afirmar isso? Foi desde aquele amaldiçoado jantar. E se soubesse... Enquanto dançavam, fui para o jardim, com a esperança de encontrá-la. E sonhava poder um dia beijar-lhe a mão. Não compreende... É horrível!

Ela estava lívida:

— Muito tarde, João Valério, quando nos conhecemos... Era melhor que nos separássemos.

— Era melhor que não nos separássemos nunca, bradei numa exaltação. Vivemos mentindo, acovardados.

Zacarias entrou, foi ao salão, fechou as janelas silenciosamente, voltou, rondou por ali, inquieto:

— A sinhá quer alguma coisa?

— Não, podem deitar-se.

Depois que o preto saiu, contemplei Luísa, esquecido. Os meus sofrimentos se atenuaram num instante, maior que meses de angústia.

— E há cinco anos vivemos nisto! exclamei, novamente despeitado. Levo esta peste de vida e tenho de mostrar cara alegre.

Uma serenata passou na rua. Cantos, sons de bandolim e flauta, perderam-se.

— Fale. Pelo amor de Deus, fale.

— Que hei de dizer? sussurrou Luísa com lágrimas nas pálpebras.

— Eu sei lá. Aí duas palavras que me tirem deste inferno. Seja franca, seja boa. Por que se encolerizou no dia do jantar? E, diante do presépio, noite de Natal, por que me olhou daquela forma?

Tomei-lhe as mãos:

— Ninguém se zanga sem motivo, é claro. E nós que éramos tão amigos... Aborreceu-se, amuou. Acertei?

— Não posso, João Valério, soluçou Luísa com voz quase imperceptível, que estremecimentos cortavam. É como se fosse uma pessoa minha. Muita amizade. Se nos tivéssemos conhecido mais cedo...

Um deslumbramento. No silêncio que se fez a sala encheu-se com os rumores da usina elétrica e de automóveis rolando longe.

— E havíamos de ser felizes, segredei com o intuito de completar-lhe as frases esboçadas. E seremos felizes, por que não? Falou em amizade. Eu não lhe tenho amizade, o que tenho é um amor doido, como ninguém lhe há de ter. Duvidou de

mim, julgou que me importava... Foi uma injustiça. Que tortura, estes dois meses!

Zumbiam-me os ouvidos, a respiração tornou-se-me ofegante:

– Um beijo!

Pancadas de relógio soaram na sala próxima e gastaram uma eternidade a escoar-se. Vi mentalmente Adrião, que era meu amigo, Vitorino, Nicolau Varejão, mentiroso, o boticário Neves, intrigante.

– Um beijo! repeti desvairado, abrasando-a com o desejo que em mim gritava. Um beijo!

Ela fez um movimento para se levantar, tornou a cair no sofá e desviou o rosto.

– Um beijo! balbuciei como um demente.

Soltei-lhe as mãos, agarrei-lhe a cabeça, beijei-a na boca, devagar e com voracidade. Apertei-a, machucando-lhe os peitos, mordendo-lhe os beiços e a língua. De longe em longe interrompia este prazer violento e doloroso, quando já não podia respirar. E recomeçava. As mãos dela prendiam-me; através da roupa leve eu lhe sentia a vibração dos músculos.

Não tive consciência do tempo decorrido naquela noite: guardo a lembrança de que o relógio, no salão vizinho, bateu mais de uma vez.

A posição em que nos achávamos no sofá estreito era incômoda. Senti as pernas entorpecidas.

Veio-me depois grande lassidão, o súbito afrouxamento dos nervos irritados. As imagens brutais debandaram; Luísa me inspirou imensa piedade. Achei-a pequenina e fraca, ali caída, numa confusão. Ergui-a, compus-lhe a roupa, encostei-a ao peito, onde ela se aninhou, trêmula. Não se assemelhava à mulher que me deixara aniquilado ao pé da manjedoura onde repousava um Jesus de biscuit, junto a um rio de vidro. Embalei-a como a uma criancinha, passando-lhe pelos cabelos os dedos pesados, numa carícia lenta. E disse-lhe coisas infantis

que se sumiram depressa nas névoas daquela embriaguez. Assim estivemos até que as luzes deram sinal para apagar-se.

Cerrei as janelas e levei-a para a alcova.

Quando, com a aproximação da madrugada, me retirei, Luísa veio acompanhar-me. Na calçada, depois do último abraço, lembrei-me da noite em que ela me repeliu naquele mesmo lugar. Tomei-lhe as mãos com arrebatamento e cobri-as de beijos.

Afastei-me, tremendo na escuridão, receando que alguém me encontrasse. À porta de casa retrocedi, com a ideia esquisita de procurar a minha estrela protetora sobre o monte negro. E sorri interiormente. Fui à beira do açude, avistei-a. Tinha mudado de lugar e estava menor.

Contemplei-a, supersticioso, quase convencido de que ela me enviava parabéns lá de cima.

20

Adrião esteve ausente uma semana. Alta noite, colando-me aos muros para não ser visto, precaução inútil porque era tudo treva, com o coração aos baques eu entrava no jardim, subia as escadas, abafando os passos.

Luísa não mostrou arrependimento, despia-se como se estivesse só, nada ocultava – e eu achava nela uma alma cândida.

Não lhe caí aos pés, com uma devoção mais ou menos fingida. A felicidade perfeita a que aspirei, sem poder concebê-la, rapidamente se desfez no meu espírito. Livre dos atributos que lhe emprestei, Luísa me apareceu tal qual era, uma criatura sensível que, tendo necessidade de amar alguém, me preferira ao dr. Liberato e ao Pinheiro, os indivíduos moços que frequentavam a casa dela.

Não senti vaidade: senti estupefação. Considero-me indigno do favor recebido. Que valho eu? Consideração mortificadora, porque me trazia a ideia de que Luísa me aproveitara como aproveitaria outro nas minhas condições.

Experimentei então alfinetadas no egoísmo, afligiram-me pensamentos de avaro, que debandavam quando, ao penetrar na alcova, eu recebia os beijos dela.

Na intimidade rápida que se estabeleceu entre nós, Luísa me disse:

— O Valério não compreende. Nunca imaginou...

Sentou-se na cama, e a camisa escorregou-lhe de um ombro. Engoli em seco e lamentei intimamente tanto ano perdido, os tormentos que passei.

— A cena de novembro, ali no jardim, Valério. Não percebeu?
— Não percebi, confessei constrangido. Amor de irmão...

Ela sorriu.

— Eu fazia castelos, murmurei. A esperança de lhe arrancar uma palavra... Difícil. Visitas, os criados fervilhando por toda parte... Ganhei cabelos brancos.

E ela:

— Mais cedo ou mais tarde havíamos de chegar a isto. Não estou arrependida, tenho até vergonha de precisar esconder-me.

Quanto a mim nem me lembrava de Adrião. Se às vezes me espicaçavam alguns espinhos, defendia-me com desespero. Que culpa tive eu? Certamente era melhor que não existisse aquela paixão; mas desde que existia, paciência, eu não podia arrancá-la. E por causa do mandamento de um bárbaro, que teve a desfaçatez de afirmar que aquilo vinha do Senhor, não iria eu, civilizado e guarda-livros, conservar-me em abstinência, amofinar-me no deserto.

Tinha-me vindo a tentação, uma tentação de olhos azuis e cabelos louros, e depois de escorregarmos, nada valia ralar-me por uma coisa que a cidade ignorava, que Adrião não suspeitaria.

— Realmente, disse comigo, que prejuízo traz ao mundo a preferência que ela me dá? E Deus liga pouca importância a bichinhos miúdos como nós: tem em que se ocupe e não vai bancar o espião de maridos enganados. É impossível que algum Deus considere as minhas relações com Luísa censuráveis. Ninguém as conhece, só nós podemos julgá-las — e os nossos corações não nos acusam. Padre Atanásio vive a dizer no púlpito que usar mangas curtas é imoralidade. E as mulheres desnudam o colo, mostram os braços, convencidas de que procedem mal. Luísa é inocente: não se envergonha do que faz.

21

Um domingo à tarde, como o calor na cidade era grande, entrei no Pinga-Fogo, com a intenção de dar uma volta pelos arredores. À porta da casa de Vitorino encontrei Luísa, d. Josefa e Clementina.

— Para onde vai o senhor por esta zona? gritou-me a Teixeira.

— Por aqui, sem rumo. Boa tarde. Girando, em busca de um canto onde possa morrer sem ser queimado. As senhoras vão sair?

— Vamos. Estávamos procurando um homem, e como o primeiro que passou foi o senhor, venha conosco, que tenho medo dos cachorros do Massa-Fina. Por quem esperam vocês?

Clementina sorriu, vexada com a desenvoltura da outra, e chamou d. Engrácia, que se meteu debaixo do guarda-chuva e marchou na frente. Abrindo a sombrinha, a Teixeira disse em voz baixa:

— Que vem fazer esta velha? Estragou o passeio.

Como a viúva pisava rijo e estava suada, inquiri, julgando ser agradável:

— Essa roupa preta não incomoda, com semelhante quentura, d. Engrácia?

— Talvez fosse melhor andar de vermelho, retorquiu a proprietária furiosa. Era decente.

— Safa! resmunguei encolhendo-me. Que brutalidade!

Luísa riu-se divertida, a Teixeira deu uma gargalhada, Clementina mordeu os beiços.

Passamos o Corte. E adiante, na frescura e na sombra das árvores que marginam a estrada, as três retomaram uma conversação a respeito do casamento de Clementina, casamento trabalhoso, adiado sem motivo. O dr. Castro não se decidia.

— Que diabo quer ele? perguntou d. Josefa. Eu, se fosse comigo, mandava-o pentear macacos.

E a um gesto de reprovação da velha, que abominava aqueles modos, dizia que no tempo dela...

— Já sei, no tempo da senhora era tudo cor-de-rosa. As meninas não sabiam ler, para não escrever aos namorados, e viam a cara do noivo pela primeira vez no dia seguinte ao casamento.

— No dia seguinte? exclamou Luísa.

— Foi a diretora do colégio quem me contou.

— Pois era um costume interessante, d. Josefa, interrompi. E difícil. A senhora aprendeu muito.

— Aprendi. Principalmente história antiga, do tempo da d. Engrácia.

— A propósito, disse Luísa, essa sua companheira que esteve aí, a professora, azulou sem se despedir, hem? Como vai essa joia?

A joia passava bem. Tinha escrito uma carta cheia de lábias. Estava melhor dos intestinos e mais bonita.

— Uma beleza, atalhei. Ultimamente estava ficando linda. Deve ter sido influência sua, d. Josefa. A senhora não volta para o Coração de Jesus?

— Não.

E entrou a falar no C.S.P., a sociedade de esportes que se tinha dissolvido. Íamos passando pelo campo de futebol, agora utilizado com o plantio de mandioca e algodão. Valentim Mendonça tencionava mandar limpar aquilo, reorganizar o clube.

— Faz mal, opinou d. Engrácia. Isto assim está melhor do que cheio de vadios trocando pontapés.

— Decerto, concordou a Teixeira, incorrigível. Antigamente não havia disso.

A viúva encalistrou e apressou o passo. Quando alcançamos o Massa-Fina, tinha transposto o riacho, subido a ladeira.

— Voltando atrás, perguntei, como era o casamento, d. Josefa?

— Foi a diretora quem disse. Os pais faziam o arranjo, vinha o padre e embirava o casal de trouxas. A noiva, morta de medo, não olhava para os lados. Metia-se no quarto, deitava-se, enrolava a cabeça nas cobertas e via o marido no outro dia. Hoje tudo é diferente. A Clementina está cansada de ver o dr. Castro.

Juntaram-se as três de braço dado, formando uma cadeia para evitar algum trambolhão, e desceram de corrida até a beira do riacho, que só tinha uma pinguela para a passagem.

— Como é que se vai atravessar isto? perguntou Clementina, sem se atrever a pisar naquela ponte rústica.

— Vou auxiliá-la, propus. Feche os olhos, se tem vertigens.

Equilibrando-me, segurei as mãos da moça e, andando de costas, cheguei à outra margem. Depois conduzi Luísa. No meio da prancha, com os braços abertos e as mãos nas mãos dela, como se fosse abraçá-la, hesitei, e foi ela que me amparou. Pareceu-me que a minha vida era uma coisa estreita e oscilante, com perigo de um lado, perigo do outro lado, e Luísa junto de mim, a proteger-me. Comprimi-lhe os dedos, toda a minha alma fulgiu para ela num olhar de ternura.

— Vocês querem ficar assim o resto da tarde? bradou a Teixeira

Tive um sobressalto e tirei-me dali. D. Josefa passou a travessa em quatro pernadas, trepou o monte quase a correr.

Clementina colhia florinhas à beira do caminho.

— Que quer dizer aquilo? perguntei a Luísa. Terá percebido?

— Talvez tenha, fez ela pensativa, sem baixar a voz diante de Clementina, que se aproximou com as mãos cheias de cajás.

A Teixeira estava agora sisuda, sentada num tronco, reconciliada com d. Engrácia, que nos disse, interrompendo uma descrição do Senhor Morto de Palmeira-de-Fora:

— Pensei que não chegassem hoje.

— Não há pressa, respondeu Luísa. A qualquer hora chegamos bem.

E abriu a sombrinha sob as ramagens escassas. D. Engrácia atacou Clementina:

— Enfeitar os cabelos com flores de mulungu! E comer cajá, uma porcaria que embota os dentes!

Caminhamos em silêncio até o lugar onde existiu o cruzeiro verde, um cajueiro com dois galhos em forma de cruz, que a gente dos sítios próximos vinha adorar. Falei da multidão que ali encontrei uma tarde — mendigos, mulheres com filhos pendurados aos peitos, curiosos, espertalhões que se arvoravam em sacerdotes.

Mas ninguém ligou importância à minha história. Chegamos ao caminho que vai dar à Lagoa, estreito e esburacado. D. Engrácia voltou a descrever o Senhor Morto, imagem terrível, com braços de macaco e olhos de coruja.

A Teixeira interrompeu-a e informou-se de Marta, que estava doente. Ia bem, tomando remédio de botica.

Como Luísa, para saltar um barranco, me pediu a mão, que apertou, sorri. E lembrei-me das músicas, das flores de parafina e dos livros franceses. Pensei no soneto, no carnaval, no Centro da Boa Imprensa, no Marino Faliero e no presépio. Encolhi os ombros. Que me importava Marta Varejão? Que me importava o resto?

Feliz e egoísta, vi o mundo transformado. D. Engrácia, a Teixeira, Clementina, meia dúzia de crianças amarelas e beiçudas que preguiçavam no terreiro de uma cabana, tudo minguou, reduziu-se às dimensões das figurinhas do Cassiano. E a cidade, que divisei embaixo, por uma aberta entre os ramos, era como o tabuleiro de xadrez de Adrião, com algumas peças avultando sobre a mancha negra dos telhados: as duas igrejas, o prédio da usina elétrica, tetos esquivos de chalés, o casarão de Vitorino atravancando o Pinga-Fogo, coqueiros esguios, o cata-vento.

Íamos agora pela estrada larga, plana, escura das árvores que a ladeiam. Retardando o passo, falei baixo a Luísa. E olhava os salpicos de luz nas folhas secas do chão quando, numa volta do caminho, o Neves, escanzelado, verde, de óculos, passou por nós, franziu os beiços, tirou o chapéu.

— Não posso tolerar este indivíduo, disse Luísa com repugnância.

— Quem? o Neves? inquiriu Clementina aproximando-se. É obsequiador, delicado. Vamos até o Sovaco?

Tínhamos desembocado na Lagoa.

— Eu não vou, opôs-se a Teixeira. Estou com as pernas bambas.

E desceu à direita, nem quis ouvir d. Engrácia, que sugeria uma visita a Maria Quebra-Unha. Fomos encontrá-la abotoando um sapato, quase à entrada da rua.

— Que sujeito insuportável! tornou a dizer Luísa com aversão.

E, como Clementina estranhasse aquela antipatia excessiva:
— Não está em mim, é birra. Insuportável!

Mais tarde, quando nos separamos, fiquei pensando no aborrecimento que Luísa tem ao Neves. A vida íntima dele é abjeta. Rosnam coisas. A mulher, robusta ao casar, tornou-se magra, pálida e com olheiras. É um casal que não tem filhos. E picuinhas em cima do homem.

Por que será que Luísa, que não sabe nada, volta o rosto quando o vê, cheia de nojo? Lembrei-me da faculdade que ela possui de sentir a miséria alheia: a fome do sapateiro, os gemidos da tísica, as pancadas do martelo, alta noite. Talvez, por um misterioso instinto, a pobreza moral do Neves se lhe revelasse confusamente, provocando uma repulsão que a generosidade dela não pode vencer.

22

O Miranda Nazaré andava com influenza. Fui visitá-lo.

Encontrei-o sentado na cama, os pés metidos em sapatos de banho, pijama sem botões, no peito descoberto uma grenha amarelenta, um fio de baba a escorrer-lhe nos pelos do queixo. Bebia chá e mastigava torradas que estalavam, cobriam de migalhas os lençóis sujos. Numa cadeirinha baixa, Clementina olhava com olhos de cão o dr. Castro.

— Veio a propósito, bradou o doente quando me viu. Eu estava pedindo a Deus uma pessoa que soubesse jogar xadrez.

Soltou a xícara, agarrou-me as mãos, nem me deixou cumprimentar a filha e o futuro genro.

— Faço tudo para domesticar esse homem, continuou. Impossível, não tem embocadura para o xadrez.

O dr. Castro riu, achou aquilo um jogo encrencado que ninguém entendia, pior que latim. Concordei: não me entravam na cabeça aquelas combinações embrulhadas. Afinal sempre me resignava a perder uma partida. Clementina trouxe o tabuleiro.

— Qual! história! exclamou Nazaré.

Encostou-se à mesinha da cabeceira, arrumou as peças:

— Você joga até muito bem, melhor que o Adrião. Branca? Sim senhor, é o que lhe digo, substitui o Teixeira com vantagem. Saia lá, seu felizardo.

Embatuquei, tive a impressão de que me haviam tirado a roupa, deixado nu diante de Clementina e do dr. Castro.

— Xeque.

Avancei um peão. Ali estava o meu segredo babujado pela boca mole daquele velhaco. Que imprudência tinha eu cometido? Fazia tempo que me abstinha de ir à casa de Adrião, e quando ia, ficava de parte, com medo da Teixeira, que não se arredava de lá. Em mês e meio apenas me avistara com Luísa três vezes: duas no jardim, alta noite, e uma no Tanque, ao pé de grandes penhascos entre árvores. O sítio era delicioso, um veio de água gemia na relva, esvoaçavam casais pelos ramos, a verdura de um lindo musgo vestia as pedras velhas.

— Xeque.

Pus o rei junto à dama, em casas da mesma cor, defesa idiota. Xeque de cavalo às duas. Sebo! lá se foi a dama.

Continuei, distraído, com o pensamento naquele retiro campestre, onde passei instantes que voaram, ouvindo a cantiga lenta do riacho e vendo, através da ramagem, pedaços de céu vermelho. Luísa havia engenhado para ir lá um pretexto cheio de complicações. Revoltava-se por ter necessidade de mentir, ela que não mente nunca. E não podíamos recomeçar. É uma desgraça viver em cidade pequena, onde a qualquer hora podem encontrar-se pessoas conhecidas que espreitam.

— Mate.

— Já? Foi surpresa. Pois muito boa noite, disse eu bruscamente, levantando-me.

— Demore aí, vamos jogar outra, convidou Nazaré. Esta não valeu. E dou-lhe partido.

— Obrigado. Que prazer tem o senhor em jogar comigo? Ganha sempre. Vim apenas saber da saúde. Parece que está bom.

— Não é tanto assim, retorquiu Nazaré. Uma semana aqui de molho, a canja e chá com torradas! Veja isto.

Mostrou-me os dedos descarnados. Recostou-se nos travesseiros, de fronhas imundas. Que interior lastimável! O dr. Castro fazia péssimo casamento. Ali a conversar a meia-voz com a noiva, longe do círculo de luz que havia em torno do *abat-jour*, sem notar a desordem do quarto, o espelho rachado, a mesa coberta de poeira. Como a gente cega! Talvez comigo se desse o mesmo. Não que Luísa fosse como Clementina. Graças a Deus tenho bons olhos, bom olfato, sei o que está limpo e o que é feio. Mas todas as belas qualidades com que me entretive a enfeitar o meu ídolo seriam o que eu julgava?

— E veja isto, continuou Nazaré exibindo as costelas salientes, as bochechas murchas, as bambinelas do pescoço. Olhe que miséria. Que fazem vocês aí no escuro, taramelando? Venham para cá. Ah! meu caro! se eu tivesse vinte e cinco anos, uma gripezinha não me incomodava. Vinte e cinco anos, hem? Está na idade.

Outra alusão. O dr. Castro aproximou-se, declarou que ser novo era com efeito excelente.

— Para uma farra... Sim, para um divertimento honesto... emendou olhando timidamente Clementina. Os senhores me entendem. Enfim quando o cidadão é novo sempre tem melhor estômago que quando é velho.

— Assim falava Zaratustra, disse o futuro sogro.

— Quem? perguntou o promotor.

Nazaré, que estava rindo, teve um acesso de tosse, levou o lenço à boca e ficou algum tempo a sacolejar-se.

— Quem? tornou a perguntar o bacharel, desconfiado.

— Zaratustra, filho, respondeu o tabelião quando melhorou. Será possível que você não saiba quem foi Zaratustra, um sujeito conhecido? Aqui o João Valério... A propósito de Zaratustra, como vai o Adrião?

Já preparado contra aqueles remoques, encarei Nazaré friamente e, simulando indiferença:

— O senhor frequenta a casa dele tanto quanto eu, ou mais. Há quinze dias que lá não vou. E esse interesse...

— Decerto. Um amigo.

— É isso, concordei hipócrita. Provavelmente ele já o visitou. O senhor assim de cama...

Nazaré enfiou. Os Teixeira não o visitam. Recebem-no, admiram-lhe a inteligência, temem-lhe a língua e desprezam-no.

O doente baixou a cabeça, carrancudo e Clementina entrou ingenuamente a lamentar que Luísa e d. Josefa não tivessem aparecido naquele aperto. Vencendo a timidez natural, animava-se, tinha um calor de ressentimento no fio de voz infantil, um pouco de sangue na face pálida:

— Não é que nós precisássemos de alguma coisa. Não, não precisamos, mercê de Deus. Mas a ingratidão... É duro. Quando se quer bem a uma pessoa, o senhor compreende, a presença dela conforta. Só a presença, não é necessário mais nada.

Pobre rapariga. Desmazelada e histérica, mas uma pérola.

— Conforta, sem dúvida, apoiou o dr. Castro.

Arregalou o olho convencido. Não admitia que um homem vivesse neste mundo sem ser amigo íntimo dos outros:

— Conforta. Mesmo quando se tem tudo, o senhor compreende, conforta muito. Foi o que eu sempre disse. Percebe?

— História! bradou Nazaré aborrecido. Morremos bem sozinhos. Esta é que é a verdade: o resto é fraqueza, maluqueira.

— Sim? exclamei com fingido espanto. Mas, se não me engano, o senhor há pouco pensava de maneira diferente.

Despedi-me apressado, saí, porque não podia aguentar uma discussão com ele.

E senti um ódio violento a todos os miseráveis insetos que andam a picar a dignidade alheia. Veio-me a impressão extravagante de que as mãos do velho haviam tocado o corpo de Luísa.

Desejei vingar-me, insultar Nazaré – canalha, pau-d'água, ladrão; lembrar-lhe o que deve aos Teixeira e não paga, o que furtou aos órfãos e os quinhentos mil-réis que recebeu para abafar um processo. Pensei em voltar a casa dele, dizer-lhe que Cesário Mendonça tinha um bilhete premiado, que padre Atanásio estava à bica para cônego, que o dr. Liberato conseguira meter um artigo no *Brasil-Médico*. Eram três golpes terríveis. Ele não pode ser cônego, naturalmente, não escreve medicina nem joga na loteria; mas certas notícias irritam-no, o êxito dos outros é um tormento para ele.

Patife! Luísa já não era a santa que imaginei. Tinha descido. Mas, quando estava alguns dias sem a ver, eu descobria nela todas as perfeições.

Andei a vagar pelas ruas. Irresistivelmente atraído, cheguei-me ao casarão dos Italianos. Fiquei de longe, rondando, com uma angústia desconhecida, o vago receio de que alguém me visse entrar. Talvez os vultos esquivos, frequentadores do Pernambuco-Novo, julgassem que eu ia satisfazer necessidades torpes como as deles. Estremeci, indignado com uma comparação tão absurda.

– O corpo! o corpo! É a alma que eu quero, disse a mim mesmo numa exaltação absolutamente desarrazoada.

Com efeito a alma dela creio que sempre a tive, e nunca deixei de mortificar-me e desejar mais.

Fui ao portão, hesitei. Toquei a campainha timidamente: ninguém; entrei no jardim: deserto. Sentei-me no banco. Lá estava à beira do lago a garça pensativa e bicuda, com a perna invisível encolhida sob a asa. Lembrei-me da entrevista que ali tive com Luísa, uma noite, enquanto o luar brigava com as nuvens. Agora não havia luar. As palmeiras, crescidas, iam quase ocultando a frontaria do armazém; entre as folhas dos tinhorões brilhavam lâmpadas escondidas; trepadeiras enlaçavam as grades.

— Aí sozinho, João Valério? bradou-me Luísa alegremente do alto da escada. Por que não chamou? Suba.

E antes que eu subisse já ela havia descido.

— Faz muito tempo que chegou?

— Pouco tempo.

Tomei-lhe as mãos e apertei-as com força:

— Estava pensando no que lhe disse aqui o ano passado. Isto hoje tem muita diferença. E vinha comunicar-lhe...

— Que tem você? Está com raiva?

— Com raiva? Não é possível.

Ela sentou-se junto a mim:

— Largaram-me. Os criados fugiram, e o Adrião, enfadado, foi jogar solo em casa do Vitorino. Adormeci. Levantei-me agora mesmo. Olhe esta cara amarrotada.

Aproximou-se, risonha, e logo recuou:

— Está com uma carranca de réu.

Agarrei-lhe bruscamente os braços:

— Tenho-lhe muita estima, acredite. Muita estima. Sempre tive.

— Sim, eu sei, balbuciou Luísa com desconfiança. Para que esses modos esquisitos?

— Eu ia dizer há pouco. Tenciono retirar-me daqui, vou-me embora.

Era uma ideia que me havia surgido com a presença dela e que manifestei sabendo que a não realizaria.

— Vai-se embora? Para onde? E por quê? perguntou Luísa erguendo-se. Que resolução foi essa?

Fiquei um instante calado, pensando em Nazaré e olhando as trepadeiras da grade.

— Fale, tornou Luísa com despeito. Não é só bater as asas sem mais nem menos. É preciso que se saiba. Que foi que aconteceu?

— É que receio prejudicá-la. Continuando como vamos... Imagine.

Levantei-me. Estava convencido de que tinha realmente a intenção de abandoná-la.

— Quero que acredite... é para mim um sacrifício, já se vê. Mas se isto continuar... Reflita.

— João Valério, interrompeu Luísa com voz trêmula, eu não creio que esteja aborrecido de mim e procure um pretexto para se afastar.

— Não. Ora essa! Que lembrança!

— Seja franco, diga-me o que há.

— Há apenas isto: teria muito pesar se fosse causa de um desastre na sua vida. Nem sei, já agora sinto remorsos.

— Tem medo?

— Não é isso: é que num lugar pequeno como este hão de desconfiar, hão de mexericar. Há o Miranda, há o Neves...

— Pois, meu filho, eu não estou disposta a sacrificar-me para ser agradável aos outros. Se formos ouvi-los...

Ainda relutei fracamente:

— Podem saber. Há o Miranda, o Miranda é terrível. Se isto se divulgar, que escândalo!

— Se se divulgar...

Estava pálida, com os olhos quebrados, e falava precipitadamente, embrulhando tudo:

— Talvez não se divulgue... Afinal, suceda o que suceder, sofreremos as consequências.

Abracei-a com furor. Sobre o banco do jardim os nossos suspiros morreram. As folhas dos tinhorões agitavam-se em silêncio. E a garça displicente erguia o bico no mesmo conselho mudo, invariável, que nunca pude compreender.

23

Na farmácia Neves, o dr. Liberato saiu do consultório, relendo uma receita, que entregou ao ajudante:

— Despache isto, mande levar à casa do Teixeira.

O rapaz, familiarizado com aqueles garranchos, decifrou sem demora: faltavam duas drogas. O médico tomou o lápis, riscou, substituiu:

— Mande levar logo.

E ia retirar-se quando Nazaré entrou apressado:

— O Neves está?

Tinha ido ao Riacho-do-Mel, ver umas terras, voltava à noite.

— Novidade? perguntou o dr. Liberato abrindo a portinhola.

— É a reprodução de uma fórmula, explicou o Miranda. O doutor estava aí? Desculpe, não o vi. Muito boa tarde a todos. Vinha tão aporrinhado que não vi ninguém. Uma coisa que o senhor me deu o ano passado, valeriana, bromureto, não sei quê. Lembra-se?

— Perfeitamente. Outro acesso?

— Outro acesso! respondeu o tabelião tirando o chapéu, enxugando o suor que lhe corria pela testa.

Sentou-se no banco, junto a mim e Isidoro, que fumávamos com imensa preguiça, assando ao calor das quatro horas:

— Vejam que infelicidade. Não posso ter um momento de sossego.

— Mas como foi isso? informou-se Isidoro. Há tanto tempo que ela não tinha nada...

— Há seis meses, mais de seis meses. Parecia curada, até engordava. Mas hoje amanheceu triste – algum arrufo com aquele palerma – e de repente, quando menos se espera, lá vão gritos, desatinos e, zás! arranhões na cara do noivo.

— Também ele é culpado, balbuciou Isidoro. Não ata nem desata.

— É o que eu digo, concordou Nazaré. Quem quiser casar case logo, vá noivar no inferno. Retardando, amolando... Levou unha, ficou com o focinho escalavrado. E foi benfeito. A pequena, quando está naquela desordem, gosta de arranhar. Fora daquilo é uma ovelha, uma santa, mas gosta de arranhar. Encontrou a fórmula?

— Encontrei, respondeu o empregado.

— Pois eu mando buscar o remédio daqui a pouco. Até logo.

E saiu.

— Eu nem sei se posso aviar isto, disse o ajudante chegando-se à grade.

— Outras drogas que faltam? inquiriu o doutor.

— Não senhor, é que ele não paga. Já levei a conta um bando de vezes. Não avio: acabou-se a valeriana. É melhor assim: não se gasta nada, e amanhã a moça está boa.

Isidoro indignou-se:

— Que horror! Deixar uma pessoa sofrendo por causa de cinco mil-réis, dez mil-réis! Mande a garrafada. Espere, não me interrompa. Mande. E se ele não pagar, debite-me.

Desculpou-se:

— Tenho negócio com o Miranda. Umas escrituras. Depois desconto.

Pusemo-nos a rir, sabíamos que era mentira.

— Extraordinário! chasqueou o dr. Liberato dando as costas.

De longe, no Quadro, ainda se voltou:

— Você faz sempre dessas transações, Pinheiro?

Censurei Isidoro com amizade. Que prazer extravagante! Deitar dinheiro fora! Nazaré não precisava daquilo, era rico. E não obsequiava ninguém.

Isidoro Pinheiro, de cabeça baixa, defendeu-se:

— Eu devo ao Miranda. E gosto do Miranda. É amigo, é leal, ouro de lei. E a Clementina, coitadinha, tão alegre anteontem, jogando dominó com a gente em casa do Mendonça! Agora batendo, arranhando...

Deixou aquela conversa, que lhe desagradava:

— Outro assunto: eu soube aí umas histórias. Não acreditei, é claro. Protestei.

Levantou-se, foi à porta da rua, olhou para os lados, voltou, sondou o fundo do estabelecimento, certificou-se de que o empregado estava longe, manipulando.

— Como, Pinheiro? perguntei estremecendo.

— Picuinhas, cachorradas. Não acreditei, está visto.

— Diga logo. Para que esses subterfúgios?

— Eu não sou de subterfúgios, todo o mundo sabe, João Valério. Não sou de subterfúgios, não ando com panos mornos. Quem me conhece... Afinal deixemos isto. O que me disseram foi que você estava amigado com a mulher do Adrião.

— Oh! Pinheiro! balbuciei magoado com aquela palavra dura.

— Fui bruto, realmente, confessou Isidoro. Mas não tive tempo de suavizar. Repeti o que me contaram.

— Quem lhe disse? Foi o Miranda?

— Não. Isso não importa. O essencial é terem dito. Ora, se há alguma verdade...

— Qual verdade! qual nada! Calúnia.

— Exatamente o que eu afirmei, calúnia, que o Valério não ia fazer canalhice tão grande com o Adrião. E a mulher dele, virtude inquebrantável, incapaz, absolutamente incapaz de um deslize. Em todo o caso fica você avisado, porque enfim não é bonito que a pobre moça caia na boca do mundo. Eu, se fosse comigo, deixava de ir lá.

Tive o impulso de justificar-me perante aquela alma simples:

— Deixar de ir lá, Pinheiro? Mas se não tenho nada com ela! Julga que devo preocupar-me...

— Julgo que a reputação dela está sendo prejudicada por sua causa.

— Mas que culpa tenho eu? Você é testemunha, quase sempre estamos juntos. Quando os outros jogam, conversam, tocam, recitam, nem sequer fico na sala: vou para a varanda, fumar. Que foi que viram esses excomungados bisbilhoteiros? De mais a mais – que diabo! – não se quebra assim do pé para a mão um hábito de seis anos, sem motivo.

— Motivo há, interrompeu Isidoro.

— Umas suspeitas idiotas, homem, uns aleives. Que motivo! E não posso afastar-me de supetão. Até o marido desconfiava. Outra coisa: imagine que eu goste dela. Não como lhe disseram, mas que goste sem malícia, como nos livros. Imagine.

— Gostar de uma mulher casada! atalhou Isidoro. Você é capaz disso!

— E que ela também goste de mim. É uma hipótese. Sem malícia, naturalmente, como nos romances.

— Patacoadas! Que necessidade pode sentir a Luísa de gostar de você, se já tem um homem? E deixe-se de maluqueira. Não há por aí tanta mulher?

Levantei os ombros com impaciência. Para contentar Isidoro bastava usar saias e ter volume.

— Está bem, Pinheiro, exclamei de mau humor, erguendo-me. Isto não interessa.

— Como não interessa? Interessa muito. Feitas as contas...

— Você não entende nada.

— Não entendo? retorquiu Isidoro, vermelho como um pimentão. Pois muito bem. Quando a pobrezinha estiver para aí, abandonada da família, e você, seu Don Juan de meia-tigela, de cama, com uma roda de pau no costado, veremos se eu entendo. Você nem sabe em que se meteu. O Adrião é uma fera.

E levantou-se, feroz, carrancudo, soprando ruidosamente, uma chama nos olhos. Passeou alguns instantes em silêncio, da grade para a porta, como um bicho zangado. Depois acendeu um cigarro:

— Eu em questões de honra sou intransigente. E vou tomar conhaque. Quer tomar conhaque?
— Não, bom proveito, agradeci despeitado.
— Está certo. Vamos então chegando a casa, que daqui a pouco é o jantar.

Na rua atirou disfarçadamente um níquel ao bolso de um cego. Diante da pensão, já tranquilo, parou, bateu-me no ombro:
— Pois, menino, o que você me disse é o diabo. Se o Adrião morresse, seria um desastre, sem dúvida, que ele é a melhor pessoa do mundo, mas o seu caso ficava solucionado. Aquilo, sim! Casamento esplêndido. Que olhos! que braços! que toitiço! Você nem sabe quem está ali. Mulher ideal, fêmea sublime. Se fosse viúva... Mas com o Teixeira vivo, realmente não sei. É o diabo.

24

Seria uma felicidade para mim, decerto, a morte de Adrião. Desgraçadamente aquela criatura tinha sete fôlegos. Hoje quase a morrer de olho duro, vela debaixo do travesseiro, a casa cheia, padre ao lado, os amigos escovando a roupa preta — e amanhã arrimado à bengala, perna aqui, perna acolá, manquejando.

Decidamente o dr. Liberato é um sujeito desastrado: deixa que se vão os doentes que fazem falta e adia o fim dos inúteis. Guiomar Mesquita, com dezoito anos, flor de graça e bondade, como diz Xavier filho, depois de quatro meses ora arriba ora abaixo, lá se foi em março. E a mulher do sapateiro, a tísica, ainda vive. Enquanto, carregado de apreensões, eu tentava acrescentar uma página aos meus caetés, ouvia-lhe a tosse cavernosa.

Vendo Adrião estirado, a gente perguntava:
— Há perigo, doutor?
E o dr. Liberato falava no ventrículo, na aurícula, nas válvulas, e opinava:
— Se não sobrevierem complicações, julgo que não há perigo.
Não sobrevinham complicações. A aurícula, o ventrículo, as válvulas, continuavam a funcionar — e Adrião, combalido, existia.

E tudo seria tão fácil se ele desaparecesse! Afinal não era ingratidão minha desejar-lhe o passamento, que não lhe devia favor. Conservava-me porque o meu trabalho lhe era proveitoso. Amizade, proteção, lorota. Hoje não há disso. Se eu não tivesse habilidade para sapecar a correspondência com desembaraço e encoivarar uma partida sem raspar o livro, punha-me na rua.

Eu dava mais do que recebia, na opinião do Mendonça. Em todo o caso nunca ousei descobrir a mim mesmo o fundo do meu coração. Não chegaria a pedir aos santos, se acreditasse nos santos, que abreviassem os padecimentos do Teixeira. Tergiversava. As minhas ideias flutuavam, como flutuam sempre.

À noite passava tempo sem fim sentado à banca, tentando macular a virgindade de uma tira para o jornal de padre Atanásio. Impotência. O relógio batia nove horas, dez horas. O pigarro do dr. Liberato era abominável. Na sala de jantar, Isidoro, Pascoal e d. Maria jogavam as cartas, tinham às vezes contendas medonhas.

Dançavam-me na cabeça imagens indecisas. Palavras desirmanadas, vazias, cantavam-me aos ouvidos. Eu procurava coordená-las, dar-lhes forma aceitável, extrair delas uma ideia. Nada.

Cães ladrando ao longe, galos nos quintais, gatos no telhado, serenatas na rua, o nordeste furioso a soprar, sacudindo as janelas.

"Jurado amigo..." Carta a um juiz de fato, mofina contra o júri, que absolveu Manuel Tavares, assassino. Depois de muito esforço, consegui descrever o tribunal, o presidente magro e asmático, gente nos bancos, o advogado triste e com a barba crescida, o dr. Castro soletrando o libelo. Não ia, emperrava. Tanto melhor, que padre Atanásio, bem relacionado com o Barroca, não havia de querer publicar aquilo. E que me importava que Manuel Tavares saísse livre ou fosse condenado? Um criminoso solto. Não vinha o mundo abaixo por ficar mais um patife em liberdade.

Antes o soneto que abandonei por falta de rima. Torci, espremi – trabalho perdido. Eu sou lá homem para compor versos! Tudo falso, medido.

O que eu devia fazer era atirar-me aos caetés. Difícil. Em 1556 isto por aqui era uma peste. Bicho por toda parte, mundéus traiçoeiros, a floresta povoada de juruparis e curupiras. Mais de cem folhas, quase ilegíveis de tanta emenda, inutilizadas.

Talvez não fosse mau aprender um pouco de história para concluir o romance. Mas não posso aprender história sem estudar. E viver como o dr. Liberato e Nazaré, curvados sobre livros, matutando, anotando, ganhando corcunda, é terrível. Não tenho paciência.

Enfim ler como Nazaré lê, tudo e sempre, é um vício como qualquer outro. Que necessidade tem ele, simples tabelião em Palmeira dos Índios, de ser tão instruído? Quem dizia bem era Adrião: "Essas filosofias não servem para nada e prejudicam o trabalho."

Adrião. Lá vinha novamente o Adrião. Que acaso infeliz amarrara àquele estafermo a mulher que devia ser minha? Cheguei tarde. Quando a conheci, já ela era do outro.

E pensar que há indivíduos que têm tudo quanto necessitam! Para mim, dificuldades, complicações.

Tinha medo do que diziam de Luísa, encolhia-me aterrorizado, evitava os conhecidos, não ousava encarar Nazaré. No es-

critório, certos modos impacientes de Adrião davam-me tremuras. Santo Deus! Que teria observado aquele animal? que iria fazer quando chegasse a casa? Despropositar, martirizar a pobrezinha com uma cena de ciúme. Isto me revoltava. Que direito tinha ele de se mostrar ciumento? Um sujeito enfermiço, cor de manteiga, com as entranhas escangalhadas...

E eu a esconder-me, a fugir de Isidoro, que me aperreava:

— Se ela fosse viúva... Isto de saias eu conheço bem. Se fosse viúva...

— Mas não é, homem, respondi-lhe por fim, irritado. Deixe-me em paz. Eu não posso casar com uma mulher casada.

E a d. Maria José, que um dia achou inocentemente que eu era feliz, retorqui de um fôlego, com dureza:

— Feliz por quê, d. Maria? Que é que a senhora quer dizer?

Ela espantou-se. Queria somente dizer o que tinha dito, mas se eu sentia prazer em ser infeliz, estava acabado, pedia desculpa. O italiano riu, Isidoro encolheu os ombros, o dr. Liberato fez uma careta e decidiu:

— Você, meu caro, não está regulando. Vou examiná-lo amanhã.

25

O Silvério, baixinho, cabeçudo, escovou o pano verde, limpou a tabela, trouxe as bolas e giz.

— Partida em cinquenta pontos? perguntou o italiano.

— Em cem, disse Isidoro arregaçando as mangas da camisa. Saio eu?

Jogou, saltou-lhe a cabeça do taco.

— Ora...

Não conteve uma praga obscena

— Ó Silvério, por que é que não há aqui um diabo que preste? Está tudo rachado e torto.

Escolheu o taco que lhe pareceu menos ruim. Depois tomou o giz e examinou a qualidade:

— Sim senhor, boa marca. Também é só o que se aproveita neste bilhar, o giz. E o dono, que não é mau. Você quer acabar de uma tacada? Passou? Muito bem. Faça esse recuo, carcamano de uma figa.

Marquei os pontos. E ia admirar o jogo do italiano, o mais forte de nós três, quando o dr. Castro entrou por uma porta e Nicolau Varejão por outra.

— Seja bem aparecido, seu Varejão, gritou Pascoal. Começamos agora. Quer jogar?

— Obrigado, respondeu Nicolau Varejão. Já deixei isso. Antigamente, quando tinha a mão firme e a vista perfeita, não senhor, até carambolava. Naquele tempo havia muito bons jogadores. Eu conheci um homem...

— Sessão de júri amanhã, doutor? inquiriu o italiano.

— Se houver casa. Só faltam dois processos.

— Uma desgraça essa história de júri, gemeu Silvério. Um dia inteiro sem comer. Ontem fui almoçar às sete da noite.

— Pois foi muito bem feito, afirmei com um bocejo. Era melhor que ainda estivesse jejuando. Os senhores absolveram Manuel Tavares. Que é que ia dizendo, seu Varejão? Conheceu um homem...

— Levado da breca, jogava um mês sem parar. Caminhava tanto que o chão se cavava e a tabela batia-lhe no queixo.

— Admirável! exclamou Isidoro. Que diabo tem esta luz que está tremendo tanto? Continue, seu Varejão.

E perdeu uma série bem principiada.

— Quantas carambolas fazia o homem? perguntou Pascoal.

— Todas, respondeu Nicolau Varejão. Três, quatro, cinco, mil, tudo. Quem sabe onde tem as ventas não acaba nunca.

Jogamos algum tempo em silêncio.

— Noventa e nove, gritou o Pinheiro. Estão fritos.

Procurou posição para um giro difícil, trepou-se na tabela e, quase de gatinhas, conseguiu carambolar.

— Cem, com todos os diabos! berrou saltando no chão. Eu bem tinha prometido ensinar estes pexotes.

— Continuamos nós? perguntou o italiano.

— Não vale a pena, respondi. Seu Silvério, o tempo.

E, recolhendo o troco:

— Sempre os senhores puseram na rua o Manuel Tavares, hem?

— Eu não! exclamou o dr. Castro. Foi o júri.

— Manuel Tavares, um caso triste, atalhou Isidoro. Um infeliz, coitado. Afinal de contas... Ó Silvério, mude a água desta bacia. Como é que a gente lava as mãos nesta imundície?

— Um caso triste, sem dúvida. Mas o júri... o júri é soberano, explicou o dr. Castro. Foi o júri.

— O júri? estranhei. O senhor também. Está visto. O senhor apelou?

— Não, não apelei, disse o promotor. Não apelei porque o juiz de direito, os jurados... O senhor compreende. E um crime como aquele... Enfim não apelei.

— E então? Foi o senhor. Manuel Tavares, um assassino, um bandido da pior espécie!

Vendo-me exaltado, Isidoro segredou-me:

— Deixe lá, homem. Que é isso?

— Mas não é verdade, Pinheiro. Não foram os jurados, foi o promotor. Os jurados absolveram, mas quem soltou Manuel Tavares foi aqui o doutor, que se esqueceu de apelar. Foi ou não foi?

— Eu entendo de júri? resmungou Isidoro. O que sei é que vou para casa, tomar um suadouro, que estou constipado.

— Não quer dizer. Pois é claro. Um criminoso que matou um hóspede adormecido... E para roubar!

— Estava no meu direito, urrou o promotor. Não preciso que ninguém me dê lições.

— Livre, sem apelação, continuei. Que diz você, Pascoal?

O italiano pôs-se a assobiar baixinho. Eu andava indignado com as perfídias de Nazaré, e não podendo vingar-me dele, mais de uma vez me havia tornado agressivo contra o dr. Castro, que se defendia mal.

O Silvério sorria constrangido. Isidoro, da porta, chamou-me:
— Vamos embora.

Ia retirar-me, convencido de que o promotor era um grande canalha, quando Nicolau simulou uma tentativa de pacificação, inteiramente inoportuna:
— Não se afobem, meus amigos. Contenham-se. Um fuzuê a esta hora, as portas abertas, gente na rua! Não briguem. Amanhã sabem...

— Quem é que está brigando, seu Varejão? retorqui com mau modo.

— É que os senhores conversam aos gritos. E o Neves passou aí em frente, parou acolá na esquina. Quando andarem fuxicando, não vão pensar que fui eu.

— E o senhor julga que eu me importo com o Neves? Não me importo, não tenho medo dele. Nem dele nem de ninguém, bradei com falsa coragem, porque todos aqui temem o Neves.

— Exatamente o que eu ia dizer, declarou o dr. Castro. Não tenho medo de ninguém. Nem do Neves nem de ninguém. De ninguém! Tenho a minha consciência. Era o que eu ia dizer. A minha consciência. E sou bacharel.

— Ah! é bacharel? Meus parabéns.

E olhei-o com escárnio por cima do ombro do Pascoal, que se meteu de permeio. Aparentando calma, comecei a escovar a gola do paletó, esforçando-me por ter firmes os dedos, que tremiam ligeiramente.

— João Valério, gritou Isidoro com raiva, você vem ou fica?

— Já vou, Pinheiro. Foi você que perguntou ao dr. Castro se ele era bacharel? Eu não fui. Foi você, Pascoal? Foi o senhor, seu Varejão? Também não foi. Está aí.

O dr. Castro deu dois passos, apoiou a mão gorda na tabela do bilhar:

— Senhor Valério!

— É discurso?

— Com mil diabos! exclamou Isidoro.

— Não senhor, gaguejou o promotor, roxo. Não sou nenhum tolo, está ouvindo? E não tenho medo de ninguém, compreende? Nem do senhor, nem do Neves, nem de ninguém. Não sou nenhum tolo.

— O senhor já disse.

— Já. Era o que eu queria dizer. E a minha consciência é limpa.

— Qual consciência! Soltou Manuel Tavares porque lhe mandaram que não apelasse. Ora consciência!

— Consciência, sim senhor. Consciência. E não admito. Sou amigo de todos, não gosto de questões, mas não admito. Nas atribuições inerentes ao meu cargo... É isto mesmo, está certo. Tenho integridade, não vergo, tenho... tenho integridade.

— Bonito! Recebeu ordem...

— Não recebo ordens, não me submeto. Firme, entende como é? Escravo da lei, fique sabendo. Comigo é em cima do direito, percebe? Desde pequeno. A minha vida é clara. Cabeça levantada, com desassombro, na trilha do dever, ali na linha reta, compreende? Ora muito bem. Não ando seduzindo mulheres casadas.

— Como?

— É isto mesmo. Não vivo com saltos de pulga, ninguém encontra em mim rabo de palha. Amigo de todos, mas com seriedade, sem maroteiras.

— E quais são os saltos de pulga? Quais são as maroteiras que um pulha de sua laia descobriu...

— João Valério! bradou Isidoro intervindo.

— Tenha paciência, Pinheiro, isto vai longe

E afastei o Silvério, que suplicava:

140

— Aqui não, meus senhores. Vou fechar as portas. Em minha casa não. Se vier a polícia... O promotor metido num rolo!

— Pelo amor de Deus! balbuciou Nicolau Varejão. É um mal-entendido. Eu explico. Calma! No tempo da monarquia... Ouçam, é uma história interessante.

Empurrei brutalmente o Pascoal:

— Deixe-me, com os diabos! Eu sou alguma criança? O que eu quero é que este idiota me diga...

— Idiota é sua mãe.

— ...quais são as maroteiras minhas que ele conhece.

— As que todo o mundo sabe. Safadezas com a mulher do outro. Passeios na Lagoa, no Tanque... E o pobre do Adrião sem desconfiar.

Com um pulo, desprendi-me das mãos do italiano e agarrei um taco, resolvido a quebrá-lo na cabeça do promotor:

— Repita isso, canalha. Repita, seu filho de uma...

Não acabei o insulto. Isidoro segurou o braço do bacharel e cochichou:

— Não repita, doutor, não repita. Porque se repetir, quem lhe parte a cara sou eu, palavra de honra. Aconteça o que acontecer, juro por todos os santos que lhe quebro as costelas. E não torne a aparecer lá. Sou amigo da casa e hei de achar meio... Não apareça. O senhor é um caluniador. Vamos embora, seu Valério.

— Puxa! fez o Pascoal depois de andarmos algum tempo na rua. Que falta de ordem! Um barulho sem motivo.

Isidoro parou e pediu-me fósforo.

— Foi tolice, concordou. Que querem vocês? Eu precisava desabafar com aquele sujeito. É bom rapaz, mas portou-se mal com a Clementina. Parece que desmancha o casamento.

26

Prezado amigo:

Não tenho ânimo de assinar esta carta nem de escrevê-la com a minha letra. Venho participar-lhe um ingente infortúnio. Prepare-se para receber a notícia mais infausta que um homem de brio pode receber.

Saberá que servem de assunto a boateiros desocupados as relações pecaminosas que existem entre sua esposa e o guarda-livros da firma Teixeira & Irmão. Envidei sumos esforços para reprimir comentários desabonadores. Inutilmente. O indigno auxiliar do estabelecimento que o amigo dirige, com muita competência, esqueceu benefícios inestimáveis e, mordendo a mão caridosa que o protegeu, ação negra, condenada em estrofes imortais pelo nosso imperador, ousou levantar olhos impudicos para aquela que sempre reputamos um modelo de virtudes.

E os sentimentos libidinosos do celerado foram bem acolhidos. Alguém viu esse ingrato passeando com a amante pelos arrabaldes, na aprazível companhia de uma respeitável matrona e duas gentis meninas, ignorantes das maldades que pululam neste mundo de provações. Também se julga com fundamento que o nefando par esteve uma tarde no Tanque, à sombra frondosa das mangueiras, como diz o poeta.

Enfim, meu caro, o seu nome está sendo atassalhado, vilmente atassalhado em todos os recantos da urbe.

Há poucos dias, num bilhar, o sedutor teve discussão acalorada com o digno órgão da justiça pública. Foram quase às vias de fato, e no decurso da contenda surgiram referências prejudiciais à honra de sua excelentíssima consorte.

Penalizado em extremo, trago-lhe estas informações lamentáveis. Peça ao Divino Mestre coragem e resignação.

Sou um dos seus amigos mais sinceros.

Deixei cair a folha datilografada sobre o diário. Depois senti nojo. Afastei-a com as pontas dos dedos e abri o razão. Creio que não pensava em nada. Ou talvez pensasse em tudo, mas era como se não pensasse em nada. Pus-me a tremer com violência e a bater os dentes. Percebi que aquela atitude me condenava e esforcei-me por cerrar os queixos e dominar os músculos, o que não consegui.

— João Valério, gemeu Adrião, peço-lhe que me diga com franqueza...

Esfreguei os olhos para afugentar uma nuvem escura que flutuava entre mim e o livro aberto.

— A verdade, João Valério.

Atentei no velho com espanto: tinha-me esquecido da presença dele.

— A verdade...

E lembrei-me de Nicolau Varejão, do dr. Liberato e do Miranda.

— Sim, João. Leu o papel.

— Que papel?

Meti os dedos pelos cabelos, sacudi-me para vencer um entorpecimento que se apoderava de mim. Adrião Teixeira avançou a mão e levou uma eternidade a apanhar a carta, que me entregou pela segunda vez. Reli aquela imundície e compreendi que era trabalho do farmacêutico. Estabeleci alguma ordem nas minhas ideias e contive os nervos. Afinal Adrião não tinha visto nada.

— Então, Valério, não responde?

— Responder... Ora está aí. De duas uma: ou o senhor não acredita, e neste caso...

Olhei, por cima das grades do escritório, as pipas de aguardente e os sacos de açúcar.

— Ninguém. Foram jantar. Continue, fez Adrião. E deixemo-nos de palavrórios difíceis, que não gosto deles. É verdade ou mentira?

— Mentira, naturalmente.

Depois de longo silêncio, Adrião falou desalentado:

— Sou uma besta. Não vai confessar, é claro. Mas... nem sei. Desde ontem esta miséria! Não dormi.

Acendeu um charuto, sentou-se, pesado, junto à máquina de escrever.

— Vamos, João, exclamou. Eu preciso tomar uma providência, uma providência razoável. Desquite, separação decente.

— Não há nada, assegurei fechando os livros. Era o que eu ia dizer há pouco. Se o senhor não der crédito a esta infâmia, pode dispensar a minha resposta; se der, ainda que eu jure mil vezes...

— E você é capaz de jurar, homem?

— Com certeza.

— Ah! sim! murmurou o infeliz. Não crê em Deus. Não crê em nada. Ninguém crê em nada. E pensar que o tive em conta de filho! pensar que... Vão-se embora.

Interrompeu-se para falar a Vitorino e aos empregados, que entravam:

— Fechem, podem retirar-se. Cinco horas? Bem, deixem uma porta aberta. E você, mano... Fechem isso! Por quem esperam?

Quando eles saíram, soltou o charuto apagado, cruzou as pernas e pôs-se a bater com o calcanhar no tablado do escritório. De repente levantou-se, agitou os punhos:

— E eu o julguei amigo seis anos! É duro! E tinha inteira confiança... Podia imaginar tudo neste mundo, tudo, menos isto. Ainda ontem descansado, longe de sonhar... Defenda-se.

Por amor de Luísa, menti descaradamente:

— Defender-me? E de quê? Eu tenho lá de que me defender! Uma carta anônima. Isto vale nada!

— E a sua cara! Você nem sabe mentir.

— É suposição. Não tem fundamento. Que foi que o senhor viu? Notou alguma transformação em sua casa? Não notou.

E então! Quer à fina força que eu confirme esse disparate que o Neves inventou, o Neves, um sujeito conhecido.

— O Neves?

— Não foi outro. Não há aqui ninguém capaz de semelhante patifaria. O Divino Mestre, leia. É ele, não tem dúvida. E o mundo de provações, veja. Não foi senão ele.

— É exato, ciciou Adrião. Deve ter sido ele. Um malandro. Mas o caso é este: andam atassalhando o meu nome por todos os recantos não sei de quê, pelos bilhares. E o culpado é você.

— Eu? Eu tenho nada com isso? E um absurdo, uma acusação injusta, sem prova. Não me defendo. De quê?

E cruzei os braços. Adrião encarou-me:

— É possível que você esteja inocente. Se estiver, perdoe-me. E é possível que seja um traste. De qualquer maneira compreende que não pode ficar nesta casa.

— Compreendo.

— É necessário sair logo.

— Perfeitamente.

— Vamos então balancear isto. E faça-me um favor. Promete?

— Prometo, respondi sem refletir.

— Pois bem. Eu sei que você recebeu uma proposta do Mendonça. Aceite agora a proposta. Amanhã liquida aqui os seus negócios e coloca-se lá. Depois de um mês, deixa o Mendonça e vai para o Recife ou para a Bahia. Acho conveniente não mudar-se logo, para não dar nas vistas. O Mendonça... você entende... melhor ordenado... um pretexto. Fale com ele. Estamos de acordo? O mês vindouro, como ficou resolvido, para a Bahia. Leva uma carta de recomendação.

— Muito obrigado. Estamos de acordo, mas não aceito a recomendação. Vou para o Rio.

— É bom. E amanhã o balanço.

— Até amanhã.

Saí. Entrei no estabelecimento do Mendonça: Mendonça não estava. E Mendonça filho? Também não estava, fora passar uma procuração no cartório do Miranda.

Corri em busca de Isidoro, queria confiar-lhe tudo.

– Ó d. Maria, chame o Pinheiro, gritei da porta.

Tinha ido à casa do Miranda. Respirei com alívio porque de súbito me havia aparecido um grande acanhamento de contar aquela desgraça.

Desci a rua dos Italianos e estive de longe olhando o jardim, a varanda do casarão. Senti um nó na garganta, engoli um soluço e dirigi-me à rua de Baixo, como se fosse tratar de algum negócio urgente. Não ia tratar de coisa nenhuma, mas precisava agitar-me, andar depressa.

Ao passar pela rua Floriano Peixoto, achei conveniente embriagar-me: subi ao Quadro, fui ao Bacurau e pedi conhaque. Bebi um cálice, pedi outro, bebi, pedi o terceiro. Acendi um cigarro e esperei o efeito do álcool. As minhas ideias tornaram-se mais lúcidas; o que senti foi um aperto no coração e desejo de chorar. Bebi o último cálice, levantei-me e enfiei pela rua de Cima.

Adiantei-me até o Melão. Noite fechada. Recuei, decidido a procurar padre Atanásio, distrair-me conversando com ele. Dei uma caminhada ao Xucuru.

– Louvado seja Nosso Senhor Jesus Cristo.

Não se via quem falava, porque a escuridão era grande. Nem se ouviam os passos: o vulto movia-se como uma sombra. Mas pela voz, muito suave, reconheci o caboclo. Que andaria ele fazendo por ali àquela hora? Talvez procurando recurso para me pagar quinze mil-réis que lhe mandei quando esteve preso. Pagava. Mata para roubar, mas não deve dinheiro a ninguém.

– Boa noite, Manuel Tavares. Passeando?

– Sim e não. Sim porque gosto de caminhar; não porque estou de serviço. Vou levar um ofício a Quebrangulo.

Recordei o corpo de gigante, as mãos enormes, os olhos miúdos, o rosto duro, a barba emaranhada, tudo a contrastar com a doçura da voz.

— Do promotor, o ofício?

— Não senhor, do doutor delegado. Eu agora estou ajudando o destacamento.

— Ah! Você é soldado?

— Sou e não sou. Soldado, propriamente, não sou. Pra fazer sentinela não sou. Mas quando há diligência, trabalho do cão, e os macacos do governo amunhecam, sou.

— Pois é um bom emprego, Manuel Tavares. Continue.

Às nove horas entrei na redação da *Semana*. Padre Atanásio, debruçado sobre a mesa, dormia profundamente, o rosto escondido nos braços. Respirava com ruído e tinha roxas as orelhas enormes. Sentei-me à banca que foi minha, lá desocupada desde janeiro. Obedecendo a um velho hábito, abri a gaveta e tirei um maço de aparas de papel.

— Por aqui, seu Valério? exclamou o sargento chegando à porta da tipografia. Pensei que nos tivesse deixado. É uma ingratidão. O seu Pinheiro é que não falha, pontual, firme nas *Sociais*. Quer que acorde o patrão?

Fiz um gesto negativo com a cabeça.

— Sabe se o dr. Castro está na cidade, sargento? perguntei bruscamente, levantando-me.

— Não sei. Ele também aparece aqui às vezes. Até escreveu uma poesia. O senhor leu? Uma história de luar e de sapos. Saiu no fim da quarta página. O reverendo meteu dois versos que faltavam, mas seu Miranda diz que está tudo quebrado. Brigaram. Julgo que o casamento gorou. O senhor não traz nada?

— Não trago nada, sargento. E isso é exato, a briga deles? Adeus.

Que azar de Clementina! Sempre os casamentos que dão em ossos de minhoca! Melhor para ela. Antes continuar arra-

nhando, que um marido como aquilo não presta. E melhor para mim: ia procurar o Pinheiro, o que não faria se receasse encontrar o bacharel.

Ao passar pela casa do Miranda, vi Clementina à janela:

— O Pinheiro está aí, d. Clementina?

— Está, sim senhor. Fizeram um jogo lá dentro, por causa do dr. Barroca, que chegou hoje.

— A senhora faz o obséquio de pedir a ele que venha até aqui?

— Ao dr. Barroca?

— Não senhora, ao Pinheiro.

— Pois não. Por que não entra? Estão na sala de jantar, o Valentim Mendonça também. Entre.

— Ah! O Mendonça está aí?

Acompanhei-a. Diante da mesa de jogo falei duas vezes antes que os parceiros me respondessem: tinham os olhos em chamas e puxavam as cartas uma a uma, lentamente. Finda a partida, Evaristo Barroca estendeu-me a mão com aquele modo de superioridade protetora, que lhe fica bem e que abomino.

— Ó Pinheiro, dá-me aqui fora uma palavra? É um instante.

— Impossível, meu filho, inteiramente impossível. Ocupadíssimo. O pôquer é uma grande instituição. Faça uma perna.

Detesto as cartas, mas naquela ocasião julguei que elas me seriam úteis. Se o Teixeira soubesse que eu tinha estado a jogar, talvez se imaginasse injusto.

— O senhor entra? perguntou Evaristo baralhando.

— Entrada de quanto?

— Cem mil-réis, disse o tabelião entregando-me as fichas.

Paguei e sentei-me:

— Cinco mil-réis?

— Cinco, respondeu Evaristo. O senhor joga? Pois eu sou forçado a reabrir. Quer cartas?

— Duas.

Evaristo Barroca soltou o baralho:

— Fala o senhor.

— Mesa.

E pensei nas amarguras que me iam aparecer no dia seguinte. O que eu devia fazer era esperar o Neves à saída da sessão de espiritismo e dar-lhe uma sova. Era o que eu devia fazer, mas sou um indivíduo fraco, desgraçadamente.

— Para iniciar aposto apenas uma, disse Evaristo com aquela voz sossegada, aquele olhar tranquilo que nunca mostra o que ele tem por dentro.

— Vejo, doutor.

E atirei a ficha.

— Que tem o senhor? perguntou ele.

Mostrei uma trinca de damas.

— Ganha.

E franziu os beiços delgados.

— Homem, essa agora! exclamou Valentim Mendonça. O doutor estava feito. Como foi que o senhor conheceu que aquilo era bluff? O doutor não pediu.

Abandonei um par de ases:

— Preciso falar com o senhor hoje ou amanhã cedo, seu Mendonça. Com o senhor e com seu pai. Ele está aí?

Mendonça filho levantou o queixo quadrado e propôs que fôssemos procurar Mendonça pai. Se era assunto de interesse, devíamos ir logo.

— Como! bradou o Pinheiro. Negócio a esta hora? É uma indignidade. Outro bluff, doutor? Muito bem. O bluff é uma grande instituição. Dê cartas, Mendonça, que diabo! Você está namorando com o Valério?

Arriscou uma reabertura com trinca branca e atacou o Miranda, que tinha sequência:

— É possível? Você pede duas e faz sequência? E máxima? Abra os dedos, criatura, isso assim na mão ninguém vê. Con-

fiança, naturalmente, todos nós somos de confiança, mas jogo é na mesa, e tenho visto muita sequência errada.

Joguei duas horas, distraído.

O que eu queria era saber por que razão não me vinha o ânimo de esbofetear o Neves uma tarde, à porta da farmácia. No bilhar do Silvério levantei o taco para rachar a cabeça do dr. Castro. E arreceava-me de molestar o Neves. Por que será que aquele velhaco me faz medo?

– Joga?

– Jogo, respondi separando três reis.

Evaristo reabriu.

– Outra reabertura, doutor? Santa Maria! O senhor leva o dinheiro todo, reclamou Valentim Mendonça.

Tirei um rei. Evaristo e Mendonça não quiseram cartas.

Já que me faltava coragem, não seria mau dar cinquenta mil-réis a Manuel Tavares e mandar que ele desancasse o boticário, no Xucuru, que é quase deserto.

– Fala você, João Valério, resmungou o tabelião. Assim, não se acaba isto.

– Aposto duas.

– Duas e mais quatro, disse Evaristo.

Mendonça fugiu.

– Vem ver? perguntou o Barroca.

– Não senhor, reaposto. Mais quatro.

E deitei na salva as oitos fichas que me restavam.

– Vamos então com mais oito, gracejou Evaristo. E desta vez, estou forte, pode crer.

– Ainda reaposta, doutor? Vejo. Dê-me aí oito fichas, Pinheiro. Vejo com um four de reis.

– Perde, fez Evaristo calmamente.

E mostrou um four de ases. Levantei-me.

– Safa! exclamou Valentim Mendonça. Já é ser caipora. Onde estava eu metido! Deixa? Também vou. Os senhores continuam?

E contou as suas fichas, apressado, entregou-as a Nazaré para recolher.

— Ó Pinheiro, chamei, quando você voltar para casa, preciso falar-lhe, ouviu? Boa noite, meus senhores.

Isidoro, que *chorava* as cartas com ferocidade, teve um grunhido que terminou numa praga:

— Ora pílulas! Estas miseráveis estragam tudo no fim. Vão-se embora, hem? É uma traição.

Saímos. Quando nos separamos, à esquina da padaria, Mendonça interrompeu o estribilho que ia cantarolando:

— Então, esse negócio que tem conosco...

— É isto. Os senhores me fizeram uma proposta por intermédio de padre Atanásio.

— Sim, em dezembro.

— E escreveram insistindo. Respondi que não aceitava, mas que, se me desempregasse, contassem comigo. Caso ainda estejam pelo oferecimento... Deixo os Teixeira.

Lembrei-me de que tinha prometido a Adrião só ficar na cidade um mês:

— Isto é, se houver vaga. Não quero prejudicar ninguém.

— Há vaga, confessou Mendonça. O guarda-livros de lá enrascou a escrituração e levou-o o diabo. O senhor teve algum pega com os Teixeira?

— Ah! não! É que há vantagem. E ando necessitado. A crise... Adeus.

— Apareça.

Desci até o fim dos Italianos, encostei-me à esquina do armazém.

Vigia prolongada. Se pudesse falar com Luísa... De quando em quando surgiam sombras entre as palmeiras do jardim, mas era a minha impaciência que se distraía a criar fantasmas. Acerquei-me da grade.

Esperança doida de encontrar Luísa. Que lhe teria dito Adrião? Imaginei-o de pijama e chinelos, coxeando pelo quarto, a bradar com os punhos cerrados: "Pensar que sempre tive confiança na senhora! Defenda-se!" E a carta, cem vezes relida, amarrotada entre os dedos magros.

Desgraçado desejo de conhecer as coisas. Melhor teria sido para ele não acreditar na denúncia e continuar como ia.

Voltei para a calçada do armazém e ruminei o procedimento do Neves. Que interesse tinha ele em revelar aquilo? Nenhum. Mostrar que sabia.

– Animal infeliz! exclamei em voz alta.

Referia-me ao Neves, a Adrião, a mim, ao Miranda Nazaré, a toda a gente. Necessidade idiota de saber e espalhar o que sabemos. Depois de muitos dias ou muitos anos de canseira e conjectura, um sujeito descobre uma lei da natureza – outro faz uma carta anônima contando os amores de Luísa Teixeira com um João Valério como eu

27

Recolhi-me tarde, deitei-me vestido e às cinco horas consegui adormecer. Antes que o despertador tocasse, Isidoro bateu-me à porta. Levantei-me precipitadamente.

– Que era isso que você queria comigo ontem à noite? perguntou entrando.

E, enquanto eu descerrava a janela:

– Se é o dinheiro que lhe devo, tenha paciência, meu velho, que ontem me arrasaram.

Sosseguei-o.

– Não é? Pois sim. Pelaram-me, arrancaram-me duzentos mil-réis aqueles malvados. Também está decidido, não torno a

pegar em cartas. Uma lição. De madrugada quase estouro aqui, berrando. Você estava morto? Que negócio é esse?

Narrei a carta, o furor de Adrião, a minha promessa de ir para o Rio. Isidoro empalideceu:

— Fale baixo: o Pascoal pode ouvir.

Andou, alvoroçado, de um lado para outro, depois sentou-se na cama e pôs-se a dar pancadinhas com a unha do polegar nos dentes.

— É terrível! Você com certeza negou, hem? Naturalmente. E não há nada, é claro. Ele terá percebido alguma coisa?

— Não. Creio que não, só a carta.

— Só a carta... O que você deve fazer é procurar o autor dessa miséria e quebrar-lhe os ossos. Eu queria saber...

— Que é que você queria saber? Foi o Neves.

— O Neves? O Neves é capaz disso? Um tipo circunspecto.

— Foi ele. Havia espiritismo na denúncia: o Divino Mestre e as provações. E no dia da encrenca no bilhar, com o promotor, ele estava de parte, escutando. O Varejão notou. Foi ele. É o único.

Isidoro ergueu-se, aproximou-se da janela, abriu a rótula:

— Pois, menino, agora volto atrás. Se foi o Neves que escreveu isso, o caso é diferente. Eu não creio, mas se foi ele, fez com boa intenção. O Neves é um sujeito de moral muito rija. Que diabo tem aquele povo a correr desembestado?

Acendeu um cigarro, contente por haver encontrado meio de desculpar o boticário:

— Não tenha dúvida. Boa intenção, pode jurar. Os espíritas são assim intransigentes.

Debruçou-se para fora e, noutro tom:

— Mas que demônio é aquilo? Todo o mundo correndo e o Vitorino em mangas de camisa! E é em casa do Adrião. O homem terá feito alguma asneira?

Saímos para a calçada. O dr. Liberato passava, com um estojo na mão.

— Que foi, doutor?

O médico não respondeu.

— Vamos ver, balbuciou Isidoro, lívido.

— Vamos ver.

Com o rosto por lavar, despenteado e sem chapéu, acompanhei-o, aturdido, nem reconheci Xavier filho, que deu de cara comigo.

— Que diabo é aquilo, Xavier? Você esteve lá? perguntou Isidoro.

— Um tiro no peito. Não ouviram? O homem suicidou-se.

— Quem? interroguei apavorado.

— O Adrião. Ainda não souberam? Está num mar de sangue. Vou buscar algodão e gaze.

Apressamos o passo. Entramos com dificuldade, encontrando gente que ia e gente que vinha. No portão havia um começo de rixa. Um sujeito apostava que tinha sido tiro; outro afirmava que fora uma navalhada no pescoço — e não se entendiam. As flores dos canteiros estavam machucadas. Ao pisar a escada, ouvi gritos de mulher lá em cima.

Parei, com um violento tremor nas pernas, segurei-me ao corrimão, tomei a passagem a d. Josefa, que chegava, alva como cera e com um pé descalço. Naturalmente perdera um sapato no caminho. Sem pedir licença, empurrou-me e subiu.

— Pinheiro, murmurei acovardado, julgo que não devo entrar. Não devo entrar aqui.

Isidoro fez uma careta:

— Vamos sempre. Eu também não posso tolerar. Não está em mim. Questão de nervos. Mas vamos.

Galgou quatro degraus:

— Se você não viesse, compreendiam logo. Uma tentativa, percebe? Salvar a reputação dela.

Achamos o salão cheio de intrusos que tinham invadido a casa e se apinhavam nas portas, interrompendo o trânsito. Zacarias trouxe uma bacia de água. D. Josefa veio com uma bra-

çada de toalhas e roupa branca. Depois foi Xavier filho acotovelando tudo, carregado de pacotes.

— Tudo para fora, gritou o dr. Liberato, arreliado e invisível. Façam o favor de desocupar a sala, que não são necessários. Para fora.

Lentamente, a massa de basbaques refluiu. Penetramos na saleta.

— Horrível! murmurou Isidoro. Que insensatez! Logo de manhã, antes do café...

Vitorino, caído para um canto, o rosto escondido entre o braço e o antebraço, soluçava. Tinha a roupa manchada de sangue.

— Que desastre, meu filho! exclamou padre Atanásio entrando e abraçando, atrapalhado, o Pinheiro. Como foi? por que foi?

— Não sei, padre Atanásio, gaguejou o nosso amigo. De improviso, em jejum, sem avisar ninguém. Que loucura! Quando a gente menos esperava, zás! uma bala para dentro. Aqui no peito, foi o Xavier que disse. Um tiro, ninguém sabia. Eu ouvi, mas pensei que fosse bomba, agora pelo S. João.

O vigário, afrontado, soprou ruidosamente, passou o lenço pela testa, levantou os braços e olhou o teto:

— Deus do céu! Quem havia de imaginar! *Sursum corda!* Não é pela morte, porque afinal todos lá vamos quando chegar a hora. Mas vejam vocês, a extrema-unção... Misericórdia!

Caiu numa cadeira, junto a Vitorino, e pôs-se a chorar também. Fui até a porta do salão, espreitei. À entrada do corredor, d. Engrácia, Clementina e Marta gesticulavam. Dirigi-me a elas, nas pontas dos pés.

— Que diz o doutor, d. Engrácia? perguntei ao ouvido da velha.

— Eu sei lá! É trabalho perdido, aquele está pronto.

Veio da alcova um gemido prolongado.

— Não senhora, sussurrou Clementina, pode ser que escape. O Neves tratou de um homem...

Outro gemido cortou-lhe a palavra. Rumor de água, tinir de ferros.

— O Neves tratou de um homem que fez o mesmo e ficou bom, continuou Clementina. O Neves. A senhora acredita? Estava contando há pouco, lá embaixo.

— Pode ser, concordou d. Engrácia. Mas a menina devia estar calada, que num aperto deste ninguém fala. Foi assim que me ensinaram.

Disse isto quase gritando.

Voltei para a saleta como um sonâmbulo. Coisa estranha: ainda não tinha visto Luísa, e nem uma só vez havia pensado nela. Confessei a mim mesmo que era o causador da morte de Adrião, mas no estado em que me achava esqueci a natureza da minha culpa.

Vitorino continuava a soluçar. Num quarto vizinho, Evaristo Barroca falava com d. Josefa. Padre Atanásio assoava-se de manso.

Aproximei-me do sofá, onde Isidoro e Nazaré conversavam em voz baixa, sentei-me ao lado deles. Mas levantei-me de súbito. Ali abracei Luísa pela primeira vez. Revi toda a cena: os beijos que lhe dei, beijos de carnívoro, o desfalecimento que ela teve. Lembrei-me de lhe ter mordido a língua com brutalidade, senti gosto de sangue na boca.

Olhei a roupa manchada de Vitorino e virei o rosto, refugiei-me ao pé da janela que dá para o jardim.

Isidoro, espantado:

— Como tem você coragem de sustentar isso?

E Nazaré, docemente:

— Fez muito bem. Doente, escangalhado, vivendo para aí a vara e a remo! Antes acabar logo.

Evaristo Barroca entrou na sala, inclinou a cabeça de leve, bateu com afeto no ombro de Vitorino e levou-o para o interior.

Olhei o renque de palmeiras, os tinhorões, a garça de bronze, o banco. Voltei as costas.

– Mas um suicídio, homem! exclamou Isidoro.

E Nazaré, erguendo a voz:

– Tanto faz morrer assim como assado. Tudo é morrer. Crucificado ou de prisão de ventre, em combate glorioso ou na forca – o resultado é o mesmo.

Interrompeu-se: o dr. Liberato chegava, ainda com as mangas arregaçadas, enxugando as mãos. Levantaram-se todos:

– Então?

O doutor não parecia contente.

– Onde foi o tiro? começou padre Atanásio.

– O percurso... ia dizendo o dr. Liberato.

Mas Isidoro atalhou:

– Não é isso, o percurso é difícil. Queremos saber se a bala foi ao coração.

– Que disparate! replicou o outro. Se o homem está vivo! Atingiu um pulmão, é lá que ela deve alojar-se.

– Ah! o senhor não extraiu? perguntou Nazaré.

– Extrair o quê? Os senhores pensam que é só meter o ferro ali dentro e ir arrancando à vontade. Vá mexer naquilo. Está lá guardada.

– No pulmão? fez Isidoro com alívio. Então pode ser que se salve. O Poincaré também tem uma bala no pulmão.

– Quem é o Poincaré? disse o vigário.

– Ficou mais calmo, acrescentou o dr. Liberato. Se não sobrevierem complicações...

– Quem é o Poincaré? tornou a perguntar o reverendo.

– Um grande homem, padre Atanásio, explicou Isidoro. O senhor não conhece? Um que foi presidente da república na França... ou na Inglaterra, não estou bem certo. Tem uma bala no peito, eu li num jornal. O Poincaré... ou o Clemenceau, um dos dois.

Clementina chegou-se como uma sombra.

— Ele quer falar com o senhor.

— Comigo, d. Clementina? Quem? exclamei.

— Seu Adrião. Venha depressa.

— Mau! fez o dr. Liberato com arrebatamento. Digam que não está.

— Mas ele quer, insistiu Clementina. E nós dissemos que estava.

— Pinheiro, gemi ao ouvido de Isidoro, não posso, é terrível! Não tenho coragem.

— Meia dúzia de palavras quando muito, concedeu o médico. Um minuto, é só entrar e sair.

Isidoro acompanhou-me ao salão:

— Ânimo! Seja forte. O desejo de um moribundo... Vá. E tenha calma.

Entrei na alcova, cerrei a porta, acerquei-me da cama, tremendo.

— João Valério, ciciou Adrião, é você? Sente-se aqui perto, dê-me a sua mão.

Sentei-me ao pé dele, tomei-lhe os dedos frios.

— Está aí? está ouvindo? Não vejo nada.

— Estou ouvindo.

E curvei-me, quase lhe cheguei a orelha à boca para perceber-lhe a voz indistinta.

— É uma despedida, meu filho. Preciso pedir-lhe desculpa. Separamo-nos zangados. Aperte-me a mão, Valério.

Já lha havia apertado.

— Já? Não senti, não sinto nada do cotovelo pra baixo.

Calou-se, julguei que ele estivesse morrendo, quis levantar-me para chamar o médico.

— Deixe lá, rapaz. Ainda não chegou a hora.

Tentei sossegá-lo com algumas trivialidades que me ocorreram.

— Isso não interessa, murmurou Adrião. E não tenho tempo para conversar muito. Ouça. A história da carta foi tolice. Exaltei-me, perdi os estribos. Luísa está inocente, não é verdade?

— É verdade.

— Acredito. E já agora, com um pé na cova, não devo ter ciúmes. Não faça caso do que lhe disse ontem.

Diligenciei acomodá-lo, mas temi que ele se magoasse.

— Isto passa logo, Valério. De qualquer forma estou bem. E não se aflija com a minha morte. Esta vida é uma peste. Havia de acabar assim. Adeus. Dê-me um abraço. Adeus... até o dia do juízo.

Abracei-o, com o coração rasgado:

— Até a semana vindoura, ou a outra quando muito, que o senhor fica bom.

— Até lá em cima, se nos encontrarmos lá em cima. Padre Atanásio está aí? e o Miranda, os amigos todos? Pois eu quero despedir-me deles.

Saí. Ao atravessar o salão, encostei-me a uma parede porque os móveis em torno começaram a girar. Isidoro, que me esperava à entrada da saleta, amparou-me. Apertei a cabeça com as mãos e entrei a soluçar desesperadamente. Eram soluços secos, ásperos, que me agitavam todo o corpo. Ao mesmo tempo sentia marteladas nas fontes, zumbiam-me os ouvidos.

Como uma criança, acompanhei Isidoro. E como uma criança, comecei a dar pancadas na testa com a mão fechada. Depois tive necessidade de afrouxar a gravata e o colarinho.

Lembrei-me do desejo de Adrião, quis chamar os amigos da casa, mas não pude descerrar os queixos. Para desembaraçar-me da incumbência, puxei o braço de padre Atanásio, que se desviou assustado. Fiz o mesmo com Isidoro e com o Miranda. Creio que eles me tomaram como doido. Mergulhei as mãos nos cabelos. Estaria realmente doido?

— Sossegue, criatura, disse padre Atanásio. Todos nós sentimos muito. Mas enfim... a opinião da ciência... Onde está o Vitorino?

Recobrei a voz a custo.

— Despedida? fez o dr. Liberato. Não. Ele já falou demais.

E a Clementina, que apareceu novamente:

— Tenha paciência, d. Clementina. Doente é calado, na cama.

Clementina sumiu-se.

— O pior é que com esta confusão ainda não almocei, continuou o doutor. Estou moído. E morto de fome.

Chamou a Teixeira:

— O Xavier saiu? Pois eu também vou sair. Volto logo. E não deixe essa gente invadir o quarto, d. Josefa. Até já.

Quando me sentei à mesa, depois de ensaboar a cara e mudar a roupa, o dr. Liberato dava pormenores inúteis.

Que entendo eu de alvéolos? que me importava a pleura? O que eu queria era saber se Adrião morria ou escapava.

Repeli o prato, levantei-me.

— O senhor não almoça? perguntou d. Maria José. Por quê? Ainda hoje não comeu, está de jejum natural. Venha almoçar.

— Não senhora. Vou tomar um banho.

28

Passados oito dias, Adrião morreu. Morreu pela madrugada, enquanto Nazaré estava no quarto a velar. Eu bocejava, derreado na poltrona de padre Atanásio, quando o tabelião me tocou de leve no ombro:

— Afinal o homem descansou.

Ergui-me, sem compreender. Percebi, vagamente, e bradei:
— Como?
Ele pediu silêncio:
— É bom não fazer espalhafato. Vamos avisar os outros.
E entrou na saleta.
— Que foi, Valério? que foi? perguntou d. Josefa, saindo repentinamente da sombra do corredor.

Depois daquela crise, na promiscuidade e na azáfama dos dias de angústia, existia entre nós todos uma familiaridade estranhável. Dormíamos quase sempre juntos, homens e mulheres, sentados, como selvagens. Muitas necessidades sociais tinham-se extinguido; mostrávamos às vezes impaciência, irritação, aspereza de palavras; pela manhã as senhoras apareciam brancas, arrepiadas, de beiços amarelentos; à noite procurávamos com egoísmo os melhores lugares para repousar. Enfim numa semana havíamos dado um salto de alguns mil anos para atrás.

— Que foi, João Valério? tornou a Teixeira.
— Não sei, respondi procurando esquivar-me. O Miranda disse aí umas coisas, mas eu não entendi. É melhor a senhora ir perguntar a ele.

Ela correu à alcova, voltou e abraçou-se comigo, soluçando.
— É possível? exclamou Isidoro, que veio da saleta com Vitorino. A esta hora! Não acredito. Só vendo.

Mas não foi ver, porque tem horror aos mortos. Tentei acalmar a Teixeira, que já me havia molhado o ombro de lágrimas.
— Vamos chamar Luísa, disse ela afastando-se rápida e recuperando a decisão costumada.

Corajosa. Nem parece filha de Vitorino.

Encontramos Luísa na sala de jantar, encostada à mesa, dormindo sobre um braço estirado. Marta ressonava, deitada num banco. Encolhida entre o guarda-louça e a parede, Clementina cochilava. Levantaram-se. E nem foi preciso que

falássemos: pela minha perturbação, pelo rosto alterado da Teixeira, compreenderam logo. No silêncio só se percebia a voz de d. Engrácia, que atormentava as criadas na cozinha.

Fazia uma semana que eu não falava com Luísa. No primeiro dia ela ficara para um canto, cheirando éter e bebendo flor de laranja. Não a vi. Depois, naquela organização de acampamento bárbaro, baixava a cabeça e estremecia quando a encontrava. Creio que ela também fugia de mim. Em consequência as suspeitas haviam esmorecido. O arrufo que d. Josefa mostrara uma tarde, no passeio à Lagoa, desaparecera. Nazaré olhava-me às vezes com modo estranho, franzia a testa e estirava o beiço. O suicídio de Adrião era explicado como efeito de longos padecimentos e embaraços comerciais. "Uma nevrose", dissera o dr. Liberato. E esta frase curta, que poucos entenderam, teve grande utilidade.

– Então? perguntou Luísa.

Como continuássemos calados, tombou na cadeira e começou a chorar. Marta Varejão acercou-se dela, tremendo. Clementina foi até a porta do corredor, recuou com medo de d. Engrácia, que passava, e gaguejou:

– Pode ser que escape. Já se tem visto. O Neves tratou de um homem que fez o mesmo... Às vezes é uma síncope.

Tinha os olhos molhados.

Constrangido entre aquelas duas espécies de dor, voltei para o salão, onde d. Engrácia arengava:

– Mas o senhor deixou o homem morrer sem vela, seu Miranda?

– É verdade.

– E para que estava o senhor no quarto? Bonito enfermeiro! Era melhor que tivesse ficado em casa: passávamos sem o seu auxílio. A vela benta aí há uma semana!

– Deixe lá, replicava Nazaré sem se alterar. Morreu bem sem isso.

Vitorino, na alcova, sacudia o irmão, tentando ainda reanimá-lo. Esgotado por oito dias de sobressaltos e insônia forçada, eu andava às tontas. Não retinha nada no espírito, e aquele desenlace surgia-me como uma cena indistinta entre as névoas de um sonho ruim.

Havia claridade na sala. Abri uma janela, olhei o sol que nascia, num desperdício de tintas derramadas pelos montes. Voltei as costas com indiferença.

— É necessário tratar desses arranjos, disse Isidoro. O Vitorino não pode. Quer encarregar-se, Miranda? Não?

Hesitou um instante.

— Pois vou eu. Vamos nós, João Valério.

Descemos. No portão encontramos o dr. Liberato.

— Que aborrecimento! exclamou. Quando já ia parecendo fora de perigo!

Seguimos em direção ao Quadro.

— Como é que se faz isso? perguntou Isidoro. Eu de funerais não entendo.

— Nem eu.

— Diabo! Naturalmente é preciso encomendar caixão. E sepultura. Que trapalhada! Afinal foi bom termos vindo: sempre é melhor do que estarmos no meio daquela choradeira. Adeus. Vou acordar padre Atanásio. Ele me ensina.

Afastou-se. E, como eu quisesse acompanhá-lo:

— Não senhor. Enterro é coisa séria.

Entrei em casa, estive deitado meia hora. Pareceu-me ouvir a respiração gorgolejada, as pragas, os gemidos de Adrião. E vi debaixo das cobertas a figura de Luísa, muito modificada. Avaliei que ela devia ter perdido de três para cinco quilos. Pálida, com os cabelos em desalinho, uma ruga na testa.

Alvéolos pulmonares, era assim que o dr. Liberato dizia.

Para o inferno!

Levantei-me, peguei a toalha e dirigi-me ao banheiro. De volta, encontrei d. Maria José dando milho ao canário.

— O senhor hoje madrugou, hem? estranhou com um sorriso. Como vai o doente?

— Morreu.

E, para arrefecer-lhe a curiosidade:

— Finou-se, é com Deus, descansou, foi-se embora. E eu quero que a senhora me dê um pouco de conhaque.

— A esta hora? Tome antes uma xícara de café.

— Não senhora. Preciso dormir, e não posso dormir. Traga o conhaque.

Ela trouxe a garrafa, de mau humor. Tinha aconselhado, mas cada qual era senhor do seu nariz. Meteu rodeios e falou de novo na morte de Adrião. Ouvi distraído, bebi o conhaque, tranquei-me no quarto e adormeci profundamente.

Despertei cerca de meio-dia, às pancadas repetidas que o italiano dava na porta. Ergui-me sobressaltado, quase com vergonha: gente de comércio sempre se apoquenta quando acorda tarde. Depois tranquilizei-me: o escritório não se abria. Vesti-me devagar, novamente atormentado com a lembrança daquela outra Luísa, desleixada e de olhos queimados pelas lágrimas.

— Você estava bêbedo? perguntou-me o italiano quando entrei na sala de jantar. Quase derrubo a porta. Que sono! Naturalmente foi a carraspana que tomou pela manhã.

D. Maria José espinhou-se. Invencionice! Contara apenas que eu tinha bebido um cálice de conhaque, e o Pascoal não fazia bem em continuar com aquelas brincadeiras.

O dr. Liberato falou em Adrião. Organismo estragado. Era possível que ele não tivesse morrido em consequência do tiro.

— E de que morreu? inquiriu Pascoal. Ora essa! Todo o mundo está vendo.

— De males antigos, explicou o médico. Uma criatura combalida, todos os meses na cama...

Aludiu às regiões que a bala havia tocado, e isto bastou para que o outro se retraísse.

Mastiguei quatro bocados amargos e voltei o rosto, enojado. Ia beber o último gole de café quando notei a ausência de Isidoro.

E o Pinheiro? informei-me. Onde andava o Pinheiro? Ninguém sabia. O italiano vira-o pela manhã na loja do Mendonça, depois na botica do Neves, à procura de incenso, e por fim a conferenciar com Jau marceneiro, defronte do cinema.

D. Maria José referiu que o sineiro tinha vindo à hospedaria, pedir desculpas: não podia dobrar os sinos por um suicida.

— E é pena. Um homem tão religioso enterrar-se como pagão!

— Interessante, disse o dr. Liberato rindo. Ignorava isso. Vai para lá agora, João Valério?

— Muito cedo. A que horas é o enterro?

— Às quatro, parece.

Quando entramos no casarão, tudo lá estava transformado. Ao desconcerto da longa semana tinha sucedido uma ordem aparente e falhada, que devia durar um dia. Por todo o canto haviam passado as mãos hábeis e diligentes de Marta, recompondo, aumentando, eliminando.

No centro do salão, sobre duas mesas juntas, vestidas de preto, descansava o caixão funerário, entre círios acesos. Dos ângulos pendiam coroas de flores naturais, com fitas roxas. Nas paredes os quadros desapareciam, disfarçados por grandes manchas negras. Uma colcha escura cobria o piano, e as almofadas tinham máscaras de luto. As cortinas, baças, permaneciam. Os tapetes também. Faltava um, vermelho, e no lugar dele avultava outro, enorme e tenebroso. Da alcova, através da porta meio aberta, voava um fio de incenso. E havia um cheiro enjoativo. A disposição dos móveis fora alterada.

Nas cadeiras, em redor do féretro, padre Atanásio, Evaristo Barroca, Nazaré, Cesário Mendonça, o administrador e o dr. Castro conversavam quase em silêncio. Com um papel na perna, Vitorino tentava redigir um telegrama. Senhoras iam e vinham:

d. Engrácia, d. Eulália Mendonça, a Teixeira velha, Marta Varejão, d. Josefa. Na saleta de espera Clementina arranjava numa cesta de laços pretos cartas e cartões de pêsames, ainda com os envelopes intactos. Ao pé da janela aberta sobre o jardim, Mendonça filho fumava, às escondidas. Fez-me um aceno e cochichou:

– Quando é isso? O senhor sabe?

Puxou o relógio:

– O convite que recebi marcava para quatro horas. Passam quinze minutos. Se esta maçada continuar, dou o fora.

Atirou pela janela a ponta do cigarro:

– E aquele negócio? Eu falei com o velho. O senhor não apareceu...

– Não pude aparecer. E agora não contem comigo.

– Foi o senhor que se ofereceu. Veio espontaneamente, é bom lembrar.

– De acordo, mas não esperava isto.

Vi Nicolau Varejão lá embaixo, de roupa verde, chapéu branco, sapatos amarelos. Ia convidá-lo a subir quando Isidoro entrou no jardim:

– Por aqui, seu Varejão? Como vai a bizarria? Chegue cá para cima. O senhor aí derrete as banhas.

Nicolau Varejão tirou o chapéu, abanou-se, disse que gostava do calor. Coitado. Ficava ali, ao sol, com medo da filha.

– Então volta a palavra atrás? inquiriu Mendonça filho. Fica o dito por não dito...

– Naturalmente, respondi dando-lhe as costas. Fica o dito por não dito.

E fui ao encontro de Isidoro:

– Você almoçou, Pinheiro?

– Não, comi um pão com sardinha no Bacurau.

Ensopou o lenço no suor que lhe corria pelo rosto, diligenciou aprumar o colarinho empapado:

— Afinal acabei a tarefa, e penso que não esqueci nada. Você viu as cartas de convite que mandei imprimir? Não tive tempo de escrever, a redação é de padre Atanásio. Primorosa. Encontrei na tipografia um clichê bonito e mandei colocá-lo no frontispício — um anjo com as asas abertas em cima de um túmulo. Esplêndido!

Fortunato Mesquita chegava com o doutor juiz de direito, Xavier pai, Xavier filho e o Monteiro agiota.

Nazaré aproximou-se de mim:

— Por quem esperamos? Temos gente de sobra.

Realmente no salão havia pessoas em pé. Estavam lá os indivíduos que vão aos bailes da prefeitura, os que levam o pálio nas procissões e os que frequentam a *Semana* — comerciantes, empregados públicos, proprietários rurais dos sítios próximos. Na calçada do armazém fronteiro estacionavam sujeitos que não tinham querido entrar, por timidez. Quase todos deviam favores aos Teixeira: Silvério do bilhar, o sapateiro protegido de Luísa, o sargento, Bacurau, que às vezes auxiliamos em pagamentos de pequenos saques.

— Que diabo estamos fazendo? perguntou novamente o tabelião. São quase cinco horas. Que é que falta?

— A música, disse Clementina, que ainda arrumava os cartões na cesta. Ele era presidente da Santa Cecília.

— Sem saber música! rosnou o Miranda.

E encolheu os ombros: detestava formalidades.

— Se é só o que falta, podemos sair, interveio Mendonça filho. A filarmônica está no portão.

— Uf! soprou Nazaré. Que trabalho, depois de morto! Pior que um parto.

E levou o Barroca para junto do caixão, segurou com ele as alças da cabeceira. Cesário Mendonça e o administrador pegaram as do meio. Xavier filho chamou-me para as últimas, mas Isidoro tomou o meu lugar.

Vitorino prorrompeu em soluços. Houve uma agitação no corredor.

Os seis homens atravessaram o salão e a antecâmara, desceram a escada.

– Não vem, padre Atanásio?

– Não, vou consolar esta gente.

Na calçada formou-se o cortejo, uma espantosa marcha fúnebre soou. Deixamos a rua dos Italianos e seguimos em direção à pracinha. Defronte da usina elétrica, curiosos levantaram-se, tiraram o chapéu.

Isidoro soltou a alça do caixão, que entregou ao Monteiro, deu-me o braço e foi-se retardando até ficarmos na cauda do préstito, junto a Zacarias, que chorava, carregado de coroas.

Passamos o açude, as casinholas que se encostam ao morro do Sovaco, acercamo-nos do cemitério. Os condutores, fatigados, revezavam-se a cada instante.

Isidoro conservou-se a distância, e ao pé dos muros sujos, das grades de ferro, simulou um horror exagerado à mansão derradeira, como disse, muito sério, acendendo um cigarro.

– Safa! exclamou. Ainda hoje não fumei.

Ajuntou:

– Está dado o grande passo. Com decência. Creio que lhe fizemos um enterro conveniente.

Apontou, através das grades, pequeninas cruzes de pau que apodreciam, velhos sepulcros meio desmantelados, túmulos vistosos, a capelinha em ruína ao fundo:

– Isto não nos interessa. Já cumprimos o nosso dever de amigos e de cristãos.

Voltamos. Outros voltavam também, em grupos, desforrando-se do recolhimento em que tinham vindo.

– Então acabou tudo hoje, hem, Pinheiro?

E esperei confirmação, porque achava extraordinário que Adrião tivesse *realmente* morrido naquele dia. Havia-me habituado a julgá-lo morto desde a semana anterior, cem vezes

tinha visto mentalmente o rosário de cenas fúnebres: a família em pranto, roupas de luto, padre Atanásio embrulhando consolações, a vela benta de d. Engrácia.

— Preciso escrever uma notícia, uma notícia comprida, disse Isidoro. E não é só a notícia: o que eu devo fazer é um artigo sobre o Adrião, para domingo, na primeira página.

— Sim senhor! exclamou Nicolau Varejão aproximando-se. Foi-se para a eternidade um cavalheiro muito...

Procurou um adjetivo e embutiu:

— Muito importante. Sempre lhes vou contar um caso.

Improvisou uma história para realçar a importância do finado. Não lhe dei ouvidos.

Dominava-me aquela ideia absurda. Pareceu-me que Adrião iria morrer continuadamente. D. Josefa me chamaria sempre para despertar Luísa, Clementina e Marta, e eu chegaria à varanda todas as manhãs para ver o sol nascer, e sentiria eternamente aquele horrível cheiro de incenso que me estava preso às narinas.

Recuei vendo o Miranda, encostei-me à balaustrada do açude, temi que ele me viesse comunicar pela segunda vez a morte de Adrião.

— Felicitemo-nos, disse Nazaré encostando-se também. Vamos sossegar. Se o nosso amigo teimasse em viver mais algum tempo, eu ia com ele. Não podia aguentar aquilo.

Debruçou-se, ficou a olhar a muralha verde:

— Oito dias sem dormir, malcomido, malbebido! Isto desmantela um homem. Devo estar com tudo por dentro espatifado. Como vai o espiritismo, Varejão?

Nicolau Varejão confessou que tinha abandonado o espiritismo e agora pendia para os protestantes.

— Diabo! rosnou o tabelião. Você fez isso com o Allan Kardec? Você não é camarada.

E voltou-se para Isidoro:

— O que eu sinto é ter perdido um bom parceiro de xadrez.
— Não fale assim, replicou Isidoro. O Adrião tinha ótimas qualidades.
— Devia ter muitas. Eu conheci uma: jogava xadrez. Para mim é uma qualidade excelente. É por isso que tenho pena dele.

Calou-se. E subitamente, endireitando-se, esfregando as mãos:

— Estava aqui pensando na conta que o dr. Liberato vai mandar à viúva.

Estremeci: Luísa era viúva. Nazaré fechou um olho, calculou:

— Dinheiro como o diabo, aí de cinco para dez contos, além do que o Adrião já rendeu. Esses médicos têm uma sorte danada.

Isidoro indignou-se:

— Como pode você ocupar-se com isso, agora, de volta do cemitério? Você é um monstro.

Nazaré sorriu:

— Eu? Está enganado. Que é um monstro? Uma criatura diferente das outras da sua espécie, não é? Pois eu sou como os outros homens. Um pouco melhor que uns, um pouco pior que outros. Vulgar. Monstro é você, Pinheiro. Você é esquisito, uma espécie de santo. Apesar de todos os seus defeitos, devia ter deixado para nascer daqui a dez mil anos. Você é monstruosamente bom, Pinheiro.

29

Passaram-se dois meses. Uma noite, à entrada do Pinga-Fogo, Isidoro parou junto a um poste da luz elétrica e atacou-me:

— Em que fica essa história?
— Que história, Pinheiro?

— Essa embrulhada. Lembra-se da conversa que tivemos uma tarde na farmácia do Neves? Bulimos com o pobre do Adrião, coitado.

Tossiu, andou dez metros e estacou defronte da igreja de S. Pedro:

— Está visto que sinto a morte dele. Naturalmente. Era um caráter adamantino. Mas enfim – que diabo! – não pode ressuscitar. *Parce sepultis!* como diz o padre Atanásio. E está o seu caso resolvido.

Baixei a cabeça:

— Eu, Pinheiro, se não me engano... Convém proceder com ponderação. Refleti...

— Não há ponderação, atalhou Isidoro. O que há é que você deve casar com a moça, esta é que é a ponderação. Não sei o que houve entre os dois. Provavelmente não houve nada. Ou talvez tenha havido. Isso é lá segredo seu. O que é certo é que rosnaram por aí, você andava doido por ela e o Adrião deu o couro às varas.

— Mas deixaram de falar, retorqui apressado. Você ouviu alguma coisa, Pinheiro? Que diz esse povo?

— Que povo! Quem se importa com o povo? A sua obrigação... Não se faça desentendido. E um homem honrado... Você está hoje de uma estupidez espantosa, Valério.

Nos Italianos, apontou o casarão:

— E onde se encontra mulher como aquela? Procure, veja, compare. Eu, se fosse mais moço, dedicava-lhe um poema.

Muitas vezes me ocorrera o que Isidoro acabava de sugerir-me. Indecisão.

Dois meses sem ver Luísa. À noite distraía-me a repetir a mim mesmo que ainda a amava e havia de ser feliz com ela. Hipocrisia: todos os meus desejos tinham murchado. Tentei renová-los, recompus mentalmente os primeiros encontros, na ausência de Adrião, entrevistas a furto no jardim, a tarde que passamos no Tanque, sob árvores. Mas apenas consegui recordar com viveza um raio de sol que atravessava a ramagem e

vinha arrastar-se na pedra coberta de musgo, a garça displicente, um sinal escuro que Luísa tem abaixo do seio esquerdo. Lembrei-me também de me haver ela uma vez plantado os dentes no pescoço. Ao cabo de algumas horas a parte mordida estava vermelha e necessitando o disfarce de uma rodela de pano. Depois a mancha se havia tornado gradualmente esverdeada, amarelada, afinal desaparecera.

Naquele tempo eu vivia no céu.

– Que céu! Como se vai morder uma pessoa, brutalmente? E achei que não fazer caso da opinião dos outros é censurável.

– Imprudente! disse comigo.

Alterando a palavra, corrigi com severidade:

– Impudente!

Entretanto Isidoro pensava que eu devia casar com ela. E eu penso sempre como Isidoro.

– Você tem razão, Pinheiro. É preciso tratar disso, declarei mais tarde na hospedaria. Vou lá.

– Agora? Vai falar em casamento com a mulher assim de supetão, e de noite?

– Não. É só uma visita, por enquanto.

Fui. E ao chegar já me arrependia de ter dado aquele passo difícil. Zacarias trouxe-me a notícia de que a senhora estava adoentada.

– Diabo! murmurei retirando-me entre despeitado e contente. Isto por aqui também mudou.

No dia seguinte pela manhã voltei:

– A senhora pode receber, Zacarias?

– Está tomando banho, respondeu o preto do alto da escada. É melhor o senhor vir depois.

Muito bem. Eu ia tornar-me importuno, não a deixaria tão cedo, e a responsabilidade do rompimento ficava para ela. Fui ao casarão oito dias a fio. Antes do trabalho, acendia um cigarro, chegava lá, apressado:

— A senhora já saiu do banheiro, Zacarias?

E ia para o escritório.

— Julgo que tenho procedido com cavalheirismo, entrei a matutar uma noite. Amanhã, ponto final nisto. Com certeza ela imagina que vivo doido por encontrá-la.

Quando, no outro dia, penetrei no jardim, fazia a promessa de nunca mais pôr ali os pés.

— A sinhá mandou pedir que esperasse um momento.

Não entendi.

— Como foi que você disse, Zacarias?

— Lá em cima, fez ele mostrando os dentes alvos.

Subi, desconsolado.

Receber-me! E eu que me tinha habituado a ouvir recusas!

Zacarias abriu o salão. Tudo transformado: o piano coberto, outras cortinas, uma tristeza que dava frio.

Sentia-me obtuso. Nem sabia como tratar Luísa. Fulana ou d. Fulana? Complicação. Talvez ela se melindrasse com um tratamento familiar. Mas atirar-lhe dona, cara a cara, sem testemunha, era tolice. Dificuldade.

Ia em plena atrapalhação quando Luísa entrou. Estava de preto e muito pálida, foi só o que vi.

Com a cabeça baixa, aceitei a cadeira que ela me indicou e fiquei a olhar a mancha deixada pela sola do meu sapato numa almofada que desazadamente pisei. Sem me dar a mão, Luísa sentou-se. Creio que também se conservou cabisbaixa. Houve um silêncio estúpido.

— Vim aqui... arrisquei.

— Vem aqui sempre, atalhou ela. Não tenho querido recebê-lo.

Emendou:

— Não tenho podido. É a verdade: não posso.

Mordi os beiços. E, para acabar depressa:

— O que eu queria era declarar que me considero obrigado... moralmente obrigado...

Ela estremeceu, encarou-me:

— Obrigado a quê, João Valério? A casar comigo?

— A acolher qualquer resolução sua, respondi timidamente. Supus... compreende? Não sei... Todos os dias me preparava para vir.

— E vem depois de dois meses, João Valério?

— Que havia de fazer? Um golpe, um abalo tão grande... E tive acanhamento. É natural. Se foi por isso que me fechou a porta uma semana...

— Não, disse ela erguendo-se. Não precisa justificar-se.

E, aproximando-se, falando-me quase ao ouvido:

— É que desapareceu tudo.

— Tem certeza? perguntei levantando-me.

E percebi logo que a pergunta era idiota.

— Eu estava com algum escrúpulo, continuou Luísa. Talvez o Valério ainda fosse o mesmo. Estou agora tranquila. Nenhum de nós sente nada, e o Valério finge tristeza. Para que mentir?

— Faz pena, murmurei comovido.

Pareceu-me ouvir a voz mortiça de Adrião: "Não se preocupe com a minha morte, rapaz. Havia de fazer o que fiz, estava escrito."

— Horrível!

E tentei adornar Luísa com os atributos de que a tinha despojado.

— Para quê? refleti. É melhor assim.

Eu agora era um pequenino João Valério, guarda-livros mesquinho.

— Adeus, balbuciou Luísa com uma lágrima na pálpebra.

— Adeus, gemi.

Apertei-lhe a mão, fria, mas os dedos dela permaneceram inertes sob a pressão dos meus. Quis beijá-los — faltou-me o ânimo.

— Adeus.

Fui até a porta da saleta, voltei-me ainda uma vez. Luísa soluçava, caída para cima do piano. Vacilei um instante e depois saí.

30

Decorreram mais três meses. Passei a sócio da casa, que Vitorino não pode dirigi-la só; Luísa é hoje comanditária; a razão social não foi alterada.

Abandonei definitivamente os caetés: um negociante não se deve meter em coisas de arte. Às vezes desenterro-os da gaveta, revejo pedaços da ocara, a matança dos portugueses, o morubixaba de enduape (ou canitar) na cabeça, os destroços do galeão de d. Pero. Vem-me de longe em longe o desejo de retomar aquilo, mas contenho-me. E perco o hábito.

Vou quase todas as noites à redação da *Semana*. Não para escrever, é claro, julgo inconveniente escrever. Limito-me a dar, quando é necessário, algum conselho ao Pinheiro. Há uns verbos que ele estraga, uns pronomes que atrapalha. Escorregaduras sem importância: na *Semana* de qualquer maneira que estejam estão bem.

E ouço com atenção e respeito as cavaqueiras de Nazaré com o dr. Liberato. Quando têm pouco fundo e posso nelas tomar pé, agrada-me escutá-los, rio interiormente, na ilusão de que não sou ignorante de todo. Depois eles afastam-se, mergulham, somem-se, e eu fico desalentado, olhando tristemente padre Atanásio que procura segui-los, e o ótimo Isidoro, que permanece junto a mim.

Todos os dias, das oito da manhã às cinco da tarde, trabalho no escritório, e trabalho com vigor. Temos ocupação: precisamos inspirar confiança à freguesia e sossegar os fornecedores,

mostrar-lhes que podemos gerir o estabelecimento na falta do chefe que desapareceu.

Continuo na pensão de d. Maria José, mas aos domingos janto com Vitorino. Quase sempre vai Isidoro. A Teixeira, excelente dona de casa, traz aquilo muito bonito. Há no salão duas paisagens a óleo. Os móveis da sala de jantar foram substituídos por outros, onde porcelanas e cristais novos brilham. Uma habitação confortável.

Quando chegamos, fazemos uma visita rápida a d. Mariana, que lá está na cama, paralítica, soletrando a correspondência do padre Cícero. O aposento dela antigamente era um buraco de ratos; hoje é um lugar cheio de ar e luz, com as janelas abertas sobre os canteiros do jardim, as paredes forradas de santos.

Depois do jantar, ficamos à mesa, fumando, tomando café, conversando. À noite, na sala, a Teixeira toca, Isidoro recita, Vitorino cochila – serões bem agradáveis.

E se temos a Clementina, são aquelas canções ingênuas que ela diz com um fio de voz muito suave, que nos faz bem à alma e nos enche de piedade e ternura.

Gosto da Teixeira. Tem uma linda perna, uns lindos olhos, várias habilidades, e é alegre como um passarinho. No silêncio do meu quarto, penso às vezes que a vida com ela seria doce. E digo a mim mesmo que ainda podemos ter quatro filhos vermelhos, fortes e louros. Parece-me que vou casar com a Teixeira.

A lembrança da morte de Adrião pouco a pouco se desvaneceu no meu espírito. Afinal não me devo afligir por uma coisa que não pude evitar. A minha culpa realmente não é grande, pois estão vivos numerosos homens que certas infidelidades molestam. E sou incapaz de sofrer por muito tempo. O dr. Liberato falou em nevrose, e eu não tenho razão para pretender saber mais que o dr. Liberato. Repito isto a mim mesmo para justificar-me.

31

Uma tarde, girando por estas ruas, parei na beira do açude, lembrei-me da estrela vermelha e da noite em que Luísa me repeliu. Afastei-me lento, subi pelos Italianos. O casarão estava fechado agora, e as grades do jardim eram um muro verde de trepadeiras. O pequenino lago, os tinhorões, a garça de bronze, tudo invisível. Como aquilo ia longe!

Entrei a vagar pela cidade, maquinalmente, levado por uma onda de recordações. À boca da noite achava-me na calçada da igreja.

Da paisagem admirável apenas se divisavam massas confusas de serras cobertas de sombras.

A estrela vermelha brilhava à esquerda. Pareceu-me pequena, como as outras, uma estrela comum. Comum, como as outras. E estive um dia muito tempo a contemplá-la com respeito supersticioso, contando-lhe cá de baixo os segredos do meu coração. E lamentei não ser selvagem para colocá-la entre os meus deuses e adorá-la.

O vento zumbia no fio telegráfico. À porta do hospital de S. Vicente de Paulo gente discutia. A escuridão chegou.

Não ser selvagem! Que sou eu senão um selvagem, ligeiramente polido, com uma tênue camada de verniz por fora? Quatrocentos anos de civilização, outras raças, outros costumes. E eu disse que não sabia o que se passava na alma de um caeté! Provavelmente o que se passa na minha, com algumas diferenças. Um caeté de olhos azuis, que fala português ruim, sabe escrituração mercantil, lê jornais, ouve missas. É isto, um caeté. Estes desejos excessivos que desaparecem bruscamente... Esta inconstância que me faz doidejar em torno de um soneto incompleto, um artigo que se esquiva, um romance que não posso acabar... O hábito de vagabundear por aqui, por ali, por acolá, da pensão para o Bacurau, da *Semana* para a casa de

Vitorino, aos domingos pelos arrabaldes; e depois dias extensos de preguiça e tédio passados no quarto, aborrecimentos sem motivo que me atiram para a cama, embrutecido e pesado... Esta inteligência confusa, pronta a receber sem exame o que lhe impingem... A timidez que me obriga a ficar cinco minutos diante de uma senhora, torcendo as mãos com angústia... Explosões súbitas de dor teatral, logo substituídas por indiferença completa... Admiração exagerada às coisas brilhantes, ao período sonoro, às miçangas literárias, o que me induz a pendurar no que escrevo adjetivos de enfeite, que depois risco...

A cidade estendia-se, lá embaixo, sob uma névoa luminosa. O vento continuava a zumbir no arame. Fazia frio. Violões passaram gemendo.

Um caeté, sem dúvida. O Pinheiro é um santo, e eu às vezes me rio dele, dou razão a Nazaré, que é canalha. Guardo um ódio feroz ao Neves, um ódio irracional, e dissimulo, falo com ele: a falsidade do índio. E um dia me vingarei, se puder. Passo horas escutando as histórias de Nicolau Varejão, chego a convencer-me de que são verdades, gosto de ouvi-las. Agradam-me os desregramentos da imaginação. Um caeté.

Para os lados do Xucuru, meia dúzia de luzes indecisas, espalhadas. Aquilo há pouco tempo era dos índios. Outras luzes na Lagoa, que foi uma taba. No Tanque, montes negros como piche. Ali encontraram, em escavações, vasos de barro e pedras talhadas à feição de meia-lua. Negra também, a Cafurna, onde se arrastam, miseráveis, os remanescentes da tribo que lá existiu.

Que semelhanças não haverá entre mim e eles! Por que procurei os brutos de 1556 para personagens da novela que nunca pude acabar? Por que fui provocar o dr. Castro sem motivo e fiz de um taco iverapema para rachar-lhe a cabeça?

Um caeté. Com que facilidade esqueci a promessa feita ao Mendonça! E este hábito de fumar imoderadamente, este desejo súbito de embriagar-me quando experimento qualquer abalo, alegria, ou tristeza!

Se Pedro Antônio, Balbino, pobres-diabos que por aí vivem, soubessem exprimir-se, quantos pontos de contacto!

Diferenças também, é claro. Outras raças, outros costumes, quatrocentos anos. Mas no íntimo, um caeté. Um caeté descrente.

Descrente? Engano. Não há ninguém mais crédulo que eu. E esta exaltação, quase veneração, com que ouço falar em artistas que não conheço, filósofos que não sei se existiram!

Ateu! Não é verdade. Tenho passado a vida a criar deuses que morrem logo, ídolos que depois derrubo – uma estrela no céu, algumas mulheres na terra...

Sô Pedro António, Balbino, pobres-diabos que por aí vivem, soubessem exprimir-se, quantos pontos de contacto! Diferenças também, é claro. Outras raças, outros costumes, quatrocentos anos. Mas no íntimo, um caeté. Um caeté descrente.

Descrente? Engano. Não há ninguém mais crédulo que eu. E esta exaltação, quase veneração, com que ouço falar em artistas que não conheço, filósofos que não sei se existiram! Ateu! Não é verdade. Tenho passado a vida a criar deuses que morrem logo, ídolos que depois derrubo – uma estrela no céu, algumas mulheres na terra...

Posfácio
Uma grande estreia

Luís Bueno*

A história da publicação de *Caetés* é interessante e complicada. No fim da década de 1920, no Rio de Janeiro, alguém descobriu uns relatórios originalíssimos do prefeito de Palmeira dos Índios, interior de Alagoas: um certo Graciliano Ramos. Em 1931, o poeta Augusto Frederico Schmidt abria uma editora, lançando o primeiro livro de contos de Marques Rebelo e anunciando outras duas estreias: *Machiavel e o Brasil*, de Octávio de Faria, e *Os caetés*, romance do agora ex-prefeito. No mesmo ano, os leitores puderam conhecer o primeiro desses livros, mas tiveram que esperar até o apagar das luzes de 1933 para terem nas mãos o segundo.

Houve quem visse malícia nessa demora. Afinal, Schmidt era católico e estaria em posição ideológica oposta à do homem de esquerda Graciliano Ramos. Outros afirmam que não foi nada disso. O escritório de Schmidt era uma bagunça, os amigos podiam levar para casa e ler os originais antes de publicados. O de *Caetés* perdeu-se, indo para o prelo assim que encontrado. Seja como for, o livro curtiu cinco anos de gaveta, já que o autor havia dado por terminado seu trabalho ainda em 1928.

Acontece que, entre 1928 e 1933, um verdadeiro furacão se abateu sobre o romance brasileiro. Se o sucesso alcançado por

*Luís Bueno é professor de Literatura Brasileira da Universidade Federal do Paraná (UFPR) e gentilmente autorizou a reprodução do posfácio nesta edição de bolso. (*N. do E.*)

livros como *A bagaceira* (1928), de José Américo de Almeida, e *O quinze* (1930), de Rachel de Queiroz, já indicava que finalmente, depois de décadas, a moda naturalista parecia estar passando, os lançamentos de 1933 jogavam uma definitiva pá de cal nessa tendência. Logo no início do ano, Pagu lançou um romance, *Parque industrial*, que chamou a atenção ao se apresentar como "romance proletário". Em julho, sairia o segundo livro de Jorge Amado, *Cacau*, cuja apresentação se encerrava com a pergunta: "Será um romance proletário?" No mesmo mês, a editora que demorava para publicar *Caetés* aparecia com a maior unanimidade da década, *Os Corumbas*, de Amando Fontes. Depois de tudo isso, o livro de Graciliano, construído no ritmo da pequena cidade do interior, parecia inegavelmente velho, por demais ligado ao romance naturalista, a essa altura morto e enterrado.

Foi exatamente a partir de sua vinculação com a moda naturalista que se construiu uma tradição de leitura que dá a impressão de que *Caetés* é um livro menos interessante do que de fato é. Uma das tendências dessa forma de ler o livro é a de projetar sobre ele o interesse do naturalismo pelo coletivo, a ponto de transformar indivíduos em meros tipos representativos de modos sociais de ser e agir. É bem verdade que, à primeira vista, o grupo parece ser o mais importante em *Caetés*. Afinal, há nele inúmeros jantares, festas, jogos de xadrez ou pôquer, enfim, cenas coletivas. João Valério, o narrador, embora preocupando-se com dois assuntos pessoais – sua paixão por Luísa e seu romance histórico sobre os índios caetés –, deixa-se a todo instante levar pela vida social de Palmeira dos Índios, e isso em grande medida contribui para a construção daquela tradição que conduziu ao julgamento de que há no romance um desequilíbrio a desfavorecer o indivíduo. Mas uma leitura mais atenta notará que esse desequilíbrio jamais acontece no livro, cujo foco de interesse é bem outro.

Ao comentar *Suor*, de Jorge Amado, Graciliano Ramos deixou assinalada sua preocupação com o caso individual, insistindo que o interesse pelo grupo roubaria do romance a introspeção, o que resultaria em um ganho em superfície, mas uma perda em profundidade. Para notar como o ganho em profundidade e a exploração da introspeção estão em primeiro plano em *Caetés*, e não o grupo e a superfície, basta prestar atenção na constituição de seu narrador.

Nesse sentido, o que chama a atenção em primeiro lugar é que se trata de romance em primeira pessoa, construção que favorece o mergulho psicológico, mas era abominada pelos naturalistas, que a consideravam limitadora. Afinal, como olhar para um grande grupo a partir do olhar restrito de um ser que se encontra em posição semelhante aos outros personagens? O melhor seria estabelecer um narrador em terceira pessoa que, podendo ver a tudo e a todos, por dentro e por fora, seria capaz de ao mesmo tempo reger e esmiuçar os movimentos coletivos das criaturas. Se Graciliano escolhe um narrador em primeira pessoa é porque interessa a ele explorar não aquilo que afeta o corpo coletivo, e sim como repercute no indivíduo a vida da cidade como um todo.

Mais importante do que constatar essa opção pela primeira pessoa, desviante em relação ao modelo naturalista, é saber quem é esse João Valério, já que nele se conjugarão o que há de mais irredutivelmente individual e mais abrangentemente social na existência humana. É ele o palco em que indivíduo e corpo social atuarão em pé de igualdade, de tal forma que é impossível saber o que deriva de sua constituição psicológica e o que vem da posição que ocupa na sociedade de Palmeira dos Índios.

Para entender como isso se dá, é preciso admitir inicialmente que, embora respeitado por todos e frequentador das melhores casas, Valério sente-se inferiorizado em sua cidade. Aparentemente não há motivos para que ele se sinta assim, afinal, tem um emprego que até pode muito bem ser considerado

modesto, mas o coloca em distância segura do trabalho braçal ou da mendicância: é guarda-livros da casa comercial dos irmãos Adrião e Vitorino Teixeira.

O incômodo com essa sua posição se manifesta a todo instante. Logo no segundo capítulo, sente-se inferiorizado diante da astúcia de Adrião ao encaminhar um negócio. Todo o tempo observa o bacharel Evaristo Barroca, que sobe como um foguete na política, e o despreza, embora aqui e ali não consiga deixar de dar vazão à admiração pelo senso de oportunidade que demonstra. Esse desconforto fica especialmente bem registrado no momento em que chega ao jantar de aniversário de Vitorino Teixeira, no capítulo 12. Valério sai da pensão em que mora na companhia de Isidoro Pinheiro. Demoram-se alguns minutos num bar e retomam a direção da casa do aniversariante, encontrando no caminho Adrião e sua mulher, Luísa. Estabelece-se uma curta conversa e logo chegam ao seu destino: "Entramos. E a nossa presença quase passou despercebida entre as efusões com que rodearam Luísa, Adrião, um sujeito gordo e moreno que surgiu logo depois. Evaristo dispensou-me um acolhimento protetor, muito de cima para baixo, e eu me senti humilhado." Valério não demora muito para ficar sabendo que o tal sujeito gordo e moreno é um bacharel, o novo promotor da cidade. Não há como deixar de notar que, mesmo recebido e tratado com consideração por todos na cidade, encontra-se em posição subalterna em relação ao proprietário e sua esposa, por um lado, e aos bacharéis, por outro.

E o que o faz crer que merece maior consideração do que já tem? Certas qualidades: "sou desempenado, gozo saúde e arranho literatura". Também se refere aos cabelos louros e olhos azuis. Enfim, não é rico como Adrião, mas é jovem. Não é bacharel como o Evaristo ou o promotor, mas é um intelectual: colabora no jornal dirigido pelo padre, sabe escrituração mercantil, escreve um romance histórico sobre os índios caetés.

É certo também que muito de sua insatisfação vem do passado. Sobre suas origens sabemos muito pouco. Quando pela

primeira vez o vemos dedicar-se à escrita do romance, diz: "Que estupidez capacitar-me de que a construção de um livro era empreitada para mim! Iniciei a coisa depois que fiquei órfão, quando a Felícia me levou o dinheiro da herança, precisei vender a casa, vender o gado, e Adrião me empregou no escritório como guarda-livros."

Mas isso é o suficiente. Entendemos que já foi alguém ou, pelo menos, descende de família que fora abastada o suficiente para lhe deixar herança a ser roubada, além de casa e gado a serem vendidos. Desprovido desses bens concretos, além de outros, como o título de bacharel, vê-se diminuído.

E o que faz ele para conquistar a posição que julga merecer? Nada. Ele não age, apenas contabiliza, como bom guarda-livros, suas duas vantagens: o pendor intelectual e a juventude. E é no por assim dizer exercício dessas duas qualidades que se revela a importância do indivíduo em *Caetés*. Trata-se, todavia, de um exercício passivo. É preciso que o leitor desentranhe da impotência de Valério aquilo que se passa numa região profunda da qual ele próprio não tem consciência e que não aflora à superfície do texto.

O que parece trabalhar surdamente nas profundezas de Valério é a ideia de que, para readquirir a antiga posição, na ausência tanto de bens concretos com que contar quanto de espírito empreendedor para obtê-los, pode valer a pena voltar-se para outro gênero de bens, os simbólicos. É preciso entender que não se trata de mera coincidência que ele se lembre de tentar escrever um romance exatamente no momento em que se concretiza sua queda social. A atividade intelectual, embora não dê camisa a ninguém, pode ao menos trazer prestígio, consideração. Toda vez que o vemos às voltas com o seu livro – seria melhor dizer com as dificuldades que enfrenta para compor um livro que insiste em não sair do segundo capítulo –, jamais percebemos um desejo qualquer de comunicar isto ou aquilo. Embora jamais reflita sobre sua atividade de romancis-

ta, dá indícios de que é outra coisa que o motiva, quando reconhece a fraqueza dos resultados: "Sorria-me, entretanto, a esperança de poder transformar esse material arcaico numa brochura de cem a duzentas páginas, cheia de lorotas em bom estilo, editada no Ramalho." Não lhe é difícil, inclusive, admitir a modéstia de suas ambições literárias: "Contentava-me um triunfo caseiro e transitório, que impressionasse Luísa, Marta Varejão, os Mendonça, Evaristo Barroca."

Fora isso, a vida intelectual parece-lhe mesmo coisa sem sentido – embora só manifeste essa visão reservadamente, em seu quarto de pensão. E aí reside mais um sintoma de seu sentimento de inferioridade, já que considera aceitável que alguém como o dr. Liberato, por ser médico formado, preocupe-se com coisas dessa natureza. Mas tal preocupação é injustificável em outras criaturas, que sente mais próximas de si: "Enfim ler como Nazaré lê, tudo e sempre, é um vício como qualquer outro. Que necessidade tem ele, simples tabelião em Palmeira dos Índios, de ser tão instruído?"

Mas a escrita do romance é apenas um dos dois eixos que põem de pé o romance, e apenas uma das duas aspirações pessoais de João Valério, derivada de apenas uma de suas duas qualidades. O elemento central é mesmo outro: o caso com Luísa. E aqui estamos diante daquilo que em geral se considera a mais pura expressão da individualidade: o sentimento. Logo no início da história, ficamos sabendo do amor que há três anos consome o guarda-livros, levando-o a um ato impensado, fruto do estado passional em que se encontra: Adrião se retira e ele dá "dois beijos no cachaço" de Luísa. Atitude desesperada, logo se vê, de quem necessita resolver uma pendência de forma definitiva. A moça, tomada de surpresa, reage com energia, mas logo lágrimas interrompem suas palavras. Valério, ao invés de levar até o fim a situação que ele mesmo criara, simplesmente se retira, solucionando tudo da maneira que lhe é tão cara – fugindo.

O que chama a atenção é que, logo depois desse rompante, Luísa vá ocupar espaço tão pequeno em seus pensamentos. Refere-se rapidamente à perturbação em que teria lançado "uma criaturinha tão doce e sensível" para depois se demorar na projeção das repercussões sociais daquela sua manifestação de amor: "E que escândalo!" Primeiro imagina Luísa contando tudo ao marido, que o coloca para fora do emprego. Em seguida, amplia a desgraça, esparramando mentalmente a notícia por toda a cidade, afinal, "segredo que quatro pessoas sabem transpira". Vê-se, enfim, perdendo até mesmo a posição subalterna que ocupa na cidade, abaixo da qual só lhe restaria uma ainda mais incômoda, a dos vagabundos, contra os quais chega a escrever um artigo.

Em nenhum momento esse apaixonado analisa a reação da mulher amada. Não procura sinais de aceitação ou de recusa ao seu gesto ousado, se ela lhe permitirá repeti-lo. Nem ao menos se interessa em especular se Luísa corresponde a seus sentimentos. Lembra-se dos serões que animam a casa de Adrião toda quinta-feira, passa em revista aqueles que os frequentam e seus pequenos hábitos. Avalia o que perde. Perambula pela cidade e depois recolhe-se. Tem dificuldade para dormir, mas não porque lhe queimasse o coração: "curti uma insônia atroz, rolei horas no colchão duro, ouvindo os roncos dos companheiros de casa e conjecturando o que me iriam dizer no dia seguinte os irmãos Teixeira."

É preciso que se passe uma semana inteira para que os pensamentos de João Valério voltem a Luísa. Na quinta-feira seguinte, cumprindo à risca seu plano de fuga, não vai à casa do patrão. Fica em conversa com os companheiros de pensão e imagina o que se passaria na sala do Teixeira. Primeiro pensa em Adrião, só depois em Luísa, que lhe aparece lendo um romance ou tocando piano ou, por fim, pensando "indignada nos beijos que lhe dei". Aborrecido, isola-se no quarto. Tenta escrever, só consegue fazer pequenas emendas, desiste. Só então vai,

pela primeira vez, preocupar-se com os sentimentos de Luísa, ao perguntar-se por que razão ela nada falara ao marido: "Veio-me um pensamento agradável. Talvez gostasse de mim." Aí, sim, o namorado deixa-se levar pela fantasia, imaginando o marido morto, ela viúva, depois casada com ele, depois os quatro filhos crescidos. Enfim, toda uma vida com Luísa.

E é dessa maneira que a amada desaparece por quatro capítulos, tanto do romance quanto do pensamento de Valério, só ressurgindo em carne e osso no domingo seguinte, já que, instado pelo próprio Adrião, o rapaz vai jantar na casa do outro patrão. E é assim que Luísa aparecerá em *Caetés* daí para a frente: concretamente e não nos devaneios de seu jovem apaixonado. Sua figura se mistura admiravelmente às demais criaturas que transitam pelo romance e Palmeira dos Índios domina irresistivelmente a boca da cena. O sentimento tão ardoroso de Valério se mistura aos eventos comuns da cidade, manifestando-se quase exclusivamente na presença de Luísa.

Finalmente surge a oportunidade para que João Valério seja plenamente aceito por Luísa e eles se tornam amantes. É evidente que, num lugar pequeno como aquele, logo a coisa é percebida e os problemas começam. Até mesmo uma carta anônima é enviada ao marido. Mas a confusão anunciada acaba nem acontecendo. Mais uma vez as dificuldades são removidas sem que Valério tome qualquer iniciativa. Adrião dá um tiro no peito e, depois de oito dias, morre – não sem antes garantir ao empregado que está convencido de que a carta anônima que denunciava o adultério era mentirosa. Assim, subitamente, nosso herói passa de desempregado a sócio da casa comercial em que trabalhava, já que Vitorino Teixeira necessita de ajuda para geri-la. Mais do que isso: surge a oportunidade para concretizar o devaneio que tivera naquela primeira quinta-feira em que faltara ao serão na casa dos Teixeira. Com o marido morto, tudo ficava mais fácil. Bastava esperar o tempo devido e poderia casar-se com Luísa, ter aqueles quatro filhos.

E o que faz Valério? Sua especialidade: nada. Mas agora há um propósito muito razoável para nada fazer. O amor havia cessado: "Dois meses sem ver Luísa. À noite distraía-me a repetir a mim mesmo que ainda a amava e havia de ser feliz com ela. Hipocrisia: todos os meus desejos tinham murchado."

O desejo murcha porque seu objeto profundo desaparecera. Morto Adrião, Luísa não tem mais o encanto que tinha porque era apenas o elemento através do qual Valério faz uso de sua juventude para colocar-se acima do patrão, velho e coxo. O amor por ela se parece muito, no final das contas, com o interesse pela literatura. Depois da morte de Adrião, alçado à posição de proprietário, já não precisa de derivativos. Desinteressa-se de Luísa e também da literatura. O romance dos caetés fica jogado na gaveta, inacabado. A literatura, antes capaz de fazê-lo considerado, agora parece algo indigno: "um negociante não se deve meter em coisas de arte." Continua frequentando a redação do jornal do padre, "não para escrever, é claro, julgo inconveniente escrever".

É preciso, no entanto, ao levar tudo isso em conta, não cometer exageros. Pode parecer que o herói de *Caetés* nunca amou Luísa nem se interessou por literatura e que todos os seus movimentos foram feitos deliberadamente no sentido de atingir um objetivo maior, tomar lugar entre os grandes de Palmeira dos Índios. Não é verdade. Não há cinismo nele. De fato quer escrever um livro e de fato ama Luísa. O desinteresse que surge depois da ascensão social garantida não anula o interesse anterior, ainda que nos ajude a compreender sua natureza.

É que, em Graciliano Ramos, o indivíduo é o interesse central, mas não se trata de elemento isolado, não se dissocia da experiência coletiva, social. A individualidade não é algo relacionado apenas ao caráter pessoal, nem se forma pelo exercício isolado de uma psique que se inventa sozinha. O indivíduo se molda atravessado de lado a lado por sua experiência social e até mesmo pelas experiências familiares acumuladas antes do nascimento. O recalque social pode muito bem estar na base de

sentimentos e preferências que à primeira vista se mostram como manifestações da individualidade.

Visto assim, o herói de *Caetés* deixa de parecer apenas uma desculpa ou um filtro para que o romance se debruce sobre a vida miúda e besta da cidade pequena, como acontecera com dezenas de romances publicados na virada do século XIX para o XX. Valério é, na verdade, um herói da mesma estirpe de Paulo Honório, de *S. Bernardo* e, principalmente, do Luís da Silva de *Angústia*. Com o primeiro, partilha um desejo imenso de se integrar e ser aceito – Valério por bem ou por acaso, Paulo por bem ou por mal.

Com Luís da Silva partilha mais: o passado de maior brilho, o interesse pela literatura. Mas Luís é um espírito inquieto, tem uma vida interior agitada e rica, e Valério é um medíocre de marca. Assim, Valério permanece na cidadezinha do interior onde nasce, aceitando a posição subalterna de empregado do comércio, contando que o romance dos caetés possa, um dia, fazê-lo respeitado. Luís, ao contrário, mete-se no mundo, tenta a vida como soldado, decai a vagabundo e se reabilita na capital, como funcionário público e crítico literário. Ele não é capaz nem mesmo de aceitar como válida essa "reabilitação", que o mantém mais próximo da vida inútil do pai do que da posição de mando do avô: jamais se conforma e chega ao homicídio, ponto extremo a que pode chegar a ação individual. Valério aceita a sociedade no armazém dos Teixeira como reabilitação plena e se satisfaz. Na idade em que Luís está rondando o interior, como vagabundo, já está estabelecido. Enquanto Luís gira sempre em torno das mesmas ideias, como um parafuso, remoendo o passado pessoal e familiar sem jamais encontrar descanso, Valério prega esse passado com apenas um golpe de martelo e procura esquecê-lo.

Enfim, *Caetés* e *Angústia* trabalham mais ou menos com a mesma equação: a do intelectual oriundo de uma aristocracia rural decadente que tem dificuldade em ver-se socialmente di-

minuído. O que muda são alguns termos dessa equação, que resulta bastante linear no primeiro livro e muito complexa no outro. De toda forma, deixa claro que é insuficiente a leitura rebaixadora que prefere alinhar o romance de estreia do mestre alagoano com o naturalismo decadente a entendê-lo como parte integrante da obra que ele viria a construir nos anos seguintes: que se trata de uma grande estreia.

Até para confirmar isso, vale a pena ver, rapidamente, como, no que diz respeito ao sentimento amoroso, o que acontece em *Caetés* se assemelha ao que será explorado nos romances seguintes. Vejamos como Paulo Honório se apaixona por Madalena. O proprietário da fazenda S. Bernardo só resolve pensar em amores quando decide ser necessário fabricar um herdeiro para suas terras. Mas nisso sua personalidade autoritária tropeça diante das dificuldades que teria para dominar esse ser tão desconhecido, afinal, mulher lhe parece um bicho difícil de entender. Mas é claro que isso não pode ser problema incontornável. Passa em revista as solteiras disponíveis. Lembra-se da filha do juiz, o dr. Magalhães, d. Marcela, uma mulher que ele descreve como "um pancadão", um "bichão", com "uma peitaria, um pé de rabo, um toitiço!". Até planeja procurar o pai e se entender com ele. Mas tomará outro caminho. Se as mulheres por si sós já são difíceis de submeter, que dirá uma mulher que tem uma espécie de força que se revela desde sua aparência física. Além do mais, era filha do juiz, uma autoridade constituída. Paulo Honório respeita esse tipo de autoridade, que lhe pode trazer benefícios ou problemas, de tal maneira que o dr. Magalhães é o único vizinho cujas terras ele não invade.

Diante disso, não é isento de surpresa que ele admitirá ter se interessado por Madalena, "precisamente o contrário do que eu andava imaginando". É claro que esse "contrário" não diz respeito à beleza – e Madalena aparece pela primeira vez na história tão desejável quanto d. Marcela, numa conversa entre o Padilha, o Gondim e o Nogueira, em que se elogiam "umas pernas e uns

peitos". São bem o tamanho e a impressão de fragilidade que fazem o interesse de Paulo Honório voltar-se para Madalena desde que a vê. Tal impressão se confirma em outros planos. Afinal, Madalena é apenas uma professorinha, criada por uma velha tia que nunca teve ofício certo, prestando pequenos serviços a vida toda, sempre à beira da miséria. É natural que se apaixone por ela: é mais fácil dominá-la. Mais tarde reconhecerá seu erro: "Imaginei-a uma boneca da escola normal. Engano."

E quem poderia afirmar que Paulo Honório não ama Madalena, sabendo dos acontecimentos trágicos que lhe estavam reservados? Ninguém. Há amor ali. O que não há é o sentimento inventado pelos românticos, da comunhão etérea entre almas. É o mesmo amor que Valério sente por Luísa.

Ou que Luís da Silva sente por Marina. Encontrando-se em posição confortável, com algum dinheiro no banco, é natural que o ex-vagabundo se interesse pela jovem vizinha fisicamente exuberante e pobre o suficiente para poder ser protegida por ele. Apaixona-se e depois a perde para alguém que, sendo mais rico, fere-o duplamente: roubando-lhe a mulher e a posição precária de superioridade que conquistara com ela.

Valério, no final, descobre-se apenas um selvagem feito da mesma matéria de que são feitos os índios sobre os quais escrevia. E são todos caetés: Valério, Paulo, Luís, Fabiano. Pobres homens desejando muito e obtendo pouco – ou obtendo o que não desejam. Debatendo-se num esforço inútil por uma realização que não sabem onde está. Incapazes de lutar contra as estruturas que os oprimem e chafurdando numa briga encarniçada em que derrotam apenas a si mesmos e às Luísas e Adriões que cruzam seus caminhos.

Cronologia da vida e obra de Graciliano Ramos

1892 Nasce a 27 de outubro em Quebrangulo, Alagoas.
1895 O pai, Sebastião Ramos, compra a Fazenda Pintadinho em Buíque, no sertão de Pernambuco, e muda com a família. Com a seca, a criação não prospera e o pai acaba por abrir uma loja na vila.
1898 Primeiros exercícios de leitura.
1899 A família se muda para Viçosa, Alagoas.
1904 Publica o conto *Pequeno pedinte* em *O Dilúculo*, jornal do internato onde estudava.
1905 Muda-se para Maceió e passa a estudar no colégio Quinze de Março.
1906 Redige o periódico *Echo Viçosense*, que teve apenas dois números.
 Publica sonetos na revista carioca *O Malho*, sob o pseudônimo Feliciano de Olivença.
1909 Passa a colaborar no *Jornal de Alagoas*, publicando o soneto "Céptico", como Almeida Cunha. Nesse jornal, publicou diversos textos com vários pseudônimos.
1910-1914 Cuida da casa comercial do pai em Palmeira dos Índios.
1914 Sai de Palmeira dos Índios no dia 16 de agosto, embarca no navio *Itassucê* para o Rio de Janeiro, no dia 27, com o amigo Joaquim Pinto da Mota Filho. Entra para o *Correio da Manhã*, como revisor. Trabalha também nos jornais *A Tarde* e *O Século*, além de colaborar com os jornais *Paraíba do Sul* e *O Jornal de Alagoas* (cujos textos compõem a obra póstuma *Linhas tortas*).

1915	Retorna às pressas para Palmeira dos Índios. Os irmãos Otacílio, Leonor e Clodoaldo, e o sobrinho Heleno, morrem vítimas da epidemia da peste bubônica.
	Casa-se com Maria Augusta de Barros, com quem tem quatro filhos: Márcio, Júnio, Múcio e Maria Augusta.
1917	Assume a loja de tecidos A Sincera.
1920	Morte de Maria Augusta, devido a complicações no parto.
1921	Passa a colaborar com o semanário *O Índio*, sob os pseudônimos J. Calisto, Anastácio Anacleto e Lambda.
1925	Inicia *Caetés*, concluído em 1928, mas revisto várias vezes, até 1930.
1927	É eleito prefeito de Palmeira dos Índios.
1928	Toma posse do cargo de prefeito.
	Casa-se com Heloísa Leite de Medeiros, com quem tem outros quatro filhos: Ricardo, Roberto, Luiza e Clara.
1929	Envia ao governador de Alagoas o relatório de prestação de contas do município. O relatório, pela sua qualidade literária, chega às mãos de Augusto Schmidt, editor, que procura Graciliano para saber se ele tem outros escritos que possam ser publicados.
1930	Publica artigos no *Jornal de Alagoas*.
	Renuncia ao cargo de prefeito em 10 de abril.
	Em maio, muda-se com a família para Maceió, onde é nomeado diretor da Imprensa Oficial de Alagoas.
1931	Demite-se do cargo de diretor.
1932	Escreve os primeiros capítulos de *S. Bernardo*.
1933	Publicação de *Caetés*.
	Início de *Angústia*.
	É nomeado diretor da Instrução Pública de Alagoas, cargo equivalente a Secretário Estadual da Educação.
1934	Publicação de *S. Bernardo*.

1936	Em março, é preso em Maceió e levado para o Rio de Janeiro. Publicação de *Angústia*.
1937	É libertado no Rio de Janeiro. Escreve *A terra dos meninos pelados*, que recebe o prêmio de Literatura Infantil do Ministério da Educação.
1938	Publicação de *Vidas secas*.
1939	É nomeado Inspetor Federal de Ensino Secundário do Rio de Janeiro.
1940	Traduz *Memórias de um negro*, do norte-americano Booker Washington.
1942	Publicação de *Brandão entre o mar e o amor*, romance em colaboração com Rachel de Queiroz, José Lins do Rego, Jorge Amado e Aníbal Machado, sendo a sua parte intitulada "Mário".
1944	Publicação de *Histórias de Alexandre*.
1945	Publicação de *Infância*. Publicação de *Dois dedos*. Filia-se ao Partido Comunista Brasileiro.
1946	Publicação de *Histórias incompletas*.
1947	Publicação de *Insônia*.
1950	Traduz o romance *A peste*, de Albert Camus.
1951	Torna-se presidente da Associação Brasileira de Escritores.
1952	Viaja pela União Soviética, Tchecoslováquia, França e Portugal.
1953	Morre no dia 20 de março, no Rio de Janeiro. Publicação póstuma de *Memórias do cárcere*.
1954	Publicação de *Viagem*.
1962	Publicação de *Linhas tortas* e *Viventes das Alagoas*. *Vidas secas* recebe o Prêmio da Fundação William Faulkner como o livro representativo da literatura brasileira contemporânea.
1980	Heloísa Ramos doa o Arquivo Graciliano Ramos ao Instituto de Estudos Brasileiros da Universidade de São

Paulo, reunindo manuscritos, documentos pessoais, correspondência, fotografias, traduções e alguns livros.
Publicação de *Cartas*.

1992 Publicação de *Cartas de amor a Heloísa*

fim

S. Bernardo, para muitos críticos, se aproxima das obras explicitamente ideológicas. Um conteúdo político estaria sempre acompanhando o autor. Tais exegetas veem, assim, no romance uma obra principalmente ideológica, cuja função precípua seria a de colaborar para a concretização dos ideais políticos que se manifestavam com exuberância na década de 1930. Graciliano tinha mesmo em vista contribuir, com a arte, para transformar a estrutura social. E é conhecido que julgava indispensável viver como um miserável para poder falar do ponto de vista desse miserável. A busca desse real é a expressão estética de *S. Bernardo*. Através da arte, aproximar-se do real, com a certeza de que tal verdade jamais será atingida na sua essência. O grito de cunho social de que *S. Bernardo* é portador se faz dentro dessa limitação.

Se Paulo Honório, por abraçar caminhos individuais, sem se entrosar nos movimentos coletivos, foi punido, resta ao se terminar a leitura de *S. Bernardo* a sensação de que o homem, ser político, não pode aspirar à absoluta isenção e à racionalidade. Traz com ele um emaranhado de conflitos internos que lhe turvam necessariamente a razão.

fim

154

partir do instante em que se inicia a ruptura entre Madalena e o narrador. Agora já não se trata da conquista do capital, mas da conquista do outro. E o fetichismo do corpo se desfaz. O ciúme submete o dominador Paulo Honório. Ele, que até então soubera dominar a sua vida e sobretudo a dos outros, tropeça na sua própria existência e entra no plano da sujeição. Sujeição a Madalena e a sua própria imaginação. Aos elementos deletérios que, pouco a pouco, decompõem a sua razão. Quando o ciúme vai se apoderando do interior de Paulo Honório, surge sempre a coruja, esta força da zoomorfização da noite, que faz com que a ave seja o animal constantemente misturado à decomposição dos sentimentos, do corpo e da personalidade do narrador. E, como já dito, o força a escrever. A eliminação das corujas devia se traduzir por um retorno à relação normal com Madalena, e pelo fim da carga de alucinações visuais e auditivas colocadas sob a etiqueta do ciúme. E que provocam a carga do pesadelo. "Com certeza ninguém tinha bulido na fechadura nem nas telhas. Maluqueiras de sonho. Talvez as pisadas também tivessem sido abusão de sonho. Um pesadelo. Isso. Um pesadelo. Era possível que o assobio fosse grito de coruja." (cap. 30)

Madalena, porém, se suicidou. "A voz dela me chega aos ouvidos. Não, não é aos ouvidos. Também já não a vejo com os olhos. Estou encostado à mesa, as mãos cruzadas. Os objetos fundiram-se, e não enxergo sequer a toalha branca." (cap. 19)

O narrador – que vai desmantelando e maldizendo partes do seu corpo – reforça a visão do monstro físico em que se transformou. Sabe que se trata de uma visão. O leitor, porém, também sabe que Paulo Honório, encerrado no seu universo, dificilmente poderá distinguir ficção de realidade. Até os objetos e partes da casa se fundem ou se destacam do todo em desordem. A desvalorização do corpo do narrador-personagem traduz a dificuldade do escritor em narrar objetivamente as suas memórias. Há um desajuste entre fatos a serem narrados e as lembranças desses fatos.

ser verificadas ao longo de todo o capítulo. Por vezes, então, o leitor se vê jogado na história passada, outras no presente do narrador. Mas o elemento mais dramático, que tangencia o processo da loucura, está nas mutações sofridas pelo corpo do narrador-personagem, quando Paulo Honório começa a exprimir com clareza a distância entre o homem físico e o homem do imaginário e a entrar na zona do ciúme. O corpo está petrificado, mas não a imaginação.

A autovalorização do corpo já vinha apontada no capítulo 3: "Começo declarando que me chamo Paulo Honório, peso oitenta e nove quilos e completei cinquenta anos pelo S. Pedro. A idade, o peso, as sobrancelhas cerradas e grisalhas, este rosto vermelho e cabeludo têm-me rendido muita consideração. Quando me faltavam estas qualidades, a consideração era menor." A partir do capítulo 19, porém, as deformações vão se sucedendo e Paulo Honório se transforma aos poucos num "monstro": "Foi este modo de vida que me inutilizou. Sou um aleijado. Devo ter um coração miúdo, lacunas no cérebro, nervos diferentes dos nervos dos outros homens. E um nariz enorme, uma boca enorme, dedos enormes. Se Madalena me via assim, com certeza me achava extraordinariamente feio. Fecho os olhos, agito a cabeça para repelir a visão que me exibe essas deformidades monstruosas." (cap. 36)

À medida que o ciúme se desenvolve, o narrador perde qualidades, levado a encontrar em si próprio as condições negativas que justifiquem o mau comportamento de Madalena. "Que mãos enormes! As palmas eram enormes, gretadas, calosas, duras como casco de cavalo. E os dedos eram também enormes, curtos e grossos. Acariciar uma fêmea com semelhantes mãos! (...) estava medonho. Queimado. Que sobrancelhas!" (cap. 26)

As qualidades do corpo – quando havia uma convergência entre a renda material, a que se pode receber do capital, e a renda social que pode ser extraída de um corpo – vão perder-se a

vam-se massas negras." (cap. 19) No pomar se encontram também as laranjeiras, mas aqui elas perdem essa autonomia, e se confundem na escuridão. Mas são as sentinelas do tempo, tão presentes quanto as corujas. São testemunhas do poder da noite, ligadas à reflexão e sobretudo ao processo de narração. Mas é fundamentalmente o pio da coruja que pressiona Paulo Honório: "Foi aí que me surgiu a ideia esquisita de, com o auxílio de pessoas mais entendidas que eu, compor esta história. A ideia gorou, o que já declarei. Há cerca de quatro meses, porém, enquanto escrevia a certo sujeito de Minas, recusando um negócio confuso de porcos e gado zebu, ouvi um grito de coruja e sobressaltei-me." (cap. 36)

Paulo Honório sente-se obrigado a escrever. Dias perdidos o são apenas em relação à escrita: "Anteontem e ontem, por exemplo, foram dias perdidos. Tentei debalde canalizar para termo razoável esta prosa que se derrama como a chuva da serra, e o que me apareceu foi um grande desgosto." (cap. 36) Paulo Honório se desligou da prática e vive apenas encerrado no espaço ficcional. Se não escreve ou se a escrita não revela a tensão necessária, foi tempo perdido.

No capítulo 19 o relato clínico do narrador-personagem Paulo Honório mais parece relato de psiquiatra. O doente está aparentemente calmo, sentado à mesa, sem movimentos. Todavia, conta que está discutindo com a mulher, morta há já bastante tempo, e que a ameaça com o punho. Paulo Honório reage contra o delírio e busca restabelecer a diferença entre o sonhado e o real, luta cuja face mais visível se encontra na surpreendente alternância dos tempos verbais, no trecho já aqui destacado: "Lá fora os sapos arengavam, o vento gemia, as árvores do pomar tornavam-se massas negras. (...) A figura de Casimiro Lopes aparece à janela, os sapos gritam, o vento sacode as árvores, apenas visíveis na treva." Paulo Honório está em pleno delírio auditivo e visual. Tudo isso suscitado pela conjugação entre os ruídos exteriores e a quebra de luminosidade. As confusões entre passado e presente, realidade e delírio podem

S. Bernardo parece ameaçado. A arte, porém, é imperativa. Paulo Honório ouve o pio de uma coruja. Nesse momento o ato de escrever é exigido não pela técnica, não pelo livro, mas por um elemento exterior e mais profundo. A escrita, enquanto técnica, é relegada para plano inferior, ao passo que a cena passa a ser ocupada por uma motivação intransmissível. O impulso para a escrita é determinado por um elemento exterior, numa atmosfera noturna, onde o homem perde um pouco as fronteiras do cotidiano e do racional e se torna mais permeável aos signos da natureza. Paulo Honório, então, já não faz cálculos ligados à escrita, mas é antes a força da pulsão que o arrasta para essa escrita. O ato se torna isento de cálculo; gratuito, como um ato de autêntica criação. O narrador confessa que é a coruja a desencadeadora do processo narrativo. Ave noturna, animal pressago, portador de elementos conotando a morte ou a tragédia, mas também a possibilidade do conhecimento. Animal claramente negativo no texto, "aves amaldiçoadas", por ele mesmo e pela noite que o envolve e na qual se afirma como animal essencial. A noite. Esta, por vezes, mas com menor impacto, é representada por outro símbolo: "Aqui sentado à mesa da sala de jantar, fumando cachimbo e bebendo café, suspendo às vezes o trabalho moroso, olho a folhagem das laranjeiras que a noite enegrece, digo a mim mesmo que esta pena é um objeto pesado." (cap. 2)

Com as laranjeiras vêm a noite e o processo da escrita. Tais árvores permitem abrir mais amplamente o leque do texto. São plantas domesticadas, que não podem assumir a carga negativa das corujas, mas vêm ligadas à noite. São, pois, elementos recorrentes no texto. Então, mesmo se eliminadas as corujas, a noite regressa sob a pressão das laranjeiras: "Desde então procuro descascar fatos, aqui sentado à mesa da sala de jantar, fumando cachimbo e bebendo café, à hora em que os grilos cantam e a folhagem das laranjeiras se tinge de preto." (cap. 36)

Já haviam, aliás, regressado, embora mais anônimas: "Lá fora os sapos arengavam, o vento gemia, as árvores do pomar torna-

em forma de livro, para alguém sem experiência literária, é outro capítulo, por isso o recurso às competências locais.

Dois capítulos do romance em apreço deixam entrever com clareza a composição intelectual da obra e, de quebra, a visão artística do Graciliano Ramos-escritor: o capítulo 1, já referido, onde vem exposta a questão arte/linguagem, e o 19, a partir do qual tem início a metamorfose do corpo do narrador-personagem.

No primeiro capítulo o leitor enxerga com todas as letras a conflituosa relação entre a capacidade do narrador de imaginar o livro e a sua efetiva realização através da escrita. Um dos convidados para construir o livro *S. Bernardo* não entendeu o recado. "Vá para o inferno, Gondim. Você acanalhou o troço. Está pernóstico, está safado, está idiota. Há lá ninguém que fale dessa forma!" Se Gondim é pernóstico, é tanto pelo seu estilo – inadequação entre a escrita e a coisa a dizer – como também pela inadequação entre o que se diz e a experiência que se quer transmitir. A língua escrita não consegue dar conta do ímpeto de contador de Paulo Honório: "João Nogueira queria o romance em língua de Camões, com períodos formados de trás para diante. Calculem." A norma lusa é caricaturada, comparada à língua de Camões. É o peso da norma clássica impedindo que o narrador passe para a forma escrita a história que tem em mente. Resta a língua falada. A oralidade, aparentemente, é a única modalidade linguística que permitiria ao narrador levar a cabo a sua tarefa. A escrita, entretanto, possui exigências que a afastam contínua e sistematicamente da oralidade. Graciliano não está procurando propriamente uma realidade oral, mas buscando aproximar a carga simbólica da escrita dos constituintes simbólicos da prática corrente, que são, esses, redutíveis a fórmulas orais. O essencial da história que o narrador tem na memória – ou na imaginação – não pode ser compartilhado. Aquela realidade, inevitavelmente encharcada de fantasia, só poderá ser descrita pelo próprio Paulo Honório.

Assim, em consequência da dificuldade em dominar a língua escrita, vale dizer as regras da arte, o empreendimento-livro

Algumas desavenças em torno da autenticidade dos originais de Graciliano Ramos, que a Editora Record tratou de definitivamente resolver, são conhecidas dos especialistas. *S. Bernardo* padece menos dessa crítica por ter sido publicado várias vezes durante a vida do autor.

A história de *S. Bernardo* se passa na década de 1930. O narrador, Paulo Honório, cinquenta anos, tenta revisitar dramas da sua vida e conflitos internos que até o momento em que o livro era escrito permaneciam inexplicáveis. Nem a fazenda S. Bernardo, que Paulo Honório comprou por preço irrisório, nem a professora Madalena, a quem contratou para alfabetizar as crianças do seu empreendimento rural e com quem acaba se casando, deram-lhe o sossego que tanto buscava. Resta-lhe a escrita; talvez ela lhe devolva a paz desejada. Mas os fatos e o tempo não voltam. Há, assim, em função desse tipo de narrativa, uma constante transição entre passado e presente, já que o narrador, além de nós, leitores, é também o destinatário da história que ele tenta reeditar.

A referência a um projeto, a um imaginário, avulta logo no primeiro parágrafo, na frase: "Antes de iniciar este livro, imaginei construí-lo pela divisão do trabalho." Essa divisão do trabalho refere-se à divisão social das tarefas. Para Paulo Honório, a língua não constitui um território homogêneo, mas, ao contrário, ela se decompõe em linguagens especializadas: "Padre Silvestre ficaria com a parte moral e as citações latinas; João Nogueira aceitou a pontuação, a ortografia e a sintaxe; prometi ao Arquimedes a composição tipográfica; para a composição literária convidei Lúcio Gomes de Azevedo Gondim, redator e diretor do *Cruzeiro*. Eu traçaria o plano, introduziria na história rudimentos de agricultura e pecuária, faria as despesas e poria o meu nome na capa."

Verifica-se, pois, que Paulo Honório encontra, na prática corrente da língua, estratos de conhecimento e de competência que devem estar presentes no seu livro, mas que ele próprio não pode assumir. Planejar foi fácil, materializar o plano, porém,

Posfácio

Godofredo de Oliveira Neto*

S. *Bernardo* é o segundo romance de Graciliano Ramos, lançado em 1934, um ano após a publicação de *Caetés*. A crítica o considera a mais importante obra de ficção do movimento modernista envolvendo o regime fundiário e os conflitos sociais no Nordeste brasileiro. *S. Bernardo* firmou Graciliano Ramos como um dos maiores romancistas de toda a literatura brasileira. A linguagem despojada do escritor é comumente comparada – numa visão impressionista e sem embasamento teórico – à aridez do sertão e ao reduzido vocabulário do sertanejo, personagem que mobilia a sua narrativa. De fato, são por todos sobejamente conhecidas, além da nobreza e da parcimônia com que Graciliano faz uso do idioma, as preocupações do autor com o uso da língua portuguesa. Chegou a escrever à esposa que, quando terminou de compor o romance, tratou de "traduzi-lo" para "brasileiro", entenda-se variante brasileira da língua portuguesa. A aproximação entre língua escrita e língua falada incluía-se nas reivindicações dos autores contemporâneos de Graciliano, como mostra, por exemplo, a tentativa, frustrada, de Mário de Andrade de elaborar a sua *Gramatiquinha da fala brasileira*. Manuel Bandeira ("Evocação do Recife") batia na mesma tecla.

*Godofredo de Oliveira Neto é professor da Faculdade de Letras da Universidade Federal do Rio de Janeiro (UFRJ) e gentilmente autorizou a reprodução do posfácio nesta edição de bolso. (*N. do E.*)

Se ao menos a criança chorasse... Nem sequer tenho ami-
zade a meu filho. Que miséria!

Casimiro Lopes está dormindo. Marciano está dormindo.

Paulesl

E eu vou ficar aqui, às escuras, até não sei que hora, até que,
morto de fadiga, encoste a cabeça à mesa e descanse uns
minutos.

Se ao menos a criança chorasse... Nem sequer tenho amizade a meu filho. Que miséria!

Casimiro Lopes está dormindo. Marciano está dormindo. Patifes!

E eu vou ficar aqui, às escuras, até não sei que hora, até que, morto de fadiga, encoste a cabeça à mesa e descanse uns minutos.

A molecoreba de mestre Caetano arrasta-se por aí, lambuzada, faminta. A Rosa, com a barriga quebrada de tanto parir, trabalha em casa, trabalha no campo e trabalha na cama. O marido é cada vez mais molambo. E os moradores que me restam são uns cambembes como ele.

Para ser franco, declaro que esses infelizes não me inspiram simpatia. Lastimo a situação em que se acham, reconheço ter contribuído para isso, mas não vou além. Estamos tão separados! A princípio estávamos juntos, mas esta desgraçada profissão nos distanciou.

Madalena entrou aqui cheia de bons sentimentos e bons propósitos. Os sentimentos e os propósitos esbarraram com a minha brutalidade e o meu egoísmo.

Creio que nem sempre fui egoísta e brutal. A profissão é que me deu qualidades tão ruins.

E a desconfiança terrível que me aponta inimigos em toda a parte!

A desconfiança é também consequência da profissão.

Foi este modo de vida que me inutilizou. Sou um aleijado. Devo ter um coração miúdo, lacunas no cérebro, nervos diferentes dos nervos dos outros homens. E um nariz enorme, uma boca enorme, dedos enormes.

Se Madalena me via assim, com certeza me achava extraordinariamente feio.

Fecho os olhos, agito a cabeça para repelir a visão que me exibe essas deformidades monstruosas.

A vela está quase a extinguir-se.

Julgo que delirei e sonhei com atoleiros, rios cheios e uma figura de lobisomem.

Lá fora há uma treva dos diabos, um grande silêncio. Entretanto o luar entra por uma janela fechada e o nordeste furioso espalha folhas secas no chão.

É horrível! Se aparecesse alguém... Estão todos dormindo.

Penso no povoado onde seu Ribeiro morou, há meio século. Seu Ribeiro acumulava, sem dúvida, mas não acumulava para ele. Tinha uma casa grande, sempre cheia, o jerimum caboclo apodrecia na roça – e por aquelas beiradas ninguém tinha fome. Imagino-me vivendo no tempo da monarquia, à sombra de seu Ribeiro. Não sei ler, não conheço iluminação elétrica nem telefone. Para me exprimir recorro a muita perífrase e muita gesticulação. Tenho, como todo o mundo, uma candeia de azeite, que não serve para nada, porque à noite a gente dorme. Podem rebentar centenas de revoluções. Não receberei notícia delas. Provavelmente sou um sujeito feliz.

Com um estremecimento, largo essa felicidade que não é minha e encontro-me aqui em S. Bernardo, escrevendo.

As janelas estão fechadas. Meia-noite. Nenhum rumor na casa deserta.

Levanto-me, procuro uma vela, que a luz vai apagar-se. Não tenho sono. Deitar-me, rolar no colchão até a madrugada, é uma tortura. Prefiro ficar sentado, concluindo isto. Amanhã não terei com que me entreter.

Ponho a vela no castiçal, risco um fósforo e acendo-a. Sinto um arrepio. A lembrança de Madalena persegue-me. Diligencio afastá-la e caminho em redor da mesa. Aperto as mãos de tal forma que me firo com a unhas, e quando caio em mim estou mordendo os beiços a ponto de tirar sangue.

De longe em longe sento-me fatigado e escrevo uma linha. Digo em voz baixa:

– Estraguei a minha vida, estraguei-a estupidamente.

A agitação diminui.

– Estraguei a minha vida estupidamente.

Penso em Madalena com insistência. Se fosse possível recomeçarmos... Para que enganar-me? Se fosse possível recomeçarmos, aconteceria exatamente o que aconteceu. Não consigo modificar-me, é o que mais me aflige.

143

de otimismo suponho que há nela pedaços melhores que a literatura do Gondim. Sou, pois, superior a mestre Caetano e a outros semelhantes. Considerando, porém, que os enfeites do meu espírito se reduzem a farrapos de conhecimentos apanhados sem escolha e mal cosidos, devo confessar que a superioridade que me envaidece é bem mesquinha.

Além disso estou certo de que a escrituração mercantil, os manuais de agricultura e pecuária, que forneceram a essência da minha instrução, não me tornaram melhor que o que eu era quando arrastava a peroba. Pelo menos naquele tempo não sonhava ser o explorador feroz em que me transformei.

Quanto às vantagens restantes – casas, terras, móveis, semoventes, consideração de políticos etc. – é preciso convir em que tudo está fora de mim.

Julgo que me desnorteei numa errada.

Se houvesse continuado a arear o tacho de cobre da velha Margarida, eu e ela teríamos uma existência quieta. Falaríamos pouco, pensaríamos pouco, e à noite, na esteira, depois do café com rapadura, rezaríamos rezas africanas, na graça de Deus.

Se não tivesse ferido o João Fagundes, se tivesse casado com a Germana, possuiria meia dúzia de cavalos, um pequeno cercado de capim, encerados, cangalhas, seria um bom almocreve. Teria crédito para comprar cem mil-réis de fazenda nas lojas da cidade e pelas quatro festas do ano a mulher e os meninos vestiriam roupa nova. Os meus desejos percorreriam uma órbita acanhada. Não me atormentariam preocupações excessivas, não ofenderia ninguém. E, em manhãs de inverno, tangendo os cargueiros, dando estalos com o buranhém, de alpercatas, chapéu de ouricuri, alguns níqueis na capanga, beberia um gole de cachaça para espantar o frio e cantaria por estes caminhos, alegre como um desgraçado.

Hoje não canto nem rio. Se me vejo ao espelho, a dureza da boca e a dureza dos olhos me descontentam.

Sol, chuva, noites de insônia, cálculos, combinações, violências, perigos – e nem sequer me resta a ilusão de ter realizado obra proveitosa. O jardim, a horta, o pomar – abandonados; os marrecos-de-pequim – mortos; o algodão, a mamona – secando. E as cercas dos vizinhos, inimigos ferozes, avançam.

Está visto que, cessando esta crise, a propriedade se poderia reconstituir e voltar a ser o que era. A gente do eito se esfalfaria de sol a sol, alimentada com farinha de mandioca e barbatanas de bacalhau; caminhões rodariam novamente, conduzindo mercadorias para a estrada de ferro; a fazenda se encheria outra vez de movimento e rumor.

Mas para quê? Para quê? não me dirão? Nesse movimento e nesse rumor haveria muito choro e haveria muita praga. As criancinhas, nos casebres úmidos e frios, inchariam roídas pela verminose. E Madalena não estaria aqui para mandar-lhes remédio e leite. Os homens e as mulheres seriam animais tristes.

Bichos. As criaturas que me serviram durante anos eram bichos. Havia bichos domésticos, como o Padilha, bichos do mato, como Casimiro Lopes, e muitos bichos para o serviço do campo, bois mansos. Os currais que se escoram uns aos outros, lá embaixo, tinham lâmpadas elétricas. E os bezerrinhos mais taludos soletravam a cartilha e aprendiam de cor os mandamentos da lei de Deus.

Bichos. Alguns mudaram de espécie e estão no exército, volvendo à esquerda, volvendo à direita, fazendo sentinela. Outros buscaram pastos diferentes.

Se eu povoasse os currais, teria boas safras, depositaria dinheiro nos bancos, compraria mais terra e construiria novos currais. Para quê? Nada disso me traria satisfação.

Coloquei-me acima da minha classe, creio que me elevei bastante. Como lhes disse, fui guia de cego, vendedor de doce e trabalhador alugado. Estou convencido de que nenhum desses ofícios me daria os recursos intelectuais necessários para engendrar esta narrativa. Magra, de acordo, mas em momentos

Era necessário mandar no dia seguinte Marciano ao forro da igreja.

De repente voltou-me a ideia de construir o livro. Assinei a carta ao homem dos porcos e, depois de vacilar um instante, porque nem sabia começar a tarefa, redigi um capítulo.

Desde então procuro descascar fatos, aqui sentado à mesa da sala de jantar, fumando cachimbo e bebendo café, à hora em que os grilos cantam e a folhagem das laranjeiras se tinge de preto.

Às vezes entro pela noite, passo tempo sem fim acordando lembranças. Outras vezes não me ajeito com esta ocupação nova.

Anteontem e ontem, por exemplo, foram dias perdidos. Tentei debalde canalizar para termo razoável esta prosa que se derrama como a chuva da serra, e o que me apareceu foi um grande desgosto. Desgosto e a vaga compreensão de muitas coisas que sinto.

Sou um homem arrasado. Doença? Não. Gozo perfeita saúde. Quando o Costa Brito, por causa de duzentos mil-réis que me queria abafar, vomitou os dois artigos, chamou-me doente, aludindo a crimes que me imputam. O Brito da *Gazeta* era uma besta. Até hoje, graças a Deus, nunca um médico me entrou em casa. Não tenho doença nenhuma.

O que estou é velho. Cinquenta anos pelo S. Pedro. Cinquenta anos perdidos, cinquenta anos gastos sem objetivo, a maltratar-me e a maltratar os outros. O resultado é que endureci, calejei, e não é um arranhão que penetra esta casca espessa e vem ferir cá dentro a sensibilidade embotada.

Cinquenta anos! Quantas horas inúteis! Consumir-se uma pessoa a vida inteira sem saber para quê! Comer e dormir como um porco! Como um porco! Levantar-se cedo todas as manhãs e sair correndo, procurando comida! E depois guardar comida para os filhos, para os netos, para muitas gerações. Que estupidez! Que porcaria! Não é bom vir o diabo e levar tudo?

E cruzei os braços.

Um dia em que, assim de braços cruzados, contemplava melancolicamente o descaroçador e a serraria, João Nogueira me trouxe a notícia de que o Fidélis e os Gama iam remexer as questões dos limites. E o pior era que o dr. Magalhães estava noutra comarca.

– Belezas da revolução, comentou Nogueira. Um funcionário inamovível! E um juiz decente como o Magalhães! um juiz íntegro!

Encolhi os ombros, desanimado. João Nogueira desanimou também. Paciência.

E recomecei os meus passeios mecânicos pelo interior da casa. Às vezes empurrava a porta do escritório para dar uma ordem a seu Ribeiro.

Parecia-me ver d. Glória malucando no pomar, com o romance.

E os meus passos me levavam para os quartos, como se procurassem alguém.

36

Faz dois anos que Madalena morreu, dois anos difíceis. E quando os amigos deixaram de vir discutir política, isto se tornou insuportável.

Foi aí que me surgiu a ideia esquisita de, com o auxílio de pessoas mais entendidas que eu, compor esta história. A ideia gorou, o que já declarei. Há cerca de quatro meses, porém, enquanto escrevia a certo sujeito de Minas, recusando um negócio confuso de porcos e gado zebu, ouvi um grito de coruja e sobressaltei-me.

35

Entrei nesse ano com o pé esquerdo. Vários fregueses que sempre tinham procedido bem quebraram de repente. Houve fugas, suicídios, o *Diário Oficial* se emprenhou com falências e concordatas. Tive de aceitar liquidações péssimas.

O resultado foi desaparecerem a avicultura, a horticultura e a pomicultura. As laranjas amadureciam e apodreciam nos pés. Deixá-las. Antes isso que fazer colheita, escolha, embalagem, expedição, para dá-las de graça.

Uma infelicidade não vem só. As fábricas de tecidos, que adiantavam dinheiro para a compra de algodão, abandonaram de chofre esse bom costume e até deram para comprar fiado. Vendi uma safra no fuso, e enganaram-me na classificação.

Era necessário adquirir novas máquinas para o descaroçador e para a serraria, mas na hora dos cálculos vi que ia gastar uma fortuna: o dólar estava pelas nuvens.

— Vamos deixar de novidade. Sacrificar-me e no fim entregar a mercadoria de mão beijada a esses velhacos!

Ainda por cima os bancos me fecharam as portas. Não sei por quê, mas fecharam. E olhem que nunca atrasei pagamentos. Enfim uma penca de caiporismos. Cheguei a dizer inconveniências a um gerente:

— Pois se os senhores não querem transigir, acabem com isso. Ou os papéis valem ou não valem. Se valem, é passar o arame. Pílulas! Eu encomendei revolução?

Em seis meses havia tão grande quebradeira que torei nos cobres o automóvel para não me protestarem uma letra vagabunda de seis contos.

— Maré vazante. Agora ganham os preguiçosos. Quem devia estar vivo era o velho Mendonça, que deixava a propriedade coberta de capoeira e o engenho de fogo morto. Trabalhar para formiga! E cruzar os braços.

138

Atirava-nos palavrões encorpados que no jornal lhe serviam para tudo. São Paulo havia de se erguer, intrépido; em São Paulo ardia o fogo sagrado; de São Paulo, terra de bandeirantes, sairiam novas bandeiras para a conquista da liberdade postergada.

– Você fala bem, Gondim, murmurava eu impressionado. Você havia de trepar, Gondim, se o nosso partido não tivesse virado de pernas para o ar.

João Nogueira metia as botas na eleição e inculcava os conselhos técnicos. Gondim gostava do voto como de um filho pequeno e só admitia técnicos nas comissões da câmara.

Casimiro Lopes, afastado, escutava-os com assombro.

Eu olhava a torre da igreja. E o meu pensamento estirava-se pela paisagem, encolhia-se, descia as escadas, ia ao jardim, ao pomar, entrava na sacristia.

João Nogueira condenava a literatura revolucionária, a patriotice alambicada.

O oratório, sobre a mesa, estava cheio de santos; na parede penduravam-se litografias; a porta dava pancadas no batente; apagava-se a vela, eu acendia outra e ficava com o fósforo entre os dedos até queimar-me. As casas dos moradores eram úmidas e frias. A família de mestre Caetano vivia num aperto que fazia dó. E o pobre do Marciano tão esbodegado, tão escavacado, tão por baixo!

Azevedo Gondim reclamava liberdade, aos gritos. Contenta-se com a renda mofina do jornal e deve os cabelos da cabeça. Conforma-se com isso. O que deseja é ver a gazeta de mangas arregaçadas, espumando, e no bilhar do Sousa, quando a carambola falha, insultar os políticos, umas toupeiras.

Agora a vela estava apagada. Era tarde. A porta gemia. O luar entrava pela janela. O nordeste espalhava folhas secas no chão. E eu já não ouvia os berros do Gondim.

— Isso foi em Alagoas, atalhava João Nogueira.

— Foi em toda a parte, homem. E mesmo agora, muitos não se passam porque não são aceitos.

— Quanto a mim, declarava Nogueira, tanto me faz estar em cima como embaixo, que política nunca me rendeu nada. Estou embaixo e não pretendo subir. É verdade que sempre achei a democracia um contrassenso. Muitas vezes lhe disse. O diabo é que votei na chapa do governo. Mas, aqui entre nós, a ditadura só não presta porque estamos no chão.

Gondim protestava, indignava-se. E eu:

— Só queria ver padre Silvestre fardado de tenente.

— Que interesse tem ele em bancar o patriota? dizia Nogueira.

— Animal! resmungava Azevedo Gondim.

O *Cruzeiro* tinha perdido a subvenção.

Conversas assim, repetidas, distraíam-me. Uma vez por semana os dois jantavam comigo. E na cidade sujeitos exaltados começavam a espalhar que S. Bernardo era um ninho de reacionários.

— Como vai o fuzuê?

— Mal.

E lá vinham notícias de violências desnecessárias, vinganças, comissões de sindicâncias lavando roupa suja.

Nogueira, moderado, desejava um acordo entre vencedores e vencidos.

Gondim detestava acordos. Dente por dente, percebíamos? Dava-nos conselhos violentos, a mim, ao Nogueira, às árvores do pomar, e instigava-nos a uma contrarrevolução (quanto mais depressa melhor) que varresse do poder aquela cambada de parlapatões. Queria um governo enérgico, sim senhor, duro, sim senhor, mas sensato, um governo que trabalhasse, restabelecesse a ordem, a confiança do credor e a subvenção de cento e cinquenta mil-réis mensais ao *Cruzeiro*. Como íamos é que não podíamos continuar.

O pior era Padilha ter seduzido uns dez ou doze caboclos bestas, que haviam entrado com ele no exército revolucionário. Voltariam.

Para quê? Era melhor ficarem na malandragem, nos exercícios.

Bocejava. Cada bocejo de quebrar queixo. Vida estúpida! É certo que havia o pequeno, mas eu não gostava dele. Tão franzino, tão amarelo!

Se melhorar, entrego-lhe a serraria. Se crescer assim bambo, meto-o no estudo para doutor.

Lá vinham os projetos.

– Diabo leve os projetos.

O mundo que me cercava ia-se tornando um horrível estrupício. E o outro, o grande, era uma balbúrdia, uma confusão dos demônios, estrupício muito maior.

Os amigos e os jornais traziam-me a revolução.

– Uma peste! bradava Azevedo Gondim. Foi um bluff. Ameaças pelo telégrafo e pelo rádio, boletins jogados por aeroplanos – todo o mundo se pelava de medo. Isto é o povo mais covarde que Deus fabricou.

– Exagero, opinava o advogado. Houve bravura.

– Que bravura! berrava Gondim. Gente que devia pegar no pau-furado escondeu-se.

– Os da situação passada. Entre os revolucionários é diferente: há idealismo, há coragem. Não digo isto em público, mas há.

– Diabo leve o idealismo deles. E quanto a coragem...

– Vamos ser justos, Gondim, intervinha eu conciliador e murcho. Essa coisa estava na massa do sangue do povo. Não valia a pena brigar.

– Não valia! Ora não valia! Todos iam pensando assim e eles foram entrando. E que falta de vergonha! Figurões do governo apareceram de repente com lenços vermelhos no pescoço.

135

Um dia Azevedo Gondim trouxe boatos de revolução. O sul revoltado, o centro revoltado, o nordeste revoltado.

– É um fim de mundo.

Padilha esfregou as mãos:

– Afinal a postema rebentou, com os diabos!

À noite o chefe político escreveu-me pedindo armas e cabroeira. De madrugada enviei-lhe um caminhão com rifles e homens.

Depois os boatos engrossaram e viraram fatos: batalhões aderindo, regimentos aderindo, colunas organizando-se e deslocando-se rapidamente, bandeiras encarnadas por toda a parte, o governo da república encurralado no Rio.

– Uma invasão de bárbaros! gritava Azevedo Gondim. Estamos perdidos.

Padilha, numa agitação constante, devorava manifestos e roía as unhas. Enfim, quando a onda vermelha inundou o Estado, desapareceu subitamente. João Nogueira elucidou o caso:

– Padilha e padre Silvestre incorporaram-se às tropas revolucionárias e conseguiram galões.

34

Na cidade havia um fuxico nojento. E eu, que nunca tive gosto para safadezinhas de lugar miúdo, entoquei-me.

Lamentava, sem dúvida, que o meu partido tivesse ido abaixo com um sopro. Que remédio!

– É comer agora da banda podre. E calado.

Os Gama, o Pereira, o Fidélis, iam serrar de cima e fazer-me picuinhas. Aborrecia-me de tudo isso. Também não fariam grande coisa. Cortar o arame da cerca, mandar o delegado de polícia tomar a faca de um cabra, na feira, e sapecar-lhe o zinco. Natural.

– Levo muita saudade, senhor Paulo Honório, gemeu seu Ribeiro limpando os olhos. Saudade cruciante. Parto com o coração dilacerado.

– Pois não vá, homem. Todos gostam do senhor. Fique.

– Impossível, inteiramente impossível. A minha resolução é inabalável.

– Está bem.

E olhei com tristeza o escritório, mais desatravancado depois que a banca de Madalena tinha sido afastada para um canto.

Assim o excelente seu Ribeiro, que eu esperava enterrar em S. Bernardo, foi terminar nos cafés e nos bancos dos jardins a sua velhice e as suas lembranças.

33

Padilha começou a andar no pátio, aproximando-se da casa e fazendo, quando me via, grandes cumprimentos. Afinal chegou ao alpendre e demorou-se um instante. Fingi não perceber esses manejos.

– Emboque, Padilha.

O prazo de um mês que eu tinha marcado para ele retirar-se voara. Padilha entrou, ficou. Deixá-lo. Sempre era uma companhia.

Enquanto eu, carrancudo e cheio de preguiça, olhava as cercas de Bom-Sucesso e pensava nas duas Mendonça, que viviam quase na miséria, Padilha falava. Falava como quem bebeu água de chocalho. Eu não prestava atenção ao que ele dizia. Nada. Sempre era uma voz humana.

Afastou-se logo.

— Não seja criança, disse eu arrastando as palavras. A senhora é capaz de pegar no pesado? Não dá meia missa. Encruou nos romances e até os assentamentos de batizados lhe seriam difíceis.

Pouco a pouco d. Glória abrandou. Ignoro se procedeu assim em conformidade com o hábito de abrandar ou se tinha vindo resolvida a abrandar.

— Pense no aluguel das casas na cidade, pense no preço dos remédios. Adoecer é fácil, d. Glória, mas tirar a moléstia do corpo é um trabalhão. Pense no mercado, no cobrador da luz, na pena-d'água. Hoje em dia a vida é difícil em toda a parte, mas na cidade a vida é um buraco, d. Glória.

D. Glória confessou que a vida na cidade é de fato um buraco. Tinha mostrado o desprendimento e a altivez indispensáveis. Não era justo exigir mais.

Declarei que devia a Madalena o ordenado de três anos. D. Glória acreditou, ou fingiu acreditar.

— É razoável a senhora receber isso.

D. Glória concordou.

Dei-lhe dinheiro para a viagem, marquei-lhe uma pensão de duzentos mil-réis mensais e remeti-a a João Nogueira, que a hospedou por uma noite e a embarcou.

Passados alguns dias seu Ribeiro demitiu-se.

— Está falando sisudo, seu Ribeiro?

— Esta casa me provoca recordações muito pungentes.

— E a mim, homem. Que diabo! Mas a sua saída é tolice.

— Não duvido, senhor Paulo Honório, não duvido.

— Ofereceram-lhe algum emprego?

— Nenhum.

— Então! É tolice. E o pior é que nem lhe posso dar uma recomendação. O senhor com essa idade não se coloca. Felizmente está aqui há anos e tem feito economia. Vai retirar uma fortuna. Sempre dá para ir roendo.

– Não estou pedindo conselho. Vim despedir-me, que não saio como negro fugido. Mande-me as suas ordens.

Encetei um dos meus intermináveis passeios, de um lado para outro:

– Está bem. Cada qual é dono do seu nariz. Quando volta?

– Nunca.

– Está bem.

Apressei o passo:

– Com quem vai?

– Com Deus.

– Pois sim. O automóvel tem gasolina. Divirta-se.

– Obrigada. Vou a pé.

Aí eu queimei as alpercatas:

– Vai nada!

Parei soprando:

– Largar-se pelo mundo, à toa, e dizer que eu botei a senhora de casa para fora, que sou morto a fome, que arribou daqui com a roupa do corpo, não é?

D. Glória, cada vez mais espichada, agastou-se:

– E o senhor me prende? Não matei, não roubei, não difamei... Vou.

E eu:

– Quem está falando em prender a senhora? Deixe de doidice. Quer dar o fora? Perfeitamente, não lhe seguro as pernas. Se quisesse ficar, podia viver aí até criar canhão, que ninguém lhe pisava nos calos. Mas se não quer, acabou-se. Agora o que não tem jeito é escafeder-se como quem vai tangido. Isso não. Ao deus-dará, com uma no cano, outra no fecho, não. Prepare-se, arranje os seus picuás.

– Estão arranjados.

– Então é viajar como gente, com decência. É necessário que se saiba onde vai morar e quanto precisa para se manter.

– Não preciso de nada. Onde vou morar não sei. O que sei é que tenho de sair hoje.

131

Mas o entusiasmo esfriou depressa. Aquilo era meio de vida, não era meio de morte.

E pensava em Madalena. Creio na verdade que a lembrança dela sempre esteve em mim. O que houve foi que, na atrapalhação dos primeiros dias, confundiu-se com uma chusma de azucrinações diferentes umas das outras. Mas quando essas azucrinações se tornaram apenas um sedimento no meu espírito, veio à superfície. Raramente conseguia agitar-me e dissolvê-la: recompunha-se logo e ficava em suspensão. E os assuntos mais atraentes me traziam enfado e bocejos.

Vivia agora a passear na sala, as mãos nos bolsos, o cachimbo apagado na boca. Ia ao escritório, olhava os livros com tédio, saía, atravessava os corredores, percorria os quartos, voltava às caminhadas na sala.

Certo dia, na horta, espiava um formigão que se exercitava em marchas e contramarchas inconsequentes. Inconsequentes para mim, está visto, que ignorava as intenções dele. A voz antipática de d. Glória interrompeu-me a observação:

— Vim dizer adeus. Vou-me embora.

Levantei a cabeça e vi-a diante de mim, tesa, enlutada naquele vestido velho malfeito, que entufava nos ombros quando ela se aprumava.

— Para onde?

D. Glória descreveu vagamente, com o dedo descarnado, um arco:

— Vou-me embora.

— A senhora não tem para onde ir.

E procurei o formigão, que tinha desaparecido.

— Vou, respondeu firme d. Glória.

Esforcei-me por dissuadi-la:

— Isso não tem cabimento, mulher. Ganhar o mundo sem destino! Crie juízo.

D. Glória continuou, direita como um cabo de vassoura:

— Que desastre, senhor Paulo Honório, que irreparável desastre! murmurou seu Ribeiro perto de mim.

E Padilha, encolhido por detrás dele:

— Num momento como este a minha obrigação era vir.

— Agradecido, muito agradecido.

E encaminhei-me ao escritório, levado pelo hábito, murmurando sempre:

— A Deus nada é impossível.

Sobre a banca de Madalena estava o envelope de que ela me havia falado. Abri-o. Era uma carta extensa em que se despedia de mim. Li-a, saltando grandes pedaços e naturalmente compreendendo pela metade, porque topava a cada passo aqueles palavrões que a minha ignorância evita. Faltava uma página: exatamente a que eu trazia na carteira, entre faturas de cimento e orações contra maleitas que a Rosa anos atrás me havia oferecido.

32

Enterrou-se debaixo do mosaico da capela-mor.

Vesti-me de preto; encomendei uma lápida; o dr. Magalhães, padre Silvestre, João Nogueira, Azevedo Gondim, os proprietários vizinhos, vieram trazer-me pêsames. Deixei a cama de casal e mudei-me para um quarto pequeno que tinha, à beira do telhado, um ninho de carriças. Pela manhã as carriças pipilavam desesperadamente. Na mesa da cabeceira amontoavam-se telegramas e envelopes tarjados.

Como necessitava distração, dediquei-me nervosamente a uma derrubada de madeira na mata. Depois mandei consertar o paredão do açude, que vazava.

129

Realmente a mata, enfeitada de paus-d'arco, estava uma beleza.

Três anos de casado. Fazia exatamente um ano que tinha começado o diabo do ciúme.

A serraria apitou; as suíças de seu Ribeiro surgiram a uma janela; Maria das Dores abriu as portas; Casimiro Lopes apareceu com uma braçada de hortaliças.

Desci ao açude. Derreado, as cadeiras doendo. Que noite! Despi-me entre as bananeiras, meti-me na água, mergulhei e nadei.

Quando cheguei a casa, o sol já estava alto. O espinhaço ainda me doía. Que noite!

Subindo os degraus da calçada, ouvi gritos horríveis lá dentro.

– Que diabo de chamego é este?

Entrei apressado, atravessei o corredor do lado direito e no meu quarto dei com algumas pessoas soltando exclamações. Arredei-as e estaquei: Madalena estava estirada na cama, branca, de olhos vidrados, espuma nos cantos da boca.

Aproximei-me, tomei-lhe as mãos, duras e frias, toquei-lhe o coração, parado. Parado.

No soalho havia manchas de líquido e cacos de vidro.

D. Glória, caída no tapete, soluçava, estrebuchando. A ama, com a criança nos braços, choramigava. Maria das Dores gemia.

Comecei a friccionar as mãos de Madalena, tentando reanimá-la. E balbuciava:

– A Deus nada é impossível.

Era uma frase ouvida no campo, dias antes, e que me voltava, oferecendo-me esperança absurda.

Pus um espelho diante da boca de Madalena, levantei-lhe as pálpebras. E repetia maquinalmente:

– A Deus nada é impossível.

128

Estava perturbada, via-se perfeitamente que estava perturbada. Largou outras incoerências:

— As casas dos moradores, lá embaixo, também são úmidas e frias. É uma tristeza. Estive rezando por eles. Por vocês todos. Rezando... Estive falando só.

O relógio da sacristia tocou meia-noite.

— Meu Deus! Já tão tarde! Aqui, tagarelando...

Levantou-se e pôs-me a mão no ombro:

— Adeus, Paulo. Vou descansar.

Voltou-se da porta:

— Esqueça as raivas, Paulo.

Por que não acompanhei a pobrezinha? Nem sei. Porque guardava um resto de dignidade besta. Porque ela não me convidou. Porque me invadiu uma grande preguiça.

Fiquei remoendo as palavras desconexas e os modos esquisitos de Madalena. Depois pensei na carta que ela havia deixado no escritório, incompleta.

Para quem seria? Lá vinha novamente o ciúme. Aquilo ainda causaria infelicidades sem remédio.

Pouco a pouco me fui amadornando, até cair num sono embrulhado e penoso. Creio que sonhei com rios cheios e atoleiros.

Quando dei acordo de mim, a vela estava apagada e o luar, que eu não tinha visto nascer, entrava pela janela. A porta continuava a ranger, o nordeste atirava para dentro da sacristia folhas secas, que farfalhavam no chão de ladrilhos brancos e pretos. O relógio tinha parado, mas julgo que dormi horas. Galos cantaram, a lua deitou-se, o vento se cansou de gritar à toa e a luz da madrugada veio brincar com as imagens do oratório.

Ergui-me, o espinhaço doído da posição incômoda. Estirei os braços. Moído, como se tivesse levado uma surra.

Saí, dirigi-me ao curral, bebi um copo de leite. Conversei um instante com Marciano sobre as corujas. Em seguida fui passear no pátio, esperando que o dia clareasse de todo.

— Acabe com isso, criatura. Para que falar nessas coisas?

— Ofereça os meus vestidos à família de mestre Caetano e à Rosa. Distribua os livros com seu Ribeiro, o Padilha e o Gondim.

Levantei-me, impaciente:

— Que conversa sem jeito!

E agarrei-me a um assunto agradável para afugentar aquelas ideias tristes:

— Estou com vontade de viajar.

Sentei-me novamente, animei-me, acendi um cigarro:

— Depois da safra. Deixo seu Ribeiro tomando conta da fazenda. Vamos à Bahia. Ou ao Rio. O Rio é melhor. Passamos uns meses descansando, você cura a macacoa do estômago, engorda e se distrai. É bom a gente arejar. A vida inteira neste buraco, trabalhando como negro! E damos um salto a São Paulo. Valeu?

Madalena, olhando a luz, que tremia, agitando sombras nas paredes, saiu-se com esta:

— Hoje pela manhã já havia na mata alguns paus-d'arco com flores. Contei uns quatro. Daqui a uma semana estão lindos. É pena que as flores caiam tão depressa.

— Efetivamente, resmunguei procurando relacionar o Rio e São Paulo com os paus-d'arco. E que me diz da viagem?

Madalena tinha os olhos presos na vela:

— Sim, estive rezando. Rezando, propriamente, não, que rezar não sei. Falta de tempo.

Meu Deus! como andava aquela cabeça! Era a resposta à minha primeira pergunta.

— Escrevia tanto que os dedos adormeciam. Letras miudinhas, para economizar papel. Nas vésperas dos exames dormia duas, três horas por noite. Não tinha proteção, compreende? Além de tudo a nossa casa na Levada era úmida e fria. No inverno levava os livros para a cozinha. Podia visitar igrejas? Estudar sempre, sempre, com medo das reprovações...

— Não se trata disso. Perdoa?

Rosnei um monossílabo.

— O que estragou tudo foi esse ciúme, Paulo.

Palavras de arrependimento vieram-me à boca. Engoli-as, forçado por um orgulho estúpido. Muitas vezes por falta de um grito se perde uma boiada.

— Seja amigo de minha tia, Paulo. Quando desaparecer essa quizília, você reconhecerá que ela é boa pessoa.

Eu era tão bruto com a pobre da velha!

— Consequência desse mal-entendido. Ela também tem culpa. Um bocado ranzinza.

— Seu Ribeiro é trabalhador e honesto, você não acha?

— Acho. Antigamente deu cartas e jogou de mão. Hoje é refugo. Um sujeito decente, coitado.

— E o Padilha...

— Ah! não! Um enredeiro. Nem está direito você torcer por ele. Safadíssimo.

— Paciência! O Marciano... Você é rigoroso com o Marciano, Paulo.

— Ora essa! exclamei enfadado. Que rosário!

— Não se zangue, disse Madalena sem erguer a voz.

— O que eu queria...

Sentei-me num banco.

O que eu queria era que ela me livrasse daquelas dúvidas.

— Que é que você queria? perguntou Madalena sentando-se também.

— Sei lá!

E encolhi-me, as mãos pesadas sobre os joelhos. Madalena, com ar meio sério, meio de brincadeira:

— Se eu morrer de repente...

— Que história é essa, mulher? Lembrança fora de propósito.

— Por que não? Quem sabe qual há de ser o meu fim? Se eu morrer de repente...

125

Afirmei a mim mesmo que matá-la era ação justa. Para que deixar viva mulher tão cheia de culpa? Quando ela morresse, eu lhe perdoaria os defeitos.

As minhas mãos contraíam-se, moviam-se para ela, mas agora as contrações eram fracas e espaçadas.

— Fale, exclamei com voz mal segura.

— Para quê?

— Há uma carta. Eu preciso saber, compreende?

Meti a mão no bolso e apresentei-lhe a folha, já amarrotada e suja. Madalena estendeu-a sobre a mesa, examinou-a, afastou-a para um lado.

— Então?

— Já li.

A vela acabou-se. Acendi outra e fiquei com o fósforo entre os dedos até queimar-me.

— Diga alguma coisa.

Pareceu-me que havia ali um equívoco e que, se Madalena quisesse, tudo se esclareceria. O coração dava-me coices desesperados, desejei doidamente convencer-me da inocência dela.

— Para quê? murmurou Madalena. Há três anos vivemos uma vida horrível. Quando procuramos entender-nos, já temos a certeza de que acabamos brigando.

— Mas a carta?

Madalena apanhou o papel, dobrou-o e entregou-mo:

— O resto está no escritório, na minha banca. Provavelmente esta folha voou para o jardim quando eu escrevi.

— A quem?

— Você verá. Está em cima da banca. Não é caso para barulho. Você verá.

— Bem.

Respirei. Que fadiga!

— Você me perdoa os desgostos que lhe dei, Paulo?

— Julgo que tive as minhas razões.

Madalena estava como se não ouvisse nada. E eu, dirigindo-me a ela e a uma litografia pendurada à parede:

– Cuidam que isto vai ficar assim?

O pequeno mais velho do Marciano entrou nas pontas dos pés. Sem me voltar para ele, bradei:

– Vai-te embora.

O menino aproximou-se da janela.

– Vai-te embora, berrei de novo.

Provavelmente o meu aspecto lhe causou estranheza. Balbuciou:

– Fechar a igreja, seu Paulo.

Percebi que os meus modos eram desarrazoados e respondi com simulada brandura:

– Perfeitamente. Volta mais tarde, ainda é cedo.

Nove horas no relógio da sacristia.

O nordeste começou a soprar, e a porta bateu com fúria. Mergulhei os dedos nos cabelos.

– Que estás fazendo, peste?

O cabrito fugiu.

Nem sei quanto tempo estive ali, em pé. A minha raiva se transformava em angústia, a angústia se transformava em cansaço.

– Para quem era a carta?

E olhava alternadamente Madalena e os santos do oratório. Os santos não sabiam, Madalena não quis responder.

O que me espantava era a tranquilidade que havia no rosto dela. Eu tinha chegado fervendo, projetando matá-la. Podia viver com a autora de semelhante maroteira?

À medida, porém, que as horas se passavam, sentia-me cair num estado de perplexidade e covardia.

As imagens de gesso não se importavam com a minha aflição. E Madalena tinha quase a impassibilidade delas. Por que estaria assim tão calma?

As suspeitas voaram para cima de João Nogueira, do dr. Magalhães, de Azevedo Gondim, do Silveira da escola normal. Reli a carta um pelotão de vezes, e enquanto lia, praguejava como um condenado, e as fontes me latejavam.

Afinal a noite caiu, não enxerguei mais as letras.

Sim senhor! Carta a homem!

Estive um tempão caminhando debaixo das fruteiras.

— Eu sou algum Marciano, bando de filhos das putas?

E voltei furioso, decidido a acabar depressa com aquela infelicidade. Zumbiam-me os ouvidos, dançavam-me listras vermelhas diante dos olhos.

Ia tão cego que bati com as ventas em Madalena, que saía da igreja.

— Meia-volta, gritei segurando-lhe um braço. Temos negócio.

— Ainda? perguntou Madalena.

E deixou-se levar para a escuridão da sacristia.

Acendi uma vela e, encostando-me à mesa carregada de santos, sobre o estrado onde padre Silvestre se paramenta em dias de missa:

— Que estava fazendo aqui? Rezando? É capaz de dizer que estava rezando.

— Ainda? repetiu Madalena.

Esperei que ela me sacudisse desaforos, mas enganei-me: pôs-se a observar-me como se me quisesse comer com os olhos muito abertos. Ferviam dentro de mim violências desmedidas. As minhas mãos tremiam, agitavam-se em direção a Madalena. Apertei-as para conter os movimentos e, com os queixos contraídos:

— A senhora escreveu uma carta.

O vento frio da serra entrava pela janela, mordia-me as orelhas, e eu sentia calor. A porta gemia, de quando em quando dava no batente pancadas coléricas, depois continuava a gemer. Aquilo me irritava, mas não me veio a ideia de fechá-la.

tudo nosso, e avistamos a fumaça que se eleva de casas nossas, onde vive gente que nos teme, respeita e talvez até nos ame, porque depende de nós, uma grande serenidade nos envolve. Sentimo-nos bons, sentimo-nos fortes. E se há ali perto inimigos morrendo, sejam embora inimigos de pouca monta que um moleque devasta a cacete, a convicção que temos da nossa fortaleza torna-se estável e aumenta. Diante disto, uma boneca traçando linhas invisíveis num papel apenas visível merece pequena consideração. Desci, pois, as escadas em paz com Deus e com os homens, e esperava que aqueles pios infames me deixassem enfim tranquilo.

Matutando, penetrei no jardim e encaminhei-me ao pomar, fazendo tenção de ver se a poda estava em regra.

Defronte do escritório descobri no chão uma folha de prosa, com certeza trazida pelo vento. Apanhei-a e corri a vista, sem interesse, pela bonita letra redonda de Madalena. Francamente, não entendi. Encontrei diversas palavras desconhecidas, outras conhecidas de vista, e a disposição delas, terrivelmente atrapalhada, muito me dificultava a compreensão. Talvez aquilo fosse bem feito, pois minha mulher sabia gramática por baixo da água e era fecunda em riscos e entrelinhas, mas estavam riscados períodos certos, e em vão tentei justificar as emendas.

— Ocultar com artifícios o que deve ser evidente!

Passeando entre as laranjeiras, esqueci a poda, reli o papel e agadanhei ideias indefinidas que se baralharam, mas que me trouxeram um arrepio. Diabo! Aquilo era trecho de carta, e de carta a homem. Não estava lá o nome do destinatário, faltava o princípio, mas era carta a homem, sem dúvida.

Li a folha pela terceira vez, atordoado, detendo-me nas expressões claras e procurando adivinhar a significação dos termos obscuros.

— Está aqui a prova, balbuciei assombrado. A quem serão dirigidas estas porcarias?

contemplava a paisagem. Por uma delas via embaixo um pedaço do escritório, uma banca e, sentada à banca, minha mulher escrevendo. Com um ligeiro desvio de olhos, afastava a cena familiar e corriqueira, divisava o oitão da casa, portas, janelas, a cama de d. Glória, um canto da sala de jantar. Levantava a cabeça – e o horizonte compunha-se de telhas, argamassa, lambrequins. Mais para cima, campos, serra, nuvens.

O capim-gordura tinha virado grama, e os bois que pastavam nele eram como brinquedos de celuloide. O algodoal galgava colinas, descia, tornava a mostrar-se mais longe, desbotado. Numa clareira da mata escura, quase negra, desmaiavam na sombra figurinhas de lenhadores.

Uma coruja gritava. E Marciano surgia de esconderijos cheios de treva, o pixaim branco de teias de aranha:

– Mais uma. É um corujão da peste, seu Paulo.

Eu fungava:

– Em que estará pensando aquela burra? Escrevendo. Que estupidez!

Rosa do Marciano atravessava o riacho. Erguia as saias até a cintura. Depois que passava o lugar mais fundo, ia baixando as saias. Alcançava a margem, ficava um instante de pernas abertas, escorrendo água, e saía torcendo-se, com um remelexo de bunda que era mesmo uma tentação.

A distância arredondava e o sol dourava cocurutos de montes. Pareciam extraordinárias cabeças de santos.

– Se aquela mosca-morta prestasse e tivesse juízo, estaria aqui aproveitando esta catervagem de belezas.

Ali pelos cafus desci as escadas, bastante satisfeito. Apesar de ser um indivíduo medianamente impressionável, convenci-me de que este mundo não é mau. Quinze metros acima do solo, experimentamos a vaga sensação de ter crescido quinze metros. E quando, assim agigantados, vemos rebanhos numerosos a nossos pés, plantações estirando-se por terras largas,

120

Que sono! Ali descansada, e eu me roendo por dentro. Descansada como se tudo estivesse muito direito. Tinha desejo de acordá-la, recomeçar a contenda em que vivíamos. Dormir assim, quando eu estava preocupado, seriamente preocupado, não era justo. Preocupado com quê? Afinal que fazia ali, com a mão na chave e os olhos esbugalhados para Madalena?

— Por que diabo estou mexendo nisto?

Ah! sim! ver as horas. Empurrava a porta, atravessava o corredor, entrava na sala de jantar. Sempre era alguma coisa saber as horas.

Sentava-me no meu lugar à mesa. No começo das nossas desavenças todas as noites aqui me sentava, arengando com Madalena. Tínhamos desperdiçado tantas palavras!

— Para que serve a gente discutir, explicar-se? Para quê?

Para quê, realmente? O que eu dizia era simples, direto, e procurava debalde em minha mulher concisão e clareza. Usar aquele vocabulário, vasto, cheio de ciladas, não me seria possível. E se ela tentava empregar a minha linguagem resumida, matuta, as expressões mais inofensivas e concretas eram para mim semelhantes às cobras: faziam voltas, picavam e tinham significação venenosa.

31

Uma tarde subi à torre da igreja e fui ver Marciano procurar corujas. Algumas se haviam alojado no forro, e à noite era cada pio de rebentar os ouvidos da gente. Eu desejava assistir à extinção daquelas aves amaldiçoadas.

Lá de cima escutava o barulho que Marciano, invisível, fazia. E, pelas quatro janelinhas abertas aos quatro cantos do céu,

– Vamos deixar de choradeira. Lá por assobiarem no pomar e passearem no jardim não é preciso a senhora se desmanchar em água. É melhor acabar com essa cavilação.

Madalena chorava, chorava, até que por fim, cansada de chorar, pegava no sono. Encolhia-me à beira da cama, para evitar o contacto dela. Quando ia adormecendo, percebia o ranger de chave em fechadura e o rumor de telhas arrastadas. Despertava num sobressalto e continha a respiração. Quem estaria futucando portas? Quem estaria destelhando a casa?

Aproximava-me de Madalena, observava-lhe o rosto. Teria ouvido? Ou estaria a fingir que dormia?

Levantava-me, arrastava uma cadeira, sentava-me. Madalena ressonava.

Com certeza ninguém tinha bulido na fechadura nem nas telhas. Maluqueiras de sonho. Talvez as pisadas também tivessem sido abusão de sonho. Um pesadelo. Isso. Um pesadelo. Era possível que o assobio fosse grito de coruja.

Uma pancada no relógio da sala de jantar. Que horas seriam? Meia? uma? uma e meia? ou metade de qualquer outra hora?

Não podia dormir. Contava de um a cem, e dobrava o dedo mindinho; contava de cem a duzentos, dobrava o seu vizinho; assim por diante, até completar mil e ter as duas mãos fechadas. Depois contava cem, e soltava o dedo grande; mais cem, o furabolo; e quando chegava a dois mil, as duas mãos estavam abertas. Repetia a leseira, imaginava para cada dedo que se movia um conto de réis de lucro no balanço, o que me rendia fortuna imensa, tão grande que me enjoava dela e interrompia a contagem.

Segunda pancada no relógio. Uma hora? uma e meia? Só vendo. Erguia-me, pisava com força. Madalena continuava a dormir.

Destrancava e trancava a porta do corredor. Tornava a destrancar, tornava a trancar. E examinava o rosto de Madalena.

30

À noite parecia-me ouvir passos no jardim. Por que diabo aquele Tubarão não ladrava? O safado do cachorro ia perdendo o faro.

Erguia-me, pegava o rifle, soprava a luz, abria a janela:

— Quem está aí?

Seria inimigo, gente dos Gama, do Pereira, do Fidélis? Pouco provável. As ameaças tinham cessado: eu e Casimiro Lopes criávamos ferrugem. Instintivamente, resguardava-me colado à parede. Julgava distinguir um vulto.

— Quem está aí? É bicho de fôlego ou é marmota? Não responde não?

E lá ia no silêncio um tiro que assustava os moradores, fazia Madalena saltar da cama, gritando.

Fechava a janela e acendia o candeeiro.

— Que foi? gemia Madalena aterrada.

— São os seus parceiros que andam rondando a casa. Mas não tem dúvida: qualquer dia fica um diabo aí estirado.

Madalena abraçava-se aos travesseiros, soluçando.

Um assobio, longe. Algum sinal convencionado.

— É assobio ou não é? Marcou entrevista aqui no quarto, em cima de mim? É só o que falta. Quer que eu saia? Se quer que eu saia, é dizer. Não se acanhe.

Madalena chorava como uma fonte.

Entristecia-me. Grosseiro, monstruosamente grosseiro.

E se as passadas e o assobio não fossem por causa dela? Ah! Sendo assim, eu picado para linguiça não pagava o que devia. E se as passadas e o assobio não existissem? Lembrava-me de uma noite em que me aperreei de verdade e puxei a lambedeira, com medo de um rato. Há neste mundo cada engano! E decidia corrigir-me:

117

– Obrigado, Padilha.

Sim senhor, boa bisca. Não havia gato nem cachorro em S. Bernardo que ignorasse o procedimento dela.

"Aquela mulher foi a causa da minha desgraça." Que falta de respeito! Há quem atire semelhante heresia em cima de uma senhora casada, nas barbas do marido? Há? Não há. Querem mais claro?

Padre Silvestre passou por S. Bernardo – e eu fiquei de orelha em pé, desconfiado. Deus me perdoe, desconfiei. Cavalo amarrado também come.

A infelicidade deu um pulo medonho: notei que Madalena namorava os caboclos da lavoura. Os caboclos, sim senhor.

Às vezes o bom-senso me puxava as orelhas:

– Baixa o fogo, sendeiro. Isso não tem pé nem cabeça.

Realmente, uma criatura branca, bem lavada, bem-vestida, bem engomada, bem aprendida, não ia encostar-se àqueles brutos escuros, sujos, fedorentos a pituim. Os meus olhos me enganavam. Mas se os olhos me enganavam, em que me havia de fiar então? Se eu via um trabalhador de enxada fazer um aceno a ela!

Com esforço e procurando distração, conseguia reprimir-me. Era intuitivo que o aceno não podia ser para ela. Não podia.

Ora não podia!

– Mulher não vai com carrapato porque não sabe qual é o macho.

Uma tarde em que a velha Margarida subiu a ladeira a vara e a remo para visitar-nos, vigiei-a uma hora, com receio de que a pobre fosse portadora de alguma carta.

Creio que estava quase maluco.

116

pelas ruas, faminta, esfrangalhada, com os ossos furando a pele, costuras de operações e marcas de feridas no corpo, dar-lhe uma esmola pelo amor de Deus.

Seria? não seria?

Insignificâncias. No meio das canseiras a morte chega, o diabo carrega a gente, os amigos entortam o focinho na hora do enterro, depois esquecem até os pirões que filaram.

Que me importavam as opiniões do Padilha, de seu Ribeiro, de d. Glória, de Marciano? Casimiro Lopes é que não tinha opinião. Quem me dera ser como Casimiro Lopes!

– Isto vai mal, Casimiro, dizia eu com os olhos.

Casimiro Lopes concordava, erguendo os ombros.

29

Quando as dúvidas se tornavam insuportáveis, vinha-me a necessidade de afirmar. Madalena tinha manha encoberta, indubitavelmente.

– Indubitavelmente, indubitavelmente, compreendem? Indubitavelmente.

As repetições continuadas traziam-me uma espécie de certeza.

Esfregava as mãos. Indubitavelmente. Antes isso que oscilar de um lado para outro.

Via-se muito bem que d. Glória era alcoviteira. Passadas mansinhas, olhos baixos, voz sumida – estava mesmo a preceito para alcoviteira. Antigamente devia ter dado com os burros na água. Alcoviteira, desencaminhara a sobrinha. Sempre de acordo, aquelas duas éguas.

Enfim o Padilha tinha sido até camarada.

Monologava com raiva:

28

"O Senhor conhece a mulher que possui."

Que frase!

Padilha sabia alguma coisa. Saberia? Ou teria falado à toa?

Conjecturas. O que eu desejava era ter uma certeza e acabar depressa com aquilo. Sim ou não.

"O senhor conhece a mulher que possui." Conhecia nada! Era justamente o que me tirava o apetite. Viver com uma pessoa na mesma casa, comendo na mesma mesa, dormindo na mesma cama, e perceber ao cabo de anos que ela é uma estranha! Meu Deus! Mas se eu ignoro o que há em mim, se esqueci muitos dos meus atos e nem sei o que sentia naqueles meses compridos de tortura!

Já viram como perdemos tempo em padecimentos inúteis? Não era melhor que fôssemos como os bois? Bois com inteligência. Haverá estupidez maior que atormentar-se um vivente por gosto? Será? não será? Para que isso? Procurar dissabores! Será? não será?

Se eu tivesse uma prova de que Madalena era inocente, dar-lhe-ia uma vida como ela nem imaginava. Comprar-lhe-ia vestidos que nunca mais se acabariam, chapéus caros, dúzias de meias de seda. Seria atencioso, muito atencioso, e chamaria os melhores médicos da capital para curar-lhe a palidez e a magrém. Consentiria que ela oferecesse roupa às mulheres dos trabalhadores.

E se eu soubesse que ela me traía? Ah! Se eu soubesse que ela me traía, matava-a, abria-lhe a veia do pescoço, devagar, para o sangue correr um dia inteiro.

Mas logo me enjoava do pensamento feroz. Que rendia isso? Um crime inútil! Era melhor abandoná-la, deixá-la sofrer. E quando ela tivesse viajado pelos hospitais, quando vagasse

Padilha encabulou:

– Está bem. Se o senhor ouviu, não discutimos. Naturalmente ouviu o que eu não disse.

– Ouvi o que você disse. Não teime. Tenho bom ouvido.

– Se ouviu, concedeu Padilha, foi a história da morte do Mendonça. D. Madalena já sabia...

– Sabia o quê?

– O que o povo resmunga. Calúnias. Eu expliquei tudo e defendi o senhor: "D. Madalena, isso é um caso antigo, e mexer nele não dá vida a ninguém. O velho Mendonça era uma postema, furtava as terras dos vizinhos. Quanto ao que espalham por aí, não acredite: são aleives. Seu Paulo tem bom coração e é incapaz de matar um pinto."

Lembrei-me da briga da manhã. Exatamente o que eu tinha presumido: mexericos daquele traste.

– Ó Padilha, por que foi que você disse que Madalena era a causa da sua desgraça?

– E o senhor quer negar? Se não fosse ela, eu não perdia o emprego. Foi ela. E, veja o senhor, eu não gostava daquilo. Muitas vezes opinei, sem rebuço: "D. Madalena, seu Paulo embirra com o socialismo. É melhor a senhora deixar de novidade. Essas conversas não servem." Está aí. Papagaio come milho, periquito leva a fama. O periquito sou eu.

Fraquejei:

– Que diabo discutiam vocês?

O meu ciúme tinha-se tornado público. Padilha sorriu e respondeu, hipócrita:

– Literatura, política, artes, religião... Uma senhora inteligente, a d. Madalena. E instruída, é uma biblioteca. Afinal eu estou chovendo no molhado. O senhor, melhor que eu, conhece a mulher que possui.

113

– Tem um mês para se retirar.

– Muito obrigado, balbuciou Padilha. A gente ainda deve agradecer. Bem feito. Se eu não servisse de espoleta a sua mulher, não acontecia isto.

Indignou-se:

– Espoleta! "Vá buscar um livro, seu Padilha." Eu ia. "Traga papel, seu Padilha." Eu trazia. "Copie esta página, seu Padilha." Eu copiava. "Apanhe umas laranjas, seu Padilha." Até apanhar laranjas! Espoleta! Aquela mulher foi a causa da minha desgraça.

– Emende a língua, ordenei.

– Que foi que eu disse? Que era espoleta. Era. Por isso o senhor me demite.

– Nada! O que há é que você andava fazendo fuxicos, homem. Andava intrigando, homem. Andava tecendo enredos, homem.

Luís Padilha embatucou. Depois, de um fôlego:

– Quais são as intrigas, os fuxicos, os enredos? O senhor não mostra um. Eu sou culpado de sua mulher ter ideias avançadas? Se é isso...

– Não, não é isso.

– Então não sei.

– Escute, Padilha. Eu estou pegando cinquenta anos e tenho corrido mundo. Você não me bota papa na língua não. Vejo muita coisa e fecho os olhos, filho de Deus. Se eu afirmo que você vivia com fuxicos, é porque você vivia com fuxicos.

Padilha catava pulgas:

– Pois diga. A minha consciência não me acusa. Diga. Quando a gente sabe, diz.

– Deixe de chove não molha, repliquei troçando com ele. Você não contou invenções a Madalena? Você não falou de mim? Falou ou não falou?

– Não falei não, seu Paulo. Se eu não sei nada!

– Tire o cavalo da chuva, rapaz. Eu ouvi.

112

Mais bem-comportada que ela só num convento. Circunspecta, sem nó pelas costas. E caridosa, de quebra, até com os bichinhos do mato. A respeito de pensamento nada se sabia, que no pensamento de outra pessoa ninguém vai; mas quanto a palavras e obras era inatacável. Podia ter-me dito insultos piores. Pior que assassino? Muito duro. Mas não me queixava dela, queixava-me do Padilha, aquele descarado.

Depois da violência da manhã, sentia-me cheio de otimismo, e a brutalidade que há em mim virava-se para o mestre-escola.

Sem-vergonha! Era despedi-lo. À tarde fui tratar disso.

Padilha ofereceu-me a cadeira, sentou-se num tamborete e, sério, em atitude de galinha assada:

— Às suas ordens, seu Paulo Honório.

— Uma notícia desagradável. Não preciso mais dos seus serviços.

— Por quê? disse Padilha aturdido. Que foi que eu fiz?

— Ora essa! Pergunta a mim? Você deve saber o que fez.

— Não fiz nada. Que é que havia de fazer, trancado? A minha sujeição é maior que a dos presos da cadeia. Não saio. Se me afasto vinte passos, é com o Casimiro no cós das calças. Que foi que eu fiz? Aponte uma falta.

— Não dou explicações.

Padilha baixou a cabeça:

— Está certo. Sempre na linha, e por fim uma desta! Entra ano, sai ano, e o trouxa do empregado no toco, direito como um fuso, cumprindo as obrigações, procurando agradar. Quando espera aumento de ordenado, lá vem pontapé.

Levantou-se:

— Dê-me ao menos alguns dias para arrumar os troços e cavar um osso. Eu não posso sair assim com uma mão atrás, outra adiante.

Ergui-me também:

Lopes, mas a mim. Naquele momento, porém, não vi nas minhas ideias nenhuma incoerência. E não me espantaria se me afirmassem que eu e Casimiro Lopes éramos uma pessoa só.

O Padilha! Cabra ruim é que desgraça um homem. Quem havia de supor que o Jaqueira...

Outra vez o Jaqueira. Aqui vai, resumido, o caso do Jaqueira. Jaqueira era um sujeito empambado, e os moleques, as quengas de pote e esteira, batiam nele. Jaqueira recebia as pancadas e resmungava:

– Um dia eu mato um peste.

Toda a gente dormia com a mulher do Jaqueira. Era só empurrar a porta. Se a mulher não abria logo, Jaqueira ia abrir, bocejando e ameaçando:

– Um dia eu mato um peste.

Matou. Escondeu-se por detrás de um pau e descarregou a lazarina bem no coração de um freguês. No júri, cortaram a cabeça por seis votos (patifaria). Saiu da cadeia e tornou-se um cidadão respeitado. Nunca mais ninguém buliu com o Jaqueira.

27

Quando sereneí, pareceu-me que houvera barulho sem motivo. O dr. Magalhães tinha feitio para dirigir amabilidades a qualquer senhora sem que ninguém desconfiasse dele. E o papel endereçado ao Gondim devia ser literatura para composição. Não era senão isso. Coisas tão fúteis – e em consequência um arranca-rabo estúpido, com desaforo grosso, Maria das Dores ouvindo, seu Ribeiro ouvindo. Sebo!

Madalena era honesta, claro. Não mostrara o papel para não dar o braço a torcer, por dignidade, claríssimo. Ciúme idiota·

atormentava. Mulheres, criaturas sensíveis, não devem meter-se em negócios de homens.

Antes dela, a única pessoa que, na tábua da venta, me tachou de assassino foi Costa Brito, pela seção livre da *Gazeta*. Justamente quando acabava de dar-lhe o troco, tinha-me encangado a Madalena. Canga infeliz! Não era melhor que eu tivesse quebrado uma perna? Mais vale uma boa amigação que certos casamentos.

Assassino! Como achara ela uma ofensa tão inesperada? Acaso? Ou teria lido o jornal do Brito? O mais provável era Padilha haver referido alguns mexericos que por aí circulam. Sim senhor! Estava o Padilha mudado em indivíduo capaz de fazer mal. Que graça! O Padilha! Recordei-me do caso do Jaqueira, mas a recordação desapareceu, e comecei a dizer mentalmente:

– Assassino! Assassino!

Encolerizei-me por estar perdendo tempo com tolices.

– Madalena, d. Glória, Padilha, puta que pariu a todos.

Ali malucando, e a gente do eito à vontade, cobrindo mato. Espreguicei-me. Uma noite sem dormir! Depois estremeci e olhei as mãos. As minhas mãos eram enormes, com efeito.

O Jaqueira... Ah! sim! tinha sido anos atrás.

De repente achei que Madalena estava sendo ingrata com o pobre do Casimiro Lopes. Afinal...

Assassino! Que sabia ela da minha vida? Nunca lhe fiz confidências. Cada qual tem os seus segredos. Seria interessante se andássemos dizendo tudo uns aos outros. Cada um tem os seus achaques. Madalena, que vinha da escola normal, devia ter muitos. Podia eu conhecer o passado dela? O presente era ruim, via-se que era ruim.

Ainda em cima ingrata. Casimiro Lopes levava o filho dela para o alpendre e embalava-o, cantando, aboiando. Que trapalhada! que confusão! Ela não tinha chamado assassino a Casimiro

— Já não lhe disse que só interessa a mim? Que arrelia!

— Mostra a carta, insisti segurando-a pelos ombros.

Madalena defendia-se, ora levantando o papel com os braços estirados, ora escondendo-o atrás das costas:

— Vá para o inferno, trate da sua vida.

Aquela resistência enfureceu-me:

— Deixa ver a carta, galinha.

Madalena desprendeu-se e entrou a correr pelo quarto, gritando:

— Canalha!

D. Glória chegou à porta, assustada:

— Pelo amor de Deus! Estão ouvindo lá fora.

Perdi a cabeça:

— Vá amolar a puta que a pariu. Está mouca, aí com a sua carinha de santa? É isto: puta que a pariu. E se achar ruim, rua. A senhora e a boa de sua sobrinha, compreende? Puta que pariu as duas.

D. Glória fugiu com o lenço nos olhos.

— Miserável! bradou Madalena.

E eu só sabia dizer:

— Mostra a carta, perua.

Madalena rasgou o papel em pedacinhos e atirou-os pela janela:

— Miserável!

Saiu como um redemoinho. No corredor ainda gritou:

— Assassino!

Atordoado, murmurei:

— Cachorra!

E fiquei olhando os pedaços de papel que na manhã de vento esvoaçavam pelo jardim, entre as folhas das roseiras. Longe, no salão ou na cozinha, Madalena continuava a gritar:

— Assassino!

Os outros nomes feios que ela me havia dito não tinham significação. Aquele tinha uma significação. Era o que me

À noite não consegui dormir. Passei horas sentado, odiando Madalena, que se enroscava num canto da cama, as pernas encolhidas apertando o estômago.

Com o dr. Magalhães, homem idoso! Considerei que também eu era um homem idoso, esfreguei a barba, triste. Em parte, a culpa era minha: não me tratava. Ocupado com o diabo da lavoura, ficava três, quatro dias sem raspar a cara. E quando voltava do serviço, trazia lama até nos olhos: deem por visto um porco. Metia-me em água quente, mas não havia esfregação que tirasse aquilo tudo.

Que mãos enormes! As palmas eram enormes, gretadas, calosas, duras como casco de cavalo. E os dedos eram também enormes, curtos e grossos. Acariciar uma fêmea com semelhantes mãos!

As do dr. Magalhães, homem de pena, eram macias como pelica, e as unhas, bem aparadas, certamente não arranhavam. Se ele só pegava em autos!

Madalena ressonava. Tão franzina, tão delicada! Ultimamente ia emagrecendo.

Levantei-me e aproximei-me da luz. As minhas mãos eram realmente enormes. Fui ao espelho. Muito feio, o dr. Magalhães; mas eu, naquela vida dos mil diabos, berrando com os caboclos o dia inteiro, ao sol, estava medonho. Queimado. Que sobrancelhas! O cabelo era grisalho, mas a barba embranquecia. Sem me barbear! Que desleixo!

No dia seguinte encontrei Madalena escrevendo. Avizinhei-me nas pontas dos pés e li o endereço de Azevedo Gondim.

– Faz favor de mostrar isso?

Madalena agarrou uma folha que ainda não havia sido dobrada.

– Não tem que ver. Só interessa a mim.

– Perfeitamente. Mas é bom mostrar. Faz favor?

de aparece nele raramente. Não compreende nada, exprime-se mal e é crédulo como um selvagem.

26

Fui indo sempre de mal a pior. Tive a impressão de que me achava doente, muito doente. Fastio, inquietação constante e raiva. Madalena, Padilha, d. Glória, que trempe! O meu desejo era pegar Madalena e dar-lhe pancada até no céu da boca. Pancada em d. Glória também, que tinha gasto anos trabalhando como cavalo de matuto para criar aquela cobrinha.

Os fatos mais insignificantes avultaram em demasia. Um gesto, uma palavra à toa logo me despertavam suspeitas.

Mulher de escola normal! O Silveira me tinha prevenido, indiretamente. Agora era aguentar as consequências da topada, para não ser besta.

Aguentar! Ora aguentar! Eu ia lá continuar a aguentar semelhante desgraça? O que me faltava era uma prova: entrar no quarto de supetão e vê-la na cama com outro.

Atormentava-me a ideia de surpreendê-la. Comecei a mexer-lhe nas malas, nos livros, e a abrir-lhe a correspondência. Madalena chorou, gritou, teve um ataque de nervos. Depois vieram outros ataques, outros choros, outros gritos, choveram descomposturas e a minha vida se tornou um inferno.

Um dia, de passagem pela fazenda, o dr. Magalhães almoçou comigo. Espreitando-o, notei que as amabilidades dele para Madalena foram excessivas. Efetivamente nas palavras que disseram não descobri mau sentido; a intenção estava era nos modos, nos olhares, nos sorrisos. Houve, segundo me pareceu, cochichos e movimentos equívocos.

106

– Enfim certeza, certeza de verdade, ninguém tem.

Que diria seu Ribeiro? Que diria d. Glória?

Afastava-me, lento, ia ver o pequeno, que engatinhava pelos quartos, às quedas, abandonado. Acocorava-me e examinava-o. Era magro. Tinha os cabelos louros, como os da mãe. Olhos agateados. Os meus são escuros. Nariz chato. De ordinário as crianças têm o nariz chato.

Interrompia o exame, indeciso: não havia sinais meus; também não havia os de outro homem.

E o pequeno continuava a arrastar-se, caindo, chorando, feio como os pecados. As perninhas e os bracinhos eram finos que faziam dó. Gritava dia e noite, gritava como um condenado, e a ama vivia meio doida de sono. Às vezes ficava roxo de berrar, e receei que estivesse morrendo quando padre Silvestre lhe molhou a cabeça na pia. Com a dentição encheu-se de tumores, cobriram-no de esparadrapos: direitinho uma rês casteada. Ninguém se interessava por ele. D. Glória lia. Madalena andava pelos cantos, com as pálpebras vermelhas e suspirando. Eu dizia comigo:

– Se ela não quer bem ao filho!

E o filho chorava, chorava continuadamente. Casimiro Lopes era a única pessoa que lhe tinha amizade. Levava-o para o alpendre e lá se punha a papaguear com ele, dizendo histórias de onças, cantando para o embalar as cantigas do sertão. O menino trepava-lhe às pernas, puxava-lhe a barba, e ele cantava:

Eu nasci de sete meses,
Fui criado sem mamar.
Bebi leite de cem vacas
Na porteira do curral.

Boa alma, Casimiro Lopes. Nunca vi ninguém mais simples. Estou convencido de que não guarda lembrança do mal que pratica. Toda a gente o julga uma fera. Exagero. A ferocida-

105

entendiam. Talvez namorassem. Quando, em casa do dr. Magalhães, eu tinha encontrado Madalena, João Nogueira estava lá. Tapado, o dr. Magalhães, tapadíssimo. Escutá-lo é pior que ouvir serrar madeira. "Sou juiz, entende? Juiz. Levanto-me pela manhã." O Nogueira, de olho duro, gramando aquilo! Interesse. Começara a falar em política, Madalena levantara a cabeça, curiosa. E, com dois anos de casada, num vão de janela, desmanchava-se toda para ele.

Erguia-me, insultava-a mentalmente:

— Perua!

Até com o Padilha! Como diabo tinha ela coragem de se chegar a uma lazeira como o Padilha? A questão social.

— Está aqui para a questão social. O que há é sem-vergonheza.

Depois a colaboração no jornal do Gondim. Continuava a colaborar. Pouco, mas continuava. O Gondim e ela tinham sido unha com carne. Lembram-se da tarde em que ele me deu parabéns, estupidamente? Familiaridade. E discutiam as pernas e os peitos dela!

Eu tinha razão para confiar em semelhante mulher? Mulher intelectual.

E a minha cara devia ser terrível, porque Madalena empalidecia e dava para tremer.

Se eu soubesse... Soubesse o quê! Há lá marido que saiba nada?

Era possível que os caboclos do eito estivessem mangando de mim. Até Marciano e a Rosa comentariam o caso, na cama, de noite.

O Marciano conheceria as minhas relações com a Rosa? Não conhecia. Tive sempre o cuidado de mandá-lo à cidade, a compras, oportunamente. E talvez não quisesse conhecer. Também se podia admitir que fosse dotado de pouca penetração.

Uma aragem corria. Vinham-me arrepios bons, desejo de espreguiçar-me. Via o monte, que a fita vermelha da estrada contorna, a mata, o algodoal, a água parada do açude.

Madalena soltava o bordado e enfiava os olhos na paisagem. Os olhos cresciam. Lindos olhos.

Sem nos mexermos, sentíamos que nos juntávamos, cautelosamente, cada um receando magoar o outro. Sorrisos constrangidos e gestos vagos.

Eu narrava o sertão. Madalena contava fatos da escola normal. Depois vinha o arrefecimento. Infalível. A escola normal! Na opinião do Silveira, as normalistas pintam o bode, e o Silveira conhece instrução pública nas pontas dos dedos, até compõe regulamentos. As moças aprendem muito na escola normal.

Não gosto de mulheres sabidas. Chamam-se intelectuais e são horríveis. Tenho visto algumas que recitam versos no teatro, fazem conferências e conduzem um marido ou coisa que o valha. Falam bonito no palco, mas intimamente, com as cortinas cerradas, dizem:

– Me auxilia, meu bem.

Nunca me disseram isso, mas disseram ao Nogueira. Imagino. Aparecem nas cidades do interior, sorrindo, vendendo folhetos, discursos etc. Provavelmente empestaram as capitais. Horríveis.

Madalena, propriamente, não era uma intelectual. Mas descuidava-se da religião, lia os telegramas estrangeiros.

E eu me retraía, murchava.

Requebrando-se para o Nogueira, ao pé da janela, sorrindo! Sorrindo exatamente como as outras, as que fazem conferências. Perigo. Quem se remexer para João Nogueira estrepa-se. Bom advogado, negócios direitos, sim sim, não não; mas no gênero mulher é uma rede, não deita água a pinto. E aquela conversa teria sido a primeira? Antes da minha bruta cabeçada, eles se

Cruzei descontente as mãos enormes, cabeludas, endurecidas em muitos anos de lavoura. Misturei tudo ao materialismo e ao comunismo de Madalena – e comecei a sentir ciúmes.

25

Comecei a sentir ciúmes. O meu primeiro desejo foi agarrar o Padilha pelas orelhas e deitá-lo fora, a pontapés. Mas conservei-o para vingar-me. Arredei-o de casa, a bem dizer prendi-o na escola. Lá vivia, lá dormia, lá recebia alimento, boia fria, num tabuleiro.

Estive quatro meses sem lhe pagar o ordenado. E quando o vi sucumbido, magro, com o colarinho sujo e o cabelo crescido, pilheriei:

– Tenha paciência. Logo você se desforra. Você é um apóstolo. Continue a escrever os contozinhos sobre o proletário.

O infeliz defendia-se. Com as humilhações continuadas, limitava-se por fim a engolir em seco. Um dia chorou, pediu-me soluçando que lhe arranjasse uma colocação no fisco estadual.

– Impossível, Padilha. Espere o soviete. Você se colocará com facilidade na guarda vermelha. Quando isso acontecer, não se lembre de mim não, Padilha, seja camarada.

Na casa-grande, que Tubarão e Casimiro Lopes guardavam, a vida era uma tristeza, um aborrecimento. D. Glória passava as tardes debaixo das laranjeiras, empalhando-se com brochuras e folhetins. Madalena bordava e tinha o rosto coberto de sombras.

Às vezes as sombras se adelgaçavam. E findo o trabalho, tudo convidava a gente às conversas moles, aos cochilos, ao embrutecimento.

102

– Aí padre Silvestre tem razão, concordou Gondim. A religião é um freio.

– Bobagem! disse Nogueira. Quem é cavalo para precisar freio?

Qual seria a religião de Madalena? Talvez nenhuma. Nunca me havia tratado disso.

– Monstruosidade.

E repeti baixinho, lentamente e sem convicção:

– Monstruosidade!

Materialista. Lembrei-me de ter ouvido Costa Brito falar em materialismo histórico. Que significava materialismo histórico?

A verdade é que não me preocupo muito com o outro mundo. Admito Deus, pagador celeste dos meus trabalhadores, mal remunerados cá na terra, e admito o diabo, futuro carrasco do ladrão que me furtou uma vaca de raça. Tenho portanto um pouco de religião, embora julgue que, em parte, ela é dispensável num homem. Mas mulher sem religião é horrível.

Comunista, materialista. Bonito casamento! Amizade com o Padilha, aquele imbecil. "Palestras amenas e variadas." Que haveria nas palestras? Reformas sociais, ou coisa pior. Sei lá! Mulher sem religião é capaz de tudo.

– Sem dúvida, respondi a uma lenga-lenga que padre Silvestre me infligia.

Seu Ribeiro e Azevedo Gondim amolavam-se, com pachorra. D. Glória cochilava. Padilha fumava a um canto.

– Provavelmente.

Creio que disse disparate, porque padre Silvestre divergiu e sapecou-me uma demonstração incompreensível.

Procurei Madalena e avistei-a derretendo-se e sorrindo para o Nogueira, num vão de janela.

Confio em mim. Mas exagerei os olhos bonitos do Nogueira, a roupa benfeita, a voz insinuante. Pensei nos meus oitenta e nove quilos, neste rosto vermelho de sobrancelhas espessas.

Mas João Nogueira tinha terminado. E estava conversando comigo, em voz baixa, esculhambando o dr. Magalhães.

Madalena falava com seu Ribeiro:

— Que é que o senhor perdia?

— Não sei, excelentíssima. Talvez perdesse. A mim só chegam desgraças. Enfim tenho aqui um pedaço de pão. E se essa infelicidade viesse, nem isso me davam.

Madalena procurava convencê-lo, mas não percebi o que dizia. De repente invadiu-me uma espécie de desconfiança. Já havia experimentado um sentimento assim desagradável. Quando?

João Nogueira aniquilava o dr. Magalhães. D. Glória, cheia de comida e de calor, ia cerrando os olhos, já indiferente ao perigo que anunciavam. Seu Ribeiro, cabeçudo, não queria inovações. E Azevedo Gondim, vermelho, afirmava a padre Silvestre:

— Não há. O Nogueira tem razão, não há. Conheço homens que defendem a religião nos jornais e nunca viram a Bíblia.

Quando? Num momento esclareceu-se tudo: tinha sido naquele mesmo dia, no escritório, enquanto Madalena me entregava as cartas para assinar.

Sim senhor! Conluiada com o Padilha e tentando afastar os empregados sérios do bom caminho. Sim senhor, comunista! Eu construindo e ela desmanchando.

Levantamo-nos e fomos tomar café no salão.

— Sim senhor, comunista!

— É a corrução, a dissolução da família, teimava padre Silvestre.

Ninguém respondeu.

Ignoro essas coisas, naturalmente, mas desejei saber o que Madalena pensava a respeito delas.

O vigário só fazia gritar.

Qual seria a opinião de Madalena?

Seu Ribeiro passou os dedos pela careca lustrosa:

– No tempo de d. Pedro, corria pouco dinheiro, e quem possuía um conto de réis era rico. Mas havia fartura, a abóbora apodrecia na roça. Mamona, caroço de algodão, não tinham valor. Com a proclamação da república ficaram custando os olhos da cara. Por isso eu digo que essas mudanças só servem para atrapalhar a vida. A estrada de ferro...

– Uma nação sem Deus! bradava padre Silvestre a d. Glória. Fuzilaram os padres, não escapou um. E os soldados, bêbedos, espatifavam os santos e dançavam em cima dos altares.

D. Glória gemia com as mãos no peito:

– Que horror! É possível! Nos altares!

– Espatifaram nada! interveio Padilha. Isso é propaganda contrarrevolucionária.

– E o senhor trabalha para isso, padre Silvestre, exclamou Gondim.

O vigário desculpou-se:

– Eu não. Estou quieto, no meu canto. Agora achar que o governo é mau, eu acho. Que há urgências de reforma, há. Quanto ao comunismo, lorota, não pega. Descansem: entre nós não pega. O povo tem religião, o povo é católico.

João Nogueira discordou:

– É o que ele não é. Ninguém conhece doutrina. Se um protestante canta hinos e prega o evangelho, os devotos das procissões vão escutá-lo; outros pendem para o espiritismo; e a canalha acredita em feitiçaria e até adora árvores. Muitos entram no catolicismo como num hotel, escolhem um prato, com fastio, e cruzam o talher. Os mais avançados são dispépticos. O senhor se engana, padre Silvestre; essa gente ouve missa, mas não é católica, e tanto se deixa levar para um lado como para outro.

Padre Silvestre desnorteou-se:

– Nesse caso...

– Não se trata de mim. São as finanças do Estado que vão mal. As finanças e o resto. Mas não se iludam. Há de haver uma revolução!

– Era o que faltava. Escangalhava-se esta gangorra.

– Por quê? perguntou Madalena.

– Você também é revolucionária? exclamei com mau modo.

– Estou apenas perguntando por quê.

– Ora por quê! Porque o crédito se sumia, o câmbio baixava, a mercadoria estrangeira ficava pela hora da morte. Sem falar na atrapalhação política.

– Seria magnífico, interrompeu Madalena. Depois se endireitava tudo.

– Com certeza, apoiou Luís Padilha.

– Vocês sabem o que estão dizendo?

– O que admira é padre Silvestre desejar a revolução, disse Nogueira. Que vantagem lhe traria ela?

– Nenhuma, respondeu o vigário. A mim não traria vantagem. Mas a coletividade ganharia muito.

– Esperem por isso, atalhou Azevedo Gondim. Os senhores estão preparando uma fogueira e vão assar-se nela.

– Literatura! resmungou Padilha.

– Literatura não, gritou Azevedo Gondim. Se rebentar a encrenca, há de sair boa coisa, hem, Nogueira?

– O fascismo.

– Era o que vocês queriam. Teremos o comunismo.

D. Glória benzeu-se e seu Ribeiro opinou:

– Deus nos livre.

– Tem medo, seu Ribeiro? perguntou Madalena sorrindo.

– Já vi muitas transformações, excelentíssima, e todas ruins.

– Nada disso, asseverou padre Silvestre. Essas doutrinas exóticas não se adaptam entre nós. O comunismo é a miséria, a desorganização da sociedade, a fome.

98

— Política, padre Silvestre? fez João Nogueira sorrindo.

Padre Silvestre arregalou os olhinhos baços:

— Por que não? O senhor há de confessar que estamos à beira de um abismo.

Padre Silvestre é desorientado. Com uma freguesia trabalhosa, anda no mundo da lua. Danadamente liberal.

Padilha meteu o bedelho na conversa:

— Apoiado.

— Um abismo, repetiu padre Silvestre.

— Que abismo? perguntou Azevedo Gondim.

O reverendo estudou uma resposta enérgica:

— Isso que se vê. É a falência do regímen. Desonestidades, patifarias.

— Quais são os patifes? inquiriu João Nogueira.

Padre Silvestre estirou o beiço inferior e amoitou-se. As opiniões dele são as opiniões dos jornais. Como, porém, essas opiniões variam, padre Silvestre, impossibilitado de admitir coisas contraditórias, lê apenas as folhas da oposição. Acredita nelas. Mas experimenta às vezes dúvidas. Elas juram que os homens do governo são malandros, e ele conhece alguns respeitáveis. Isso prejudica as convicções que a letra impressa lhe dá. Necessitando acomodar as suas observações com as afirmações alheias, acha que os políticos, individualmente, são criaturas como as outras, mas em conjunto são uns malfeitores.

— Ora essa! Não me compete denunciar ninguém. Os fatos são os fatos. Observe.

— É bom apontar, insistiu João Nogueira.

— Para quê? A facção dominante está caindo de podre. O país naufraga, seu doutor. É o que lhe digo: o país naufraga.

Passei-lhe uma garrafa e informei-me:

— Que foi que lhe aconteceu para o senhor ter essas ideias? Desgostos? Cá no meu fraco entender, a gente só fala assim quando a receita não cobre a despesa. Suponho que os seus negócios vão bem.

97

Maquinalmente, assinei o papel; Madalena estendeu-me outro, maquinalmente. Nisto a ideia voltou. Movia-se, porém, com tanta rapidez que não me foi possível distingui-la. Estremeci, e pareceu-me que a cara de Madalena estava mudada. Mas a impressão durou pouco.

Embrenhei-me no trabalho e, à tarde, quando os amigos desceram do automóvel, sentia-me perfeitamente tranquilo.

— Ora, sejam bem aparecidos.

Como não eram de cerimônia, levei-os para o interior, fui matar a sede do Gondim, que, quando chega a S. Bernardo, exige conhaque.

Durante o jantar, estiveram todos muito animados. E até eu, que ignoro os assuntos que eles debatiam, entrei na dança.

Para começar, Azevedo Gondim, a quem o conhaque tinha tirado as peias da língua, elogiou a vida campestre:

— Isto é que é! Vejam se na cidade, ciscando no fundo dos quintais, se criava um peru deste tamanho. Que bicho fornido! Benza-o Deus.

D. Glória deu um muxoxo e desviou a vista do centro da mesa, onde, acocorado na travessa, um peru recebia aqueles louvores despropositados.

Padre Silvestre acompanhou o movimento de d. Glória e deu com os olhos nos canteiros do jardim e nas alamedas do pomar.

— Realmente deve ser uma delícia viver neste paraíso. Que beleza!

— Para quem vem de fora, atalhei. Aqui a gente se acostuma. Afinal não cultivo isto como enfeite. É para vender.

— As flores também? perguntou Azevedo Gondim.

— Tudo. Flores, hortaliça, fruta...

— Está aí! exclamou padre Silvestre balançando a cabecinha grisalha e enrugando a testa estreita. O que é ter senso! Se todos os brasileiros pensassem assim, não estaríamos presenciando tanta miséria.

24

Fazia dois anos que eu estava casado, e por isso João Nogueira, padre Silvestre e Azevedo Gondim jantavam conosco.

Ora exatamente nesse dia repreendi Padilha e ele me gaguejou umas desculpas a que não liguei importância, mas que depois de algumas horas cresceram muito.

– Ó Padilha, chegue cá, disse-lhe de manhã no jardim, onde ele colhia flores. Ninguém aqui está preso. Se o serviço lhe desagrada, é arribar.

– Por quê, seu Paulo? exclamou Luís Padilha atordoado.

– Ora por quê! Apanhando flores, homem! Olhe o relógio.

– Foi a d. Madalena que mandou tirar umas rosas.

– Você é jardineiro? A d. Madalena não dá ordens. Você me anda gastando o tempo com falatórios!

– Isso não é comigo, defendeu-se Padilha. Queixe-se dela. A moça me pediu umas flores para enfeitar a mesa, à tarde. Que é que eu havia de fazer? Havia de negar? E quanto às conversas, seu Paulo compreende. Uma senhora instruída meter-se nestas bibocas! Precisa uma pessoa com quem possa entreter de vez em quando palestras amenas e variadas.

Achei graça. E não prestei mais atenção a Padilha, que, espetando os dedos nos espinhos, devastou uma roseira, à pressa, e escapuliu-se. Palestras amenas!

Mais tarde, no escritório, uma ideia indeterminada saltou-me na cabeça, esteve por lá um instante quebrando louça e deu o fora. Quando tentei agarrá-la, ia longe. Interrompi a leitura da carta que tinha diante de mim e, sem saber por quê, olhei Madalena desconfiado. Estava de pé, encostada à carteira, mexia distraída as folhas do razão e contemplava pela janela os paus-d'arco distantes.

95

uma riqueza. Cada pé de amarelo! cada cedro! Olhem o desca-roçador, a serraria. Pensam que isto nasceu assim sem mais nem menos?

Padilha continuava tagarelando com Madalena. Ergui os ombros:

— Para o inferno, para a casa da peste!

Seu Ribeiro aprovava com gravidade as tolices de d. Glória.

Casimiro Lopes veio sentar-se num degrau da calçada. Pi-cando fumo com a faca de ponta e preparando o cigarro de palha, deitava os olhos de cão ao prado, ao açude, à igreja, às plantações. Pobre do Casimiro Lopes. Ia-me esquecendo dele. Calado, fiel, pau para toda a obra, era a única pessoa que me compreendia. Mandou-me um sorriso triste. Estirei o beiço, dizendo em silêncio:

— Isto vai ruim, Casimiro.

Casimiro Lopes arregaçou as ventas numa careta des-gostosa.

Os outros continuavam a zumbir. Sebo! Uns insetos. Não valia a pena prestar atenção a semelhantes insignificâncias. Gente besta.

Ergui-me, bocejando. O que eu estava era cansado. O dia inteiro no campo, inquirindo, esmiuçando. Senti as pernas bambas. Cansado.

A noite chegava. Um pretume no interior da casa. Lem-brei-me do dínamo encrencado. Mais esta. Deixei o alpendre e entrei:

— Maria das Dores, acenda os candeeiros.

O pequeno berrava como bezerro desmamado. Não me contive: voltei e gritei para d. Glória e Madalena:

— Vão ver aquele infeliz. Isso tem jeito? Aí na prosa, e pode o mundo vir abaixo. A criança esgoelando-se!

Madalena tinha tido menino.

derreando-se; diante da casa-grande tirou o chapéu e escondeu o cigarro. A pedreira, lá em cima, estava quase invisível depois que o caminho para ela se tinha fechado.

A prefeitura não queria mais comprar pedras, as construções na fazenda estavam terminadas. E mestre Caetano, gemendo no catre, recebia todas as semanas um dinheirão de Madalena. Sim senhor, uma panqueca. Visitas, remédios de farmácia, galinhas.

– Não há nada como ser entrevado.

Necessitava, é claro, mas se eu fosse sustentar os necessitados, arrasava-me.

Além de tudo vestido de seda para a Rosa, sapatos e lençóis para Margarida. Sem me consultar. Já viram descaramento assim? Um abuso, um roubo, positivamente um roubo.

Voltei a sentar-me. Madalena entrou a falar com o Padilha, mas não percebi o que diziam. O constrangimento foi desaparecendo. Padilha tinha os olhos baixos.

Por que era que eu não punha o Padilha fora de casa, aquele parasita que me levava cento e cinquenta mil-réis por mês com a tapeação da escola e estava fuxicando, visivelmente fuxicando?

Virei o rosto e descansei a vista no pátio, muito alvo, coberto de pedra miúda e areia. Andavam ali àquela hora pombos como os diabos, voando baixo, passeando, emproados, beliscando o chão. Contei uns cinquenta. Perdi a conta, recomecei sem resultado. Eram bem duzentos.

Recordei o tempo em que aquilo só tinha muçambês e lama. O riacho, um pouco de água turva num sulco estreito e tortuoso, derramava-se pela várzea, empapando o solo. E as cercas do Mendonça avançando.

Que diferença! Senti desejo de levantar-me e exclamar:

– Vejam isto. Estão dormindo? Acordem. As casas, a igreja, a estrada, o açude, as pastagens, tudo é novo. O algodoal tem quase uma légua de comprimento e meia de largura. E a mata é

93

Depois tranquilizei-me. Arredar o maquinista, sim senhor, boa solução.

Demorei-me um instante vendo um casal de papa-capins namorando escandalosamente. Uma galinhagem desgraçada. Dentro de alguns dias aquilo se descasava, cada qual tomava seu rumo, sem dar explicações a ninguém. Que sorte!

E dirigi-me a casa. No alpendre Madalena, Padilha, d. Glória e seu Ribeiro conversavam. Com a minha chegada calaram-se.

Puxei uma cadeira e sentei-me longe deles. Era possível que a palestra não me interessasse, mas suspeitei que estivessem falando mal de mim. Provavelmente. D. Glória sempre com segredinhos ao ouvido de seu Ribeiro. E Madalena escutando o Padilha. O Padilha, que tinha uma alma baixa, na opinião dela. Para o inferno. Tão bom era um como o outro. Entretidos, animados. Conspiração. Talvez não fosse nada. Mas para quem, como eu, andava com a pulga atrás da orelha! Aborrecia.

Estavam constrangidos, certamente adivinhando o que eu pensava. Padilha mastigava com os dentes estragados o sorriso servil.

Levantei-me, encostei-me à balaustrada e comecei a encher o cachimbo, voltando-me para fora, que no interior da minha casa tudo era desagradável.

No fim do pátio um moleque passou, com um bodoque na mão. Estava ali para que servia a escola. Vadiando, matando passarinhos, num dia de descanso, bom para soletrar a cartilha e riscar papel.

Seis contos de tábuas, mapas, quadros e outros enfeites de parede. Seis contos!

Carrancudo, olhei de esguelha para Madalena, que ficou sossegada, como se aquilo não tivesse sido feito por ela.

Acendi o cachimbo, furiosamente, e procurei distrair-me. O rancho de Margarida escondia-se entre as folhas das bananeiras. Marciano saiu do estábulo e veio vindo, banzeiro,

Madalena respondeu-me com quatro pedras na mão, e ficamos de venta inchada uma semana. Eu por mim remoí um rancor excessivo.

O telhado da serraria era uma nódoa vermelha que as chuvas, aqui e ali, haviam tingido de preto. Na outra margem do riacho a cabeça curvada de Margarida mexia-se lentamente por cima das hastes do capim. E, subindo uma vereda, a figurinha de Marciano colava-se às reses.

— Estúpida! exclamei com raiva.

E pensei no vestido da Rosa, nos sapatos e nos lençóis da velha Margarida.

— Desperdício.

Depois recordei o volante e o dínamo.

— Estúpida!

Está visto que Madalena não tinha nada com o descaroçador e a serraria, mas naquele momento não refleti nisso: misturei tudo e a minha cólera aumentou. Uma cólera despropositada. Esqueci os presentes que, há alguns anos, a Rosa me comeu (pó de arroz, voltas de conta) e as despesas que fiz com Margarida, até automóvel ao sertão, até clichês para o jornal do Gondim. O que me pareceu foi que Madalena estava gastando à toa.

— À toa, percebem?

Repeti para convencer-me:

— À toa. Desperdício.

Por cima do capim-gordura já não se via a cabecinha branca de Margarida. Num cotovelo do caminho o vulto de Marciano tinha desaparecido. Com o descambar do sol, o telhado da serraria estava mais vermelho.

Não seria mau despedir o maquinista.

— Que gente!

Concentrei-me no caso do dínamo, que era o que me havia predisposto a considerar prodigalidades os sapatos, os lençóis e o vestido de seda.

91

prometera endireitar tudo em dois dias. Contratempo. Montes de madeira, algodão enchendo os paióis.

— Desleixados.

À beira do riacho, topei a velha Margarida sentada numa pedra, lavando as canelas finas como gravetos.

— Boa tarde, mãe Margarida.

— Louvado seja Nosso Senhor Jesus Cristo, respondeu a negra procurando reconhecer-me com o nariz e com a orelha.

Descobriu-me entre cheiros e ruídos:

— An!

— Como vai isso, mãe Margarida? A saúde?

— Aqui vamos dando, meu filho. Melhor do que mereço a Deus, disse a velha enxugando na saia de riscado os cambitos das pernas.

— Falta alguma coisa lá no rancho?

— Falta nada! Tem tudo, a sinhá manda tudo. Um despotismo de luxo: lençóis, sapatos, tanta roupa! Para que isso? Sapato no meu pé não vai. E não me cubro. Só preciso uma esteira. Uma esteira e o fogo.

— Está direito, mãe Margarida. Passe bem. E saí, agastado com Madalena. Avistei na outra banda Marciano, que tangia o gado.

— Espera lá.

Atravessei a pinguela e fui ver o último produto limosino-caracu.

— Magreirão.

Não estava, mas achei que estava.

— Não me responda, entupa-se.

A culpada era Madalena, que tinha oferecido à Rosa um vestido de seda. É verdade que o vestido tinha um rasgão. Mas era disparate.

— Deitasse fora, foi o que eu disse a Madalena. Se estava estragado, era deitar fora. Não é pelo prejuízo, é pelo desarranjo que traz a esse povinho um vestido de seda.

90

acórdãos do tribunal os assentamentos de batizados, o caderno de contas do padeiro. D. Glória vê máquinas e homens que funcionam como as máquinas. Entretanto, d. Glória procura ser útil: vai à igreja, põe flores nos altares e limpa os vidros das imagens na sacristia; tenta cozinhar e não se entende com Maria das Dores; oferece-se para ajudar seu Ribeiro; já experimentou escrever em máquina.

Um caminhão rodou em direção à serraria; vinham da mata pancadas secas de machado; carros de bois chiavam para os lados de Bom-Sucesso.

— Como tenho dito, não concordo com esse esbanjamento de energia. A gente deve habituar-se a fazer uma coisa só.

— D. Glória nada ganharia se se aperfeiçoasse em vender bilhetes no cinema ou escrever os batizados: a paga seria sempre insignificante.

— Por que não se empregou em ofício mais rendoso?

— Difícil. Demais é necessário haver quem venda os bilhetes e copie os acórdãos.

Calei-me – e não senti nenhuma simpatia à pobre da d. Glória. Continuei a julgá-la uma velha bisbilhoteira e de mãos lastimáveis, que deitavam a perder o que pegavam. Aquelas ocupações espalhadas aborreciam-me. Levantei os ombros. E, para não descontentar Madalena:

— Pode ser que você tenha razão. Eu discordo. Mas enfim cada qual tem lá o seu modo de matar pulgas.

23

Era domingo, de tarde, e eu voltava do descaroçador e da serraria, onde tinha estado a arengar com o maquinista. Um volante empenado e um dínamo que emperrava. O homem

Vaidade. Professorinhas de primeiras letras a escola normal fabricava às dúzias. Uma propriedade como S. Bernardo era diferente.

— Não há comparação.

— Morávamos em casa de jogador de espada, disse Madalena. Havia duas cadeiras. Se chegava visita, d. Glória sentava-se num caixão de querosene. A saleta de jantar era o meu gabinete de estudo. A mesa tinha uma perna quebrada e encostava-se à parede. Trabalhei ali muitos anos. À noite baixava a luz do candeeiro, por economia. D. Glória ia para a cozinha resmungar, chorar, lastimar-se. O hábito que ela tem de cochichar e caminhar nas pontas dos pés vem desse tempo. Dormíamos as duas numa cama estreita. Se eu adoecia, d. Glória passava a noite sentada; quando não aguentava o sono, deitava-se no chão.

Madalena calou-se. Impressionado com aquela pobreza, exclamei:

— Diabo! Vocês comeram uma cachorra insossa.

— Quem não adoecia era d. Glória, continuou Madalena. Eu saía para a escola e ela punha o xale, ia cavar a vida. Tinha muitas profissões. Conhecia padres — e fazia flores, punha em ordem alfabética os assentamentos de batizados, enfeitava altares. Conhecia desembargadores — e copiava os acórdãos do tribunal. À noite vendia bilhetes no Floriano. E como o padeiro nosso vizinho era analfabeto, escriturava as contas dele num caderno de balcão. Está claro que, dedicando-se a tantas ocupações miúdas, era mal paga.

— Deve compreender... murmurei vagamente, olhando os dorsos vermelhos das novilhas mergulhadas no capim-gordura.

Madalena interrompeu-me:

— E nos exames ainda tinha tempo de cabalar os examinadores, Deus e o mundo para eu não ser reprovada. D. Glória é incansável. O que ela não pode é dedicar-se a um trabalho continuado: consome-se em trabalhos incompletos. É por isso a inquietação em que vive. Aqui não há os bilhetes do cinema, os

ro mal por isso. Agora o que não acho direito é empatar o serviço dos outros.

— Escute, Paulo, soluçou Madalena. Está enganado. Não tem razão, garanto que não tem razão. Minha tia é uma criatura digna.

— Efetivamente, ela tem uma espécie de dignidade, às vezes, mas a dignidade nela dura pouco.

Madalena prosseguiu:

— Não conheço ninguém que trabalhe mais que d. Glória.

— Ora essa! bradei com um espanto que me levantou do sofá.

— Vai sair?

Pensando bem, creio que não foi o espanto que me levantou. Provavelmente foi o costume que eu tinha de me dirigir ao campo todos os dias pela manhã. É verdade que o meu espírito estava completamente afastado da lavoura, mas d. Glória e Madalena já me haviam retardado quase uma hora, e o movimento que fiz correspondia a uma necessidade que se tornou clara quando me pus em pé.

— Vamos?

Madalena acompanhou-me e em caminho falou desta forma:

— Você, pelo que me disse, principiou a vida muito pobre.

— Sei lá como principiei! Quando dei por mim, era guia de cego. Depois vendi as cocadas da velha Margarida. Já lhe contei.

— Já. Lutou muito. Mas acredite que d. Glória tem desenvolvido mais atividade que você.

— Estou esperando. Que fez ela?

— Tomou conta de mim, sustentou-me e educou-me.

— Só?

— Acha pouco? É porque você não sabe o esforço que isso custou. Maior que o seu para obter S. Bernardo. E o que é certo é que d. Glória não me troca por S. Bernardo.

87

Achei ridículo interrogar aquele homem grave sobre os mexericos de d. Glória.

— Excelente senhora, afirmava seu Ribeiro pautando a lápis o quadrado de papelão.

— Mais ou menos.

Levantei-me:

— Cuidado com os intrusos.

— Perfeitamente, respondeu seu Ribeiro.

No salão encontrei Madalena caída no sofá, acabrunhada. Enxugou os olhos à pressa:

— Por que foi aquela brutalidade?

Madalena estava prenhe, e eu pegava nela como em louça fina. Ultimamente dizia-me coisas desagradáveis, que eu fingia não compreender. Via a barriga crescer-lhe. Uma compensação. Sentei-me e, para não desgostá-la:

— Foi realmente brutalidade. Brutalidade necessária, mas enfim brutalidade. É uma peste recorrer a isso.

— E para que recorre? chasqueou Madalena.

— Já você começa. Esses modos não, tenha paciência. Detesto picuinhas. Comigo é trás zás, nó cego. Subterfúgios não.

— Quem é que está com subterfúgios? Foi uma brutalidade.

— Necessária.

— Desnecessária. Vê-se bem que você não gosta de minha tia.

— Eu? Nem gosto nem desgosto. Pensei que ela quisesse alguma ocupação. A propósito, é bom você deixar a máquina. Aquilo é ruim para a barriga. Não se sente mal?

— Não.

— Em todo o caso uns meses antes e uns meses depois do parto tem férias.

— Obrigada.

— Como ia dizendo, julguei que sua tia quisesse trabalhar. Até uma vez dei a ela uns conselhos, no trem. Espinhou-se. Vive aí com as mãos abanando, lendo bobagens. Não lhe que-

– Por quê, seu Ribeiro?

E ele calado.

– Está bem. Ponha um cartaz ali na porta proibindo a entrada às pessoas que não tiverem negócio. Aqui trabalha-se. Um cartaz com letras bem grandes. Todas as pessoas, ouviu? Sem exceção.

– Isso é comigo? disse d. Glória esticando-se.

– Prepare logo o cartaz, seu Ribeiro.

– Perguntei se era comigo, tornou d. Glória diminuindo um pouco.

– Ora, minha senhora, é com toda a gente. Se eu digo que não há exceção, não há exceção.

– Vim falar com minha sobrinha, balbuciou d.Glória reduzindo-se ao seu volume ordinário.

– Sua sobrinha, enquanto estiver nesta sala, não recebe visitas, é um empregado como os outros.

– Eu não sabia. Pensei que não interrompesse.

– Pensou mal. Ninguém pode escrever, calcular e conversar ao mesmo tempo.

D. Glória saiu descrevendo um ângulo reto: esgueirou-se da carteira até a parede e, beirando-a, alcançou a porta, que se abriu e fechou silenciosamente. Sentei-me e comecei a confrontar o diário com o razão. Seu Ribeiro aproximou-se para auxiliar-me.

– Obrigado.

Seu Ribeiro aprontou, com o canivete e a régua, um quadrado de papelão. Madalena levantou-se, cobriu a máquina, trouxe-me as cartas, esperou que eu terminasse a leitura delas e retirou-se. Assinei as cartas e meti-as nos envelopes.

– Que é que d. Glória vem fuxicar aqui, seu Ribeiro?

– Nada de importância, respondeu o guarda-livros. A senhora d. Glória é um coração de ouro e versa diferentes temas com proficiência, mas eu, para ser franco, não a tenho escutado com a devida atenção.

85

22

D. Glória gostava de conversar com seu Ribeiro. Eram conversas intermináveis, em dois tons: ele falava alto e olhava de frente, ela cochichava e olhava para os lados. Quando me via, calava-se.

Compreendo perfeitamente essas mudanças. Fui trabalhador alugado e sei que de ordinário a gente miúda emprega as horas de folga depreciando os que são mais graúdos. Ora, as horas de folga de d. Glória eram quase todas.

Dormia, almoçava, jantava, ceava, lia romances à sombra das laranjeiras e atenazava Maria das Dores, que endoidecia com a colaboração dela. Queixava-se de tudo: dos ratos, dos sapos, das cobras, da escuridão. Afetava na minha presença uma atitude de vítima. Não se cansava de gabar a cidade, fora de propósito. Passava parte dos dias no escritório.

Seu Ribeiro tratava-a por excelentíssima senhora (Madalena era apenas excelentíssima). Julguei perceber, por certas palavras, gestos e silêncios, que ela ia ali deplorar a sorte da sobrinha. Estava sempre ao pé da carteira, amolando.

Madalena batia no teclado da máquina. Seu Ribeiro escrevia com lentidão trêmula, às vezes se aperreava procurando a régua, a borracha, o frasco de cola, que se ausentavam, porque d. Glória tinha o mau costume de mexer nos objetos e não os pôr nunca onde os encontrava. Eu me danava com essa desordem, fechava a cara, dava ordens secas rapidamente e saía para não estourar. Enfim desabafei. Num dia quatro o balancete do mês passado não estava pronto.

— Por que foi esse atraso, seu Ribeiro? Doença?

O velho esfregou as suíças, angustiado:

— Não senhor. É que há uma diferença nas somas. Desde ontem procuro fazer a conferência, mas não posso.

– Como tem coragem de espancar uma criatura daquela forma?

– Ah! sim! por causa do Marciano. Pensei que fosse coisa séria. Assustou-me.

Naquele momento não supus que um caso tão insignificante pudesse provocar desavença entre pessoas razoáveis.

– Bater assim num homem! Que horror!

Julguei que ela se aborrecesse por outro motivo, pois aquilo era uma frivolidade.

– Ninharia, filha. Está você aí se afogando em pouca água. Essa gente faz o que se manda, mas não vai sem pancada. E Marciano não é propriamente um homem.

– Por quê?

– Eu sei lá! Foi vontade de Deus. É um molambo.

– Claro. Você vive a humilhá-lo.

– Protesto! exclamei alterando-me. Quando o conheci, já ele era molambo.

– Provavelmente porque sempre foi tratado a pontapés.

– Qual nada! É molambo porque nasceu molambo.

Madalena calou-se, deu as costas e começou a subir a ladeira. Acompanhei-a, embuchado. De repente voltou-se e, com voz rouca, uma chama nos olhos azuis, que estavam quase pretos:

– Mas é uma crueldade. Para que fez aquilo?

Perdi os estribos:

– Fiz aquilo porque achei que devia fazer aquilo. E não estou habituado a justificar-me, está ouvindo? Era o que faltava. Grande acontecimento, três ou quatro muxicões num cabra. Que diabo tem você com o Marciano para estar tão parida por ele?

83

– Não ando enchendo nada não, seu Paulo. É injustiça. Ele veio de enxerido, acredite. Não chamei, até disse: "Marciano, é melhor que você vá dar comida aos bichos." Não escutou e ficou aí, lesando. Eu estava enjoado, por Deus do céu, que não gosto da cara desse moleque.

Ia pregar-lhe uma descompostura, mas avistei Madalena, que, no paredão do açude, se virava para as ruínas do Marciano. Fui ao encontro dela, resmungando:

– Insolente! dá-se o pé, e quer tomar a mão.

Mas a cólera tinha desaparecido. O que agora me importunava eram as caixas com o material pedagógico inútil nestes cafundós. Para que aquilo? O governador se contentaria se a escola produzisse alguns indivíduos capazes de tirar o título de eleitor.

– Tomando fresca, hem? perguntei a Madalena, que tinha a vista presa no telhado escuro do estábulo.

Não deu resposta. Pus-me a olhar o bebedouro dos animais, o leito vazio do riacho além do sangradouro do açude e, longe, na encosta da serra, a pedreira, que era apenas uma nódoa alvacenta. A mata ia enegrecendo. Um vento frio começou a soprar. As últimas cargas de algodão chegaram ao descaroçador. Houve um apito demorado e os trabalhadores largaram o serviço. Consultei o relógio: seis horas.

– É horrível! bradou Madalena.

– Como?

– Horrível! insistiu.

– Que é?

– O seu procedimento. Que barbaridade! Despropósito.

– Que diabo de história...

Estaria tresvariando? Não: estava bem acordada, com os beiços contraídos, uma ruga entre as sobrancelhas.

– Não entendo. Explique-se.

Indignada, a voz trêmula:

— Isto vai mal.

E gritei:

— Marciano!

Gritei em vão. Desci a ladeira, com raiva. Lá embaixo, à porta da escola, descobri Marciano escanchado num tamborete, taramelando com o Padilha.

— Já para as suas obrigações, safado.

— Acabei o serviço, seu Paulo, gaguejou Marciano perfilando-se.

— Acabou nada!

— Acabei, senhor sim. Juro por esta luz que nos alumia.

— Mentiroso. Os animais estão morrendo de fome, roendo a madeira.

Marciano teve um rompante:

— Ainda agorinha os cochos estavam cheios. Nunca vi gado comer tanto. E ninguém aguenta mais viver nesta terra. Não se descansa.

Era verdade, mas nenhum morador me havia ainda falado de semelhante modo.

— Você está se fazendo besta, seu corno?

Mandei-lhe o braço ao pé do ouvido e derrubei-o. Levantou-se zonzo, bambeando, recebeu mais uns cinco trompaços e levou outras tantas quedas. A última deixou-o esperneando na poeira. Enfim ergueu-se e saiu de cabeça baixa, trocando os passos e limpando com a manga o nariz, que escorria sangue. Estive uns minutos soprando. Depois voltei-me para o Padilha:

— O culpado é você.

— Eu?

— Sim, você, que anda enchendo de folhas as ventas daquele sem-vergonha.

Padilha defendeu-se, pálido:

81

respeitável... Que não tive intenção, ouviu? Eu sou mesmo um sujeito meio azuretado.

Veem que estávamos brandos como duas bananas. E assim passamos um mês. Por insistência dela, dei-lhe ocupação:

– Faça a correspondência. Quer ordenado. Perfeitamente, depois combinaremos isso. Seu Ribeiro que lhe abra uma conta.

21

Pois, apesar das precauções que tomamos, do asbesto que usamos para amortecer os atritos, veio nova desinteligência. Depois vieram muitas.

Pela manhã Madalena trabalhava no escritório, mas à tarde saía a passear, percorria as casas dos moradores. Garotos empalamados e beiçudos agarravam-se às saias dela.

Foi à escola, criticou o método de ensino do Padilha e entrou a amolar-me reclamando um globo, mapas, outros arreios que não menciono porque não quero tomar o incômodo de examinar ali o arquivo. Um dia, distraidamente, ordenei a encomenda. Quando a fatura chegou, tremi. Um buraco: seis contos de réis. Seis contos de folhetos, cartões e pedacinhos de tábua para os filhos dos trabalhadores. Calculem. Uma dinheirama tão grande gasta por um homem que aprendeu leitura na cadeia, em carta de ABC, em almanaques, numa Bíblia de capa preta, dos bodes. Mas contive-me. Contive-me porque tinha feito tenção de evitar dissidências com minha mulher e porque imaginei mostrar aquelas complicações ao governador quando ele aparecesse aqui. Em todo o caso era despesa supérflua.

Assinei a duplicata, pus o chapéu e saí. Ao passar pelo estábulo, notei que os animais não tinham ração.

80

café e deu a entender que estava arrependida de haver provocado o incidente.

— Foi uma leviandade.

— Foi, balbuciou Madalena vermelhinha, foi inconsideração.

— Antes de falar, a gente pensa.

— Com certeza, disse ela bastante perturbada. Esqueci que os dois eram empregados e deixei escapar aquela inconveniência. Ah! foi uma inconveniência e grande.

Aí eu peguei a xícara de café e amoleci:

— Não, assim também não. Para que exagerar? Houve apenas incompreensão. Obrigado, pouco açúcar. Incompreensão, é o termo. Eu explico. Aqui não é como lá fora. O cinema, o bar, os convites, a loteria, o bilhar, o diabo, não temos nada disso, e às vezes nem sabemos em que gastar dinheiro. Quer que lhe diga? Comecei a vida com cem mil-réis alheios. Cem mil-réis, sim senhora. Pois estiraram como borracha. Tudo quanto possuímos vem desses cem mil-réis que o ladrão do Pereira me emprestou. Usura de judeu, cinco por cento ao mês.

Madalena ouviu atenta, aprovando, com modos de menina bem-educada:

— Acredito, acredito. O que há é que ainda não conheço o meio. Preciso acostumar-me.

Chamei Casimiro Lopes, entreguei-lhe a xícara e a bandeja. Depois acendi o cachimbo:

— O que sinto...

Ergui-me:

— Nunca me arrependo de nada. O que está feito está feito. Mas enfim cara feia não bota ninguém para diante. E aquilo que eu azuni a d. Glória...

— Coitada! Ela nem estava prestando atenção à conversa. Falou por falar.

— Foi uma dos diabos. Pois faça-me um favor: mostre a ela, por alto, que não tive intenção de magoá-la. Uma pessoa idosa e

Padilha assobia no alpendre. Onde andará Padilha?

Se eu convencesse Madalena de que ela não tem razão... Se lhe explicasse que é necessário vivermos em paz... Não me entende. Não nos entendemos. O que vai acontecer será muito diferente do que esperamos. Absurdo.

Há um grande silêncio. Estamos em julho. O nordeste não sopra e os sapos dormem. Quanto às corujas, Marciano subiu ao forro da igreja e acabou com elas a pau. E foram tapados os buracos de grilos.

Repito que tudo isso continua a azucrinar-me.

O que não percebo é o tique-taque do relógio. Que horas são? Não posso ver o mostrador assim às escuras. Quando me sentei aqui, ouviam-se as pancadas do pêndulo, ouviam-se muito bem. Seria conveniente dar corda ao relógio, mas não consigo mexer-me.

20

Conforme declarei, Madalena possuía um excelente coração. Descobri nela manifestações de ternura que me sensibilizaram. E, como sabem, não sou homem de sensibilidades. É certo que tenho experimentado mudanças nestes dois últimos anos. Mas isto passa.

As amabilidades de Madalena surpreenderam-me. Esmola grande. Percebi depois que eram apenas vestígios da bondade que havia nela para todos os viventes. Paciência. Eu não devia esperar nem esses sobejos – e o que viesse era lucro. Vivemos algum tempo muito bem.

Lembram-se de que deixei a mesa aborrecido com d. Glória. Pois, passados minutos, Madalena me trouxe uma xícara de

78

A voz de Madalena continua a acariciar-me. Que diz ela? Pede-me naturalmente que mande algum dinheiro a mestre Caetano. Isto me irrita, mas a irritação é diferente das outras, é uma irritação antiga, que me deixa inteiramente calmo. Loucura estar uma pessoa ao mesmo tempo zangada e tranquila. Mas estou assim. Irritado contra quem? Contra mestre Caetano. Não obstante ele ter morrido, acho bom que vá trabalhar. Mandrião!

A toalha reaparece, mas não sei se é esta toalha sobre que tenho as mãos cruzadas ou a que estava aqui há cinco anos.

Rumor do vento, dos sapos, dos grilos. A porta do escritório abre-se de manso, os passos de seu Ribeiro afastam-se. Uma coruja pia na torre da igreja. Terá realmente piado a coruja? Será a mesma que piava há dois anos? Talvez seja até o mesmo pio daquele tempo.

Agora seu Ribeiro está conversando com d. Glória no salão. Esqueço que eles me deixaram e que esta casa está quase deserta.

– Casimiro!

Penso que chamei Casimiro Lopes. A cabeça dele, com o chapéu de couro de sertanejo, assoma de quando em quando à janela, mas ignoro se a visão que me dá é atual ou remota.

Agitam-se em mim sentimentos inconciliáveis: encolerizo-me e enterneço-me; bato na mesa e tenho vontade de chorar.

Aparentemente estou sossegado: as mãos continuam cruzadas sobre a toalha e os dedos parecem de pedra. Entretanto ameaço Madalena com o punho. Esquisito.

Distingo no ramerrão da fazenda as mais insignificantes minudências. Maria das Dores, na cozinha, dá lições ao papagaio. Tubarão rosna acolá no jardim. O gado muge no estábulo.

O salão fica longe: para irmos lá temos de atravessar um corredor comprido. Apesar disso a palestra de seu Ribeiro e d. Glória é bastante clara. A dificuldade seria reproduzir o que eles dizem. É preciso admitir que estão conversando sem palavras.

Quando os grilos cantam, sento-me aqui à mesa da sala de jantar, bebo café, acendo o cachimbo. Às vezes as ideias não vêm, ou vêm muito numerosas – e a folha permanece meio escrita, como estava na véspera. Releio algumas linhas, que me desagradam. Não vale a pena tentar corrigi-las. Afasto o papel.

Emoções indefiníveis me agitam – inquietação terrível, desejo doido de voltar, tagarelar novamente com Madalena, como fazíamos todos os dias, a esta hora. Saudade? Não, não é isto: é desespero, raiva, um peso enorme no coração.

Procuro recordar o que dizíamos. Impossível. As minhas palavras eram apenas palavras, reprodução imperfeita de fatos exteriores, e as dela tinham alguma coisa que não consigo exprimir. Para senti-las melhor, eu apagava as luzes, deixava que a sombra nos envolvesse até ficarmos dois vultos indistintos na escuridão.

Lá fora os sapos arengavam, o vento gemia, as árvores do pomar tornavam-se massas negras.

– Casimiro!

Casimiro Lopes estava no jardim, acocorado ao pé da janela, vigiando.

– Casimiro!

A figura de Casimiro Lopes aparece à janela, os sapos gritam, o vento sacode as árvores, apenas visíveis na treva. Maria das Dores entra e vai abrir o comutador. Detenho-a: não quero luz.

O tique-taque do relógio diminui, os grilos começam a cantar. E Madalena surge no lado de lá da mesa. Digo baixinho·

– Madalena!

A voz dela me chega aos ouvidos. Não, não é aos ouvidos. Também já não a vejo com os olhos.

Estou encostado à mesa, as mãos cruzadas. Os objetos fundiram-se, e não enxergo sequer a toalha branca.

– Madalena...

– Que maluqueira! Quando ele estava com o Brito, ganhava cento e cinquenta a seco. Hoje tem duzentos, casa, mesa e roupa lavada.

– É exato, confessou seu Ribeiro. Não me falta nada, o que recebo chega.

– Se o senhor tivesse dez filhos, não chegava, disse Madalena.

– Naturalmente, concordou d. Glória.

– Ora gaitas! berrei. Até a senhora? Meta-se com os romances.

Madalena empalideceu:

– Não é preciso zangar-se. Todos nós temos as nossas opiniões.

– Sem dúvida. Mas é tolice querer uma pessoa ter opinião sobre assunto que desconhece. Cada macaco no seu galho. Que diabo! Eu nunca andei discutindo gramática. Mas as coisas da minha fazenda julgo que devo saber. E era bom que não me viessem dar lições. Vocês me fazem perder a paciência.

Joguei o guardanapo sobre os pratos, antes da sobremesa, e levantei-me. Um bate-boca oito dias depois do casamento! Mau sinal. Mas atirei a responsabilidade para d. Glória, que só tinha dito uma palavra.

19

Conheci que Madalena era boa em demasia, mas não conheci tudo de uma vez. Ela se revelou pouco a pouco, e nunca se revelou inteiramente. A culpa foi minha, ou antes, a culpa foi desta vida agreste, que me deu uma alma agreste.

E, falando assim, compreendo que perco o tempo. Com efeito, se me escapa o retrato moral de minha mulher, para que serve esta narrativa? Para nada, mas sou forçado a escrever.

— Obrigada.

— Não há de quê. A excelentíssima conhece a matéria e tem caligrafia. Eu sou uma ruína. Qualquer dia destes...

Catou palavras:

— Qualquer dia destes estou com Deus.

— Sempre diz isso, resmungou Padilha. O senhor tem fôlego de sete gatos.

Pretendia acumular os cargos de professor e guarda-livros. E impacientava-se.

— Não duro, estou gasto, respondeu seu Ribeiro. E morreria tranquilo deixando os livros a uma pessoa que não viesse estragá-los com raspadelas.

— Isso é fácil, murmurou Padilha.

— Talvez, mas convém saber. Aqui a excelentíssima...

— Tinha graça, tornou Padilha, d. Madalena escrevendo os diversos a diversos.

— Nada mais natural, atalhou Madalena. Não desejo, Deus me livre. Seu Ribeiro está forte.

— Somos todos mortais, minha senhora. É verdade que ninguém pode penetrar os desígnios da Providência, mas na minha idade...

— Qual é o ordenado?

— Ora essa! estranhou Padilha. A senhora ocupar-se com essas migalhas! Receber ordenado! Era tirar de uma mão e deitar na outra.

— Por que não? Se seu Ribeiro tiver de aposentar-se... Quanto ganha o senhor, seu Ribeiro?

O guarda-livros afagou as suíças brancas:

— Duzentos mil-réis.

Madalena desanimou:

— É pouco.

— Como? bradei estremecendo.

— Muito pouco.

74

– Devia ter feito economia. São todos assim, imprevidentes. Uma doença qualquer, e é isto: adiantamentos, remédios. Vai-se o lucro todo.

– Ele já trabalhou demais. E está tão velho!

– Muito, perdeu a força. Põe a alavanca numa pedra pequena e chama os cavouqueiros para deslocá-la. Não vale os seis mil-réis que recebia. Mas não tem dúvida: mande o que for necessário. Mande meia cuia de farinha, mande uns litros de feijão. É dinheiro perdido.

18

— A excelentíssima, declarou seu Ribeiro, entende de escrituração.

Seu Ribeiro morava aqui, trabalhava comigo, mas não gostava de mim. Creio que não gostava de ninguém. Tudo nele se voltava para o lugarejo que se transformou em cidade e que tinha, há meio século, bolandeira, terços, candeias de azeite e adivinhações em noites de S. João. Com mais de setenta anos, andava a pé, de preferência pelas veredas. E só falava ao telefone constrangido. Odiava a época em que vivia, mas tirava-se de dificuldades empregando uns modos cerimoniosos e expressões que hoje não se usam. O reduzido calor que ainda guardava servia para aquecer aqueles livros grossos, de cantos e lombadas de couro. Escrevia neles com amor lançamentos complicados, e gastava quinze minutos para abrir um título, em letras grandes e curvas, um pouco trêmulas, as iniciais cheias de enfeites.

– Entende muito, continuou. E embora eu não concorde integralmente com o método que preconiza, reconheço que poderá, querendo, encarregar-se da escrita.

73

do, o descaroçador com a serraria e a estrada, que se torce contornando um morro.

— Vamos começar vida nova, hem? disse Madalena alegremente.

Desde então comecei a fazer nela algumas descobertas que me surpreenderam. Como se sabe, eu me havia contentado com o rosto e com algumas informações ligeiras.

Tive, durante uma semana, o cuidado de procurar afinar a minha sintaxe pela dela, mas não consegui evitar numerosos solecismos. Mudei de rumo. Tolice. Madalena não se incomodava com essas coisas. Imaginei-a uma boneca da escola normal. Engano. Enjoou o Padilha, que achou "uma alma baixa". (Aí eu expliquei que a alma dele não tinha importância. Exigia dos meus homens serviços: o resto não me interessava.) Enjoou o Padilha. Mas gostou de seu Ribeiro: meteu-se no escritório, folheou os livros, examinou documentos, desarmou a máquina de escrever, que estava emperrada. E dois dias depois do casamento, ainda com um ar machucado, largou-se para o campo e rasgou a roupa nos garranchos do algodão. A hora do jantar encontrei-a no descaroçador, conversando com o maquinista.

— Ora muito bem. Isto é mulher.

Mas aconselhei-a a não expor-se:

— Esses caboclos são uns brutos. Quer trabalhar? Combino. Trabalhe com Maria das Dores. A gente da lavoura só comigo.

— A ocupação de Maria das Dores não me agrada. E eu não vim para aqui dormir.

— São entusiasmos do princípio.

— Outra coisa, continuou Madalena. A família de mestre Caetano está sofrendo privações.

— Já conhece mestre Caetano? perguntei admirado. Privações, é sempre a mesma cantiga. A verdade é que não preciso mais dele. Era melhor ir cavar a vida fora.

— Doente...

72

– E eu. O culpado foi o Gondim, que tem ideias extravagantes.

Procurei maneira de formular o pedido, mas perturbei-me e não atinei com o que devia dizer:

– D. Glória, comunico-lhe que eu e sua sobrinha dentro de uma semana estaremos embirados. Para usar linguagem mais correta, vamos casar. A senhora, está claro, acompanha a gente. Onde comem dois comem três. E a casa é grande, tem uma porção de caritós.

D. Glória começou a chorar.

17

Casou-nos o padre Silvestre, na capela de S. Bernardo, diante do altar de S. Pedro.

Estávamos em fim de janeiro. Os paus-d'arco, floridos, salpicavam a mata de pontos amarelos; de manhã a serra cachimbava; o riacho, depois das últimas trovoadas, cantava grosso, bancando rio, e a cascata em que se despenha, antes de entrar no açude, enfeitava-se de espuma.

Quando viu os arames da iluminação, o telefone, os móveis, vários trastes de metal, que Maria das Dores conservava areados, brilhando, d. Glória confessou que a vida ali era suportável.

– Eu não dizia?

Ofereci-lhe um quarto no lado esquerdo da casa, por detrás do escritório, com janela para o muro da igreja, vermelho. O muro está hoje esverdeado pelas águas da chuva, mas naquele tempo era novo e cor de carne crua. Eu e Madalena ficamos no lado direito – e da nossa varanda avistávamos o algodoal, o pra-

71

– Sem dúvida, a beleza, triunfou Azevedo Gondim. É o que se quer. Harmonia, beleza, entende?

– Ora sebo!

D. Glória levantou-se e entrou. Como o assunto estivesse reduzido a cinza, calamo-nos. Azevedo Gondim tentou atiçá-lo, inutilmente.

– Que poeira, hem? com o nordeste.

Retirou-se.

Animei-me e avizinhei-me de Madalena:

– Está vendo? Por aí já falam. E só em que falam, pelo que disse o Gondim.

Nenhuma resposta.

– Não torno a pôr os pés aqui. Primeiro porque não quero prejudicá-la, segundo porque é ridículo. Naturalmente a senhora já refletiu.

Madalena soltou o bordado:

– Parece que nos entendemos. Sempre desejei viver no campo, acordar cedo, cuidar de um jardim. Há lá um jardim, não? Mas por que não espera mais um pouco? Para ser franca, não sinto amor.

– Ora essa! Se a senhora dissesse que sentia isso, eu não acreditava. E não gosto de gente que se apaixona e toma resoluções às cegas. Especialmente uma resolução como esta. Vamos marcar o dia.

– Não há pressa. Talvez daqui a um ano... Eu preciso preparar-me.

– Um ano? Negócio com prazo de ano não presta. Que é que falta? Um vestido branco faz-se em vinte e quatro horas.

Ouvindo passos no corredor, baixei a voz:

– Podemos avisar sua tia, não?

Madalena sorriu, irresoluta.

– Está bem.

– Já acabaram aquela discussão pau? perguntou d. Glória da porta. Eu estava morrendo de sono.

70

– A instrução é indispensável, a instrução é uma chave, a senhora não concorda, d. Madalena?

– Quem se habitua aos livros...

– É não habituar-se, interrompi. E não confundam instrução com leitura de papel impresso.

– Dá no mesmo, disse Gondim.

– Qual nada!

– E como é que se consegue instrução se não for nos livros?

– Por aí, vendo, ouvindo, correndo mundo. O Nogueira veio da escola sabido como o diabo, mas não sabia inquirir uma testemunha. Hoje esqueceu o latim e é um bom advogado.

– Entretanto o senhor acha o hospital necessário. E por que não deita fora os seus tratados de agricultura?

– É diferente. Em todo o caso suponho que os médicos estudam menos nos livros que abrindo barrigas, cortando vivos e defuntos em experiências. Eu, nas horas vagas, leio apenas observações de homens práticos. E não dou valor demasiado a elas, confio mais em mim que nos outros. Os meus autores não vieram olhar de perto os homens e as terras de S. Bernardo.

Madalena balançava a cabeça:

– Perfeitamente. O que há é que não estamos acostumados a pensar assim. Assisti um dia destes a uma fita no cinema, e creio que aprendi mais que se visse aquilo escrito. Sem contar que se gasta menos tempo.

– E não se enche o quengo com estopadas, acrescentei. Vocês engolem muita bucha, Gondim. Há por aí volumes que cabem em quatro linhas.

D. Glória estava quase dormindo. Azevedo Gondim, aturdido, agastado, ergueu os ombros:

– Cá para mim os livros são úteis. Se o senhor julga que são inúteis, deve ter lá as suas razões.

– Você vê que me refiro às histórias fiadas do Grêmio.

– O pior é que o que é desnecessário ao senhor talvez seja necessário a muitos, disse Madalena.

69

16

Uma semana depois, à tardinha, eu, que ali estava aboletado desde meio-dia, tomava café e conversava, bastante satisfeito. No melhor da conversa Azevedo Gondim entrou sem cerimônia e atirou uma inconveniência que não tinha tamanho:

– Ah! O senhor está aqui? Eu vinha dar os parabéns a d. Madalena. Foi bom encontrá-lo. Minhas felicitações.

– Que história é essa? perguntei estremecendo.

– O casamento, explicou Azevedo Gondim. É em que se fala. O senhor não tinha dito nada... Quando é isso?

Não respondi. Madalena contou os fios do bordado. D. Glória imobilizou-se, com uma xícara na mão. Tive desejo de torcer o pescoço do Gondim, que, percebendo a tolice, se encostou à parede, raspando o queixo. Levantei-me, cheguei à janela para disfarçar o constrangimento. Como Gondim se aproximasse, rosnei:

– Você está bêbedo?

– Julguei que não fosse segredo. Todo o mundo sabe.

– Idiota.

E voltei a sentar-me. Acanhado, as orelhas num fogaréu, agarrei-me ao hospital de Nossa Senhora da Conceição e ao Grêmio Literário e Recreativo, que levava uma existência precária, com as estantes cheias de traças e abrindo-se uma vez por ano para a posse da diretoria.

– Que utilidade tem isso?

Azevedo Gondim sentou-se, pouco a pouco serenou:

– É uma sociedade que presta bons serviços, seu Paulo.

– Lorota! O hospital, sim senhor. Mas biblioteca num lugar como este! Para quê? Para o Nogueira ler um romance de mês em mês. Uma literatura desgraçada...

Azevedo Gondim, aferrando-se a uma ideia, gira em redor dela, como peru:

68

Tossi, encalistrado:

— Está aí. Resolvi escolher uma companheira. E como a senhora me quadra... Sim, como me engracei da senhora quando a vi pela primeira vez...

Engasguei-me. Séria, pálida, Madalena permaneceu calada, mas não parecia surpreendida.

— Já se vê que não sou o homem ideal que a senhora tem na cabeça.

Afastou a frase com a mão fina, de dedos compridos:

— Nada disso. O que há é que não nos conhecemos.

— Ora essa! Não lhe tenho contado pedaços da minha vida? O que não contei vale pouco. A senhora, pelo que mostra e pelas informações que peguei, é sisuda, econômica, sabe onde tem as ventas e pode dar uma boa mãe de família.

Madalena foi à janela e esteve algum tempo debruçada, olhando a rua. Quando se voltou, eu passeava pela sala, enchendo o cachimbo.

— Deve haver muitas diferenças entre nós.

— Diferenças? E então? Se não houvesse diferenças, nós seríamos uma pessoa só. Deve haver muitas. Com licença, vou acender o cachimbo. A senhora aprendeu várias embrulhadas na escola, eu aprendi outras quebrando a cabeça por este mundo. Tenho quarenta e cinco anos. A senhora tem uns vinte.

— Não, vinte e sete.

— Vinte e sete? Ninguém lhe dá mais de vinte. Pois está aí. Já nos aproximamos. Com um bocado de boa vontade, em uma semana estamos na igreja.

— O seu oferecimento é vantajoso para mim, seu Paulo Honório, murmurou Madalena. Muito vantajoso. Mas é preciso refletir. De qualquer maneira, estou agradecida ao senhor, ouviu? A verdade é que sou pobre como Jó, entende?

— Não fale assim, menina. E a instrução, a sua pessoa, isso não vale nada? Quer que lhe diga? Se chegarmos a acordo, quem faz um negócio supimpa sou eu.

67

– Qual reciprocidade! Pieguice. Se o casal for bom, os filhos saem bons; se for ruim, os filhos não prestam. A vontade dos pais não tira nem põe. Conheço o meu manual de zootecnia.

Depois dessa conversa, a colheita do algodão prendeu-me duas semanas em S. Bernardo. Refleti algumas vezes no caso. Era provável que d. Glória houvesse batido com a língua nos dentes. Que teria dito? Apareci a Madalena com medo de ser mal recebido por causa da sugestão. Fui bem recebido:

– Como vai a lavoura?

– Vai regularmente. Creio que vai regularmente: ainda não posso prever o resultado da safra. E a sua escola? Os meninos, a d. Glória, sem novidade? Estimo. O que é certo é que a senhora não se importa com lavoura, e eu vinha tratar de outro assunto.

– O convite que me fez pelo Gondim?

Vacilei:

– Mais ou menos.

– Já lhe devia ter respondido que não aceito.

– Que diabo! Mas o aumento do ordenado, filha de Deus?

– Não convém. Estou em seis anos de magistério, não deixo o certo pelo duvidoso. Essas escolas particulares hoje se abrem, amanhã se fecham...

Fiz-lhe um cumprimento:

– Felicito-a pela sua prudência. Efetivamente a senhora arriscava a ficar sem mel nem cabaço.

– Se o senhor reconhece...

– Reconheço. E venho trazer-lhe outra proposta. Para ser franco, essa história de escola foi tapeação.

Madalena esperava, com uma rugazinha entre as sobrancelhas.

– O que vou dizer é difícil. Deve compreender... Enfim, para não estarmos com prólogos, arreio a trouxa e falo com o coração na mão.

– Pois sim. Arrumo-lhe a paisagem, a poesia do campo, a simplicidade das almas. E se ela não se convencer, sapeco-lhe um bocado de patriotismo por cima.

15

Depois do convite, tornei-me quase íntimo das duas mulheres. Madalena não se decidiu logo. E eu, a pretexto de saber a resposta, comecei a frequentar a casinha da Canafístula. Um dia dei uns toques a d. Glória:

– Por que é que sua sobrinha não procura marido?

Melindrou-se:

– Minha sobrinha não é feijão bichado para se andar oferecendo.

– Nem eu digo isso, minha senhora. Deus me livre. É um conselho de amigo. Garantir o futuro...

D. Glória empinou a coluna vertebral, e o peito cavado se achatou. Esse movimento de dignidade repentina fazia-lhe o vestido preto, já gasto, ficar esticado na barriga e frouxo nas costas. Resmungou palavras imperceptíveis. Pouco a pouco voltou à posição normal, a omoplata adaptou-se novamente ao pano coçado e o gargarejo tornou-se compreensível:

– Está visto que o casamento para as mulheres é uma situação...

– Razoável, d. Glória. E até é bom para a saúde.

– Mas há tantos casamentos desastrados... Demais isso não é coisa que se imponha.

– Não, infelizmente. É preciso propor. Tudo mal organizado, d. Glória. Há lá ninguém que saiba com quem deve casar?

– Quanto a mim, acho que em questões de sentimento é indispensável haver reciprocidade.

– Pior. Anda querendo botar socialismo na fazenda. Surpreendi-o dizendo besteiras. Não liguei importância, tanto que o conservei, mas, o caso bem pensado, talvez fosse melhor arranjar para ele outra colocação, fora.

– E convidar a Madalena.

– Sim, estive pensando. Não sei. Se ela for moça de bons costumes.

– De bons costumes? Claro. O diabo é que talvez não aceite. Morar nas brenhas!

– Isso são bobagens da tia, uma velha tonta. Mas a outra, se tem juízo como você diz, aceita.

Azevedo Gondim mastigava amendoins torrados e bebia cerveja:

– É, pode ser. Vantagem para ela, com certeza, aumento de ordenado.

– Sem dúvida.

– Pode ser. Eu só tenho pena do pobre do Padilha.

– Não. Cavo uma colocação para ele. Já não lhe disse? É um canalha, coitado. E a respeito da moça...

– O senhor entendeu-se com ela?

– Não, homem. Se me tivesse entendido, não estava consultando você. Ó Gondim, faça-me um favor. Foi justamente para isso que lhe pedi que ficasse. Sonde a mulher.

Azevedo Gondim resistiu, encarecendo o serviço que ia prestar:

– Mas eu não tenho intimidade com ela. Fale o senhor.

– Impossível. Há dois dias que estou ausente. Preciso chegar a S. Bernardo hoje. E não sei a maneira de tratar com essa gente. Muitas voltas... Peite a moça, Gondim, faça-me o favor.

— Tem razão.

E, em voz alta:

— Jantar?

Agradeceram e despediram-se. Padre Silvestre abraçou-me:

— O amigo numa entalação dessa! A culpa foi do Brito. Ele é meio esquentado, mas ultimamente a orientação que vem dando à *Gazeta* é boa.

Acompanhei-os:

— Ó Gondim, eu precisava falar com você.

Ficou.

— Estou morrendo de fome, Gondim. Dois dias quase sem comer! Calcule. Vamos jantar?

Recusou o jantar, mas aceitou um copo de cerveja. Quando cheguei à sobremesa, ele ia na terceira garrafa.

— Ó Gondim, você me falou há tempo numa professora.

— A Madalena?

— Sim. Encontrei-a uma noite destas e gostei da cara. É moça direita?

Azevedo Gondim encetou a quarta garrafa de cerveja e desmanchou-se em elogios.

— Mulher superior. Só os artigos que publica no *Cruzeiro*!

Desanimei:

— Ah! faz artigos!

— Sim, muito instruída. Que negócio tem o senhor com ela?

— Eu sei lá! Tinha um projeto, mas a colaboração no *Cruzeiro* me esfriou. Julguei que fosse uma criatura sensata.

— Essa agora! bradou Gondim picado. O senhor tem cada uma!

— Está bem. Para você não há segredo. Ouça. Estou aborrecido com o Padilha.

— Alguma carraspana que ele tomou?

63

— Andou. Necessidade. Ele não é ruim. Queria duzentos mil-réis, coitado, e eu torci o corpo. Tolice: gastei bem seiscentos, sem contar a aporrinhação de dois dias. O diabo é que, se ele recebesse os duzentos, havia de pedir mais duzentos e assim por diante.

— A notícia que circulou ontem foi que ele estava no hospital, com uma punhalada, informou padre Silvestre. Constou até que tinha morrido. Felizmente hoje sossegamos. Ferimentos leves, não?

— Que ferimentos! O que houve foi troca de palavras. O Brito disse uns desaforos, eu disse outros, juntou-se gente e a polícia entrou na questão, que não era com ela. Não houve nada.

— Logo vi, bradou padre Silvestre. Um homem prudente como o senhor não ia provocar barulho.

— Essa agora! gritou Azevedo Gondim. Pois eu tinha escrito duas colunas sobre o caso para o número de domingo.

João Nogueira aproximou-se e falou-me ao ouvido:

— Francamente, que foi que houve?

— Uma arenga sem importância.

E, pegando a ocasião:

— Ó dr. Nogueira, quem é aquela d. Glória?

— A tia da professora?

— Sim. Que tal é essa família?

— Em que sentido?

— Em tudo, respondi evasivamente. A velha viajou hoje comigo, no trem. É simpática.

— Mas que interesse tem o senhor...

— É que a mulher, indiretamente, tocou-me numa pretensão: transferência da sobrinha. Eu nunca vi o diretor da instrução pública, mas dou-me com o Silveira, que faz regulamentos. Talvez não fosse impossível conseguir a transferência. Se elas merecem, está claro.

— Mas é uma excelente professora, seu Paulo, e um nobre caráter. O senhor quer retirá-la! Que lembrança! Se ela sair, sabe o que acontece? Mandam para cá uma velha analfabeta.

– Que diria sua família se o senhor metesse duas desconhecidas em casa?

Aí quem se espantou fui eu:

– Mas não tenho família, minha senhora, nunca tive. Vivo só, com Deus.

– Então é pior, respondeu Madalena.

– Inconveniente, declarou d. Glória.

Cocei a barba:

– É pena. Um lugar tão bom para uma pessoa se refazer! Acabou-se. Se é inconveniente, fica o dito por não dito.

Depois tornei:

– Mas inconveniente por quê? Pois eu tinha muito gosto em mostrar a d. Glória uns marrecos-de-pequim que são mesmo uma beleza. Já viu os marrecos-de-pequim, d. Madalena?

– Ainda não.

– Está aí! resmunguei. Estudam a vida inteira nem sei para quê.

– Descansar um pouco? disse d. Glória.

Estávamos à porta da casa delas, na Canafístula.

– Obrigado. Vou chegando ao hotel.

Demorei-me ainda um minuto:

– Estão as senhoras aqui pessimamente instaladas. Adeus. E se resolverem ir a S. Bernardo, avisem, para mandar o automóvel.

– Perfeitamente, disse d. Glória. E muito agradecida pela companhia.

– Não tem de quê.

No hotel marchei para o banheiro, fui tirar o carvão e o suor. E ia-me sentando à mesa quando chegaram João Nogueira, Azevedo Gondim e padre Silvestre.

– Então que desordem foi essa? perguntou Azevedo Gondim. Soubemos ontem à noite.

– Imagine como nos assustamos, acrescentou o vigário. Um escândalo! É verdade que o Brito andou mal.

61

14

Na estação d. Glória apresentou-me a sobrinha, que tinha ido recebê-la. Atrapalhei-me e, para desocupar a mão, deixei cair um dos pacotes que ia entregar ao ganhador.

— Muito prazer. Eu já conhecia a senhora de nome. E de vista. Mas não sabia que era uma pessoa só. Encontramo-nos há dias.

— Há um mês.

— Perfeitamente. Estive conversando sobre isso com sua tia, ótima companheira de viagem. Sim senhora, muito prazer.

Dirigi-me ao hotel. E como a casa delas era no meu caminho, saímos juntos.

— D. Marcela disse-me que o senhor tem uma propriedade bonita, começou Madalena.

— Bonita? Ainda não reparei. Talvez seja bonita. O que sei é que é uma propriedade regular.

E embuchei, afobado. Até então os meus sentimentos tinham sido simples, rudimentares, não havia razão para ocultá-los a criaturas como a Germana e a Rosa. A essas azunia-se a cantada sem rodeios, e elas não se admiravam, mas uma senhora que vem da escola normal é diferente. Emburrei, pois, e contei os embrulhos que o ganhador equilibrava na cabeça. Fiz um esforço para endereçar amabilidades a d. Glória:

— O convite está de pé, sim senhora, e eu tenho a sua promessa de ir passar uns dias na fazenda. Espero que leve a professora. Vem um automóvel, em dez minutos estão lá.

D. Glória não tinha prometido nada. Madalena espantou-se:

— Ah! não.

— Por quê? Agora com as férias...

— Passeios... Isso é para rico.

E, sorrindo:

60

vai ser lido. Reproduzo o que julgo interessante. Suprimi diversas passagens, modifiquei outras. O discurso que atirei ao mocinho do rubi, por exemplo, foi mais enérgico e mais extenso que as linhas chochas que aqui estão. A parte referente à enxaqueca de d. Glória (e a enxaqueca ocupou, sem exagero, metade da viagem) virou fumaça. Cortei igualmente, na cópia, numerosas tolices ditas por mim e por d. Glória. Ficaram muitas, as que as minhas luzes não alcançaram e as que me pareceram úteis. É o processo que adoto: extraio dos acontecimentos algumas parcelas; o resto é bagaço. Ora vejam. Quando arrastei Costa Brito para o relógio oficial, apliquei-lhe uns quatro ou cinco palavrões obscenos. Esses palavrões, desnecessários porque não aumentaram nem diminuíram o valor das chicotadas, sumiram-se, conforme notará quem reler a cena da agressão, cena que, expurgada dessas indecências, está descrita com bastante sobriedade.

Uma coisa que omiti e produziria bom efeito foi a paisagem. Andei mal. Efetivamente a minha narrativa dá ideia de uma palestra realizada fora da terra. Eu me explico: ali, com a portinhola fechada, apenas via de relance, pelas outras janelas, pedaços de estações, pedaços de mata, usinas e canaviais. Muitos canaviais, mas este gênero de agricultura não me interessa. Vi também novilhos zebus, gado que, na minha opinião, está acabando de escangalhar os nossos rebanhos.

Hoje isso forma para mim um todo confuso, e se eu tentasse uma descrição, arriscava-me a misturar os coqueiros da lagoa, que apareceram às três e quinze, com as mangueiras e os cajueiros, que vieram depois. Essa descrição, porém, só seria aqui embutida por motivos de ordem técnica. E não tenho o intuito de escrever em conformidade com as regras. Tanto que vou cometer um erro. Presumo que é um erro. Vou dividir um capítulo em dois. Realmente o que se segue podia encaixar-se no que procurei expor antes desta digressão. Mas não tem dúvida, faço um capítulo especial por causa da Madalena.

– Cento e oitenta mil-réis? Está aí! É uma desgraça, minha senhora. Como diabo se sustenta um cristão com cento e oitenta mil-réis por mês? Quer que lhe diga? Faz até raiva ver uma pessoa de certa ordem sujeitar-se a semelhante miséria. Tenho empregados que nunca estudaram e são mais bem pagos. Por que não aconselha sua sobrinha a deixar essa profissão, d. Glória?

D. Glória referiu-se à dificuldade de arranjar empregos e ao montepio.

– Que montepio! Isso vale nada! E empregos... Vou indicar um meio de sua sobrinha e a senhora ganharem dinheiro a rodo. Criem galinhas.

D. Glória formalizou-se, e um passageiro próximo, como eu gritava entusiasmado, pôs-se a rir. Era um mocinho de bigodinho e rubi no dedo. Aproximei dele o rosto cabeludo e a mão cabeluda:

– O senhor está rindo sem saber de quê. Vejo que possui uma carta. Quanto lhe rende? Se não tem pai rico, deve ser promotor público. Faria melhor negócio criando galinhas.

O mocinho encabulou.

– Boa ocupação, d. Glória, ocupação decente. Se quiser dedicar-se a ela, recomendo-lhe a Orpington. Escola! Bestidade. Abri uma na fazenda e entreguei-a ao Padilha. Sabe quem é? Um idiota. Mas diz ele que há progresso. E eu acredito. Pelo menos o Gondim e padre Silvestre estiveram lá examinando a molecoreba e acharam tudo em ordem.

D. Glória enrugou e desenrugou a cara:

– Cada qual tem o seu meio de vida.

– História! Dê um salto a S. Bernardo para eu lhe mostrar o que é uma lavoura de fazer água na boca.

Essa conversa, é claro, não saiu de cabo a rabo como está no papel. Houve suspensões, repetições, mal-entendidos, incongruências, naturais quando a gente fala sem pensar que aquilo

— Em S. Bernardo.

D. Glória não conhecia S. Bernardo, e essa ignorância me ofendeu, porque para mim S. Bernardo era o lugar mais importante do mundo.

— Uma boa fazenda. Não há lá essa água podre que se bebe por aí. Lama. Não senhora, há conforto, há higiene.

D. Glória retificou a espinha, ergueu a voz e desfez o ar apoucado:

— Não me dou. Nasci na cidade, criei-me na cidade. Saindo daí, sou como peixe fora da água. Tanto que estive cavando transferência para um grupo da capital. Mas é preciso muito pistolão. Promessas...

— Ah! É professora?

— Não. Professora é minha sobrinha.

— Aquela moça que estava com a senhora em casa do dr. Magalhães?

— Sim.

— E como é a graça de sua sobrinha, d. Glória?

— Madalena. Veja o senhor. Fez um curso brilhante...

— Espere lá. O Nogueira e o Gondim me falaram nela. Mulher prendada, bonita. Perfeitamente. O Gondim falou muito. O Gondim do *Cruzeiro*, um da venta chata.

— Sei.

E recolheu, sorrindo, os elogios à sobrinha.

— Pois uma menina como aquela encafuar-se num buraco, seu...

— Paulo Honório, d. Glória. Faz pena. Isso de ensinar bê-á-bá é tolice. Perdoe a indiscrição, quanto ganha sua sobrinha ensinando bê-á-bá?

D. Glória baixou a voz para confessar que as professoras de primeira entrância tinham apenas cento e oitenta mil-réis.

— Quanto?

— Cento e oitenta mil-réis.

57

– Esta Great Western é uma joça. Porcaria! Isto nunca foi carro. Que chiqueiro!

Inicio de ordinário com frases assim as minhas viagens a trem. D. Glória sobressaltou-se, receando que a companhia ouvisse. Em tom confidencial, achou que os carros não eram bons.

– Péssimos, d. Glória.

Ela atentou em mim com respeito:

– Creio que já nos vimos. Não me lembro. A minha memória é uma lástima.

– Em casa do juiz, o mês passado. A senhora e uma mocinha loura...

Arregalou os olhos:

– Ah! sim.

E a conversa caiu. Para levantá-la, abri o jornal e preguei-lhe um dedo:

– Está aqui um artigo baita sobre a apicultura. O autor disto é osso.

Não compreendeu. De repente exclamou:

– Agora me recordo. O senhor estava com o dr. Nogueira, discutindo política.

– É isso mesmo.

Houve uma pausa.

– O senhor mora na capital?

– Não, moro no interior.

– Em Viçosa?

– É.

– Eu também, há pouco tempo. Mas cidade pequena... Horrível, não é?

– A cidade pequena? E a grande. Tudo é horrível. Gosto do campo, entende? do campo.

D. Glória fechou a cara:

– Mato? Santo Deus! Mato só para bicho. E o senhor vive no mato?

56

– Aquilo é matéria paga, explicou o Brito. Seção livre, não viu logo? Vamos à redação, lá nos entendemos melhor.

Em resposta passei-lhe os gadanhos no cachaço e dei-lhe um bando de chicotadas. Juntaram-se muitas pessoas, um guarda civil apitou, houve protestos, gritos, afinal Costa Brito conseguiu escapulir-se e azulou pelo Comércio, em direção aos Martírios.

Encaminhei-me ao hotel, mas nem tive tempo de almoçar, porque fui chamado à polícia. Apertaram-me com interrogatórios redundantes, perdi o trem das três e não consegui demonstrar ao delegado que ele era ranzinza e estúpido. Aborrecido, aporrinhado, recorri a um bacharel (trezentos mil-réis, fora despesas miúdas com automóvel, gorjetas etc.) e embarquei vinte e quatro horas depois, levando nos ouvidos um sermão do secretário do interior, que me seringou liberdade de imprensa e outros disparates.

No vagão comprei os jornais do dia. Nenhum noticiava o espalhafato. Camaradas. Comecei a ler umas coisas interessantes sobre a apicultura. Pouco a pouco esqueci as burrices do delegado e o liberalismo do secretário. E reconciliado com o Brito, confessei a mim mesmo que ele tinha bom coração e provavelmente não reincidiria. Concentrei-me na leitura. Efetivamente as abelhas seriam para nós uma fonte de riqueza.

Nesse ponto veio sentar-se a meu lado uma senhora vestida de preto. Como o sol a incomodasse, baixei a portinhola.

– Agradecida.

Reparando nela, reconheci a mulher que, um mês antes, em casa do dr. Magalhães, escutava o romance de d. Marcela.

– Não tem de quê, d. Glória.

Notei que ela estava com um pacote a furar-se nos joelhos agudos e pedi-o, coloquei-o junto à minha bagagem. Era uma velha acanhada: sorriso insignificante e modos de pobre. O trem pôs-se em movimento. E encetamos um diálogo que se foi animando até nos tornarmos amigos.

– O que o senhor deve fazer é processá-lo, aconselhou João Nogueira. É fácil metê-lo na cadeia.

– E querendo defender-se, tem cá o *Cruzeiro*, insinuou Azevedo Gondim. Pode escrever. Ou então escrevo eu, ou escreve o Nogueira. Infelizmente o *Cruzeiro* circula pouco. Mas é o que temos. Disponha.

– Obrigado, Gondim; obrigado, dr. Nogueira. Depois resolvemos. Não vale a pena quebrar a cabeça com uma tolice dessa.

E ficamos no hotel até onze da noite, jogando dominó a tostão o tento.

No outro dia tomei o trem, ferrei no sono e acordei às dez horas, na estação central. Logo ali, com o rebenque debaixo do braço, comecei a examinar as caras.

Subi a rua do Comércio, dobrei o Livramento, a Alegria, parei em frente à *Gazeta*. Olhei um instante, pelas grades, as caixetas imundas, entrei, atravessei a sala de composição, a de impressão e, lá no fundo, desemboquei na redação, onde só estava um rapaz amarelo preparando telegramas com os jornais do Recife da véspera. O diretor tinha ido a Pajuçara.

– Obrigado.

Voltei pelo mesmo caminho e estive uma hora no relógio oficial, observando os passageiros dos bondes de Ponta-da-Terra. Afinal surgiu o focinho de rato do Brito.

– Olá!

Recuou, tentou retomar o estribo, mas o carro já ia longe. Franziu a testa com dignidade. Vendo o rebenque, empalideceu e gaguejou:

– Bons olhos o vejam. Que sorte! Sim senhor, precisamos conversar.

Agarrei-lhe o braço, puxei-o para junto do relógio e disse-lhe, quase cochichando para não espantar os transeuntes:

– Então, seu filho de uma égua, esses artigos...

Percorri a cidade, bestando, impressionado com os olhos da mocinha loura e esperando um acaso que me fizesse saber o nome dela. O acaso não veio, e decidi procurar João Nogueira, informar-me do nome, posição, família, as particularidades necessárias a quem pretende dar uma cabeçada séria. Às dez horas fui à redação do *Cruzeiro*, mas só encontrei Arquimedes, compondo. Estive no bilhar do Sousa. Não havia fregueses; apenas um, meio golado.

– O dr. Nogueira deve estar em casa da Ernestina.

Eu não sabia onde era a casa da Ernestina. Cerca de meia-noite descobri o advogado no hotel, discutindo poesia com Azevedo Gondim. Escutei uma hora, desejoso de instruir-me. Não me instruí.

– Dr. Nogueira, faz obséquio? É um instante, Gondim.

Mas tive acanhamento de tocar naquele assunto delicado, receei tornar-me ridículo, imaginei que podia o Nogueira andar também arrastando a asa para a lourinha e, sentindo uma espécie de despeito, pedi informações minuciosas sobre o processo do Pereira.

13

Tornei a encontrar a mocinha loura. Eu voltava da capital, aonde tinha ido por causa do sem-vergonha do Brito.

A coisa se deu assim. Depois do meu telegrama (lembram-se: o telegrama em que recusei duzentos mil-réis àquele pirata), a *Gazeta* entrou a difamar-me. A princípio foram mofinas cheias de rodeios, com muito vinagre, em seguida o ataque tornou-se claro e saíram dois artigos furiosos em que o nome mais doce que o Brito me chamava era assassino. Quando li essa infâmia, armei-me de um rebenque e desci à cidade.

– A oposição não sabe o que diz. Nós temos lá oligarquia? Temos uma quantidade enorme de cavadores no poder. Só os congressistas! E os ministros, os presidentes, os governadores, os secretários, os políticos do sul. Muito dente roendo o tesouro. E que súcia! Veja os nossos representantes no congresso federal. Que diz, seu Magalhães?

O dr. Magalhães não dizia nada.

– Nunca leio política. Sou apenas juiz. Estudo, compulso os meus livros, pchiu! Acordo cedo, tomo uma xícara de café, pequena, faço a barba, vou ao banho. Depois passeio pelo quintal, volto, distraio-me com as revistas e almoço, pouco, por causa do estômago. Descanso uma hora, escrevo, consulto os mestres. Janto, dou um giro pela cidade, à noite recebo os amigos, quando aparecem, durmo.

D. Glória não se conteve:

– Obra com acerto, é preciso preservar a saúde.

João Nogueira deu ao rosto uma expressão safada:

– Sem dúvida, é preciso preservá-la. Mas, como íamos dizendo, isto nunca foi oligarquia. Há gente demais.

– Pois se, havendo tanta, a oposição grita, imagine se o número fosse menor. Aí é que a gritaria não findava.

– Por quê?

– Porque muitos dos que estão em cima estariam embaixo, o descontentamento seria maior.

Como o advogado se aproximasse da janela, soprei-lhe ao ouvido:

– Ele prometeu o despacho?

João Nogueira afirmou com um gesto. Despedi-me:

– Não concordo com o senhor não, dr. Nogueira. A república vai bem. Só a justiça que temos... Reflita.

– Eu por mim sou apenas juiz, disse o dr. Magalhães. Estudo, consulto os bons autores...

Demorei-me até que ele terminasse, despedi-me pela segunda vez e saí.

minuto nesse jogo, cada um esperando pelo outro. Observei então que a mocinha loura voltava para nós, atenta, os grandes olhos azuis.

De repente conheci que estava querendo bem à pequena. Precisamente o contrário da mulher que eu andava imaginando – mas agradava-me, com os diabos. Miudinha, fraquinha. D. Marcela era bichão. Uma peitaria, um pé de rabo, um toitiço!

Como o silêncio se prolongasse, repliquei ao Nogueira, quase me dirigindo à lourinha:

– Existem coisas inúteis que nós conservamos. Eu conservo este cachimbo, que é inútil e até me faz mal.

Enchi o cachimbo:

– Que, para ser franco, nem sei se ele é inútil. Talvez não seja. Por isso vou às eleições. O senhor com certeza não quer acabar com as leis.

O dr. Magalhães, para quem a lei escrita é como o ar, escandalizou-se:

– Oh!

– Não, tornou João Nogueira. Que essas do congresso ordinariamente não prestam. O que é bom acabar é o congresso. As leis deviam ser feitas por especialistas.

– Ah! suspirou o dr. Magalhães, aliviado. Leis ou decretos, desde que estivessem no papel, em forma, era tudo o mesmo. Cruzou as pernas, balançou a cabeça, estirou o beiço e levantou um dedo:

– O que precisamos é uma elite.

– Perfeitamente, apoiou João Nogueira, uma oligarquia.

Mas o dr. Magalhães embirrou com o nome:

– Ah! não.

– Ora essa! exclamou João Nogueira. Só podemos ter no governo uma elite de poucos indivíduos. É oligarquia.

– Mas que é que a oposição faz senão berrar nos jornais e nos meetings contra isso? perguntei.

51

O dr. Magalhães agradeceu.

— Para proceder assim é necessário ter independência. Eu tenho independência. Que é que eles podem fazer comigo? Não preciso deles.

Ignoro a que pessoas se referia o dr. Magalhães. João Nogueira tocou-lhe no ombro e cochichou. Compreendi que se tratava do negócio do Pereira.

Levantei-me, arredei-me, para não prejudicar a integridade do juiz e para desemburrar-me um pouco. Fui à janela, acendi o cachimbo.

D. Marcela ia terminando a narração do romance. O advogado estava satisfeito. Apertei nos dentes o cachimbo e esfreguei as mãos com força:

— Ora muito bem. Que me dizem os senhores da chapa do partido? Não conheço os candidatos, mas suponho que há uns dois ou três oradores arrojados.

— O senhor acredita nisso? perguntou João Nogueira.

— Em quê?

— Eleições, deputados, senadores.

Retraí-me, indeciso, porque não tenho ideias seguras a respeito dessas coisas.

— A gente se acostuma com o que vê. E eu, desde que me entendo, vejo eleitores e urnas. Às vezes suprimem os eleitores e as urnas: bastam livros. Mas é bom um cidadão pensar que tem influência no governo, embora não tenha nenhuma. Lá na fazenda o trabalhador mais desgraçado está convencido de que, se deixar a peroba, o serviço emperra. Eu cultivo a ilusão. E todos se interessam.

João Nogueira refletiu um instante:

— O que eu acho é que os deputados e os senadores são inúteis e comem demais.

Ia responder, mas notei que o dr. Magalhães se mexia. Fiquei com a resposta nas goelas. Ele conteve-se, e estivemos um

— Não, discordou o dr. Magalhães, duas semanas. Você está equivocada.

— Duas semanas não são quinze dias? perguntou d. Marcela.

— Não. Duas semanas são catorze dias.

D. Marcela não se convenceu:

— Sempre ouvi dizer que duas semanas são quinze dias.

— Eu também tenho ouvido, confessou o dr. Magalhães. Tenho ouvido até muitas vezes. Mas é engano. Uma semana tem sete dias. Sete e sete não são catorze? E então? São catorze.

João Nogueira soltou o livro. Talvez d. Marcela contasse com o dia do cinema.

— É possível, acedeu o dr. Magalhães. Não contando, são catorze.

— Mas contando, são quinze, gritou d. Marcela.

— É bom não contar, aconselhou o dr. Magalhães.

Despertaram todos, e a lourinha fez um movimento para se levantar.

— Muito cedo, murmurou d. Marcela.

A senhora de preto continuou sentada e entrou a discorrer sobre romances. D. Marcela tinha acabado um, de aventuras. Ia ver se se lembrava do enredo. Mas enganchou-se e não acertou com os nomes das personagens. Recomeçou, tornou a enganchar-se:

— Um romance que faz gosto, d. Glória.

— Eu não gosto de literatura, disse o dr. Magalhães. Folheei algumas obras antigamente. Hoje não. Desconheço tudo isso. Sou apenas juiz, pchiu! juiz.

D. Marcela estava quase acertando com o enredo do romance de aventuras. D. Glória escutava. A loura tinha a cabecinha inclinada e as mãozinhas cruzadas, lindas mãos, linda cabeça.

— Quando julgo, anunciava o dr. Magalhães, abstraio-me, afasto os sentimentos.

— Estive comentando isso ontem à tarde com o dr. Nogueira, atalhei.

Naquele momento, porém, como já disse, conservavam-se todos em silêncio. D. Marcela sorria para a senhora nova e loura, que sorria também, mostrando os dentinhos brancos. Comparei as duas, e a importância da minha visita teve uma redução de cinquenta por cento.

Larguei, pois, d. Marcela e procurei, por meios indiretos, arrancar do juiz as linhas indispensáveis ao advogado.

O dr. Magalhães passou a mão pela testa e perguntou:

– Quais são os jornais que o senhor assina? Respondi que assinava revistas de agricultura, a folha do partido, o *Cruzeiro* e a *Gazeta*. Elogiei Azevedo Gondim e ataquei o Brito.

– Um caradura, não é?

O dr. Magalhães amoitou-se. João Nogueira foi à estante de duas prateleiras, tirou um livro, voltou a sentar-se e começou a ler.

Houve no outro lado da sala um sussurro entrecortado de risinhos.

Necessitando pensar, pensei que é esquisito este costume de viverem os machos apartados das fêmeas. Quando se entendem, quase sempre são levados por motivos que se referem ao sexo. Vem daí talvez a malícia excessiva que há em torno de coisas feitas inocentemente. Dirijo-me a uma senhora, e ela se encolhe e se arrepia toda. Se não se encolhe nem se arrepia, um sujeito que está de fora jura que há safadeza no caso.

– Não tem aparecido ultimamente no cinema, hem? disse em voz alta a senhora de preto.

– Faz quinze dias, d. Glória, respondeu d. Marcela. Acho que faz quinze dias. Ó papai, quanto tempo faz que nós fomos ao cinema?

O dr. Magalhães calculou. Tirou do bolso um cigarro, dividiu-o em duas partes, transformou uma delas num cigarrinho fino, acendeu-o:

– Duas semanas.

– É isso mesmo, quinze dias.

48

Que diabo diria ele contra mim na folha? Não sendo funcionário público, as minhas relações com o partido limitavam-se a aliciar eleitores, entregar-lhes a chapa oficial e contribuir para música e foguetes nas recepções do governador. O veneno da *Gazeta* não me atingia. Salvo se ela bulisse com os meus negócios particulares. Nesse caso só me restava pegar um pau e quebrar as costelas do Brito.

Recalquei as ideias violentas e esforcei-me por trazer de novo ao espírito as tintas e os *ss* de d. Marcela. Vieram. Mas afastavam-se de quando em quando – e nos intervalos apareciam Marciano, a Rosa com os meninos, Luís Padilha e Costa Brito.

12

A questão do Pereira estava dormindo no cartório, esperando que o juiz de direito desse uma penada nos autos. João Nogueira disse-me isso uma tarde. Eu então, ligando o caso do Pereira aos predicados de d. Marcela, desci no dia seguinte à cidade, resolvido a visitar o dr. Magalhães.

Encontrei-o à noitinha no salão, que servia de gabinete de trabalho, com a filha e três visitantes: João Nogueira, uma senhora de preto, alta, velha, magra, outra senhora moça, loura e bonita.

Estavam calados, em dois grupos, os homens separados das mulheres.

O dr. Magalhães é pequenino, tem um nariz grande, um pince-nez e por detrás do pince-nez uns olhinhos risonhos. Os beiços, delgados, apertam-se. Só se descolam para o dr. Magalhães falar a respeito da sua pessoa. Também quando entra neste assunto, não para.

47

Cada olho! O que tinha de ruim era usar muita tinta no rosto e muitos *ss* na conversa. Paciência. Perfeito só Deus.

Bambeava para me dirigir ao dr. Magalhães quando Costa Brito voou para cima de mim, numa carta, com a intenção de avançar-me em duzentos mil-réis.

Costa Brito tinha virado. A *Gazeta*, que sempre louvara furiosamente o governo, fugira para a oposição, por causa de um emprego de deputado estadual, e achava a administração pública desorganizada, entregue a homens incompetentes. A nós que votávamos com o partido dominante, mas não éramos peixe nem carne – queixumes, nariz torcido, modos de enjoo. Da minha última viagem à capital, em troca de uma notícia besta de quatro linhas, o diretor da *Gazeta* ainda me lambera cinquenta mil-réis, no café, bebendo cerveja com indignação:

– Querem jornal de graça. Para o inferno! A vida inteira escrevendo como um condenado, mentindo, para esses moços subirem! Só a despesa que se tem! só o preço do papel! E na eleição, coice. Nem uma porcaria, uma desgraça que qualquer prefeito analfabeto consegue com facilidade. Querem elogios. Está aqui para eles.

Eu não precisava do Brito, mas passei o dinheiro, em atenção a serviços prestados anteriormente e porque não gosto de questões com gente de imprensa. Depois aludi à crise e dei a entender que não continuava a sangrar.

Mas o Brito tem barriga de ema: desprezou o aviso e mandou-me diversas cartas, as primeiras com choro, as últimas com exigências. Essa que me vinha embrulhar os planos de casamento trazia ameaças. Recusei o cobre, num telegrama: "Inútil insistir. Fartíssimo."

Tinha graça viver aqui suando para sustentar um literato. Eu era pai dele?

– Quem pariu mateu que o balance. Uma ou outra facada razoável, com moderação, vá. Ameaças, não. Chantagem, não.

– Eu meto a mão em cumbuco? Sou lá capaz de propagar ideias subversivas?

No outro dia pela manhã, choramingando, balbuciando peditórios, a Rosa, com cinco filhos (três agarrados às saias, um nos braços, outro no bucho), atracou-me no pomar. E eu, que não tenho grande autoridade junto dela, sosseguei-a:

– Mande-me cá o Marciano, aquele cachorro. Até logo, vou ver.

À noite reuni Marciano e Padilha na sala de jantar, berrei um sermão comprido para demonstrar que era eu que trabalhava para eles. Mas atrapalhei-me e contentei-me com injuriá-los:

– Mal-agradecidos, estúpidos.

Amunhecaram, e baixei a pancada:

– Juízo de galinha. Embarcando em canoa furada! Tontos.

Dei-lhes conselhos. Encontrando macieza, Luís Padilha quis discutir; tornei a zangar-me, e ele se convenceu de que não tinha razão. Marciano encolhia-se, levantava os ombros e intentava meter a cabeça dentro do corpo. Parecia um cágado. Padilha roía as unhas.

– Por esta vez passa. Mas se me constar que vocês andam com saltos de pulga, chamo o delegado de polícia, que isto aqui não é a Rússia, estão ouvindo? E sumam-se.

Sumiram-se. Ficou-me um resto de indignação, depois serenei.

– Faz de conta que não houve nada.

Lorotas. Todos esses malucos dormem demais, falam à toa.

– Marciano, coitado, nem por isso. Trata bem do gado, é marido da Rosa.

Quanto ao Padilha, eu sentia prazer em humilhá-lo mostrando-lhe os melhoramentos que introduzia na propriedade.

E recomecei a elaborar mentalmente a mulher a que me referi no princípio deste capítulo. Revistei a Mendonça, a Gama, a irmã do Gondim (eu nem sabia como se chamava a Gondim) e d. Marcela do dr. Magalhães. D. Marcela era um pancadão.

Nesse ponto surgiu-me um pequeno contratempo. Uma tarde surpreendi no oitão da capela (a capela estava concluída; faltava pintura) Luís Padilha discursando para Marciano e Casimiro Lopes:

– Um roubo. É o que tem sido demonstrado categoricamente pelos filósofos e vem nos livros. Vejam: mais de uma légua de terra, casas, mata, açude, gado, tudo de um homem. Não está certo.

Marciano, mulato esbodegado, regalou-se, entronchando-se todo e mostrando as gengivas banguelas:

– O senhor tem razão, seu Padilha. Eu não entendo, sou bruto, mas perco o sono assuntando nisso. A gente se mata por causa dos outros. É ou não é, Casimiro?

Casimiro Lopes franziu as ventas, declarou que as coisas desde o começo do mundo tinham dono.

– Qual dono! gritou Padilha. O que há é que morremos trabalhando para enriquecer os outros.

Saí da sacristia e estourei:

– Trabalhando em quê? Em que é que você trabalha, parasita, preguiçoso, lambaio?

– Não é nada não, seu Paulo, defendeu-se Padilha, trêmulo. Estava aqui desenvolvendo umas teorias aos rapazes.

Atirei uma porção de desaforos aos dois, mandei que arrumassem a trouxa, fossem para a casa do diabo.

– Em minha terra não, acabei já rouco. Puxem! Das cancelas para dentro ninguém mija fora do caco. Peguem as suas burundangas e danem-se. Com um professor assim, estou bonito. Dou por visto o que este sem-vergonha ensina aos alunos.

Mais tarde, porém, cheio de embromações e lamúrias, Padilha jurou por todos os santos que a escola funcionava normalmente e fazia cortar coração deixar tantas crianças sem o pão do saber. Quanto às teorias, aquilo era só para matar tempo e empulhar o Casimiro.

Continuou a riscar figuras no chão. Curvada, um rosário de contas brancas e azuis aparecia pelo cabeção aberto e batia-lhe nas pelancas dos peitos.

– Queria também um tacho. O outro furtaram.

Lembrei-me do tacho velho, que era o centro da pequenina casa onde vivíamos. Mexi-me em redor dele vários anos, lavei-o, tirei-lhe com areia e cinza as manchas de azinhavre – e dele recebi sustento. Margarida utilizou-o durante quase toda a vida. Ou foi ele que a utilizou. Agora, decrépita, não podia ser doceira, e aquele traste se tornava inteiramente desnecessário.

– Está bem, mãe Margarida, terá um tacho igual ao outro.

11

Amanheci um dia pensando em casar. Foi uma ideia que me veio sem que nenhum rabo de saia a provocasse. Não me ocupo com amores, devem ter notado, e sempre me pareceu que mulher é um bicho esquisito, difícil de governar.

A que eu conhecia era a Rosa do Marciano, muito ordinária. Havia conhecido também a Germana e outras dessa laia. Por elas eu julgava todas. Não me sentia, pois, inclinado para nenhuma: o que sentia era desejo de preparar um herdeiro para as terras de S. Bernardo.

Tentei fantasiar uma criatura alta, sadia, com trinta anos, cabelos pretos – mas parei aí. Sou incapaz de imaginação, e as coisas boas que mencionei vinham destacadas, nunca se juntando para formar um ser completo. Lembrei-me de senhoras minhas conhecidas: d. Emília Mendonça, uma Gama, a irmã de Azevedo Gondim, d. Marcela, filha do dr. Magalhães, juiz de direito.

Entreguei a carta a Casimiro Lopes, tomei o chapéu e fui fazer a minha segunda visita à preta. Desci a ladeira. Ao atravessar o paredão do açude, amedrontei uma nuvem de marrecas e jaçanãs. Com as últimas chuvas a represa aumentara muito, os bancos de baronesa estavam com vontade de entupir o sangradouro. A levada que ia ter ao descaroçador e à serraria transbordava. Fechada a serraria, fechado o descaroçador. Dia perdido.

Encontrei Margarida sentada numa esteira, riscando os tijolos com carvões.

— Mãe Margarida, como vai a senhora?

Tentou endireitar o espinhaço emperrado e, antes de lançar-me os olhos brancos, reconheceu-me pela voz.

— Aqui gemendo e chorando, meu filho, cheia de pecados.

Pecados! Antigamente era uma santa. E agora, miudinha, encolhidinha, com pouco movimento e pouco pensamento, que pecados poderia ter? Como estava com a vista curta, falou sem levantar a cabeça, repetindo os conselhos que me dava quando eu era menino. Uma fraqueza apertou-me o coração, aproximei-me, sentei-me na esteira, junto dela.

— Mãe Margarida, procurei a senhora muito tempo. Nunca me esqueci. Foi uma felicidade encontrá-la. E carecendo de alguma coisa, é dizer. Mande buscar o que for necessário, mãe Margarida, não se acanhe.

Olhou com espanto as cadeiras, a mesinha, a lâmpada elétrica, os móveis do quarto próximo.

— Para que tanto luxo? Guarde os seus troços, que podem servir. Em cama não me deito. E quem dá o que tem a pedir vem.

— Não faz mal, mãe Margarida. Esteja sossegada, durma sossegada. Faltando lenha para o fogo, avise. Não deixe o fogo apagar-se, que as noites estão frias.

— É o que eu preciso, o fogo. O fogo e um pote.

10

Aqui nos dias santos surgem viagens, doenças e outros pretextos para o trabalhador gazear. O domingo é perdido, o sábado também se perde, por causa da feira, a semana tem apenas cinco dias, que a Igreja ainda reduz. O resultado é a paga encolher e essa cambada viver com a barriga tinindo.

Num feriado de mentira, não tendo podido encontrar gente para tirar baronesas do açude e brocar um pedaço de capoeira, distraí-me ouvindo Padilha e Casimiro Lopes conversarem a respeito de onças.

Não se entendem. Padilha, homem da mata e franzino, fala muito e admira as ações violentas; Casimiro Lopes é coxo e tem um vocabulário mesquinho. Julga o mestre-escola uma criatura superior, porque usa livros, mas para manifestar esta opinião arregala os olhos e dá um pequeno assobio. Gagueja. No sertão passava horas calado, e quando estava satisfeito, aboiava. Quanto a palavras, meia dúzia delas. Ultimamente, ouvindo pessoas da cidade, tinha decorado alguns termos, que empregava fora de propósito e deturpados. Naquele dia, por mais que forcejasse, só conseguia dizer que as onças são bichos brabos e arteiros.

– Pintada. Dentão grande, pezão grande, cada unha! Medonha!

Padilha exigia que o outro repetisse a descrição e ia intercalando nela, por conta própria, caracteres novos. Casimiro Lopes divergia; mas, confiado na ciência de Padilha, capitulava – e ao cabo de minutos a onça estava um animal como nunca se viu.

– Ó Casimiro, você vai levar um papel ao vigário.

E escrevi a padre Silvestre agradecendo o interesse que ele tinha tomado pela viagem difícil de Margarida. Chegara dias antes e estava alojada numa casinha cercada de bananeiras.

41

– Canalha!

E roeu as unhas com furor.

Seu Ribeiro, os óculos atentos, comentava em silêncio, com gestos de desagrado, a prosa ruim do Brito.

– O que eu não compreendo, estranhei, é a razão dessa rasteira no vigário. Estava quase eleito, reconhecido, empossado, e de repente – zás! – no chão. Por que foi?

– Padre Silvestre é revolucionário, explicou João Nogueira. Pretende salvar o país por processos violentos.

Estremeci. Casimiro Lopes, de binga na mão, acendia o cigarro. O luar estava muito branco. Um pedaço de mata aparecia, longe, e distinguiam-se as flores amarelas dos paus-d'arco.

Levantei-me, fiz um sinal a João Nogueira e aproximamo-nos da janela.

– Ó dr. Nogueira, diga-me cá, perguntei em voz baixa, essa história da queda do Pereira é certa?

João Nogueira aceitou um charuto e declarou que não havia dúvida nenhuma.

– O governador estava razoável e propôs um acordo metendo o padre no conselho. O Pereira jogou no padre e levou taboca.

– Pois, dr. Nogueira, murmurei abafando mais a voz, cuido que chegou a ocasião de liquidar os meus negócios com o Pereira. Tenho marombado, espiado maré, porque o chefe era ele. Mas se foi ao barro, acabou-se. Está aqui enrascado numa conta de cabelos brancos. Vou entregar-lhe a conta. Veja se me consegue uma hipoteca.

– Perfeitamente, concordou João Nogueira.

E entusiasmou-se:

– Perfeitissimamente! Passe a procuração. O senhor vai prestar ao partido um grande serviço. Aperte o Pereira, seu Paulo Honório.

– Não interessa. Bico de pena!

Torcidas de verdade, sim: mandava os meus eleitores às urnas e recebia em troca os agradecimentos do partido. Tricazinhas locais, não. Se o Pereira tinha pisado em casca de banana, pior para ele: caía, vinha outro e arranjava-se nova chapa.

– Bem feito, resmungou Padilha, que não perdoa ao Pereira ter desconfiado dos seus projetos de agricultura. Aquilo é um jumento.

– Que injustiça! bradou João Nogueira sorrindo. O Pereira até agora foi um sujeito de tino.

Todo o mundo gabava a prudência dele. Hoje o Padilha tacha-o de jumento.

– Homem, aventurou Azevedo Gondim coçando a barba, não é só o Padilha. Eu também. E você. Num momento como este dar murro em faca de ponta! Se tivéssemos uma eleição federal de cabala, vá. Mas quando o governo não faz caso de votos, querer sacudir padre Silvestre na prefeitura! O Padilha tem razão.

– Ora essa! atalhei. Você não sustentou a candidatura do vigário no jornal, Gondim?

– Sustentei. Sustentei por dever de solidariedade política. Mas particularmente discordei. O Nogueira está aí para atestar. E quanto a dizer que era disparate, era.

Sabia que padre Silvestre falara em cortar a subvenção de cento e cinquenta mil-réis mensais que o município dava ao *Cruzeiro*. Tinha esta ameaça atravessada na garganta. E, cheio de raiva, defendia o vigário, exaltando-lhe as virtudes e esquecendo o resto de propósito.

– Um desastre. Bom homem. É pouco. Muito ingênuo, emprenha pelos ouvidos, inteligência de peru novo, besta como aruá.

– Padres! exclamou Luís Padilha com desprezo.

Era ateu e transformista. Depois que eu o havia desembaraçado da fazenda, manifestava ideias sanguinárias e pregava, cochichando, o extermínio dos burgueses.

39

– Perfeitamente, mastigou Padilha encabulado. Vou refletir. Quanto à bebida dispenso recomendação, que não bebo. Bebo nas refeições, nem sempre, e lá uma vez ou outra um cálice, por insistência de amigos. Talvez aceite.

Acabamos o jantar em silêncio. Maria das Dores trouxe o café e retirou os pratos. Abri a caixa de charutos, acendi o cachimbo e fomos para o salão.

Seu Ribeiro desdobrou a *Gazeta*. Instintivamente escondi-me num canto, afastado das portas abertas. Não consegui evitar uma janela. Quis fechá-la, mas sosseguei: Casimiro Lopes, que vigiava a casa, sentou-se numa das paredes começadas da igreja, acomodou o rifle entre as pernas e ficou imóvel, farejando.

– Vai o nosso Padilha voltar a S. Bernardo, disse João Nogueira.

– E concluir o livro, acrescentou Azevedo Gondim. Você, com a vida regularizada, escreve à beça, Padilha.

– Qual nada!

Envergonha-se de compor uns contos que publica no *Cruzeiro*, com pseudônimo, e quando lhe falam neles, imagina que é esculhambação e atrapalha-se. Aprumou-se, lançou um olhar amargurado às cadeiras, ao soalho, às lâmpadas:

– O ordenado é pequeno, não chega para os livros. Mas venho. Venho porque se trata de instrução e tenho embocadura para o magistério.

Seu Ribeiro virava a folha do jornal, movia os beiços, às vezes gesticulava.

Indecente, aquela *Gazeta*. E o Brito, a pedir dinheiro, estava-se tornando insuportável.

Azevedo Gondim, cansado por duas léguas a pé, bocejou e espreguiçou-se:

– Então os candidatos do Pereira são derrotados, hem?

Eleição municipal.

– Em Pão-de-Açúcar. Recebi hoje uma carta. Os sinais, a idade, a cor, tudo confere. Vive com uma família que faz queijos. Já retirei o anúncio do *Cruzeiro*.

– Está direito. Vocês conhecem alguém em Pão-de-Açúcar? Conhece alguém em Pão-de-Açúcar, seu Ribeiro?

Não conheciam.

– Ó Gondim, já que tomou a empreitada, peça ao vigário que escreva ao padre Soares sobre a remessa da negra. Acho que acompanho vocês, vou falar a padre Silvestre. É conveniente que a mulher seja remetida com cuidado, para não se estragar na viagem. E quando ela chegar, pode encomendar as miçangas, Gondim. Como se chamam?

– Clichês. Clichês e vinhetas.

– Pois sim. Mande buscar os clichês e as vinhetas, quando tivermos a velha.

– Estava aqui pensando na escola, murmurou Padilha.

– E eu. Tirou-me a palavra da boca, atalhou João Nogueira. Convide a Madalena, seu Paulo Honório. Excelente aquisição, mulher instruída.

– Até lhe enfeita a casa, seu Paulo, gritou Azevedo Gondim.

– Tolice. Ando lá procurando bibelôs?

Padilha, meio desconcertado, rosnou, agarrando-se ao osso:

– Eu não disse que não aceitava. O que disse é que tenho muitas ocupações. Mas perguntei qual é o ordenado.

Entretido em desarticular uma asa de galinha, não respondi.

– Perguntei qual é o ordenado, tornou Padilha timidamente. Coitado! Tão miúdo, tão chato, parecia um percevejo.

– Conforme. Nem sei quanto você vale. Uns cem mil-réis por mês. Ponhamos cento e cinquenta a título de experiência. Casa, mesa, boas conversas, cento e cinquenta mil-réis por mês e oito horas de trabalho por dia. Convém? Mas aviso logo: serviço é serviço, e aqui ninguém bebe. Aqui só bebem os hóspedes.

Luís Padilha tinha recebido o recado e desde a véspera remexia o quengo, curioso.

– É isto. Creio que estou com vontade de abrir uma escola.

– Magnífico! exclamou Azevedo Gondim com um sorriso que lhe achatou mais o nariz. Aceitou o meu conselho, hem? Não há nada como a instrução.

O advogado passou os dedos pela testa e pressagiou, distraído, que a escola teria grande utilidade.

Encolhi os ombros:

– Sei lá! Não acredito. Tanto que resolvi aproveitar o Padilha. Está claro que se poderia arranjar uma boa escola rural, com ensino razoável de agricultura e pecuária. Mas onde vou encontrar técnicos? E que dinheirão! Por enquanto é apenas um bocado de leitura, escrita e conta. Você estará em condições de encarregar-se disso, Padilha?

Luís Padilha informou-se do ordenado e declarou que vivia cheio de ocupações.

Devagarinho, foram clareando as lâmpadas da iluminação elétrica. Luzes também nas casas dos moradores. Se aqueles desgraçados que se apertavam lá embaixo, ao pé das cercas de Bom-Sucesso, tinham nunca pensado em alumiar-se com eletricidade! Luz até meia-noite. Conforto! E eu pretendia instalar telefones.

Casimiro Lopes aproximou-se, capengando.

– Vamos jantar. Mandei chamá-lo porque julguei que você necessitasse, Padilha. Desde que está ocupado, ponto final. Vamos para a mesa.

Durante o jantar Azevedo Gondim referiu o motivo da sua visita: tinha-se descoberto o paradeiro da velha Margarida.

– Que está dizendo! E você calado, Gondim!

Azevedo Gondim encheu o copo:

– Mora em Jacaré-dos-Homens.

– Onde é isso?

Os outros também iam em bom caminho. O tabelião é que não inspirava confiança. E o oficial de justiça. Arame.

– Claro. Faça promessas, dr. Nogueira. Não adiante um vintém. Prometa. O pagamento no fim, se eles forem honestos.

Inteirei-me de particularidades pouco interessantes, dei umas instruções a seu Ribeiro e voltamos ao alpendre, onde Luís Padilha tinha recomeçado com Azevedo Gondim os elogios às pernas.

– De quem são as pernas?

– Da Madalena, respondeu Gondim.

– Quem?

– Uma professora. Não conhece? Bonita.

– Educada, atalhou João Nogueira.

– Bonita, disse outra vez Gondim. Uma lourinha, aí de uns trinta anos.

– Quantos? perguntou João Nogueira.

– Uns trinta, pouco mais ou menos.

– Vinte, se tanto.

– É porque você não viu de perto, interrompeu Gondim. Se tivesse visto, não sustentava semelhante barbaridade.

– Como não? Vi muito de perto, em casa do Magalhães, no aniversário da Marcela. Tem vinte.

– É porque você viu à noite. De manhã é diferente. Tem trinta.

Padilha, observando com tristeza as novilhas que pastavam no capim-gordura, à margem do riacho, e o açude, onde patos nadavam, suspirou e propôs vinte e cinco:

– É o que ela tem. Vinte e cinco.

Estirei os braços, fatigado de haver passado o dia inteiro ao sol, brigando com os trabalhadores:

– Muito bem, Padilha, vinte e cinco para acabar. Vocês jantam, não jantam? Voltam no automóvel. Preciso falar com você, Padilha.

9

No outro dia, de volta do campo, encontrei no alpendre João Nogueira, Padilha e Azevedo Gondim elogiando umas pernas e uns peitos. Elevaram a conversa.

— Mulher educada, afirmou João Nogueira. Instruída.

— E sisuda, acrescentou Azevedo Gondim. Padilha não achou qualidade que se comparasse aos peitos e às pernas.

— Realmente, murmurou esgaravatando as unhas com um fósforo.

João Nogueira lembrou-se de que era homem de responsabilidades. Bacharel, mais de quarenta anos, uma calvície respeitável. Às vezes metia-se em badernas. Mas com os clientes só negócios. E a mim, que lhe dava quatro contos e oitocentos por ano para ajudar-me com leis a melhorar S. Bernardo, exibia ideias corretas e algum pedantismo.

Eu tratava-o por doutor: não poderia tratá-lo com familiaridade. Julgava-me superior a ele, embora possuindo menos ciência e menos manha. Até certo ponto parecia-me que as habilidades dele mereciam desprezo. Mas eram úteis — e havia entre nós muita consideração.

— Acompanhamos o nosso Padilha, disse Nogueira. Viemos andando. Como o passeio era agradável, com a fresca da tarde, cheguei cá, para consultá-lo.

Convidei-o silenciosamente olhando uma janela por onde se viam, sobre livros de escrituração, as suíças brancas e os óculos de seu Ribeiro. Entramos no escritório. Estávamos em princípio de mês. Abri o cofre e entreguei ao advogado duas pelegas de duzentos. Seu Ribeiro tremeu no borrador um lançamento circunstanciado e afastou-se discretamente. João Nogueira sentou-se, passou o recibo, tirou papéis da pasta e explicou-me o estado de vários processos. Logo no primeiro convenci-me de que os quatrocentos mil-réis tinham sido gastos com proveito.

ria trazer a benevolência do governador para certos favores que eu tencionava solicitar.

– Pois sim senhor. Quando V. Excia. vier aqui outra vez, encontrará essa gente aprendendo cartilha.

Mais tarde, enquanto dos alicerces da igreja olhávamos a paisagem, chamei de parte o advogado:

– Ó dr. Nogueira, mande-me cá o Padilha amanhã. Preciso falar com ele, mas esse desgraçado nem se aguenta nas pernas. Não se esqueça, ouviu? Amanhã, quando ele curtir o pileque.

S. Excia. despediu-se, e aquela data ficou célebre. Os automóveis rolaram na estrada. Olhando a nuvem de poeira que levantavam, esfreguei as mãos:

– Com os diabos! Esta visita me traz uma penca de vantagens. Um capital. Quero ver quanto rende.

A verdade é que, aparentando segurança, eu andava assustado com os credores. Ia bem, sem dúvida, o ativo era superior ao passivo, mas se aqueles malvados quisessem, capavam-me. Agora os receios diminuíam. A escola seria um capital. Os alicerces da igreja eram também capital.

Continuei a esfregar as mãos. Com os diabos! E decidi proteger as Mendonça. A minha prosperidade começara depois da morte do pai delas. Naquele tempo algumas braças de massapê valiam muito para mim. Ninharia o massapê.

Senti pena das Mendonça. Mandaria no dia seguinte dar uma limpa no algodão de Bom-Sucesso, enfezado, coberto de mato. Muito por baixo, as Mendonça. O pai era safado, mas que culpa tinham as pobres? Resolvi abrir o olho para que vizinhos sem escrúpulos não se apoderassem do que era delas. Mulheres quase nunca se defendem. Pois se qualquer daqueles patifes tentasse prejudicá-las, estava embrulhado comigo.

— Desorientem essas cavalgaduras. Olhem que estou fazendo obra pública e não cobro imposto. É uma vergonha. O município devia auxiliar-me. Fale com o prefeito, dr. Nogueira. Veja se ele me arranja umas barricas de cimento para os mata-burros.

Não recebi o cimento, mas construí os mata-burros. Como os meus planos eram volumosos e adotei processos irregulares, as pessoas comodistas julgaram-me doido e deixaram-me em paz.

Tive por esse tempo a visita do governador do Estado. Fazia três anos que o açude estava concluído – burrice, na opinião do Fidélis.

Para que açude onde corre um riacho que não seca?

Realmente parecia não servir. Mas saiu dali, numa levada, a água que foi movimentar as máquinas do descaroçador e da serraria.

O governador gostou do pomar, das galinhas Orpington, do algodão e da mamona, achou conveniente o gado limosino, pediu-me fotografias e perguntou onde ficava a escola. Respondi que não ficava em parte nenhuma. No almoço, que teve champanhe, o dr. Magalhães gemeu um discurso. S. Excia. tornou a falar na escola. Tive vontade de dar uns apartes, mas contive-me.

Escola! Que me importava que os outros soubessem ler ou fossem analfabetos?

— Esses homens de governo têm um parafuso frouxo. Metam pessoal letrado na apanha da mamona. Hão de ver a colheita.

Levantando-se da mesa, Padilha, de olho vidrado, pediu-me em voz baixa cinquenta mil-réis.

— Nem um tostão.

E fui mostrar ao ilustre hóspede a serraria, o descaroçador e o estábulo. Expliquei em resumo a prensa, o dínamo, as serras e o banheiro carrapaticida. De repente supus que a escola pode-

visto criaturas que trabalham demais e não progridem. Conheço indivíduos preguiçosos que têm faro: quando a ocasião chega, desenroscam-se, abrem a boca – e engolem tudo.

Eu não sou preguiçoso. Fui feliz nas primeiras tentativas e obriguei a fortuna a ser-me favorável nas seguintes.

Depois da morte do Mendonça, derrubei a cerca, naturalmente, e levei-a para além do ponto em que estava no tempo de Salustiano Padilha. Houve reclamações.

– Minhas senhoras, seu Mendonça pintou o diabo enquanto viveu. Mas agora é isto. E quem não gostar, paciência, vá à justiça.

Como a justiça era cara, não foram à justiça. E eu, o caminho aplainado, invadi a terra do Fidélis, paralítico de um braço, e a dos Gama, que pandegavam no Recife, estudando direito. Respeitei o engenho do dr. Magalhães, juiz.

Violências miúdas passaram despercebidas. As questões mais sérias foram ganhas no foro, graças às chicanas de João Nogueira.

Efetuei transações arriscadas, endividei-me, importei maquinismos e não prestei atenção aos que me censuravam por querer abarcar o mundo com as pernas. Iniciei a pomicultura e a avicultura. Para levar os meus produtos ao mercado, comecei uma estrada de rodagem. Azevedo Gondim compôs sobre ela dois artigos, chamou-me patriota, citou Ford e Delmiro Gouveia. Costa Brito também publicou uma nota na *Gazeta*, elogiando-me e elogiando o chefe político local. Em consequência mordeu-me cem mil-réis.

Não obstante essa propaganda, as dificuldades surgiram. Enquanto estive esburacando S. Bernardo, tudo andou bem; mas quando varei quatro ou cinco propriedades, caiu-me em cima uma nuvem de maribondos. Perdi dois caboclos e levei um tiro de emboscada. Ferimento leve, tenho a cicatriz no ombro. Exasperado, mandei mais cem mil-réis a Costa Brito e procurei João Nogueira e Gondim:

Na pedreira perdi um. A alavanca soltou-se da pedra, bateu-lhe no peito, e foi a conta. Deixou viúva e órfãos miúdos. Sumiram-se: um dos meninos caiu no fogo, as lombrigas comeram o segundo, o último teve angina e a mulher enforcou-se.

Para diminuir a mortalidade e aumentar a produção, proibi a aguardente.

Concluiu-se a construção da casa nova. Julgo que não preciso descrevê-la. As partes principais apareceram ou aparecerão; o resto é dispensável e apenas pode interessar aos arquitetos, homens que provavelmente não lerão isto. Ficou tudo confortável e bonito. Naturalmente deixei de dormir em rede. Comprei móveis e diversos objetos que entrei a utilizar com receio, outros que ainda hoje não utilizo, porque não sei para que servem.

Aqui existe um salto de cinco anos, e em cinco anos o mundo dá um bando de voltas.

Ninguém imaginará que, topando os obstáculos mencionados, eu haja procedido invariavelmente com segurança e percorrido, sem me deter, caminhos certos. Não senhor, não procedi nem percorri. Tive abatimentos, desejo de recuar; contornei dificuldades: muitas curvas. Acham que andei mal? A verdade é que nunca soube quais foram os meus atos bons e quais foram os maus. Fiz coisas boas que me trouxeram prejuízo; fiz coisas ruins que deram lucro. E como sempre tive a intenção de possuir as terras de S. Bernardo, considerei legítimas as ações que me levaram a obtê-las.

Alcancei mais do que esperava, mercê de Deus. Vieram-me as rugas, já se vê, mas o crédito, que a princípio se esquivava, agarrou-se comigo, as taxas desceram. E os negócios desdobraram-se automaticamente. Automaticamente. Difícil? Nada! Se eles entram nos trilhos, rodam que é uma beleza. Se não entram, cruzem os braços. Mas se virem que estão de sorte, metam o pau: as tolices que praticarem viram sabedoria. Tenho

As moças e os rapazes não rodeavam, de braço dado, as fogueiras de S. João: dançavam o tango, no frevo.

Um dia seu Ribeiro reconheceu que vivia numa casa grande demais. Vendeu-a e adquiriu outra, pequena. Como havia agora liberdade excessiva, a autoridade dele foi minguando, até desaparecer.

Seu Ribeiro tinha um filho, que jogava futebol, e uma filha, que usava fitas, muitas fitas. Acharam o lugar atrasado e fugiram. Seu Ribeiro escondeu-se, cheio de vergonha. Amofinou-se uma semana, desfez-se dos cacarecos e foi procurar os filhos. Não os encontrou: andavam por aí, ela pelas fábricas, ele no exército.

Seu Ribeiro enraizou-se na capital. Conheceu enfermarias de indigentes, dormiu nos bancos dos jardins, vendeu bilhetes de loterias, tornou-se bicheiro e agente de sociedades ratoeiras. Ao cabo de dez anos era gerente e guarda-livros da *Gazeta*, com cento e cinquenta mil-réis de ordenado, e pedia dinheiro aos amigos.

Quando o velho acabou de escorrer a sua narrativa, exclamei:

– Tenho a impressão de que o senhor deixou as pernas debaixo de um automóvel, seu Ribeiro. Por que não andou mais depressa? É o diabo.

8

O caboclo mal-encarado que encontrei um dia em casa do Mendonça também se acabou em desgraça. Uma limpeza. Essa gente quase nunca morre direito. Uns são levados pela cobra, outros pela cachaça, outros matam-se.

29

Nas colheitas a população corria para eles. E os pretos não sabiam que eram pretos, e os brancos não sabiam que eram brancos.

Na verdade seu Ribeiro infundia respeito. Se havia barulho na feira, levantava o braço e gritava:

— Quem for meu me acompanhe.

E a feira se desmanchava, o barulho findava, todo o mundo seguia o major porque todo o mundo era do major.

Nas noites de S. João uma fogueira enorme iluminava a casa de seu Ribeiro. Havia fogueiras diante das outras casas, mas a fogueira do major tinha muitas carradas de lenha. As moças e os rapazes andavam em redor dela, de braço dado. Assava-se milho verde nas brasas e davam-se tiros medonhos de bacamarte. O major possuía um bacamarte, mas o bacamarte só se desenferrujava pelos festejos de S. João.

Ora, essas coisas se passaram antigamente.

Mudou tudo. Gente nasceu, gente morreu, os afilhados do major cresceram e foram para o serviço militar, em estrada de ferro.

O povoado transformou-se em vila, a vila transformou-se em cidade, com chefe político, juiz de direito, promotor e delegado de polícia.

Trouxeram máquinas — e a bolandeira do major parou.

Veio o vigário, que fechou a capela e construiu uma igreja bonita. As histórias dos santos morreram na memória das crianças.

Chegou o médico. Não acreditava nos santos. A mulher de seu Ribeiro entristeceu, emagreceu e finou-se.

O advogado abriu consultório, a sabedoria do major encolheu-se — e surgiram no foro numerosas questões.

Efetivamente a cidade teve um progresso rápido. Muitos homens adotaram gravatas e profissões desconhecidas. Os carros de bois deixaram de chiar nos caminhos estreitos. O automóvel, a gasolina, a eletricidade e o cinema. E impostos.

28

Quando alguém recebia cartas, ia pedir-lhe a tradução delas. Seu Ribeiro lia as cartas, conhecia os segredos, era considerado e major.

Se dois vizinhos brigavam por terra, seu Ribeiro chamava-os, estudava o caso, traçava as fronteiras e impedia que os contendores se grudassem.

Todos acreditavam na sabedoria do major. Com efeito, seu Ribeiro não era inocente: decorava leis, antigas, relia jornais, antigos, e, à luz da candeia de azeite, queimava as pestanas sobre livros que encerravam palavras misteriosas de pronúncia difícil. Se se divulgava uma dessas palavras esquisitas, seu Ribeiro explicava a significação dela e aumentava o vocabulário da povoação.

Os outros homens, sim, eram inocentes.

Acontecia às vezes que uma dessas criaturas inocentes aparecia morta a cacete ou a faca. Seu Ribeiro, que era justo, procurava o matador, amarrava-o, levava-o para a cadeia da cidade. E a família do defunto ficava sob a proteção do major.

Também acontecia que uma sujeitinha começava a chorar e acabava confessando que estava pejada. Seu Ribeiro descobria o sedutor, chamava o padre, e o casamento se realizava na capela da povoação. Nascia um menino – e seu Ribeiro era o padrinho.

O major decidia, ninguém apelava. A decisão do major era um prego.

Não havia soldados no lugar, nem havia juiz. E como o vigário residia longe, a mulher de seu Ribeiro rezava o terço e contava histórias de santos às crianças. É possível que nem todas as histórias fossem verdadeiras, mas as crianças daquele tempo não se preocupavam com a verdade.

Seu Ribeiro tinha família pequena e casa grande. A casa estava sempre cheia. Os algodoais do major eram grandes também.

substituiu. Deitei-me pensando em mestre Caetano e na pedreira. Marretas, alavancas, aço para broca, pólvora, estopim.

— Gente de lá, murmurou Casimiro Lopes balançando o punho da rede.

— Com certeza.

No outro dia, sábado, matei o carneiro para os eleitores. Domingo à tarde, de volta da eleição, Mendonça recebeu um tiro na costela mindinha e bateu as botas ali mesmo na estrada, perto de Bom-Sucesso. No lugar há hoje uma cruz com um braço de menos.

Na hora do crime eu estava na cidade, conversando com o vigário a respeito da igreja que pretendia levantar em S. Bernardo. Para o futuro, se os negócios corressem bem.

— Que horror! exclamou padre Silvestre quando chegou a notícia. Ele tinha inimigos?

— Se tinha! Ora se tinha! Inimigo como carrapato. Vamos ao resto, padre Silvestre. Quanto custa um sino?

7

Por esse tempo encontrei em Maceió, chupando uma barata na *Gazeta* do Brito, um velho alto, magro, curvado, amarelo, de suíças, chamado Ribeiro. Via-se perfeitamente que andava com fome. Simpatizei com ele e, como necessitava um guarda-livros, trouxe-o para S. Bernardo. Dei-lhe alguma confiança e ouvi a sua história, que aqui reproduzo pondo os verbos na terceira pessoa e usando quase a linguagem dele.

Seu Ribeiro tinha setenta anos e era infeliz, mas havia sido moço e feliz. Na povoação onde ele morava os homens descobriam-se ao avistá-lo e as mulheres baixavam a cabeça e diziam:

— Louvado seja Nosso Senhor Jesus Cristo, seu major.

Um carro de bois passou lá embaixo; outro carro de bois veio vindo, carregado de tijolos.

Onde andaria a velha Margarida? Seria bom encontrar a velha Margarida e trazê-la para S. Bernardo. Devia estar pegando um século, pobre da negra.

Demorei-me até que os serventes lavaram as colheres e guardaram as ferramentas. Fiquei só. Os homens da lavoura e os do açude foram debandando também.

Mais tiros na pedreira, os últimos. Pensei no Mendonça. Canalha. Do lado de cá da cerca o algodão pintava, a mamona crescia nos aceiros da roça; do lado de lá, sapé e espinho. Quantas braças de terra aquele malandro tinha furtado! Felizmente estávamos em paz. Aparentemente. De qualquer forma era-me necessário caminhar depressa.

Desci a ladeira e fui jantar. Enquanto jantava, falei em voz baixa a Casimiro Lopes, a princípio com panos mornos, depois delineando um projeto. Casimiro Lopes desviou-se dos panos mornos e colaborou no projeto.

Deixei o negócio entabulado, fechei as portas e escrevi algumas cartas aos bancos da capital e ao governador do Estado. Aos bancos solicitei empréstimos, ao governador comuniquei a instalação próxima de numerosas indústrias e pedi a dispensa de imposto sobre os maquinismos que importasse. A verdade é que os empréstimos eram improváveis e eu não imaginava a maneira de pagar os maquinismos. Mas havia-me habituado a considerá-los meio comprados.

Em seguida consultei o Aprendizado Agrícola da Satuba relativamente à possível aquisição de um bezerro limosino.

Quando ia terminando, ouvi pisadas em redor da casa. Levantei-me e olhei pela fresta. Lá estava um tipo dando estalos com os dedos, enganando o Tubarão. Reparando, julguei reconhecer o freguês carrancudo que tinha entrado na sala do Mendonça. Abandonei a espreita e chamei Casimiro Lopes, que me

25

mundo sabia que eu tinha meia dúzia de eleitores) um carneiro. Um carneiro é bastante, não? Está direito. Até domingo.

E saí, descontente. Creio que foi mais ou menos o que aconteceu. Não me lembro com precisão.

Atravessei o pátio e entrei no atalho que ia ter a S. Bernardo. Que vergonha! Tomar a terra dos outros e deixá-la com aquelas veredas indecentes, cheias de camaleões, o mato batendo no rosto de quem passava!

Percorri a zona da encrenca. A cerca ainda estava no ponto em que eu a tinha encontrado no ano anterior. Mendonça forcejava por avançar, mas continha-se; eu procurava alcançar os limites antigos, inutilmente. Discórdia séria só esta: um moleque de S. Bernardo fizera mal à filha do mestre de açúcar de Mendonça, e Mendonça, em consequência, metera o alicate no arame; mas eu havia consertado a cerca e arranjado o casamento do moleque com a cabrochinha.

Dei uma vista no algodoal e encaminhei-me ao paredão do açude. Poucos trabalhadores.

Subi a colina. Tinham-se concluído os alicerces desta nossa casa, as paredes começavam a elevar-se. De repente um tiro. Estremeci. Era na pedreira, que mestre Caetano escavacava lentamente, com dois cavouqueiros. Outro tiro, ruim: pedra miúda voando.

Quando se acabariam aqueles serviços moles? Desgraçadamente faltavam-me recursos para atacá-los firme. Assim mesmo, lidando com pessoal escasso, às vezes na sexta-feira eu não sabia onde buscar dinheiro para pagar as folhas no sábado.

Fiz algumas perguntas ao pedreiro. Um pedreiro só. As paredes tinham um metro de altura. Se eu empregasse muitos operários, as obras sairiam mais baratas. O paredão do açude não ia para a frente, acuava. E a pedreira, onde uns vultos miudinhos se moviam, era como se em seis meses de trabalho não tivesse sido desfalcada.

24

assim, acho que representou bem, pois cheguei a capacitar-me de que ele não desconfiava de mim. Ou então quem representou bem fui eu, se o convenci de que tinha ido ali politicar. Se ele pensou isso, era doido. Provavelmente não pensou. Talvez tenha pensado depois de iludir-se e julgar que estava sendo sincero. Foi o que me sucedeu. Repetindo as mesmas palavras, os mesmos gestos, e ouvindo as mesmas histórias, acabei gostando do proprietário de Bom-Sucesso.

Continuava a observá-lo, mas a observação era instintiva. Despertou. Bocejando, mostrando os caninos amarelos e pontudos, Mendonça bateu palmas e esfarelou um mosquito. Mosquito como bala! Tinha passado uma noite horrível.

Respondi que havia dormido como pedra. Os pântanos em S. Bernardo estavam aterrados, não restava um mosquito para remédio. Arrependi-me de ter falado precipitadamente. Mendonça examinou-me de través, e suponho que não ficou satisfeito. Tornou a referir-se à noite de insônia, e eu repeti que tinha dormido. Pouco seguro, com a cara mexendo. Naturalmente ele compreendeu que era mentira.

Cada um de nós mentiu estupidamente. Empurrei de novo na palestra a minha vida de trabalhador. Resultado medíocre: as moças cochilaram e Mendonça estirou o beiço.

Um caboclo mal-encarado entrou na sala. Mendonça franziu a testa. Quis despedir-me; receei, porém, que o momento fosse impróprio e conservei-me sentado, esperando modificar a impressão desagradável que produzia. As moças me achavam maçador, evidentemente.

– Se o inverno vindouro for como este, desgraça-se tudo: isto vira lama e não nasce um pé de mandioca.

– Decerto, concordou Mendonça, visivelmente aporrinhado com o caboclo, que me olhava tranquilo, sem levantar a cabeça.

– Pois até logo, exclamei de chofre. A eleição domingo, hem? Entendido. Mato um... (Ia dizer um boi. Moderei-me: todo o

ao sol, à chuva, de facão, pistola e cartucheira, comendo nas horas de descanso um pedaço de bacalhau assado e um punhado de farinha. À noite, na rede, explicava pormenores do serviço a Casimiro Lopes. Ele acocorava-se na esteira e, apesar da fadiga, ouvia atento. Às vezes Tubarão ladrava lá fora e nós aguçávamos o ouvido.

Uma feita distinguimos passos em redor da casa. Olhei por uma fresta na parede. A escuridão era grande, mas percebi um vulto. E as pisadas continuaram. O cachorro latiu e rosnou.

– Mais esta! cochichou Casimiro Lopes.

No dia seguinte visitei Mendonça, que me recebeu inquieto. Conversamos sobre tudo, especialmente sobre votos. Dirigi amabilidades às filhas dele, duas solteironas, e lamentei a morte da mulher, excelente pessoa, caridosa, amiga de servir, sim senhor. Mendonça, espantado, perguntou onde eu tinha visto d. Alexandrina.

– Faz tempo. Fui morador do velho Salustiano. Arrastei a enxada, no eito.

As moças acanharam-se, mas o pai achou que eu procedia com honestidade revelando francamente a minha origem. Depois queixou-se dos vizinhos (nenhum se dava com ele).

– Há por aí umas pestes que principiaram como o senhor e arrotam importância. Trabalhar não é desonra. Mas se eu tivesse nascido na poeira, por que havia de negar?

Tentou envergonhar-me:

– Trabalhador alugado, hem? Não se incomode. O Fidélis, que hoje é senhor de engenho, e conceituado, furtou galinhas.

Enquanto ele tesourava o próximo, observei-o. Pouco a pouco ia perdendo os sinais de inquietação que a minha presença lhe tinha trazido. Parecia à vontade catando os defeitos dos vizinhos e esquecido do resto do mundo, mas não sei se aquilo era tapeação. Eu me insinuava, discutindo eleições. É possível, porém, que não conseguisse enganá-lo convenientemente e que ele fizesse comigo o jogo que eu fazia com ele. Sendo

Despedimo-nos. Continuei a estirar o arame farpado e a substituir os grampos velhos por outros novos. Mendonça, de longe, ainda se virou, sorrindo e pregando-me os olhos vermelhos.

À tarde, quando voltei para casa, Casimiro Lopes acompanhou-me, carrancudo. Como eu não dissesse nada, tossiu, parou. Encostei-me a um limoeiro e espalhei ideias ruins que me perseguiam:

– Amanhã traga quatro homens, venha aterrar este charco. E limpe aqui o riacho para as águas não entrarem na várzea.

– Só?

Pensei que, em vez de aterrar o charco, era melhor mandar chamar mestre Caetano para trabalhar na pedreira. Mas não dei contraordem, coisa prejudicial a um chefe.

– Só? tornou a perguntar Casimiro Lopes.

Apanhei o pensamento que lhe escorregava pelos cabelos emaranhados, pela testa estreita, pelas maçãs enormes e pelos beiços grossos. Talvez ele tivesse razão. Era preciso mexer-me com prudência, evitar as moitas, ter cuidado com os caminhos. E aquela casa esburacada, de paredes caídas...

Decidi convidar mestre Caetano e cavouqueiros.

Diabo! Agitei a cabeça e afastei um plano mal esboçado.

– Por enquanto, só.

6

Naquele segundo ano houve dificuldades medonhas. Plantei mamona e algodão, mas a safra foi ruim, os preços baixos, vivi meses aperreado, vendendo macacos e fazendo das fraquezas forças para não ir ao fundo. Trabalhava danadamente, dormindo pouco, levantando-me às quatro da manhã, passando dias

– Depende do senhor. Os limites atuais são provisórios, já sabe? É bom esclarecermos isto. Cada qual no que é seu. Não vale a pena consertar a cerca. Eu vou derrubá-la para acertarmos onde deve ficar.

Ponderei ao velho Mendonça que ele já tinha encolhido muito as terras de S. Bernardo. Pedi-lhe que mostrasse os seus papéis. Não sendo possível acordo, era melhor vir o advogado e vir o agrimensor.

– Ótimo! Arranjava-se com os tabeliães e metia-me no bolso. Mas eu não vou nisso. Derruba-se a cerca.

Contei rapidamente os caboclos que iam com ele, contei os meus e asseverei que a cerca não se derrubava. Explicações, com bons modos, sim; gritos não.

E abrandei, meio arrependido, porque não me convinha uma briga com Mendonça, homem reimoso. O que eu não queria era baixar a crista logo no primeiro encontro.

Casimiro Lopes deu um passo; toquei-lhe no ombro e ele recuou. Mendonça compreendeu a situação, passou a tratar-me com amabilidade excessiva. Paguei na mesma moeda, e como ele precisasse de uns cedros que havia perto de Bom-Sucesso, ofereci-lhe os cedros. Recusou, propôs trocá-los por novilhas zebus. Declarei que não tencionava criar gado indiano, falei com entusiasmo sobre o limosino e o Schwitz. Mendonça desdenhava as raças finas, que comem demais e não aguentam o carrapato: engordava garrotes para açougue.

Insisti no oferecimento da madeira, e ele estremeceu. A nossa conversa era seca, em voz rápida, com sorrisos frios. Os caboclos estavam desconfiados. Eu tinha o coração aos baques e avaliava as consequências daquela falsidade toda. Mendonça coçava a barba.

– Relativamente aos limites, julgo que podemos resolver isso depois, com calma.

– Perfeitamente, concordou Mendonça.

— Muito por baixo. Pindaíba.

Descontado o que ele me devia, o resto seria dividido em letras. Padilha endoideceu: chorou, entregou-se a Deus e desmanchou o que tinha feito. Viesse o advogado, viesse a justiça, viesse a polícia, viesse o diabo. Tomassem tudo. Um fumo para o acordo! Um fumo para a lei!

— Eu me importo com lei? Um fumo!

Tinha meios. Perfeitamente, não andava com a cara para trás. Tinha meios. Ia à tribuna da imprensa, reclamar os seus direitos, protestar contra o esbulho. Afetei comiseração e prometi pagar com dinheiro e com uma casa que possuía na rua. Dez contos. Padilha botou sete contos na casa e quarenta e três em S. Bernardo. Arranquei-lhe mais dois contos: quarenta e dois pela propriedade e oito pela casa. Arengamos ainda meia hora e findamos o ajuste.

Para evitar arrependimento, levei Padilha para a cidade, vigiei-o durante a noite. No outro dia, cedo, ele meteu o rabo na ratoeira e assinou a escritura. Deduzi a dívida, os juros, o preço da casa, e entreguei-lhe sete contos quinhentos e cinquenta mil-réis. Não tive remorsos.

5

— O senhor andou mal adquirindo a propriedade sem me consultar, gritou Mendonça do outro lado da cerca.

— Por quê? O antigo proprietário não era maior?

— Sem dúvida, respondeu Mendonça avançando as barbas brancas e o nariz curvo. Mas o senhor devia ter-se informado antes de comprar questão.

— Eu por mim não desejo questionar. Creio que nos entendemos.

19

– Para quê? S. Bernardo é uma pinoia. Falo como amigo. Sim senhor, como amigo. Não tenciono ver um camarada com a corda no pescoço. Esses bacharéis têm fome canina, e se eu mandar o Nogueira tocar fogo na binga, você fica de saco nas costas. Despesa muita, Padilha. Faça preço. Debatemos a transação até o lusco-fusco. Para começar, Luís Padilha pediu oitenta contos.

– Você está maluco! Seu pai dava isto ao Fidélis por cinquenta. E era caro. Hoje que o engenho caiu, o gado dos vizinhos rebentou as porteiras, as casas são taperas, o Mendonça vai passando as unhas nos babados...

Perdi o fôlego. Respirei e ofereci trinta contos. Ele baixou para setenta e mudamos de conversa. Quando tornamos à barganha, subi a trinta e dois. Padilha fez abate para sessenta e cinco e jurou por Deus do céu que era a última palavra. Eu também asseverei que não pingava mais um vintém, porque não valia. Mas lancei trinta e quatro. Padilha, por camaradagem, consentiu em receber sessenta. Discutimos duas horas, repetindo os mesmos embelecos, sem nenhum resultado.

Resolvi discorrer sobre as minhas viagens ao sertão. Depois, com indiferença, insisti nos trinta e quatro contos e obtive modificação para cinquenta e cinco. Mostrei generosidade: trinta e cinco. Padilha endureceu nos cinquenta e cinco, e eu injuriei-o, declarei que o velho Salustiano tinha deitado fora o dinheiro gasto com ele, no colégio. Cheguei a ameaçá-lo com as mãos. Recuou para cinquenta. Avancei a quarenta e afirmei que estava roubando a mim mesmo. Nesse ponto cada um puxou para o seu lado. Finca-pé. Chamei em meu auxílio o Mendonça, que engolia a terra, o oficial de justiça, a avaliação e as custas. O infeliz, apavorado, desceu a quarenta e oito. Arrependi-me de haver arriscado quarenta: não valia, era um roubo. Padilha escorregou a quarenta e cinco. Firmei-me nos quarenta. Em seguida roí a corda:

Luís Padilha respondeu ambiguamente:

— Um inverno deste esculhamba tudo. Recurso não tenho, mas o negócio está garantido. A prorrogação...

— Não vale a pena. Vamos liquidar.

— Ora liquidar! Já não lhe disse que não posso? Salvo se quiser aceitar a tipografia.

— Que tipografia! Você é besta?

— É o que tenho. Cada qual se remedeia com o que tem. Devo, não nego, mas como hei de pagar assim de faca no peito? Se me virarem hoje de cabeça para baixo, não cai do bolso um níquel. Estou liso.

— Isso não são maneiras, Padilha. Olhe que as letras se venceram.

— Mas se não tenho! Hei de furtar? Não posso, está acabado.

— Acabado o quê, meu sem-vergonha! Agora é que vai começar. Tomo-lhe tudo, seu cachorro, deixo-o de camisa e ceroula.

O presidente honorário perpétuo do Grêmio Literário e Recreativo assustou-se:

— Tenha paciência, seu Paulo. Com barulho ninguém se entende. Eu pago. Espere uns dias. A dívida só é ruim para quem deve.

— Não espero nem uma hora. Estou falando sério, e você com tolices! Despropósito não! Quer resolver o caso amigavelmente? Faça preço na propriedade.

Luís Padilha abriu a boca e arregalou os olhos miúdos. S. Bernardo era para ele uma coisa inútil, mas de estimação: ali escondia a amargura e a quebradeira, matava passarinhos, tomava banho no riacho e dormia. Dormia demais, porque receava encontrar o Mendonça.

— Faça o preço.

— Aqui entre nós, murmurou o desgraçado, sempre desejei conservar a fazenda.

fugir de mim. Se me encontrava, encolhia-se, fingia-se distraído, embicava o chapéu. No vencimento da primeira letra adoeceu. Fui visitá-lo e achei-o escondido na sala de jantar, jogando gamão com João Nogueira. Vendo-me, atrapalhou-se tanto que os dedos magros, queimados, de unhas roídas, tremiam chocalhando os dados.

Daí em diante encantou-se. Disseram-me que tinha ensebado as canelas para S. Bernardo.

– Que estará fazendo por lá?

A última letra se venceu num dia de inverno. Chovia que era um deus nos acuda. De manhã cedinho mandei Casimiro Lopes selar o cavalo, vesti o capote e parti. Duas léguas em quatro horas. O caminho era um atoleiro sem fim. Avistei as chaminés do engenho do Mendonça e a faixa de terra que sempre foi motivo de questão entre ele e Salustiano Padilha. Agora as cercas de Bom-Sucesso iam comendo S. Bernardo.

Dirigi-me à casa-grande, que parecia mais velha e mais arruinada debaixo do aguaceiro. Os muçambês não tinham sido cortados. Apeei-me e entrei, batendo os pés com força, as esporas tinindo. Luís Padilha dormia na sala principal, numa rede encardida, insensível à chuva que açoitava as janelas e às goteiras que alagavam o chão. Balancei o punho da rede. O ex-diretor do *Correio de Viçosa* ergueu-se, atordoado:

– Por aqui? Como vai?

– Bem, agradecido.

Sentei-me num banco e apresentei-lhe as letras. Padilha, com um estremecimento de repugnância, mudou a vista:

– Eu tenho pensado nesse negócio, tenho pensado muito. Até perdi o sono. Ontem amanheci com vontade de lhe aparecer, para combinar. Mas não pude. Semelhante chuva...

– Deixemos a chuva.

– Estou em dificuldades sérias. Ia propor uma prorrogação com juros acumulados. Recurso não tenho.

– E a fábrica, os arados?

16

Examinei sorrindo aquele bichinho amarelo, de beiços delgados e dentes podres.

– Ó Padilha, gracejei, você já fechou cigarros?

Padilha comprava cigarros feitos.

– É mais cômodo, concordei, mas é mais caro. Pois, Padilha, se você tivesse fechado cigarros, sabia como é difícil enrolar um milheiro deles. Imagine agora que dá mais trabalho ganhar dez tostões que fechar um cigarro. E um conto de réis tem mil notas de dez tostões. Vinte contos de réis são vinte mil notas de dez tostões. Parece que você ignora isto. Fala em vinte contos assim com essa carinha, como se dinheiro fosse papel sujo. Dinheiro é dinheiro.

Padilha baixou a cabeça e resmungou amuado que sabia contar. Saiu, voltou outras vezes, insistindo.

– Eu sou capitalista, homem? Você quer-me arrasar?

Padilha rezingava e oferecia a hipoteca de S. Bernardo.

– Bobagem! S. Bernardo não vale o que um periquito rói. O Pereira tem razão. Seu pai esbagaçou a propriedade.

Afinal prometi vagamente:

– Está bem. Vou refletir.

No outro dia ainda estava refletindo:

– Vamos ver, Padilha. Dinheiro é dinheiro.

Passei uma semana nesse jogo, colhendo informações sobre a idade, a saúde e a fortuna do velho Mendonça. Quando me decidi, sujeitos prudentes juraram que eu estava doido.

Padilha recebeu os vinte contos (menos o que me devia e os juros), comprou uma tipografia e fundou o *Correio de Viçosa*, folha política, noticiosa, independente, que teve apenas quatro números e foi substituída pelo Grêmio Literário e Recreativo. Azevedo Gondim elaborou os estatutos, e na primeira sessão de assembleia geral Padilha foi aclamado sócio benemérito e presidente honorário perpétuo.

Relativamente à agricultura Luís Padilha acuou, esperando uns catálogos de máquinas, que nunca chegaram. Começou a

– Resolvi. Aquilo como está não convém. Produz bastante, mas poderá produzir muito mais. Com arados... O senhor não acha? Tenho pensado numa plantação de mandioca e numa fábrica de farinha, moderna. Que diz?

Burrice. Estragar terra tão fértil plantando mandioca!

– É bom.

E não prestei mais atenção ao caso, deixei que ele se entusiasmasse só e fosse discutir o seu projeto no Gurganema, à noite, ao som do violão. Realmente transformou-se. Nas pedras do Paraíba, com uma garrafa de cachaça, aperreava os companheiros de farra – declamando sementes e adubos químicos. Tornou-se regularmente vaidoso, desejava aprender agronomia, e em pouco tempo a cidade inteira conheceu as plantações, as máquinas, a fábrica de farinha.

– Como vai a lavoura, Padilha?

A princípio respondia, depois compreendeu o ridículo e deu para se esquivar, magoado com as perfídias dos amigos.

– Selvagens! rosnava aguentando as batotas no bacará. Vamos para diante.

E a gente ficava sem saber se ele se referia aos parceiros que o pelavam ou aos camaradas que mangavam dele. Procurou-me e desabafou:

– Selvagens! Um empreendimento de vulto, o senhor está vendo, e esses burros vêm com picuinha. Aqui ninguém entende nada, seu Paulo, isto é um lugar infeliz. Aqui só se cogita de safadeza e pulhice.

Cheio de amargura, abalada a decisão dos primeiros dias, confessou-me que tinha tentado contrair um empréstimo com o Pereira.

– Cavalo! Fiz uma exposição minuciosa, demonstrei cabalmente que o negócio é magnífico. Não acreditou, disse que estava no pau da arara. E eu calculei que talvez a transação lhe interessasse. Quer desembolsar aí uns vinte contos?

Mas guardei o papel.

Achei a propriedade em cacos: mato, lama e potó como os diabos. A casa-grande tinha paredes caídas, e os caminhos estavam quase intransitáveis. Mas que terra excelente!

À noite, enquanto a negrada sambava, num forrobodó empestado, levantando poeira na sala, e a música de zabumba e pífanos tocava o hino nacional, Padilha andava com um lote de caboclas fazendo voltas em redor de um tacho de canjica, no pátio que os muçambês invadiam. Tirei-o desse interessante divertimento:

— Por que é que você não cultiva S. Bernardo?

— Como? perguntou Padilha esfregando os olhos por causa da fumaça e encostando-se a um mamoeiro que murchava ao calor do fogo.

— Tratores, arados, uma agricultura decente. Você nunca pensou? Quanto julga que isto rende, sendo bem aproveitado?

Luís Padilha revelou com a mão e com o beiço ignorância lastimável num proprietário e, sem ligar importância ao assunto, voltou às rodas interrompidas e às caboclas. Mas de madrugada, numa carraspana terrível, importunou-me gemendo palavras desconexas. A cada solavanco do carro de bois que nos conduzia à cidade, levantava a cabeça:

— Tudo rico, seu Paulo. Vai ser uma desgraceira.

Agarrava-se a um fueiro do carro e punha-se a vomitar. Depois pegava no sono para acordar agoniado e arrotando:

— Arados, não há nada como os arados.

Apareceu-me no dia seguinte, ainda com vestígios do pifão:

— Seu Paulo Honório, venho consultá-lo. O senhor, homem prático...

— Às ordens.

— Creio que já lhe disse que resolvi cultivar a fazenda.

— Mais ou menos.

13

conhecido quando me encontrassem com os dentes de fora, fazendo munganga ao sol, e a supressão da minha fortuna, que eu conduzia dentro de um chocalho grande, arrolhado com folhas e pendurado no arção da sela. Ali estava em segurança: se o dinheiro e as folhas caíssem, o chocalho tocava.

Afinal, cansado daquela vida de cigano, voltei para a mata. Casimiro Lopes, que não bebia água na ribeira do Navio, acompanhou-me. Gosto dele. É corajoso, laça, rasteja, tem faro de cão e fidelidade de cão.

4

Resolvi estabelecer-me aqui na minha terra, município de Viçosa, Alagoas, e logo planeei adquirir a propriedade S. Bernardo, onde trabalhei, no eito, com salário de cinco tostões.

Meu antigo patrão, Salustiano Padilha, que tinha levado uma vida de economias indecentes para fazer o filho doutor, acabara morrendo do estômago e de fome sem ver na família o título que ambicionava. Como quem não quer nada, procurei avistar-me com Padilha moço (Luís). Encontrei-o no bilhar, jogando bacará, completamente bêbedo. Está claro que o jogo é uma profissão, embora censurável, mas o homem que bebe jogando não tem juízo. Aperuei meia hora e percebi que o rapaz era pexote e estava sendo roubado descaradamente.

Travei amizade com ele e em dois meses emprestei-lhe dois contos de réis, que ele sapecou depressa na orelha da sota e em folias de bacalhau e aguardente, com fêmeas ratuínas, no Pão-sem-Miolo. Vi essas maluqueiras bastante satisfeito, e quando um dia, de novo quebrado, ele me veio convidar para um S. João na fazenda, afrouxei mais quinhentos mil-réis. Ao ver a letra, fingi desprendimento:

— Para que isso? Entre nós... Formalidades.

12

A princípio o capital se desviava de mim, e persegui-o sem descanso, viajando pelo sertão, negociando com redes, gado, imagens, rosários, miudezas, ganhando aqui, perdendo ali, marchando no fiado, assinando letras, realizando operações embrulhadíssimas. Sofri sede e fome, dormi na areia dos rios secos, briguei com gente que fala aos berros e efetuei transações comerciais de armas engatilhadas. Está um exemplo. O dr. Sampaio comprou-me uma boiada, e na hora da onça beber água deu-me com o cotovelo, ficou palitando os dentes. Andei, virei, mexi, procurei empenhos – e ele duro como beira de sino. Chorei as minhas desgraças: tinha obrigações em penca, aquilo não era trato, e tal, enfim, etc. O safado do velhaco, turuna, homem de facão grande no município dele, passou-me um esbregue. Não desanimei: escolhi uns rapazes em Cancalancó e quando o doutor ia para a fazenda, caí-lhe em cima, de supetão. Amarrei-o, meti-me com ele na capoeira, estraguei-lhe os couros nos espinhos dos mandacarus, quipás, alastrados e rabos-de-raposa.

– Vamos ver quem tem roupa na mochila. Agora eu lhe mostro com quantos paus se faz uma canoa.

O doutor, que ensinou rato a furar almotolia, sacudiu-me a justiça e a religião.

– Que justiça! Não há justiça nem há religião. O que há é que o senhor vai espichar aqui trinta contos e mais os juros de seis meses. Ou paga ou eu mando sangrá-lo devagarinho.

Dr. Sampaio escreveu um bilhete à família e entregou-me no mesmo dia trinta e seis contos e trezentos. Casimiro Lopes foi o portador. Passei o recibo, agradeci e despedi-me:

– Obrigado, Deus o acrescente. Sinto muito ter-lhe causado incômodo. Adeus. E não me venha com a sua justiça, porque se vier, eu viro cachorro doido e o senhor morre na faca cega.

Não tornei a aparecer por aquelas bandas. Se tornasse, era um tiro de pé de pau na certa, a cara esfolada para não ser re-

Se tentasse contar-lhes a minha meninice, precisava mentir. Julgo que rolei por aí à toa. Lembro-me de um cego que me puxava as orelhas e da velha Margarida, que vendia doces. O cego desapareceu. A velha Margarida mora aqui em S. Bernardo, numa casinha limpa, e ninguém a incomoda. Custa-me dez mil-réis por semana, quantia suficiente para compensar o bocado que me deu. Tem um século, e qualquer dia destes compro-lhe mortalha e mando enterrá-la perto do altar-mor da capela.

Até os dezoito anos gastei muita enxada ganhando cinco tostões por doze horas de serviço. Aí pratiquei o meu primeiro ato digno de referência. Numa sentinela, que acabou em furdunço, abrequei a Germana, cabritinha sarará danadamente assanhada, e arrochei-lhe um beliscão retorcido na popa da bunda. Ela ficou-se mijando de gosto. Depois botou os quartos de banda e enxeriu-se com o João Fagundes, um que mudou o nome para furtar cavalos. O resultado foi eu arrumar uns cocorotes na Germana e esfaquear João Fagundes. Então o delegado de polícia me prendeu, levei uma surra de cipó de boi, tomei cabacinho e estive de molho, pubo, três anos, nove meses e quinze dias na cadeia, onde aprendi leitura com o Joaquim sapateiro, que tinha uma bíblia miúda, dos protestantes.

Joaquim sapateiro morreu. Germana arruinou. Quando me soltaram, ela estava na vida, de porta aberta, com doença do mundo.

Nesse tempo eu não pensava mais nela, pensava em ganhar dinheiro. Tirei o título de eleitor, e seu Pereira, agiota e chefe político, emprestou-me cem mil-réis a juro de cinco por cento ao mês. Paguei os cem mil-réis e obtive duzentos com o juro reduzido para três e meio por cento. Daí não baixou mais, e estudei aritmética para não ser roubado além da conveniência.

De bicho na capação (falando com pouco ensino), esperneei nas unhas do Pereira, que me levou músculo e nervo, aquele malvado. Depois vinguei-me: hipotecou-me a propriedade e tomei-lhe tudo, deixei-o de tanga. Mas isso foi muito mais tarde.

E o pequeno que ali está chorando necessita quem o encaminhe e lhe ensine as regras de bem viver.

– Então para que escreve?

– Sei lá!

O pior é que já estraguei diversas folhas e ainda não principiei.

– Maria das Dores, outra xícara de café.

Dois capítulos perdidos. Talvez não fosse mau aproveitar os do Gondim, depois de expurgados.

3

Começo declarando que me chamo Paulo Honório, peso oitenta e nove quilos e completei cinquenta anos pelo S. Pedro. A idade, o peso, as sobrancelhas cerradas e grisalhas, este rosto vermelho e cabeludo têm-me rendido muita consideração. Quando me faltavam estas qualidades, a consideração era menor.

Para falar com franqueza, o número de anos assim positivo e a data de S. Pedro são convencionais: adoto-os porque estão no livro de assentamentos de batizados da freguesia. Possuo a certidão, que menciona padrinhos, mas não menciona pai nem mãe. Provavelmente eles tinham motivos para não desejarem ser conhecidos. Não posso, portanto, festejar com exatidão o meu aniversário. Em todo o caso, se houver diferença, não deve ser grande: mês a mais ou mês a menos. Isto não vale nada: acontecimentos importantes estão nas mesmas condições.

Sou, pois, o iniciador de uma família, o que, se por um lado me causa alguma decepção, por outro lado me livra da maçada de suportar parentes pobres, indivíduos que de ordinário escorregam com uma sem-vergonheza da peste na intimidade dos que vão trepando.

Aqui sentado à mesa da sala de jantar, fumando cachimbo e bebendo café, suspendo às vezes o trabalho moroso, olho a folhagem das laranjeiras que a noite enegrece, digo a mim mesmo que esta pena é um objeto pesado. Não estou acostumado a pensar. Levanto-me, chego à janela que deita para a horta. Casimiro Lopes pergunta se me falta alguma coisa.

– Não.

Casimiro Lopes acocora-se num canto. Volto a sentar-me, releio estes períodos chinfrins.

Ora vejam. Se eu possuísse metade da instrução de Madalena, encoivarava isto brincando. Reconheço finalmente que aquela papelada tinha préstimo.

O que é certo é que, a respeito de letras, sou versado em estatística, pecuária, agricultura, escrituração mercantil, conhecimentos inúteis neste gênero. Recorrendo a eles, arrisco-me a usar expressões técnicas, desconhecidas do público, e a ser tido por pedante. Saindo daí, a minha ignorância é completa. E não vou, está claro, aos cinquenta anos, munir-me de noções que não obtive na mocidade.

Não obtive, porque elas não me tentavam e porque me orientei num sentido diferente. O meu fito na vida foi apossar-me das terras de S. Bernardo, construir esta casa, plantar algodão, plantar mamona, levantar a serraria e o descaroçador, introduzir nestas brenhas a pomicultura e a avicultura, adquirir um rebanho bovino regular. Tudo isso é fácil quando está terminado e embira-se em duas linhas, mas para o sujeito que vai começar, olha os quatro cantos e não tem em que se pegue, as dificuldades são terríveis. Há também a capela, que fiz por insinuações de padre Silvestre.

Ocupado com esses empreendimentos, não alcancei a ciência de João Nogueira nem as tolices do Gondim. As pessoas que me lerem terão, pois, a bondade de traduzir isto em linguagem literária, se quiserem. Se não quiserem, pouco se perde. Não pretendo bancar escritor. É tarde para mudar de profissão.

mas arranjar palavras com tinta é outra coisa. Se eu fosse escrever como falo, ninguém me lia.

Levantei-me e encostei-me à balaustrada para ver de perto o touro limosino que Marciano conduzia ao estábulo. Uma cigarra começou a chiar. A velha Margarida veio vindo pelo paredão do açude, curvada em duas. Na torre da igreja uma coruja piou. Estremeci, pensei em Madalena. Em seguida enchi o cachimbo:

– É o diabo, Gondim. O mingau virou água. Três tentativas falhadas num mês! Beba conhaque, Gondim.

2

Abandonei a empresa, mas um dia destes ouvi novo pio de coruja – e iniciei a composição de repente, valendo-me dos meus próprios recursos e sem indagar se isto me traz qualquer vantagem, direta ou indireta.

Afinal foi bom privar-me da cooperação de padre Silvestre, de João Nogueira e do Gondim. Há fatos que eu não revelaria, cara a cara, a ninguém. Vou narrá-los porque a obra será publicada com pseudônimo. E se souberem que o autor sou eu, naturalmente me chamarão potoqueiro.

Continuemos. Tenciono contar a minha história. Difícil. Talvez deixe de mencionar particularidades úteis, que me pareçam acessórias e dispensáveis. Também pode ser que, habituado a tratar com matutos, não confie suficientemente na compreensão dos leitores e repita passagens insignificantes. De resto isto vai arranjado sem nenhuma ordem, como se vê. Não importa. Na opinião dos caboclos que me servem, todo o caminho dá na venda.

7

Trabalhamos alguns dias. À tardinha Azevedo Gondim entregava a redação ao Arquimedes, trancava a gaveta onde guarda os níqueis e as pratas, tomava a bicicleta e, pedalando meia hora pela estrada de rodagem que ultimamente Casimiro Lopes andava a consertar com dois ou três homens, alcançava S. Bernardo. Comentava os telegramas dos jornais, atacava o governo, bebia um copo de conhaque que Maria das Dores lhe trazia e, sentindo-se necessário, comandava com submissão:

— Vamos a isso.

Íamos para o alpendre, mergulhávamos em cadeiras de vime e ajeitávamos o enredo, fumando, olhando as novilhas caracus que pastavam no prado, embaixo, e mais longe, à entrada da mata, o telhado vermelho da serraria.

A princípio tudo correu bem, não houve entre nós nenhuma divergência. A conversa era longa, mas cada um prestava atenção às próprias palavras, sem ligar importância ao que o outro dizia. Eu por mim, entusiasmado com o assunto, esquecia constantemente a natureza do Gondim e chegava a considerá-lo uma espécie de folha de papel destinada a receber as ideias confusas que me fervilhavam na cabeça.

O resultado foi um desastre. Quinze dias depois do nosso primeiro encontro, o redator do *Cruzeiro* apresentou-me dois capítulos datilografados, tão cheios de besteiras que me zanguei:

— Vá para o inferno, Gondim. Você acanalhou o troço. Está pernóstico, está safado, está idiota. Há lá ninguém que fale dessa forma!

Azevedo Gondim apagou o sorriso, engoliu em seco, apanhou os cacos da sua pequenina vaidade e replicou amuado que um artista não pode escrever como fala.

— Não pode? perguntei com assombro. E por quê?

Azevedo Gondim respondeu que não pode porque não pode.

— Foi assim que sempre se fez. A literatura é a literatura, seu Paulo. A gente discute, briga, trata de negócios naturalmente,

1

Antes de iniciar este livro, imaginei construí-lo pela divisão do trabalho.

Dirigi-me a alguns amigos, e quase todos consentiram de boa vontade em contribuir para o desenvolvimento das letras nacionais. Padre Silvestre ficaria com a parte moral e as citações latinas; João Nogueira aceitou a pontuação, a ortografia e a sintaxe; prometi ao Arquimedes a composição tipográfica; para a composição literária convidei Lúcio Gomes de Azevedo Gondim, redator e diretor do *Cruzeiro*. Eu traçaria o plano, introduziria na história rudimentos de agricultura e pecuária, faria as despesas e poria o meu nome na capa.

Estive uma semana bastante animado, em conferências com os principais colaboradores, e já via os volumes expostos, um milheiro vendido graças aos elogios que, agora com a morte do Costa Brito, eu meteria na esfomeada *Gazeta*, mediante lambujem. Mas o otimismo levou água na fervura, compreendi que não nos entendíamos.

João Nogueira queria o romance em língua de Camões, com períodos formados de trás para diante. Calculem.

Padre Silvestre recebeu-me friamente. Depois da Revolução de Outubro, tornou-se uma fera, exige devassas rigorosas e castigos para os que não usaram lenços vermelhos. Torceu-me a cara. E éramos amigos. Patriota. Está direito: cada qual tem as suas manias.

Afastei-o da combinação e concentrei as minhas esperanças em Lúcio Gomes de Azevedo Gondim, periodista de boa índole e que escreve o que lhe mandam.

CIP-BRASIL. CATALOGAÇÃO-NA-FONTE
SINDICATO NACIONAL DOS EDITORES DE LIVROS, RJ

Ramos, Graciliano, 1892-1953

R143c S. Bernardo – Livro vira-vira 1 / Graciliano Ramos; [pósfácio de Godofredo
4ª ed. de Oliveira Neto]. – 4ª edição – Rio de Janeiro: BestBolso, 2012.

Obras publicadas juntas em sentido contrário
Com: Caetés / Graciiiano Ramos
ISBN 978-85-7799-293-5

1. Ficção brasileira. I. Título.

CDD: 869.93

10-4148 CDU: 821.134.3(81)-3

S.Bernardo, de autoria de Graciliano Ramos.
Título número 183 das Edições BestBolso.
Quarta edição vira-vira impressa em novembro de 2012.
Texto revisado conforme o Acordo Ortográfico da Língua Portuguesa.

Copyright © by herdeiros de Graciliano Ramos.

A logomarca vira-vira (vira-vira) e o slogan **2 LIVROS EM 1** são marcas registradas
e de propriedade da Editora Best Seller Ltda, parte integrante do Grupo Edi-
torial Record.

www.edicoesbestbolso.com.br
Site oficial do autor: www.graciliano.com.br

Design de capa: Rafael Nobre sobre foto de Darren Greenwood intitulada
"Cowboy hat and rope on fence at dusk, close-up" (Getty Images).

Nota do editor: Esta edição de bolso teve como base a edição publicada pela
Editora Record em 2002, que seguiu a 3ª edição do livro publicada pela Editora
José Olympio, com as últimas correções feitas por Graciliano Ramos. Os origi-
nais estão no Fundo Graciliano Ramos, Arquivo do Instituto de Estudos Brasi-
leiros da Universidade de São Paulo. As obras de Graciliano Ramos reeditadas
pela Record têm a supervisão de Wander Melo Miranda, professor titular de
Teoria da Literatura da Universidade Federal de Minas Gerais.

Todos os direitos de tradução e adaptação reservados. Proibida a reprodução,
no todo ou em parte, sem autorização prévia por escrito da editora, sejam quais
forem os meios empregados.

Direitos exclusivos de publicação em língua portuguesa para o Brasil em formato
bolso adquiridos pelas Edições BestBolso um selo da Editora Best Seller Ltda. Rua
Argentina 171 – 20921-380 – Rio de Janeiro, RJ – Tel.: 2585-2000.

Impresso no Brasil

ISBN 978-85-7799-293-5

GRACILIANO RAMOS

S. BERNARDO

LIVRO VIRA-VIRA 1

Posfácio de

GODOFREDO DE OLIVEIRA NETO

4ª edição

EDIÇÕES
BestBolso

RIO DE JANEIRO – 2012

EDIÇÕES BESTBOLSO

S. Bernardo

Graciliano Ramos (1892-1953) nasceu em Quebrangulo, em Alagoas. O primeiro de dezesseis filhos de uma família de classe média do sertão nordestino, o autor passou sua infância entre Buíque (PE) e Viçosa (AL). Cursou o ensino médio em Maceió e, em 1910, sua família se estabeleceu na cidade alagoana de Palmeira dos Índios. Em 1914, mudou-se para o Rio de Janeiro a fim de trabalhar nos jornais cariocas, mas, com a morte de três irmãos, vitimados pela peste bubônica, retornou no ano seguinte a Palmeira dos Índios. Graciliano casou-se e estabeleceu-se nessa cidade, fazendo jornalismo e política, e chegou a ser prefeito de Palmeira dos Índios entre 1928 e 1930. Em 1925, começou a escrever seu primeiro romance, Caetés – que viria a ser publicado em 1933. Graciliano Ramos destaca-se como o principal romancista da segunda fase do Modernismo brasileiro. Sua obra se tornou uma importante vertente de nosso rico romance regionalista. Com um estilo seco, conciso e sintético, o autor deixa de lado o sentimentalismo a favor da objetividade e clareza. Seus textos prezam a mensagem direta, sem rodeios. Há livros de Graciliano traduzidos para o alemão, búlgaro, dinamarquês, espanhol, finlandês, flamengo, francês, húngaro, holandês, inglês, italiano, polonês, romeno, sueco, tcheco e turco.

EDIÇÕES BESTBOLSO

S. Bernardo

Graciliano Ramos (1892-1953) nasceu em Quebrangulo, em Alagoas. O primeiro de dezesseis irmãos de uma família de classe média do sertão nordestino, o autor passou sua infância entre Buíque (PE) e Viçosa (AL). Cursou o ensino médio em Maceió e, em 1910, sua família se estabeleceu na cidade alagoana de Palmeira dos Índios. Em 1914, mudou-se para o Rio de Janeiro a fim de trabalhar nos jornais cariocas, mas, com a morte de três irmãos, vitimados pela peste bubônica, retornou no ano seguinte a Palmeira dos Índios. Graciliano casou-se e estabeleceu-se nessa cidade, fazendo jornalismo e política, e chegou a ser prefeito de Palmeira dos Índios entre 1928 e 1930. Em 1925, começou a escrever seu primeiro romance, *Caetés* – que viria a ser publicado em 1933. Graciliano Ramos destaca-se como o principal romancista da segunda fase do Modernismo brasileiro. Sua obra se tornou uma importante vertente de nosso rico romance regionalista. Com um estilo seco, conciso e sintético, o autor deixa de lado o sentimentalismo a favor da objetividade e clareza. Seus textos prestigiam a mensagem direta, sem rodeios. Há livros de Graciliano traduzidos para o alemão, búlgaro, dinamarquês, espanhol, finlandês, flamengo, francês, húngaro, holandês, inglês, italiano, polonês, romeno, sueco, tcheco e turco.